POR ÚLTIMO, EL CORAZÓN

Margaret Atwood

POR ÚLTIMO, EL CORAZÓN

Traducción del inglés de
Laura Fernández Nogales

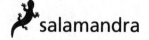
salamandra

Título original: *The Heart Goes Last*

Ilustración de la cubierta: © Getty Images
Diseño de la ilustración de la cubierta: David Mann

Copyright © O. W. Toad Ltd., 2015
Copyright de la edición en castellano © Ediciones Salamandra, 2016

Citas de la página 9: «La Metamorfosis», de Ovidio, traducción de Consuelo Álvarez
y Rosa Mª Iglesias, y «Sueño de una noche de verano», de William Shakespeare,
traducción de Manuel Ángel Conejero Dionís-Bayer. Por cortesía de Ediciones Cátedra.

La traducción de esta obra ha recibido la ayuda del Canada Council for the Arts.

 Canada Council   Conseil des Arts
for the Arts   du Canada

Publicaciones y Ediciones Salamandra, S.A.
Almogàvers, 56, 7º 2ª - 08018 Barcelona - Tel. 93 215 11 99
www.salamandra.info

ISBN: 978-84-9838-761-2
Depósito legal: B-21.195-2016

1ª edición, noviembre de 2016
Printed in Spain

Impresión: Romanyà-Valls, Pl. Verdaguer, 1
Capellades, Barcelona

A Marian Engel (1933-1985),
Angela Carter (1940-1992)
y Judy Merril (1923-1997)

Y a Graeme, como siempre

...níveo, con arte felizmente milagroso, esculpió un marfil... De una virgen verdadera es su faz, que vivir creerías, y si no lo impidiera el respeto, que quería moverse: el arte hasta tal punto escondido queda en el arte suyo... Los labios le besa y que le devuelve cree y le habla y la sostiene...

OVIDIO
«Pigmalión y Galatea»,
en el Libro X de *Metamorfosis*

A la hora de la verdad, estas cosas no producen la sensación adecuada. Están hechas de un material gomoso que en nada se parece a las sensaciones que produciría cualquier parte del cuerpo humano. Intentan compensarlo diciéndote que las sumerjas primero en agua caliente y luego uses un montón de vaselina...

ADAM FRUCCI
«I Had Sex With Furniture»,
en Gizmodo, 17/10/2009

Los amantes y los locos tienen tan arrebatada la mente,
tan plagada de fantasías, que perciben más
de lo que la pura razón alcanza a comprender.

WILLIAM SHAKESPEARE
Sueño de una noche de verano

I
¿DÓNDE?

Apretujados

En el coche duermen apretujados. De entrada, como se trata de un Honda de tercera mano, no es ningún palacio. Si fuese una furgoneta dispondrían de más espacio, pero ni siquiera cuando creían tener dinero habrían podido permitirse un lujo como ése. Stan dice que son afortunados por tener el vehículo que sea, pero esa fortuna no hace que el coche sea más grande.

Charmaine cree que Stan debería dormir en el asiento de atrás, porque necesita más espacio —sería lo justo, él es más alto—, pero tiene que quedarse delante por si han de salir pitando en caso de emergencia. Stan no confía en la capacidad de Charmaine para reaccionar en esas circunstancias: dice que estaría tan ocupada gritando que no podría conducir. Por eso Charmaine se acomoda en el asiento trasero, más amplio, aunque, incluso así, tampoco puede estirar el cuerpo del todo y se ve obligada a enroscarse como un caracol.

Casi siempre tienen las ventanillas subidas a causa de los mosquitos, las bandas y los gamberros solitarios. Los solitarios no suelen llevar pistolas ni cuchillos —si llevan esa clase de armas has de marcharte el triple de rápido—, pero lo más probable es que estén como una cabra, y un loco con un objeto metálico o una piedra, o incluso un zapato de tacón de aguja, puede hacer mucho daño. Les da por

13

creer que eres un demonio, un muerto viviente o una puta vampira y, por muy razonables que sean tus esfuerzos para calmarlos, no hay manera de hacerles cambiar de opinión. La abuela Win solía decir que lo mejor que se puede hacer con los locos —en realidad, lo único que se puede hacer— es alejarse de ellos.

Con las ventanillas subidas, salvo por una mínima rendija, el aire se carga y se satura con sus efluvios. No hay muchos sitios adonde puedan ir a ducharse o a lavar la ropa, y eso pone de mal humor a Stan. A Charmaine también, pero ella se esfuerza como buenamente puede por acallar ese sentimiento y ver el lado positivo de las cosas. Total, ¿de qué sirve quejarse?

«¿De qué sirve nada?», se pregunta a menudo. Pero de qué sirve siquiera pensar si las cosas sirven de algo. Por eso ella prefiere exclamar:

—Cariño, ¡vamos a animarnos!

Stan podría contestarle: «¿Por qué? Dame un puto motivo para animarme.» O quizá le diría: «Cariño, ¡cállate!», imitando su tono despreocupado y positivo, lo cual sería cruel por su parte. Stan puede ser más bien cruel cuando se enfada, pero en el fondo es un buen hombre. La mayoría de las personas son buenas en el fondo, si se les concede la ocasión de demostrar su bondad: Charmaine está decidida a seguir creyendo en esa máxima. Una cosa que ayuda a revelar lo mejor de las personas es una ducha, porque, como solía decir la abuela Win: «El aseo y la devoción siempre van de la mano.»

Era una de las muchas cosas que solía decir, como: «Tu madre no se suicidó, sólo eran habladurías. Tu padre lo hizo lo mejor que pudo, pero tenía que tragar mucho y no lo soportó más. Deberías esforzarte por olvidar todo lo demás, porque ningún hombre es responsable de sus actos cuando ha bebido demasiado. —Y luego añadía—: ¡Vamos a hacer palomitas!»

Y hacían palomitas, y la abuela Win decía: «No mires por la ventana, cariño, es mejor que no veas lo que están haciendo.

No es agradable. Gritan porque les apetece. Se están expresando. Siéntate aquí conmigo. Al final todo ha salido bien, fíjate, ahora estás aquí conmigo, ¡las dos a salvo y felices!»

Pero eso no duró. La felicidad. Estar a salvo. El ahora.

¿Dónde?

Stan se revuelve en el asiento delantero, intentando ponerse cómodo. Pero no hay puta manera de conseguirlo. ¿Y qué puede hacer? ¿Adónde pueden ir? No hay ningún lugar seguro, no hay instrucciones. Es como si lo arrastrara una ventolera salvaje pero indecisa y lo tuviera dando vueltas y vueltas sin rumbo fijo. Sin escapatoria.

Se siente muy solo y, a veces, al estar con Charmaine, la sensación incluso aumenta. La ha decepcionado.

Stan tiene un hermano, sí, pero ése sería el último recurso. Conor y él han seguido caminos distintos, por decirlo de una manera fina. La manera burda sería explicar que tuvieron una pelea de borrachos a medianoche, en la que intercambiaron con desparpajo apelativos como «capullo», «cabronazo» y «tonto del culo»; de hecho, Conor había preferido explicar de esa manera la última vez que se vieron. En honor a la verdad, Stan había elegido la misma, aunque él nunca había sido tan malhablado como Con.

Según la opinión de Stan —la que tenía en ese momento—, Conor estaba a un paso de convertirse en un delincuente. Por su parte, Con opinaba que Stan era un lacayo del sistema, un lameculos, un falso y un cobarde. Tenía los huevos de un renacuajo.

¿Dónde estará el escurridizo Conor ahora? ¿Qué estará haciendo? Por lo menos él no habrá perdido el trabajo en la crisis financiera y empresarial que ha convertido esa parte del país en un montón de chatarra oxidada: si no tienes trabajo, no puedes perderlo. Al contrario que Stan, él no se ha visto expulsado, desterrado, condenado a una vida errante y frenética de rancio olor a sobaco y arenilla en los ojos. Con siempre ha vivido de lo que podía gorronear o mangar a los demás, ya desde crío. Stan no ha olvidado la navaja suiza para la que tanto había ahorrado, su Transformer, aquella pistola Nerf con dardos de espuma: todo desaparecía por arte de magia y Con, el hermano pequeño, siempre sacudía su cabecita, no, no, qué va, ¿quién, yo?

Stan se despierta por la noche pensando por un momento que está en su cama de casa, o por lo menos en algo parecido a una cama. Alarga el brazo buscando a Charmaine y, al no encontrarla, descubre que sigue dentro del coche apestoso y que necesita mear, pero le da miedo abrir la puerta a causa de las voces chillonas que se acercan, las pisadas que crujen en la grava o resuenan, sordas, en el asfalto, y quizá un puñetazo en el techo y una cara llena de cicatrices, con una sonrisa mellada junto a la ventanilla: «¡Mira lo que tenemos aquí! ¡Una zorrita! ¡Vamos a divertirnos! ¡Pásame la palanca!»

Y a continuación, el susurro aterrorizado de Charmaine: «¡Stan! ¡Stan! ¡Tenemos que irnos! ¡Tenemos que irnos ahora mismo!»

Como si él no se hubiera dado cuenta. Stan siempre deja la llave puesta en el contacto. Acelerón, chirrido de ruedas, gritos y mofas, el corazón en la boca ¿y luego qué? Más de lo mismo en otro aparcamiento o en algún callejón, en cualquier otro sitio. Estaría bien tener una ametralladora: algo más pequeño no serviría. Sin embargo, de momento su única arma es la huida.

Se siente perseguido por la mala suerte, como si la mala suerte fuera un perro rabioso que lo acecha, le sigue el rastro, lo aguarda con paciencia a la vuelta de cada esquina. Lo observa agazapado bajo los arbustos y le clava su diabólica mirada amarilla. A lo mejor lo que necesita es un curandero, una sesión completa de vudú. Y un par de billetes de cien dólares para poder permitirse una noche en un motel y sentir a Charmaine a su lado en vez de tenerla tan lejos, en el asiento de atrás. Sería lo mínimo: desear más que eso ya sería pedir demasiado.

La compasión de Charmaine todavía empeora más las cosas. Se esfuerza en exceso.

—No eres un fracasado —le dice—. Sólo porque hayamos perdido la casa, estemos durmiendo en el coche y te hayan... —No quiere decir la palabra «despedido»—. Y tú no has tirado la toalla, por lo menos estás buscando trabajo. Eso de perder la casa y, y... eso le ha pasado a mucha gente. A la mayoría.

«Pero no a todo el mundo —quisiera contestarle Stan—. No le ha pasado a todo el mundo, joder.»

A la gente rica no le ha pasado.

Al principio les iba bien. Por aquel entonces los dos tenían empleo. Charmaine trabajaba en Ruby Slippers, una cadena de residencias y clínicas para ancianos. Se encargaba de organizar actividades para entretenerlos y toda clase de eventos —sus supervisores decían que tenía buena mano con los ancianos— y se estaba abriendo camino. A Stan también le iba bien: era uno de los ayudantes del departamento de Control de Calidad en Dimple Robotics, y se encargaba de probar el Módulo Empático de los prototipos automáticos destinados a los departamentos de Atención al Cliente. A los clientes no les bastaba con que alguien les metiera la compra en una bolsa, solía explicarle a Charmaine: querían tener la sensación de comprar de verdad, y eso incluía una sonrisa. Lo de las sonrisas era complicado; se podían convertir en muecas o expresiones lascivas, pero si dabas con la sonrisa adecuada, los clientes pagaban un poco más. Era asombroso recordar, ahora, en qué cosas gastaba dinero extra la gente en otros tiempos.

Habían celebrado una boda íntima: sólo amigos, ya que a ninguno de los dos le quedaba mucha familia: en ambos casos, los padres estaban muertos. Charmaine dijo que ella, de no haber sido así, tampoco habría invitado a los suyos, pero no explicó el motivo porque no le gustaba hablar de ellos. En cambio, sí habría querido que estuviera presente su abuela Win. A saber dónde estaba Conor. Stan no lo buscó, porque, si llega a aparecer, probablemente habría intentado meterle mano a Charmaine o llamar la atención con cualquier otra artimaña.

Luego se fueron de luna de miel a la playa, en Georgia. Ése fue el punto álgido. En las fotos salen los dos morenos y sonrientes, rodeados de un halo de luz solar que parece niebla, levantando los vasos de —¿qué era eso?, algún cóctel tropical con demasiado concentrado de lima—, levantando los vasos para brindar por su nueva vida. Charmaine llevaba un top retro con estampado de flores atado al cuello, un pareo a la cintura y una flor de hibisco detrás de la oreja, su brillante melena rubia revuelta por la brisa, y él, una camisa verde con pingüinos que había elegido Charmaine y un sombrero panamá; bueno, no era un verdadero panamá, pero era del mismo estilo. Qué jóvenes parecen, qué intactos. Qué ansiosos por estrenar el futuro.

Stan le mandó una de esas fotografías a Conor para demostrarle que por fin tenía una chica que no le podría levantar; y también para que le sirviera de ejemplo del éxito al que podía aspirar si sentaba la cabeza, enderezaba su vida y dejaba de trapichear y de vivir al margen de la ley. No era que Con no fuera listo: era demasiado listo. Siempre se salía con la suya.

Con respondió con un mensaje: «Buen culo y bonitas tetas, hermano. ¿Sabe cocinar? Aunque pareces tonto con esos pingüinos.» Típico: tenía que burlarse, tenía que contestar con desdén. Eso fue antes de que cortara el contacto, borrara su correo electrónico y se negara a darle su dirección.

· · ·

De vuelta en el norte dieron la entrada para una casa, un pisito de dos habitaciones donde empezar a vivir, un poquito falto de amor, pero con espacio para formar una familia, según dijo el vendedor con un guiño. Parecía asequible, pero al mirar atrás, la decisión de comprar había sido un error: tuvieron que hacer reformas y reparaciones y eso incrementó el préstamo de la hipoteca. Se convencieron de que podrían salir adelante, no eran muy derrochadores y trabajaban mucho. Eso fue lo peor: el trabajo duro. Stan se dejó el culo trabajando. Para lo que le ha servido, podría habérselo ahorrado. Lo cabrea recordar lo mucho que trabajó.

Y entonces todo se fue a tomar viento. Dio la sensación de que ocurría de la noche a la mañana. No sólo en su vida personal: todo el castillo de naipes, el sistema entero se hizo pedazos, miles de millones de dólares desaparecieron de los libros de contabilidad como el vaho de una ventana. Por la tele, salieron una multitud de expertos de poca monta, intentando explicar cómo había ocurrido —demografía, pérdida de confianza, gigantescos sistemas de venta piramidal—, pero sólo eran un montón de conjeturas baratas. Alguien había mentido, alguien había engañado, alguien había especulado en bolsa con operaciones bajistas, alguien había inflado las divisas. Faltaba trabajo, sobraba gente. O al menos faltaba trabajo para medianías como Stan y Charmaine. La zona nordeste del país, que era donde vivían ellos, fue la más afectada.

La sección de Ruby Slippers en la que trabajaba Charmaine empezó a tener problemas: era una institución exclusiva y muchas familias ya no podían permitirse el lujo de dejar allí a sus ancianos. Las habitaciones se vaciaron y empezó el recorte de gastos. Charmaine solicitó un traslado —a la cadena todavía le iba bien en la Costa Oeste—, pero no se lo concedieron y acabaron por despedirla. A continuación, Dimple Robotics cerró y se trasladó al oeste, y Stan se vio en caída libre, y sin paracaídas.

Se sentaron en su casa recién estrenada, en su sofá nuevo con los almohadones floreados que Charmaine tanto se había molestado en combinar, y se abrazaron, se dijeron que se querían, Charmaine rompió a llorar y Stan le dio unas palmaditas en la espalda y se sintió impotente.

Charmaine consiguió un empleo temporal de camarera; cuando ese local cerró, encontró otro. Y luego otro, en un bar. No eran establecimientos lujosos; esa clase de sitios estaban desapareciendo, porque la gente que se podía permitir pagar comidas caras se había desplazado con sus banquetes al oeste o a países exóticos donde nunca había existido el concepto de salario mínimo.

Stan, en cambio, no había tenido tanta suerte con los trabajos esporádicos: demasiado cualificado, según le dijeron en la empresa de colocación. Él les explicó que no se le caían los anillos, que podía fregar suelos, cortar el césped. Ellos sonrieron —¿qué suelos?, ¿qué césped?— y le dijeron que conservarían sus datos en el archivo. Pero entonces también cerró la empresa de colocación, porque... ¿qué sentido tenía mantenerla abierta si no había trabajo?

Aguantaron en su casita, sobreviviendo a base de comida rápida y del dinero que habían sacado de vender los muebles, ahorraban tanta energía como podían y se sentaban a oscuras, con la esperanza de que las cosas mejorarían. Al final pusieron la casa en venta, pero para entonces ya no había compradores; las casas contiguas a la suya estaban vacías y los saqueadores ya habían pasado por allí para llevarse cualquier cosa que se pudiera vender. Un día ya no les quedaba dinero para pagar la hipoteca y les congelaron las tarjetas de crédito. Abandonaron la casa antes de que los echaran y se largaron con el coche antes de que se lo reclamaran los acreedores.

Por suerte, Charmaine guardó un poco de efectivo. Con eso y el sueldo minúsculo que ganaba en el bar, más las propinas, han podido pagar la gasolina y conservar un apartado de correos que les permitía fingir que tenían una dirección por si a Stan le salía algo y, muy de vez en cuando, hacer una visita a la lavandería, cuando ya no soportaban seguir llevando la ropa sucia.

Stan ha vendido sangre dos veces, aunque no le pagan mucho.

—No te lo vas a creer —le dijo una mujer mientras le daba un vaso de papel con sucedáneo de zumo después de la segunda donación—, pero hay gente que ha venido a preguntarnos si queríamos comprar la sangre de sus bebés, ¿te imaginas?

—No jodas —dijo Stan—. ¿Por qué? Los bebés no tienen mucha sangre.

Ella le contestó que era más valiosa. Le dijo que había visto en las noticias que una renovación sanguínea total, sangre joven en vez de vieja, prevenía la demencia y retrasaba el reloj biológico veinte o treinta años.

—Sólo se ha probado en ratones —le explicó—. ¡Y los ratones no son personas! Pero la gente se agarra a un clavo ardiendo. Ya hemos rechazado como una docena de ofertas de personas que querían vender la sangre de sus bebés. Les decimos que no podemos aceptarla.

Alguien la estará aceptando, pensó Stan. Apuesta lo que quieras. Si hay dinero de por medio...

Ojalá pudieran encontrar algún sitio con mejores perspectivas. Dicen que Oregón está en pleno crecimiento —un auge alentado por el descubrimiento de minerales raros, que China compra en grandes cantidades—, pero ¿cómo van a llegar hasta allí? Ya no dispondrían del goteo de dinero de Charmaine, se quedarían sin gasolina. Podrían abandonar el coche, intentar hacer autoestop, pero a Charmaine la aterroriza la idea. El coche es la única barrera que los protege de la violación en grupo, y no sólo a ella, dice, teniendo en cuenta los elementos que deambulan sin pantalones por la noche. Y algo de razón tiene.

¿Qué debe hacer él para sacarlos de ese agujero? Haría lo que fuese. Antes el mundo empresarial ofrecía muchos trabajos de lameculos, pero ahora esos culos ya no están a su alcance. La banca ha abandonado la zona y la industria también; los genios de lo digital han migrado a pastos más jugosos, en lugares y países más prósperos. El sector servicios solía presentarse como una promesa de salvación, pero esos empleos también escasean, al menos por aquí. Uno de los tíos de Stan, que ya falleció, había sido chef cuando ser cocinero era un buen curro, porque los ricachones aún vivían en territorio continental y los restaurantes de lujo eran glamurosos. Pero hoy en día ya no es así, porque esa clase de clientes se han ido a vivir a islas artificiales libres de impuestos. Y cuando la gente es tan rica, lleva consigo a sus propios cocineros.

Otra medianoche, otro aparcamiento. Es el tercero de la noche; han tenido que marcharse de los dos anteriores. Ahora están tan nerviosos que no consiguen conciliar el sueño.

—¿Y si probamos suerte con las tragaperras? —propone Charmaine.

Ya lo hicieron en una ocasión y sacaron diez dólares. No fue mucho, pero por lo menos no lo perdieron todo.

—Ni hablar —contesta Stan—. No podemos arriesgarnos, necesitamos el dinero para gasolina.

—Cómete un chicle, cariño —dice Charmaine—. Relájate un poco. Duérmete. Tu cerebro está demasiado activo.

—¿Qué cerebro, joder? —replica Stan.

Hay un silencio dolorido: no debería tomarla con ella. Imbécil, se dice. Nada de esto es culpa suya.

Mañana se tragará el orgullo. Irá a buscar a Conor, le echará una mano con cualquier timo en el que ande metido, se integrará en el submundo de los delincuentes. Tiene una idea de por dónde empezar a buscar. O quizá sólo le pida un préstamo, suponiendo que Con vaya bien de pasta. Parece que se ha dado la vuelta la tortilla —antes, cuando eran más jóvenes y todavía no había encontrado la manera de saltarse las normas del sistema, era Conor quien le pedía dinero a él—, pero Stan hará bien en no recordarle a su hermano cómo eran las cosas.

O quizá sí debería recordárselo. Con está en deuda con él. Podría decirle que ha llegado la hora de devolver los favores o algo así. Tampoco es que tenga con qué negociar. Pero de todos modos, Con es su hermano. Y él es el hermano de Con. Y eso tiene que significar algo.

II
LANZAMIENTO

Cerveza

No era una buena noche. Charmaine intentó calmar los ánimos: «Vamos a concentrarnos en lo que tenemos —dijo en la húmeda y apestosa oscuridad del coche—. Nos tenemos el uno al otro.» Empezó a alargar el brazo hacia delante desde el asiento de atrás para tocar a Stan, para consolarlo, pero se lo pensó mejor. Él podía malinterpretar el gesto, querría pasarse al asiento de atrás con ella, querría hacer el amor y eso podía ser muy incómodo, con los dos bien apretujados, porque a ella se le quedaría la cabeza aplastada contra la puerta del coche y empezaría a resbalarse del asiento mientras Stan se concentraba, como si aquello fuera una tarea que tuviera que terminar muy deprisa, y ella dándose en la cabeza, bum, bum, bum. No era muy inspirador.

Además, Charmaine nunca se podía concentrar, porque ¿y si alguien se acercaba con sigilo desde fuera? Stan, pillado con el culo al aire, tendría que trepar como pudiera para volver al asiento de delante e intentar arrancar el coche mientras una panda de bestias golpeaba las ventanas para atraparla a ella. Aunque Charmaine no sería su objetivo principal. Lo que querrían sería lo verdaderamente valioso, que era el coche. En ella pensarían después, cuando se hubieran deshecho de Stan.

Han aparecido unos cuantos propietarios de coches tirados en la gravilla; apuñalados, con la cabeza aplastada, desangrados hasta morir. Ya nadie se preocupa por esos casos, por investigar quién lo ha hecho, porque eso conllevaría tiempo y sólo los ricos se pueden permitir tener policía. Todas esas cosas a las que no dábamos ningún valor hasta que las perdimos, como diría la abuela Win, piensa Charmaine con pesar.

La abuela Win se negó a ir al hospital cuando se puso muy enferma. Decía que costaría mucho dinero, y tenía razón. Así que murió en casa. Charmaine la cuidó hasta el final. «Vende la casa, cielo —le dijo la abuela Win cuando todavía estaba lúcida—. Ve a la universidad, saca todo el máximo provecho. Puedes hacerlo.»

Y Charmaine sacó todo el provecho que pudo. Se especializó en Gerontología y en Terapias de juego, porque la abuela Win decía que así tendría cubiertos los dos extremos de la vida, y que era una persona empática, con un don especial para ayudar a la gente. Charmaine consiguió el título.

Tampoco es que ahora le sirva para nada.

Si pasa cualquier cosa, estamos solos, le dice Stan demasiado a menudo. No es muy tranquilizador. No es de extrañar que vaya tan deprisa cuando consigue subirse encima de ella. Tiene que estar alerta todo el tiempo.

Por eso anoche, en lugar de tocar a Stan, Charmaine susurró:

—Que duermas bien. Te quiero.

Él dijo algo parecido a un «Yo también te quiero», aunque sonó más bien como un murmullo con una especie de resoplido. Lo más probable es que el pobre estuviera casi dormido. Sí que la quiere, le dijo que la amaría siempre. Ella se sintió muy agradecida cuando lo encontró, o cuando él la encontró a ella. Cuando se encontraron. Stan era muy equilibrado y fiable. A Charmaine también le gustaría ser así, equilibrada y fiable, aunque duda que algún día llegue a conseguirlo, porque se asusta con facilidad. Pero necesita curtirse. Tiene que echarle valor. No quiere ser una carga.

Los dos se despiertan temprano: es verano y la luz que entra por las ventanillas del coche es demasiado brillante. Quizá debería poner unas cortinas, piensa Charmaine. Así podrían dormir un poco más y no estarían de tan mal humor.

Van a buscar los donuts del día anterior a la cafetería más cercana, de chocolate con doble glaseado, y se preparan un poco de café instantáneo en el coche, enchufando el calentador de tazas en el mechero. Es mucho más barato que comprar el café en la tienda de los donuts.

—Esto es como un pícnic —dice Charmaine con alegría, aunque comer donuts rancios dentro del coche mientras fuera llovizna no tiene demasiado que ver con un pícnic.

Stan consulta las páginas web de empleo en su teléfono móvil con tarjeta prepago, pero eso lo deprime. Como no deja de repetir: «Nada, joder, nada, joder, nada», Charmaine le sugiere salir a correr un poco. Solían hacerlo cuando tenían su casa: se levantaban temprano, corrían antes de desayunar y luego se daban una ducha. Eso hacía que se sintieran llenos de energía, limpios... Pero Stan la mira como si estuviera loca, y ella lo entiende. Sí, sería absurdo dejar el coche abandonado con todas sus cosas dentro, como por ejemplo la ropa, y encima ponerse en peligro; a saber quién puede haber escondido entre los arbustos. Además, ¿por dónde iban a correr? ¿Por las calles de casas tapiadas? Los parques son demasiado peligrosos, están llenos de adictos, todo el mundo lo sabe.

—Qué correr ni qué hostias —es lo único que dice Stan.

Está irritable y gruñón y le iría bien un corte de pelo. Quizá más tarde Charmaine pueda colarlo con una toalla y una cuchilla en el bar donde trabaja y lavarle la cabeza y afeitarlo en el servicio de caballeros. No es muy lujoso, pero por lo menos sigue saliendo agua del grifo. Tiene un color rojizo de óxido, pero sale.

El bar se llama PixelDust. Abrió en la década en que en la zona se vivía un pequeño boom digital —unos cuantos proyectos interactivos de emprendedores y creadores de aplicaciones—, con la intención de atraer a los loquitos de la tecnología con juguetes y juegos como el futbolín, el billar y las carreras de coches online. Hay una serie de pantallas planas en las que, en su día, se proyectaban películas mudas, como si fuera un papel pintado guay, aunque ahora una está rota y en las demás se ven programas de televisión normales, uno distinto en cada pantalla. Hay algunos rincones y recovecos que se idearon con la intención de que los clientes pudieran mantener allí conversaciones serias; lo llamaban Espacio Think Tank. El cartel sigue ahí, aunque alguien ha tachado la palabra «Think» y ha escrito «Fuck», porque dos de las prostitutas medio fijas del lugar hacen sus trabajitos allí. Cuando pasó el pequeño boom, algún listillo rompió la parte del rótulo de leds donde ponía «Pixel» y ahora sólo se lee «Dust».

Polvo, qué nombre tan apropiado, piensa Charmaine: todo está cubierto por una permanente capa de mugre. El aire huele a grasa rancia por la tienda de alitas de pollo que hay al lado; los clientes las entran en el bar metidas en bolsas de papel y las van paseando por todo el local. Esas alitas son bastante asquerosas, pero Charmaine nunca dice que no cuando le ofrecen una.

El bar no seguiría abierto si no fuera porque se ha convertido en el punto de encuentro de los que ella supone —en realidad, lo sabe— que son los camellos de la zona. Se reúnen allí con sus proveedores y con sus clientes; no tienen que preocuparse por si los cogen; allí no, ya no. Además de ellos, van unos cuantos parásitos y las dos prostitutas, dos chicas animosas que no tendrán más de diecinueve años.

Las dos son muy guapas; una es rubia, la otra tiene el pelo largo y es morena. Sandi y Veronica: zapatos de plataforma, tops con lentejuelas y pantaloncitos muy cortos. Antes de que todo el mundo se quedara sin dinero iban a la universidad, o eso dicen.

Charmaine cree que no durarán mucho. Alguien les dará una paliza y lo dejarán, o se rendirán y empezarán a consumir drogas, que es otra forma de dejarlo. O algún chulo se les echará encima; o un día, sencillamente, se caerán por algún agujero del espacio y nadie querrá mencionarlas, porque estarán muertas. Es un milagro que no haya pasado todavía ninguna de esas cosas. Charmaine quiere decirles que se vayan, pero no es asunto suyo y, además, adónde van a ir.

Cuando no están ocupadas en el Fuck Tank, se sientan a la barra y beben refrescos light mientras hablan con Charmaine. Sandi le explicó que sólo se prostituyen mientras esperan a conseguir un trabajo de verdad. Veronica dijo «Yo me dejo el culo», y las dos se echaron a reír. A Sandi le gustaría ser entrenadora personal, Veronica prefiere la enfermería. Hablan como si esas cosas pudieran llegar a suceder algún día. Ella no les lleva la contraria, porque la abuela Win siempre decía que los milagros podían ocurrir. Por ejemplo, que Charmaine se hubiera ido a vivir con ella, ¡eso sí que era un milagro!

Así que... ¿quién sabe? Sandi y Veronica coincidieron un par de veces con Stan cuando éste iba a buscar a Charmaine, y no pudo evitar presentárselas. Cuando ya estaban en el coche, él le dijo «No deberías tener tan buen rollo con esas putas», y Charmaine le contestó que no tenía tan buen rollo, pero que en realidad eran chicas muy dulces. A lo que Stan respondió «¿Dulces?, y una mierda», cosa que a Charmaine no le pareció muy amable. Pero no dijo nada.

De vez en cuando entra algún forastero; suelen ser chicos jóvenes, turistas de ciudades o países más prósperos, que van de fiesta por los bajos fondos en busca de diversiones

31

baratas y entonces Charmaine tiene que ponerse en guardia. Conoce a la mayoría de los clientes habituales, y éstos suelen dejarla en paz —ya saben que ella no es como Sandi y Veronica, ella tiene marido—, y sólo a alguien nuevo se le ocurriría tirarle los tejos.

A Charmaine le toca el turno de tarde, unas horas en las que todo está bastante tranquilo. Por la noche sacaría más propinas, pero Stan dice que no quiere que trabaje a esas horas, que hay demasiados borrachos salidos, aunque quizá tenga que ceder si le ofrecen ese horario, porque cada vez les queda menos dinero. Por las tardes sólo están ella y Deirdre, que ya trabajaba allí en los buenos tiempos del PixelDust. Antes era programadora, lleva tatuada una cinta de Moebius en el brazo y sigue haciéndose dos coletas castañas de niña pequeña, como las fanáticas de Harriet la Espía. Y también está Brad, que es quien se encarga de poner mala cara a los clientes que arman jaleo.

Charmaine puede ver la televisión en las pantallas planas: películas antiguas de Elvis Presley de los años sesenta, tan reconfortantes, o las series que dan por las mañanas, aunque no son tan divertidas y, además, esas comedias siempre son frías y despiadadas porque se ríen de los problemas de la gente. Ella prefiere programas dramáticos donde los secuestran a todos, los violan o los encierran en un agujero oscuro, y nadie espera que te rías de eso. Se supone que debes disgustarte, como si te estuviera ocurriendo a ti. El malestar es una emoción más cálida y cercana, no es una gélida emoción distante, como reírse de la gente.

Antes veía un programa que no era una serie. Era un *reality* titulado «The Home Front», con Lucinda Quant. En otros tiempos, Lucinda era un gran reclamo, pero envejeció y «The Home Front» ya sólo se televisaba por cable en canales locales. Lucinda iba por ahí entrevistando a la gente en pleno desahucio, y los espectadores podían ver cómo apilaban en el césped todas sus cosas, como el sofá, la cama y el televisor, todo lo que habían comprado, algo muy triste, pero también interesante, y Lucinda les preguntaba qué les había pasado, y ellos le explicaban que habían trabajado mucho, pero entonces la planta había cerrado, o habían trasladado la sede central, o lo que fuera. Se suponía que los espectadores tenían que mandar dinero para ayudar a esas personas, y a veces lo hacían, y así se veía que la gente es muy buena.

A Charmaine le parecía que «The Home Front» era alentador, porque lo que les había pasado a ella y a Stan podía ocurrirle a cualquiera. Pero entonces Lucinda Quant enfermó de cáncer y se quedó calva y empezó a emitir vídeos en los que salía vomitando en la habitación del hospital; a Charmaine le parecía deprimente, así que dejó de verla. Aunque le deseaba lo mejor y esperaba que se pusiera bien.

A veces habla con Deirdre. Se cuentan las historias de sus vidas, y la de Deirdre es peor que la de Charmaine, porque en ella hay menos adultos buenos, como la abuela Win, y más abusos, y ha pasado por un aborto, algo que Charmaine no podría hacer ni por obligación. De momento toma la píldora, Deirdre se las consigue baratas, pero siempre ha querido tener hijos, aunque no tiene ni idea de cómo se las arreglaría si se quedara embarazada por accidente, teniendo en cuenta que Stan y ella viven en un coche. Otras mujeres —mujeres del pasado, mujeres más fuertes que ella— han vivido con bebés en espacios reducidos, como barcos o carretas. Pero quizá no en un coche. Cuesta mucho eliminar los olores de la tapicería, así que tendría que ser extremadamente cuidadosa con las vomitonas y esas cosas.

Sobre las once, Charmaine y Stan se comen otro donut. Luego, llenos de esperanza, pasan por un contenedor que hay detrás de un garito donde sirven sopas, pero no hay suerte, alguien se les ha adelantado y se lo ha llevado todo.

Antes de mediodía, Stan la lleva a la lavandería que hay en uno de los centros comerciales —ya la han utilizado en ocasiones anteriores, dos de las lavadoras todavía funcionan—, y él vigila el coche mientras ella hace la colada y luego paga con el teléfono móvil. Charmaine tiró su ropa blanca hace tiempo —se deshizo incluso de las bragas de algodón—, y la cambió por prendas de colores más oscuros. Cuesta demasiado conservar limpias las prendas blancas y no soporta que siempre parezcan sucias. Luego, para comer, se acaban las lonchas de queso y el panecillo que les queda, y se toman otro café instantáneo. Esa noche comerán mejor, porque Charmaine cobra.

Después, Stan la deja en el Dust y le dice que volverá a recogerla a las siete.

Brad le explica que Deirdre no está, que ha llamado para decir que está enferma, pero no pasa nada, porque tampoco hay mucho movimiento. Sólo un par de tíos sentados a la barra, tomándose una cerveza o dos. Hay una serie de combinados elegantes anotados en la pizarra, pero nunca los pide nadie.

Charmaine se entrega a la aburrida rutina de cada tarde. Sólo lleva trabajando allí algunas semanas, pero tiene la sensación de que hace más tiempo. Esperar, esperar, esperar a que los demás decidan cosas, a que ocurra algo. Le recuerda mucho la residencia Ruby Slippers, cuyo lema era: «No hay nada como el hogar». Un poco retorcido, pensándolo bien, ya que esas personas estaban allí porque no podían estar en sus casas. Ella básicamente se dedicaba a servir comida y bebida a los ancianos, como en el Dust, y a ser simpática con ellos, como en el Dust, y a sonreír mucho, como en el Dust. De vez en cuando había algún entretenimiento, como un payaso o un perro terapéutico, o un mago, o alguna banda musical que donaba su tiempo a la beneficencia. Pero por lo general no ocurría gran cosa, como en esas páginas web en las que una cámara fija muestra el comportamiento de unos animales, como por ejemplo crías de águi-

34

la, hasta que, de repente, estalla una crisis por una muerte, con un alboroto de graznidos. Como en el Dust. Aunque allí no apaleaban a nadie en el interior del edificio si podían evitarlo.

—Cerveza —dice con acento canadiense el hombre que está sentado a la barra—. La misma de antes.

Charmaine esboza una sonrisa impersonal y se agacha para coger la cerveza de la nevera. Al enderezarse, se ve en el espejo —sigue en buena forma y no parece muy cansada, pese a haber pasado una mala noche—, y sorprende al hombre observándola. Ella aparta la mirada. ¿Lo estaba provocando, se estaba exhibiendo al agacharse de esa forma? No, sólo estaba haciendo su trabajo. Que mire si quiere.

La semana anterior, Sandi y Veronica le habían preguntado si le apetecía hacer algún trabajillo. Ganaría más dinero del que se sacaba detrás de la barra; mucho más, siempre que estuviera dispuesta a salir de allí. Podían usar un par de habitaciones que tenían cerca del bar, con mucha más clase que el Fuck Tank, con cama y todo. Charmaine tenía una imagen fresca y a los clientes les gustaban las rubias de grandes ojos dulces con cara de niña como ella.

«Ah, no —les contestó Charmaine—. ¡Ah, no, no podría!» Aunque había sentido una pequeña punzada de excitación, como si hubiera mirado por una ventana y hubiera visto otra versión de sí misma al otro lado, como si se hubiera visto llevando una segunda vida; una segunda vida más escandalosa y gratificante. Por lo menos más gratificante económicamente, y además lo haría por Stan, ¿no? Eso disculparía cualquier cosa que ocurriera. Cosas con hombres desconocidos, cosas diferentes. ¿Cómo sería?

Pero no, no podía hacerlo porque era demasiado peligroso. Nunca se sabía lo que podían hacer esa clase de hombres, quizá se dejaran llevar. Quizá les diera por empezar a expresarse. ¿Y si Stan lo descubría? Jamás lo aceptaría, por mucho que necesitaran el dinero. Se quedaría hecho polvo. Además, estaba mal.

Confundido

Stan se aventura con la última dirección de Conor que recuerda, un adosado cerrado con tablones en una calle que sólo está semihabitada. Tal vez haya caras que lo observan desde algunas ventanas, tal vez no. Quizá sólo sea cosa de la luz. En lo que tal vez antaño fuera un jardín comunitario hay algo que parece una planta de guisantes marchita. Algunas estacas de madera asoman entre malas hierbas puntiagudas, que llegan a la altura de la rodilla. En la acera destrozada que conduce al porche hay una calavera pintada de rojo, como la que Con y él utilizaron para decorar la caseta de herramientas que convirtieron en su club particular cuando Stan tenía diez años. ¿Qué se proponían? Algo relacionado con piratas, seguro. Es curioso cómo persisten los símbolos.

Ésa era la casa que Con había ocupado cuando Stan lo vio por última vez, haría dos o tres años. Había recibido un mensaje suyo que parecía urgente, pero al llegar allí se encontró con lo de siempre: Con necesitaba un préstamo.

Su hermano llevaba una camiseta de tirantes y *shorts* Speedo, tenía una hilera de arañas tatuadas en el brazo y estaba lanzando un cuchillo contra una pared interior —para ser exactos, lanzándolo contra la silueta de una mujer desnuda, dibujada con rotulador violeta— mientras algunos de los imbéciles de sus amigos se pasaban porros y lo jaleaban. Como en esos tiempos Stan todavía tenía trabajo y se creía moralmente superior, se puso en plan hermano mayor y le soltó un sermón por ser tan holgazán, y Con lo mandó a tomar por culo. Uno de los amigos se ofreció a arrancarle la cabeza a Stan, pero Con se rió y dijo que si había que arrancar alguna cabeza lo podía hacer él solo. Y luego añadió: «Es mi hermano, siempre me suelta su discurso de reprimido antes de darme la pasta.» Después de fulminarse mutuamente con la mirada, se dieron unas palmadas en la espalda y Stan le dejó a Con un par de billetes de cien que no había vuelto a ver desde entonces, pero que ahora le encantaría tener. Entonces Stan cometió un error y le preguntó por aquella navaja suiza que había desaparecido tanto tiempo atrás, y Con se rió de él por cabrearse de ese modo por un cuchillo absurdo, y acabaron insultándose como si tuvieran nueve años.

Stan llama a la puerta verde llena de ampollas. Como no recibe respuesta, empuja y ve que no está cerrada. Algún pirómano debe de haberle prendido fuego al interior de la casa, porque está medio carbonizada; los cálidos rayos del sol se reflejan en los fragmentos de cristales que hay esparcidos por el suelo. Lo asalta la desagradable idea de que Conor podría estar en algún rincón en forma de esqueleto carbonizado, pero no hay nadie en ninguna de las habitaciones chamuscadas y sin techo. Los muebles, quemados y roídos por los ratones, desprenden olor a humo.

Cuando vuelve a salir, hay un hombre curioseando el interior de su coche, no cabe duda de que está pensando en robarlo. El tipo parece bastante flaco y no da la sensación de que lleve ninguna arma, Stan podría con él si fuera necesario. Aun así, mejor no acercarse.

—Hola —saluda a la camiseta de color gris desgastado y a su calvicie incipiente.

El otro da media vuelta.

—Sólo estaba mirando —le dice—. Bonito coche.

Sonrisa halagüeña, pero Stan no se deja engañar: tiene un brillo astuto en los ojos. ¿Llevará un cuchillo?

—Soy el hermano de Conor —dice—. Antes vivía aquí.

Algo cambia: cualquiera que fuese el plan de ese tipo, ya no lo va a intentar. Eso significa que Con debe de seguir con vida, y que su reputación ha empeorado en estos dos años.

—No está aquí —le explica el hombre.

—Sí, ya lo veo —contesta Stan.

Se hace un silencio. O ese tío sabe dónde está Conor o no lo sabe. Está tratando de deducir qué valor tiene esa información para Stan. Luego, o bien mentirá e intentará engañarlo, o no. Hace algunos años, esta situación le habría dado más miedo que ahora.

Al final, el otro dice:

—Pero yo sé dónde está.

—Entonces me puedes llevar —contesta Stan.

—Por tres pavos —responde el tipo extendiendo la mano.

—Dos. Cuando lo vea —replica Stan sin sacar la mano izquierda del bolsillo.

No tiene ninguna intención de pagar por un espacio vacío sin rastro de Conor. Aunque tampoco tiene ninguna intención de pagar en absoluto, porque no lleva dos pavos encima. Pero Con sí los tendrá. Con puede pagar. Eso, o romperle los dientes al tío, o lo que le queda de ellos.

—¿Cómo sé que quiere verte? —pregunta el tipo—. A lo mejor no eres su hermano.

—Tendrás que arriesgarte —le contesta Stan sonriendo—. ¿Vamos en coche?

Puede ser peligroso, tendrá que dejar que ese hombre se siente delante con él, y todavía puede llevar un arma. Pero debe intentarlo.

Se suben al coche, los dos recelosos. Bajan la calle, doblan la esquina. Siguen por otra calle, donde se encuentran con un grupo de niños andrajosos que patean una pelota de fútbol deshinchada. Al final llegan a una zona de caravanas; por lo menos, se ven algunas caravanas aparcadas. Hay un par de tipos de mirada torva en la entrada, uno moreno, el otro no, que les bloquean el paso. Por lo visto es una especie de fortaleza.

Stan para el coche, baja la ventanilla.

—He venido a ver a Conor —dice—. Soy Stan. Su hermano.

—Eso es lo que me ha dicho —interviene el que va sentado a su lado para cubrirse las espaldas.

Uno de los guardias da unas paraditas a la rueda delantera izquierda del coche con poco entusiasmo. El otro habla un momento por el móvil. Mira por la ventanilla, luego dice algo más; está describiendo a Stan. Después le indica por señas que se baje del coche.

—No te preocupes, nosotros lo vigilamos —dice el del teléfono, como si le leyera la mente a Stan, que en ese momento está imaginando un coche despojado de todas las ruedas y de unos cuantos accesorios más—. Pasa. Herb te indicará.

—Reza para que sea su hermano —le dice el segundo hombre a Herb—. O tendrás que cavar dos hoyos.

Conor está detrás de la caravana más alejada, en un espacio lleno de malas hierbas que en su día debió de ser la parcela de una casa. Parece más alto. Ha adelgazado; se abandonó un poco durante un tiempo, pero ahora está bien. Le está disparando a una lata de cerveza que ha colocado sobre un tronco; no, es una pila de ladrillos. El arma es un fusil de aire comprimido que Stan recuerda de su infancia. Era suyo, pero Conor se lo ganó en un campeonato de pulsos. La idea que su hermano tenía de un campeonato era sencilla: jugabas hasta que él ganara y luego se terminaba. No era más corpulento que Stan, pero sí más retorcido. También era bastante más violento. Su interruptor de apagado nunca funcionó muy bien cuando era niño.

¡Ping! Se oye el ruido del perdigón al impactar contra la lata. El guía de Stan no lo interrumpe, pero da un rodeo para que Conor pueda verlo.

Un par de pings más: Conor los está haciendo esperar. Al final para, apoya el fusil de aire comprimido en un bloque de cemento y se da la vuelta. Joder, hasta se ha afeitado. ¿Qué mosca le habrá picado?

—Stan en persona —dice sonriendo—. ¿Cómo te va?

Se acerca a él con los brazos extendidos y representan una versión tensa del abrazo con palmadita en la espalda.

—Lo he traído yo —explica el tipo escuálido—. Me dijiste que vigilara la casa.

—Buen trabajo, Herb —contesta Conor—. Habla con Rikki, él te dará algo. —El tío se marcha arrastrando los pies—. Puto tarado. Vamos a tomarnos una cerveza —propone Conor y se meten en una de las caravanas. Es una Airstream: alta gama.

El espacio central está sorprendentemente fresco y limpio. Conor no lo ha estropeado: no hay basura ofensiva ni pósters descarados de estrellas del rock agarrándose las pelotas, como los que tenía en su habitación cuando era adolescente. Stan solía defenderlo, daba la cara por él delante de sus padres, les aseguraba que se acabaría enderezando. Quizá no esté tan mal que no lo haya hecho. Al menos parece que él sí tiene una fuente de ingresos y, a juzgar por los resultados, debe de ser buena.

Decoración en grises pálidos, pequeños aparatos de tecnología avanzada repartidos discretamente aquí y allá, cortinas en las ventanas, buen gusto: ¿será que Conor tiene mujer? Una mujer pulcra, no una zorra. ¿O sólo es porque gana un dineral?

—Es bonita —dice Stan con tristeza, pensando en su coche, pequeño y maloliente.

Con se acerca a la nevera y saca un par de cervezas.

—No me va mal —le explica—. ¿Y a ti?

—No muy bien —admite Stan.

Se sientan a la mesa empotrada y entonces se beben las cervezas.

—Has perdido el trabajo —dice Con, después de guardar un silencio conveniente.

No es una pregunta.

—¿Cómo lo sabes? —pregunta Stan.

—¿Por qué ibas a venir a buscarme si no? —contesta su hermano en un tono de voz neutro.

No tiene sentido negarlo, y Stan no lo hace.

—He pensado que a lo mejor... —dice.

—Sí, estoy en deuda contigo —admite Con. Se levanta, le da la espalda, rebusca en una chaqueta que tiene colgada en la puerta—. ¿Tienes bastante con un par de cien por ahora? —le pregunta.

Stan se lo agradece en un tono huraño y se mete los billetes en el bolsillo.

—¿Necesitas otro trabajo?

—¿De qué? —pregunta Stan.

—Bueno, ya sabes —responde Con—. Para hacer un poco de todo. Podrías encargarte de seguir la mercancía. Como, por ejemplo, el dinero. Sacarlo del país. Guardarlo aquí y allá. Darnos una imagen respetable.

—¿En qué estás metido? —inquiere Stan.

—Algo bueno —contesta Conor—. Nada peligroso. Un tema de aduanas. Todo en orden.

Stan se pregunta si estará robando obras de arte. Pero... ¿habrá algún sitio donde todavía quede alguna?

—Gracias —le dice—. Puede que más adelante.

En realidad no tiene ganas de trabajar para su hermano pequeño, ni siquiera de una forma segura. Sería como acudir a Bienestar Social. Ahora que tiene algo de dinero y ha ganado un poco de tiempo, puede seguir buscando. Encontrar algo decente.

—Cuando quieras —dice Con—. ¿Necesitas un teléfono o algo? Tiene el saldo a tope. Te servirá durante un mes o así, si tienes cuidado.

¿Por qué no tener un segundo teléfono? Así Charmaine y él podrían llamarse. Mientras dure el saldo.

—¿De dónde lo has sacado? —quiere saber Stan.

—No te preocupes, está limpio —le explica Con—. No lo pueden rastrear.

Stan se mete el teléfono en el bolsillo.

—¿Cómo está tu mujer? —pregunta Con—. Charmaine, ¿no?

—Bien, bien —responde Stan.

—Ya me imagino que está bien —dice Con—. Confío en tu buen gusto. Pero ¿cómo le va?

—Le va bien —contesta él.

Siempre lo ponía nervioso que su hermano se interesara por su chica. Con opinaba que Stan debía compartirlas, tanto si quería como si no. Un par de novias suyas estuvieron de acuerdo. Todavía le duele.

Quisiera pedirle un arma de fuego para asustar a los asaltadores nocturnos, pero está en una posición débil y ya imagina lo que le diría Con: «Manejabas de pena la pistola Nerf, te dispararías en el pie.» O peor aún: «¿Qué me das a cambio? ¿Una hora en la cama con tu mujer? Se lo pasaría bien. ¡Eh! ¡Es broma!» O: «Claro, cuando trabajes para mí.» Así que no lo intenta.

Los dos guardias acompañan a Stan hasta su coche. Ahora son mucho más simpáticos, incluso le tienden la mano para presentarse.

—Rikki.

—Jerold.

—Stan —dice Stan.

Como si no lo supieran.

Cuando se está subiendo al coche, otro vehículo para frente a la entrada del parque de caravanas; un híbrido de lujo, negro e impecable, con los cristales tintados. Por lo visto, Con tiene amigos de categoría.

—Tenemos trabajo —dice Jerold.

Stan siente curiosidad por ver quién sale del coche, pero no baja nadie. Están esperando a que se marche.

Lanzamiento

A Charmaine le gusta estar ocupada, pero a veces, por las tardes, no hay mucho que hacer en el Dust. Ya ha limpiado la barra del bar dos veces y ha recolocado algunos vasos. Podría ver el partido de béisbol que están reponiendo en la pantalla plana que tiene más cerca, pero no le interesan mucho los deportes; no entiende por qué la gente se emociona tanto viendo a un grupo de hombres que se persiguen por un campo, intentan golpear una bola y luego se abrazan, se dan palmadas en el culo, saltan y gritan.

Han bajado el sonido, pero cuando empiezan los anuncios, sube solo y también pasan el texto a pie de pantalla para asegurarse de que te llega el mensaje. Normalmente los anuncios que televisan durante los partidos son de coches y cerveza, pero de repente aparece algo diferente.

Es un hombre trajeado; sólo se le ven la cabeza y los hombros, y su mirada sale de la pantalla y se centra justo en los ojos de Charmaine. Resulta convincente incluso antes de empezar a hablar: está muy serio, como si lo que está a punto de decir fuera muy importante. Y cuando habla, Charmaine podría jurar que le está leyendo la mente.

«¿Cansado de vivir en el coche?», le dice. ¡De verdad se lo está diciendo a ella! No puede ser, ¿cómo va a saber siquiera que existe?, pero tiene esa sensación. El hombre sonríe, qué sonrisa tan comprensiva—. ¡Pues claro! Ésta no es la vida que esperabas. Tenías otros sueños. Te mereces algo mejor.»

«Oh, sí —susurra Charmaine—. ¡Mucho mejor!» Le está poniendo palabras a todo lo que ella siente.

A continuación sale un plano de un portal en lo que parece una pared de cristal negro y brillante y se ve gente que entra: parejas jóvenes cogidas de la mano, enérgicas y sonrientes. Ropa de tonos pastel, todo muy primaveral. Entonces aparece una casa, una vivienda limpia y recién pintada, con una parcela de césped rodeada de un seto, nada de coches viejos ni sofás andrajosos, y a continuación la cámara hace un zoom y se cuela por la ventana del segundo piso, pasa entre las cortinas —¡cortinas!— y se desplaza por la habitación. ¡Espaciosa! ¡Elegante! Esas palabras que utilizan en los anuncios de propiedades inmobiliarias para describir casas en el campo o en la playa, en lugares remotos de otros países. Por la puerta abierta del baño se ve una preciosa bañera, muy honda, con un montón de gigantescas toallas esponjosas de color blanco colgadas al lado. La cama es de tamaño extra y tiene unas preciosas sábanas limpias de flores en color azul y rosa, y cuatro almohadas. Hasta el último músculo del cuerpo de Charmaine clama por esa cama, por esas almohadas. Oh, ¡poder desperezarse! Entregarse a un sueño cómodo con esa sensación segura y acogedora que tenía cuando vivía en casa de la abuela Win.

Aunque la casa de la abuela Win no era exactamente como ésa. Era mucho más pequeña. Pero estaba ordenada. Tiene un recuerdo difuso de otra casa diferente, de cuando era pequeña; quizá fuera como la casa de la tele. No: podría haber sido como ésa si no fuera por el desorden. Ropa arrugada por el suelo, platos sucios en la cocina. ¿Había un gato? Es posible, durante poco tiempo. Le pasó algo malo al gato. Lo había encontrado en el suelo de la entrada, pero tenía una postura rara y rezumaba. «¡Limpia eso! ¡No contestes!» No había contestado —llorar no era lo mismo que hablar—, pero tampoco sirvió de nada, lo había hecho mal de todas formas.

En su habitación había un agujero del tamaño de un puño grande. No era de extrañar, porque el agujero se había hecho precisamente así, de un puñetazo. Charmaine solía esconder cosas en él. Un animalito de peluche. Un pañuelo de tela con las esquinas de encaje, ¿de quién era? Un dólar que se había encontrado. Pensaba que si metía la mano hasta el fondo lo atravesaría y hallaría agua, con peces ciegos y otras cosas, criaturas con dientes oscuros, que quizá pudieran salir. Así que iba con cuidado.

«¿Recuerdas cómo era tu vida? —dice la voz del hombre, mientras continúa el despliegue de sábanas y almohadas—. ¿Antes de que desapareciera el mundo en el que todos confiábamos? En el Proyecto Positrón de la ciudad de Consiliencia las cosas pueden volver a ser como antes. No sólo ofrecemos pleno empleo, sino también la protección necesaria de los peligrosos elementos que tanto nos preocupan hoy en día. ¡Trabaja con personas afines a ti! ¡Ayuda a resolver los problemas que tiene la nación con la falta de trabajo y la delincuencia, al tiempo que solucionas tus propias dificultades! ¡Céntrate en los aspectos positivos!»

La cara del hombre vuelve a salir en pantalla. Más que un rostro atractivo, es una cara en la que se puede confiar. Como si fuera un profesor de matemáticas o un ministro. Se nota que es sincero, y la sinceridad es mejor que la belleza. La abuela Win decía que no era buena idea relacionarse con hombres demasiado guapos, porque tenían demasiado donde elegir. «¿Demasiado qué?», le preguntaba Charmaine, y la abuela Win decía: «Da igual.»

«El Proyecto Positrón está aceptando nuevos miembros —anuncia el hombre—. Si satisfaces nuestras necesidades, nosotros satisfaremos las tuyas. Ofrecemos formación en numerosas disciplinas profesionales. ¡Conviértete en la persona que siempre quisiste ser! ¡Inscríbete ahora!»

Y otra vez esa sonrisa, como si estuviera mirando en lo más profundo de su cabeza. Pero no de una manera que dé miedo, el tono es amable. Sólo quiere lo mejor para ella. Charmaine puede convertirse en la persona que siempre quiso ser, cuando desear algo para sí misma no era tan atrevido.

«Ven aquí. No creas que puedes esconderte. Mírame. Eres una niña mala, ¿verdad?» Si contestaba «No» se equivocaba, pero ocurría lo mismo si decía «Sí».

«Deja de hacer ruido. ¡Cállate, he dicho que te calles! No tienes ni idea de lo que es el dolor.»

Olvida esas cosas tristes, le diría la abuela Win. Vamos a hacer palomitas. Mira, he recogido flores. La abuela Win tenía una pequeña parcela de terreno delante de casa. Nasturtiums, zinnias. Es mejor que pienses en esas flores, ya verás qué rápido te duermes.

. . .

A mitad del anuncio, entran Sandi y Veronica. Ahora están sentadas a la barra, tomándose sus Coca-Cola light, viendo el anuncio con ella.

—Tiene buena pinta —dice Veronica.

—Nadie regala nada —contesta Sandi—. Demasiado bonito para ser verdad. Ese tío parece de los que dejan malas propinas.

—No pasaría nada por probar —opina Veronica—. No puede ser peor que el Fuck Tank. ¡Yo iría sólo por esas toallas!

—Me gustaría saber a qué juegan —dice Sandi.

—Al póquer —responde Veronica, y las dos se ríen.

Charmaine se pregunta qué les parecerá tan gracioso. No está segura de que ellas sean la clase de personas que está buscando ese hombre, pero sería demasiado clasista y disuasorio decirlo y, en el fondo, son buenas chicas, así que exclama:

—¡Sandi! ¡Seguro que podrías ser enfermera!

Por la parte inferior de la pantalla va pasando una y otra vez la dirección de una página web y un número de teléfono; Charmaine los anota. ¡Está tan emocionada! Cuando Stan la recoja pueden utilizar su teléfono móvil para consultar los detalles. Puede sentir la suciedad en su cuerpo, puede percibir el olor a rancio que emana su ropa, su pelo, el olor a grasa quemada del garito de alitas de pollo de al lado. Puede despojarse de todo eso, puede quitarse esa piel como si fuera una cebolla, salir de ella y ser una persona distinta.

¿Habrá lavadora y secadora en esa casa nueva? Claro que sí. Y una mesa para comer. Recetas: podrá volver a preparar recetas, igual que hacía cuando Stan y ella se casaron. Comidas, cenas íntimas, los dos solos. Se sentarán a comer en sillas, servirán la comida en una vajilla de verdad en lugar de utilizar platos de plástico. Quizá incluso tengan velas.

Stan también estará contento: ¿cómo no iba a estarlo? Ya no estará tan gruñón. Claro, primero tendrá que ayudarlo a superar una fase gruñona, cuando se empeñe en dar por hecho que es un timo, como todo lo demás, alguna clase de estafa, y diga que no merece la pena molestarse en mandar una solicitud porque tampoco los van a seleccionar. Pero ella dirá que quien no arriesga no gana y que no se pierde nada por probar. De una forma u otra lo convencerá.

En el peor de los casos, utilizará la carta del sexo. Sexo en una lujosa cama gigante, con sábanas limpias, ¿no le gustaría? Sin maníacos intentando colarse en el coche por las ventanillas. Si es necesario, incluso está dispuesta a pasar por esa experiencia espantosa tan incómoda del asiento trasero esa noche, para recompensarlo si dice que sí. Muy divertido no será, pero puede dejar la diversión para más adelante. Para cuando estén en su casa nueva.

III

CAMBIO

Entrada

No será fácil entrar en el Proyecto Positrón. No les interesa todo el mundo, como le susurra Charmaine a Stan en el autobús que los ha recogido en el punto de encuentro del aparcamiento. Es imposible que algunas de las personas que van en ese autobús entren en el Proyecto, están demasiado hechos polvo y curtidos, tienen los dientes negros o les falta más de uno. Stan se pregunta si tendrán acceso a algún plan dental. De momento, él no sufre de ningún problema en la boca, y es una suerte, teniendo en cuenta toda la basura azucarada que han comido últimamente.

Sandi y Veronica también van en el autocar. Se han sentado al fondo y están comiéndose las alitas de pollo frías que han llevado. De vez en cuando se ríen, demasiado alto. Todos están nerviosos, sobre todo Charmaine.

—¿Y si nos rechazan? —le pregunta a Stan—. ¿Y si nos aceptan?

Dice que es como cuando se elegían equipos en el colegio para un partido: pase lo que pase te pones nerviosa.

El viaje en autocar dura horas bajo una llovizna constante; cruzan campos, pasan por pequeñas zonas comerciales con la mayoría de las ventanas cegadas con madera contrachapada, hamburgueserías abandonadas. Lo único que parece funcionar son las gasolineras. Al cabo de un rato,

51

Charmaine se queda dormida con la cabeza apoyada en el hombro de Stan. Él la está rodeando con el brazo, se la acerca un poco. Se queda dormido también.

Cuando el autocar se para ante una entrada en una pared muy alta de cristal negro, ya está despierto. Energía solar, piensa Stan. Edificio inteligente. Los viajeros del autocar se despiertan, se desperezan y bajan. Es la última hora de la tarde; como hecho a propósito, la tenue luz del sol se cuela en ese momento entre las nubes y los ilumina con su brillo dorado. Muchos de los pasajeros sonríen. Pasan en fila india por delante de una cámara de vigilancia, luego entran en un cubículo que hay en la entrada, donde les escanean los ojos, les toman las huellas dactilares, les entregan una tarjeta de acceso de plástico con un número y a cada uno le adjudican un código de barras.

Vuelven a subirse al autocar y entran en la ciudad de Consiliencia, donde está situado el Proyecto. Charmaine dice que no se lo puede creer: todo está tan cuidado que parece de mentira. Es como una ciudad de película, de película antigua. Como estar en los viejos tiempos, cuando ninguno de ellos había nacido. En plena expectación, le aprieta la mano a Stan y él le devuelve el apretón.

—Estamos haciendo lo correcto —le dice Charmaine.

Se bajan del autobús delante del Hotel Harmony, que no sólo es el mejor hotel de la ciudad, les explica el joven de indumentaria impecable que se encarga de ellos, sino también el único, porque Consiliencia no es exactamente un destino turístico. Los acompaña hasta un salón de baile donde se celebrará un acto preliminar, con bebidas y algo para picar.

—Si no les gusta el ambiente, pueden irse cuando quieran —les dice.

Se ríe para dejar claro que es un chiste.

Porque ¿qué podría no gustarles del ambiente? Stan hace rodar la aceituna por su boca antes de masticarla: hace mucho que no se come una aceituna. El sabor lo distrae. Tendría que estar más atento, porque es evidente que alguien lo está observando, aunque cuesta adivinar quién. ¡Todo el mundo es tan simpático! La simpatía es como la aceituna: hace mucho tiempo que Stan no se topaba con esa cálida capa de sonrisas y saludos. ¿Quién le iba a decir que fuera un tipo tan fascinante? Él no lo sabía, pero hay tres mujeres —es evidente que son azafatas, porque llevan placas identificativas con sus nombres— empeñadas en convencerlo de su magnetismo. Echa un vistazo por la sala: ahí está Charmaine, recibiendo un trato similar de dos tíos y una chica. Sus amigas las zorritas del PixelDust también están en ese grupo. Se han arreglado, incluso se han puesto vestido. Nadie diría que son profesionales.

El grupo va menguando a lo largo de la tarde, como si fueran los invitados de una boda discreta, piensa Stan. Todos los que han demostrado tener una mala actitud han ido saliendo por la puerta de los Descartes. En cambio, Stan y Charmaine deben de haber superado el escrutinio, porque siguen allí cuando se acaba la fiesta. Todos los que quedan tienen una habitación reservada para más tarde. También les entregan un cupón para la cena, con jarra de vino incluida, y otro joven los acompaña hasta un restaurante llamado Together, justo al final de la calle.

Suena una canción antigua de fondo, hay manteles blancos y una lujosa alfombra.

—Oh, Stan —le susurra Charmaine por encima de las velas eléctricas de su mesa para dos—. ¡Es como un sueño hecho realidad!

Coge la rosa del jarrón y la huele.

No es auténtica, quiere decirle Stan. Pero... ¿para qué estropearle el momento? Está tan contenta.

Esa noche se alojan en el Hotel Harmony. Charmaine se baña dos veces, de tanto como se excita al ver las toallas. Verlo a él no la excita tanto, le parece a Stan; pero lo busca de todas formas, ¿por qué se iba a quejar?

—Bueno —dice ella después—, ¿no es mucho mejor esto que el asiento trasero del coche?

Si los admiten en el Proyecto Positrón, dice, podrán despedirse de ese coche horrible y mandarlo a la porra, y los vándalos y los gamberros lo podrán destrozar, porque ellos ya no lo van a necesitar.

Noche libre

Al día siguiente comienzan los talleres. Les dicen que después del primero todavía pueden marcharse. En realidad tendrán que hacerlo, porque Positrón quiere que tengan muy en cuenta las alternativas antes de decidirse. Como todos saben de sobra, al otro lado de las puertas de Consiliencia sólo hay un montón de chatarra putrefacta. La gente se muere de hambre. Vagabundean, roban, rebuscan en los contenedores. ¿Ésa es una forma digna de vivir? Así que todos pasarán la que el Proyecto Positrón espera que sea —¡y lo espera sinceramente!— su última noche en el exterior. Así tendrán tiempo para pensárselo. El Proyecto no está interesado en gorrones, en turistas que sólo entran para probar. El Proyecto quiere un compromiso serio.

Porque después de esa noche, se está fuera o dentro. Y dentro es permanente. Pero nadie los va a obligar. Si se inscriben, lo harán por voluntad propia.

El taller del primer día consiste, sobre todo, en la proyección de unos PowerPoints y unos vídeos de la ciudad de Consiliencia, donde se ve gente feliz que trabaja desempeñando tareas normales: carnicero, panadero, fontanero, mecánico de motos, etcétera. Luego ven vídeos de la Penitenciaría

Positrón, que está dentro de Consiliencia, llena de gente que trabaja también muy contenta, todos con un mono naranja. Stan sólo los mira a medias: ya sabe que al día siguiente firmarán los papeles del compromiso, porque Charmaine está plenamente convencida. Pese a una leve sensación de incomodidad —la han tenido los dos, porque Charmaine le ha preguntado durante el desayuno, con cafés con leche y pomelos de verdad: «Cariño, ¿estás seguro?»—, las toallas de baño han inclinado la balanza.

La noche en el exterior la pasan en un motel asqueroso que a Stan le parece hecho a medida para la ocasión, con muebles destrozados a propósito, olor a cigarrillo rancio rociado con un espray, cucarachas importadas y una ruidosa fiesta en la habitación de al lado y que, seguramente, sea una grabación. Pero se asemeja lo bastante al mundo real como para que la vida que aguarda dentro de los muros de Consiliencia parezca más atractiva que nunca. Lo más probable es que todo sea real, ¿para qué iban a falsear algo que abunda?

Como, entre el jaleo y el colchón lleno de bultos, les cuesta conciliar el sueño, Stan oye los golpecitos en la ventana enseguida.

—¡Eh! ¡Stan!

Joder, ¿qué pasa ahora? Descorre las cortinas raídas y mira afuera con cautela. Es Conor, acompañado de aquellos dos matones enormes que le guardan las espaldas.

—¡Conor! —exclama—. ¿Qué coño haces aquí?

Al menos es él y no un lunático con una palanca.

—Hola, hermano —lo saluda Con—. Sal. Necesito hablar contigo.

—Joder, ¿ahora? —pregunta Stan.

—¿Crees que diría «necesito» si no lo necesitara?

—Cariño, ¿qué pasa? —pregunta Charmaine, subiéndose la sábana hasta la barbilla.

—Sólo es mi hermano —le explica Stan.

Se está poniendo la ropa.

—¿Conor? ¿Y qué hace aquí?

A Charmaine no le gusta Con, nunca le ha caído bien; piensa que es una mala influencia que llevará a Stan por mal camino, como si él fuera tan fácil de manejar. Con podría meterlo en cosas que ella no aprueba, como beber en exceso, o cosas peores que nunca especifica, pero seguro que sobre todo se refiere a las putas.

—No salgas, Stan, podría...

—Tú tranquila, yo me ocupo —le dice él—. ¡Es mi hermano, joder!

—¡No me dejes aquí sola! —exclama asustada—. ¡Me da miedo! Espera, ¡voy contigo!

¿Estará fingiendo para tenerlo controlado e impedir que Con se lo lleve a un antro de pecado?

—Quédate en la cama, cariño. Estaré ahí fuera —le dice él en un tono que quiere ser tranquilizador.

Oye los sollozos sofocados en la cama. Típico de Con: aparece y lo pone todo patas arriba.

Stan se escabulle por la puerta y sale.

—¿Qué? —pregunta lo más irritado que puede.

—No te inscribas en eso —le dice Conor. Casi susurra—. Confía en mí. No quieres hacerlo.

—¿Cómo has sabido dónde encontrarme? —le pregunta Stan.

—¿Para qué sirven los teléfonos? ¡Te lo di yo! Lo he rastreado, tontaina. He seguido a ese autocar hasta aquí. Lección número uno: nunca aceptes teléfonos de desconocidos —le dice sonriendo.

—Tú no eres un puto desconocido, Conor —le contesta Stan.

—Exacto. Por eso te lo digo directamente. No te fíes de esa gente, te digan lo que te digan.

—Pero ¿por qué no? —quiere saber Stan—. ¿Qué tiene de malo?

—Lo que tiene de malo es que, si no eres de los que mandan, no puedes salir de ahí. Excepto metido en una caja y con los pies por delante —responde su hermano—. Sólo me preocupo por ti, eso es todo.

—¿Qué intentas decirme?

—Tú no sabes lo que pasa ahí dentro —le dice Con.

—¿Y eso qué significa? ¿Que tú sí?

—He oído cosas —contesta Conor—. No va contigo. Los buenos siempre se quedan atrás. O se los cargan. Eres demasiado blando.

Stan aprieta los dientes. En otros tiempos, ese comentario habría bastado para provocar una pelea.

—Eres un puto paranoico —le dice.

—Ya, vale. Luego no digas que no te lo advertí —responde Con—. Hazte un favor y quédate fuera. Escucha, eres de mi familia. Te ayudaré, igual que tú me ayudaste a mí. Si necesitas un trabajo, dinero, un favor, ya sabes dónde estoy. Siempre eres bienvenido. Y trae también a tu mujercita. —Sonríe—. Para ella siempre hay sitio.

Así que es eso. Con le ha echado el ojo a Charmaine. Stan no piensa entrar al trapo.

—Gracias, colega —dice—. Te lo agradezco. Lo pensaré.

—Y una mierda —contesta Conor, pero sonríe contento y se dan una palmadita en la espalda.

—¿Stan? —suena angustiada la voz de Charmaine dentro de la habitación.

—Ve a tranquilizar a tu mujercita —le sugiere Conor, y Stan sabe que está pensando: «Calzonazos.»

Se queda mirando cómo se aleja seguido de sus dos guardaespaldas; se meten en un largo coche negro que se pierde en la noche, silencioso como un submarino. Es muy probable que sea el mismo coche que vio en el parque de caravanas. Los tipos como Con, que saben cómo conseguir dinero, siempre quieren coches como ése.

Aunque a Stan tampoco le importaría tener uno igual.

57

Ciudad gemela

A la mañana siguiente dan el paso definitivo. Stan apenas se lee los términos y condiciones, porque Charmaine está ansiosa por entrar. A fin de cuentas, los han elegido, le dice, y han rechazado a muchas otras personas. Esboza una vaga sonrisa mientras él firma el documento.

—Ay, gracias —exclama—. Aquí me siento a salvo.

Entonces empiezan los talleres en serio; o, como dice en broma uno de los líderes, más que un taller esto ya es un trabajo. Están a punto de aprender muchas cosas nuevas que los van a sorprender, y tendrán que concentrarse. Los talleres de los hombres por un lado, los de las mujeres por otro, porque habrá distintos desafíos, deberes y expectativas para cada uno. Además, estarán separados un mes sí y un mes no cuando estén en la parte carcelaria del Proyecto —esa parte se la explicarán más a fondo muy pronto—, así que será mejor que se vayan acostumbrando, les dice el líder de su primer taller, soltando una carcajada. Por otra parte, cuanta más abstinencia, más amor, como sin duda saben por experiencia. Otra carcajada.

«Estar solo me pone a tono», piensa Stan. Una rima de cuando Conor era adolescente y se dedicaba a coleccionar frases como ésa. Se queda mirando cómo Charmaine y las demás mujeres del grupo salen de la habitación. Sandi y Veronica no miran atrás, pero Charmaine sí. Le sonríe con alegría para demostrarle que está segura de la decisión que han tomado, aunque parece un poco nerviosa. Pero la verdad es que él también está un poco nervioso. ¿Cuáles son esas cosas nuevas tan asombrosas que están a punto de aprender?

Los líderes de los talleres de hombres son media docena de jovencitos serios que no paran de toquetearse el acné, con trajes oscuros, recién salidos de algún curso sobre cómo motivar a la gente, auspiciado por cualquier laboratorio de ideas de financiación global. En su vida anterior, la época que pasó en Dimple Robotics, Stan ya se había encontrado con ese tipo de personas. Ya le caían mal por aquel entonces, pero igual que le ocurría antes, ahora tampoco puede evitarlos, porque las clases del taller son obligatorias.

En un día muy ajetreado, empalmando una sesión tras otra, les cuentan los detalles de todo el tinglado. Los fundamentos de Consiliencia, su historia, sus obstáculos potenciales, las objeciones que suele generar, y por qué es tan importante superar dichas objeciones.

La ciudad gemela de Consiliencia/Positrón es un experimento. Un experimento ultra-ultraimportante; los cerebritos utilizan la palabra «ultra» por lo menos diez veces. Si sale bien —y tiene que salir bien, y puede salir bien si todos trabajan juntos—, podría ser la salvación no sólo de las zonas más castigadas de los últimos años, sino también, con el tiempo, y si desde los niveles más altos se acabara aplicando este modelo, de la nación como un todo. Acabarían con el paro y la delincuencia de un plumazo y todos los implicados podrían gozar de una nueva vida, ¿se lo imaginan?

Ellos, los nuevos Novatos de Positrón, ¡son héroes! Han elegido arriesgarse, apostar por el lado bueno de la naturaleza humana, explorar territorios desconocidos de la psique. Son como los primeros colonos, abriéndose paso, despejando un camino hacia el futuro: un futuro que será más seguro, más próspero y muchísimo mejor en todos los sentidos... ¡gracias a ellos! Serán venerados por la posteridad. Ése es el discurso. Stan no ha oído tantas gilipolleces en su vida. Por otro lado, en parte quiere creérselo.

El último conferenciante es mayor que los renacuajos con granos, aunque no mucho más. Lleva un traje igual de oscuro, pero el suyo parece de mejor calidad. Es un hombre de espalda estrecha, torso largo y piernas cortas; lleva el pelo corto, bien recortado alrededor del cuello y peinado hacia atrás. Su imagen dice: «Soy un estirado.»

Lo acompaña una mujer, también con traje negro, pelo negro liso y con flequillo y mandíbula cuadrada; no va maquillada, pero lleva pendientes. Tiene buenas piernas, aunque musculosas. Está sentada a un lado y juguetea con el teléfono móvil. ¿Es una ayudante? No está claro. Stan decide que es una marimacho. Técnicamente no debería estar allí, en la sesión de los hombres, y Stan se pregunta por qué habrá ido. En cualquier caso, es mejor mirarla a ella que al tío.

Éste empieza diciendo que lo llamen Ed y espera que se sientan cómodos, porque ya saben —¡y él también lo sabe!— que han tomado la decisión correcta.

Ahora le gustaría ofrecerles —compartir con ellos—, una visión más detallada de lo que hay entre bambalinas. Costó mucho conseguir todos los permisos necesarios para poner en marcha la iniciativa Positrón. Al poder siempre le cuesta decidirse; más de un gurú legislador se jugaba el culo —sonríe un poco por haberse atrevido a utilizar la palabra «culo»—, como demuestra el alboroto que se organizó cuando el Proyecto apareció por primera vez en la prensa. Los señores portavoces, hombres y mujeres —Ed mira a la mujer y ella le sonríe—, se han enfrentado a las críticas de los radicales de la red y a los provocadores que afirman que Consiliencia/Positrón representa una violación de las libertades individuales, un intento de lograr el control absoluto de la sociedad, una ofensa para el espíritu humano. Nadie está más comprometido con las libertades individuales que Ed, pero como todos saben —aquí Ed esboza una sonrisa conspiradora—, eso a lo que llaman libertades individuales no se come, y el espíritu humano no paga las facturas, y alguien tenía que hacer algo para aliviar la tensión que había en la olla a presión social. ¿Verdad que están de acuerdo?

La mujer del traje levanta la vista. ¿Qué está mirando? Los observa a todos con tranquilidad, muy relajada. Luego vuelve a mirar el móvil. Stan se siente desnudo sin teléfono:

han tenido que entregar sus móviles al comenzar el taller. Les han prometido que les darán teléfonos nuevos, pero sólo funcionarán dentro de los muros de Consiliencia. Stan quisiera saber cuándo se los entregarán.

Ed baja la voz: está a punto de decir algo importante. En efecto, les proyectan un PowerPoint con un montón de gráficos. Los peces gordos que controlan la economía del país han ocultado las estadísticas reales para que no cunda el pánico, les dice, pero un estremecedor cuarenta por ciento de la población de la zona está en paro y el cincuenta por ciento de esas personas son menores de veinticinco años. Ésa es la receta de la descomposición de cualquier sistema: de la anarquía, del caos, de la absurda destrucción de la propiedad, de lo que algunos llaman revolución, que en realidad quiere decir saqueos, bandas, dictadores y violaciones masivas, un terror permanente para los más débiles e indefensos. Ésa es la lúgubre perspectiva que tienen delante de las narices en aquella zona. Todos ellos ya han sufrido los primeros síntomas en persona, motivo por el cual —está convencido— les ha parecido conveniente apuntarse al Proyecto.

¿Qué se puede hacer?, pregunta Ed arrugando las cejas. ¿Cómo controlarlo? Porque sin duda estarán todos de acuerdo en que eso es lo que le conviene a la sociedad. Los líderes oficiales del país se estaban quedando sin ideas muy rápido. La cantidad de mano de obra e impuestos que se pueden dedicar a controlar los disturbios, a la vigilancia social, a perseguir chavales rápidos por callejones oscuros, a dispersar a base de manguerazos y gas pimienta las reuniones sospechosas, es limitada. Muchas de las ciudades que antes eran centros bulliciosos de actividad, ahora están estancadas o abandonadas, sobre todo en el nordeste del país, aunque otros Estados también están sufriendo el golpe, particularmente donde la sequía se cobra su peaje. Demasiadas personas privadas de sus derechos están viviendo en coches abandonados, en los túneles del metro o incluso en las alcantarillas. Hay una epidemia de drogadicción y alcoholemia: licores de graduación tan alta que su consumo equivale al suicidio; drogas tan fuertes que llagan la piel y causan la muerte en menos de un año. El olvido es cada vez más atractivo para los jóvenes, incluso para los ciudadanos de mediana edad, porque... ¿para qué conservar el cerebro cuando por mucho que uno piense nunca conseguirá solucionar el problema? Ni siquiera es un problema, es mucho más que eso. Es más bien un colapso inminente. ¿Acaso su región y su país, tan bonitos antaño, están condenados a convertirse en tierra baldía llena de pobreza y escombros?

Al principio, la solución fue construir más cárceles y amontonar más gente dentro, pero pronto el coste resultó ser prohibitivo. (Cuando llega a este punto, Ed pasa unas cuantas diapositivas más.) Es más, eso generó pelotones de presos que se liberaban después de alcanzar un nivel profesional en ciertas capacidades delictivas que estaban deseando poner en práctica una vez de vuelta al mundo exterior. La relación coste-beneficio no mejoró ni siquiera cuando se privatizaron las cárceles, ni cuando empezaron a alquilar a los prisioneros como mano de obra gratuita para negocios con intereses internacionales, porque los esclavos americanos no podían competir en rendimiento con los de otros países. La competitividad del mercado de esclavos estaba relacionada con el precio de la comida, y los americanos, que a pesar de todo siguen siendo gente de buen corazón, todos tan amantes de rescatar cachorrillos perdidos —aquí Ed sonríe con indulgencia, con desdén—, no estaban dispuestos a matar de hambre a sus prisioneros mientras éstos se dejaban la piel trabajando. Por mucho que los políticos y la prensa envilecieran a los prisioneros tachándolos de escoria mugrienta y chusma tóxica, cuando se amontonan los cadáveres escuálidos no hay manera de esconderlos indefinidamente. Se puede aceptar como inexplicable algún muerto suelto —siempre ha habido muertes inexplicables, dice Ed encogiéndose de hombros—, pero no cuando se amontonan los cadáveres. Algún fisgón acabaría grabando un vídeo con el móvil; esas cosas pueden descontrolarse por mucho esfuerzo que se dedique a ocultarlo, y quién sabe qué clase de alboroto, por no decir sublevación, podría provocar.

Stan siente un ligero hormigueo en la nuca. ¡Ed podría estar hablando de su hermano! Quizá no se esté refiriendo a Con en concreto, pero está bastante convencido de que si Ed pudiera mirar de cerca a Conor, lo catalogaría de chusma tóxica. A Stan no le parece mal que se utilicen esa clase de apelativos, le resultan familiares, y no es que apruebe lo que sea que esté haciendo Con. ¿Será ése el rumor que ha oído su hermano? ¿Que Positrón es excesivamente represiva con los que tienen los dedos demasiado largos? ¿Un solo error y estás fuera?

Le gustaría llamar a Conor, hablar un poco más con él. Averiguar lo que sabe en realidad sobre ese sitio. Pero no puede hacerlo sin teléfono. Espera a ver, se dice. Dale una oportunidad a este lugar.

Ed extiende los brazos como un predicador televisivo; levanta la voz. Entonces a los creadores de Positrón se les ocurrió, dice —y era una idea brillante—, que si las cárceles se reorganizaran y se gestionaran de una forma racional, podrían convertirse en unidades económicamente viables, en las que todo el mundo saldría ganando. Los presos podrían hacer muchos trabajos: construcción, mantenimiento, limpieza, vigilancia. Trabajos de hospital, coser uniformes, zapatería, agricultura si hubiera una granja integrada: sería una fuente de trabajo inagotable. Las ciudades medianas que tuvieran grandes penitenciarías se podrían autoabastecer y las personas que vivieran en esas ciudades podrían disfrutar de un confort de clase media. Y si cada ciudadano fuera guardián o prisionero, conseguirían el pleno empleo: la mitad serían prisioneros, la otra mitad se ocuparía de atender a los prisioneros de una forma u otra. O de atender a los que los atienden.

Y como era poco realista esperar que el cincuenta por ciento de la población fueran criminales, lo más justo sería que todo el mundo se turnara: un mes dentro, un mes fuera. ¡Pensad en el ahorro que supondría que cada vivienda sirviera para dos parejas de residentes! Sería como llevar el concepto de multipropiedad a su conclusión lógica.

De ahí la ciudad gemela de Consiliencia/Positrón. ¡De la que ahora todos forman una parte tan importante! Ed sonríe, es la sonrisa acogedora, abierta e inclusiva de un vendedor nato. ¡Todo tiene sentido!

Stan quiere preguntarle por el margen de beneficio y saber si es una operación privada. Tiene que serlo. Alguien ha obtenido los lucrativos contratos de infraestructura y suministros, los muros no se construyen solos, y los sistemas de seguridad son del máximo nivel, por lo que ha podido observar en la entrada. Pero se contiene: no parece que sea el mejor momento para preguntarlo, porque ahora ha aparecido la palabra «Consiliencia» en la pantalla, en letras bien grandes.

CONSILIENCIA = CONCESIÓN + RESILIENCIA
¡ENTREGAMOS TIEMPO EN EL PRESENTE, GANAMOS
TIEMPO PARA NUESTRO FUTURO!

Una vida con sentido

Stan tiene que admitir que los relaciones públicas y los especialistas en *branding* lo han hecho muy bien; es evidente que Ed piensa lo mismo. El Proyecto Positrón le ha cambiado el nombre a la penitenciaría que había antes, les dice, porque «Instituto Correccional Septentrional» era lúgubre y aburrido. Se les ocurrió llamarla Positrón, nombre técnico de la antipartícula del electrón, pero eso lo sabía muy poca gente por ahí, ¿verdad? Como palabra simplemente sonaba muy... en fin, positiva. Y positividad era justo lo que necesitaban para solucionar los problemas actuales. Hasta los más escépticos —dice Ed—, hasta los más amargados tendrían que admitirlo. Luego habían consultado con algunos de los mejores diseñadores para que se encargaran de la imagen y el ambiente general. Eligieron los años cincuenta para los aspectos visuales y auditivos, porque era la década que más gente identificaba con la felicidad. Y ésa era una de las metas: la máxima felicidad posible. ¿Quién se negaría a marcar esa casilla?

Cuando lanzaron el nombre y la estética nuevos, Positrón fue muy bien recibido. Los blogueros que colgaban noticias en la red dijeron que era una estratagema creíble. ¡Por fin una visión de futuro! Incluso los más depresivos dijeron que por qué no probarlo, ya que todo lo demás había fallado. La gente se moría por un poco de esperanza, estaban ansiosos por tragarse cualquier cosa que los inspirara.

Después de emitir los primeros anuncios, el número de solicitudes online que recibieron fue abrumador. Y no era de extrañar: el Proyecto tenía muchas ventajas. ¿Quién no quería comer tres veces al día y no tener el agua de la ducha restringida a la cantidad que cupiera en una taza, y llevar ropa limpia y dormir en una cama cómoda sin chinches? Por no mencionar la sensación inspiradora de compartir un fin común. En vez de pudrirse en algún bloque de apartamentos desierto e infestado de moho negro o esconderse en una caravana apestosa, donde pasarían la noche defendiéndose de adolescentes colocados, armados con botellas rotas y dispuestos a matarlos por un puñado de colillas, tendrían un empleo remunerado, tres comidas completas al día, una parcela de tierra que cuidar, un seto que podar, la convicción de estar contribuyendo al bien común y un váter con agua en la cisterna y todo. En una palabra, o mejor dicho, en cuatro palabras: UNA VIDA CON SENTIDO.

Ése el último lema de la última diapositiva del último PowerPoint. Algo para llevarse a casa, dice Ed. A su casa nueva, que está justo allí, en Consiliencia. Y dentro de Positrón, claro. Les pide que piensen en un huevo, con una clara y una yema. (Entonces aparece un huevo en la pantalla, un cuchillo lo corta por la mitad, a lo largo.) Consiliencia es la clara, Positrón la yema, y juntas forman el huevo entero. Ese huevo artificial que se coloca en los nidos de los pájaros para animarlos a poner más, explica Ed sonriendo. Se ve una última imagen: un nido con un huevo dorado brillando dentro.

Ed apaga el PowerPoint, se pone las gafas de lectura y consulta una lista. Asuntos prácticos: les entregarán los teléfonos móviles nuevos en el salón principal. También les informarán de la dirección de sus respectivas casas. Los detalles están mejor explicados en las hojas verdes que encontrarán dentro de las carpetas que les han dado, pero el resumen es que todos los ciudadanos de Consiliencia vivirán dos vidas: serán prisioneros durante un mes, y guardias o funcionarios el mes siguiente. Se le ha asignado un Alterno a cada uno. Así, cada vivienda puede dar servicio a, por lo menos, cuatro personas: el Mes Uno las casas estarán ocupadas por los civiles y luego, el Mes Dos, por los prisioneros del Mes Uno, que volverán a sus vidas civiles y se trasladarán a sus domicilios. Y así será un mes tras otro, y un turno tras otro. «Pensad en el ahorro que eso supone para el coste de la vida», les dice Ed, con lo que podría ser un tic o un guiño.

El tema del poder adquisitivo le interesa a todo el mundo: les entregarán a todos una cantidad inicial de Posidólares que podrán intercambiar por cosas que quieran comprar en las tiendas de Consiliencia o del catálogo digital de la intranet. Los días de paga se les cargarán esas cantidades de forma automática. Podrán guardar bajo llave los objetos que compren para personalizar las viviendas, o compartirlos con sus Alternos; en caso de que se rompiera algo, éstos deberán reemplazar los objetos estropeados empleando sus propios

Posidólares. Disponen de personal de mantenimiento que se encargará de las tareas de fontanería y electricidad. «Y de las filtraciones —dice Ed—. Las de los tejados, no las de información», añade, después con una sonrisa. Se supone que es un chiste, piensa Stan.

Echa un vistazo a la hoja verde. Los solteros vivirán en apartamentos de dos habitaciones, que compartirán con otra persona soltera y sus dos Alternos. Las casas unifamiliares son para las parejas y las familias: genial, a Charmaine y a él les darán una de ésas. Los adolescentes tienen dos escuelas, una dentro de la cárcel y la otra fuera. Los niños pequeños se quedan con sus madres en el ala de mujeres, que está equipada con ludotecas, guarderías y clases de baile infantiles. Es una situación ideal para los más pequeños y, de momento, el índice de satisfacción parental es muy elevado.

Cada vivienda dispone de cuatro taquillas, una para cada adulto. La ropa de calle —que se puede elegir del catálogo—, deberán guardarla en esas taquillas durante los meses en que sus dueños estén haciendo el turno de presos. El mono naranja de prisionero se guarda en la Penitenciaría Positrón, se lleva mientras se está en la cárcel y se deja allí para que lo laven.

Han mejorado las celdas de la prisión y, aunque han intentado mantener la idea general, les han añadido bastantes comodidades. ¡Nadie les está pidiendo que vivan en una cárcel de las de antes! La comida de la penitenciaría, por ejemplo, tiene una calidad de tres estrellas como mínimo. El propio Ed no come otra cosa, porque es asombroso lo que se puede cocinar usando ingredientes sencillos y saludables, con cariño y una buena actitud.

Ed consulta sus notas. Stan ya no sabe cómo ponerse: ¿cuánto tiempo va a seguir parloteando esa cotorra? Ya ha entendido el concepto general y, de momento, no hay nada de lo que asustarse. Le apetece tomarse un café. O mejor aún, una cerveza. Le gustaría saber qué le habrán explicado a Charmaine en los talleres de las mujeres.

Vale, otra cosa, dice Ed. De vez en cuando puede aparecer un equipo de filmación para grabar algunas escenas de la vida ideal que estarán llevando, proyectarlas fuera de Consiliencia y hacer publicidad del trabajo tan provechoso que se hace ahí dentro. Ellos también pueden ver las grabaciones en el circuito cerrado de la red de Consiliencia. Disponen de música y películas en la misma intranet, aunque, para evitar la sobreexcitación, no hay pornografía ni violencia gratuita, y tampoco se puede conseguir música rock o hip-hop. En cambio, no han puesto ninguna limitación a los cuartetos de cuerda, Bing Crosby, Doris Day, los Mills Brothers, o bandas sonoras de antiguos musicales de Hollywood.

Joder, piensa Stan. Basura para abuelitas. ¿Y qué hay de los deportes? ¿Podrán ver algún partido? Se pregunta si habrá alguna forma de piratear una señal del exterior. ¿Qué tiene de malo el fútbol? Aunque quizá sea mejor no intentar nada de eso demasiado pronto.

Un par de cosas más, dice Ed. Hay una lista donde se pueden inscribir para los trabajos que más les gusten, tanto en la ciudad como en la prisión: tienen que numerar las tres opciones que prefieran, dándole diez puntos a la mejor. Los que nunca hayan conducido un escúter tienen que apuntarse en la hoja amarilla; las clases de conducir escúters empezarán el martes. Éstos serán del mismo color que sus taquillas y todo el mundo tiene que responsabilizarse del suyo mientras lo estén utilizando.

Ed está convencido de que entre todos convertirán esta nueva aventura revolucionaria en un gran éxito. ¡Buena suerte! Alza la mano para despedirse de ellos, como Santa Claus, y abandona la sala. La mujer del traje negro sale detrás de él. Puede que sea una guardaespaldas, piensa Stan. Tiene unos glúteos poderosos.

Cuando llega a la lista de trabajos, él elige la robótica como primera opción. Luego informática; en tercer lugar, reparación de escúters. Supone que podrá trabajar en cualquiera de esas tres cosas. Mientras no acabe limpiando cocinas, no tendrá ningún problema.

Esa tarde, Charmaine y él hacen su primera compra con los Posidólares y disfrutan de la primera comida en su casa nueva. Ella todavía no se lo cree; está tan contenta que no para de canturrear. Quiere abrir las puertas de todos los armarios, encender todos los interruptores. Está impaciente por descubrir qué clase de trabajos les asignan y se ha apuntado a las clases para conducir el escúter. ¡Todo será fantástico!

—Vámonos a la cama —dice Stan.

Charmaine está descontrolada. Stan tiene la sensación de que necesitará un cazamariposas para atraparla, de lo hiperactiva que está.

—¡Estoy tan emocionada! —exclama.

Como si no se notara, piensa Stan. Le gustaría ser él el objeto de esa emoción y no el lavavajillas, que ahora ella está acariciando como si fuera un gatito. No puede evitar pensar que el lugar tiene una especie de esquema piramidal, y que los que no lo entiendan se quedarán sin nada. Pero no tiene ningún motivo para sentirse así. Puede que sea desagradecido por naturaleza.

Me muero por tenerte

Stan ha perdido la cuenta del tiempo exacto que llevan en las ciudades gemelas. Ha pasado volando. ¿Ya ha transcurrido un año? Más de un año. Él ha reparado escúters durante un mes, luego, en la cárcel, se ha encargado del software del contador de huevos, y después de vuelta otra vez a los escúters. Ninguna de las dos cosas le ha resultado difícil.

Está escuchando *Paper Doll* por los auriculares del teléfono, mientras aclara su taza de café. «*Those flirty guys*», tararea para sí. Al principio odiaba la música de Consiliencia, pero ha empezado a encontrarla extrañamente reconfortante. Hasta lo pone medio cachondo Doris Day.

Hoy es día de cambio y Charmaine y él tienen que ingresar en prisión. ¿Cómo pasará ella el tiempo que está separada de él en el ala de mujeres?

—Hacemos mucha calceta —le ha explicado—. En las horas libres. Y están los huertos y la cocina, nos turnamos para esas tareas diarias. Y también hay que hacer la colada, claro. Y luego, en el hospital, mi trabajo como Administradora Jefe de Medicación... ¡es una gran responsabilidad! ¡No me aburro nunca! ¡Los días pasan volando!

—¿Me echas de menos? —le preguntó Stan hace una semana—. ¿Cuando estás ahí dentro?

—Pues claro que te echo de menos. No seas tonto —le contestó ella, dándole un beso en la nariz.

Pero él no quería que le diera un beso en la nariz. «¿Te mueres por tenerme, te consumes por verme?», eso es lo que le habría gustado preguntar. Pero no se atreve a hacerlo, porque está casi seguro de que ella se reiría.

No es que no tengan relaciones sexuales. Desde luego, lo hacen mucho más ahora que en el coche, pero para Charmaine es una especie de representación, como si estuviera haciendo yoga, controlando cuidadosamente la respiración. Lo que él quiere es la clase de sexo que no se puede evitar. Quiere urgencia. ¡No, no, no, sí, sí, sí! Eso es lo que quiere. Se ha dado cuenta los últimos meses.

En el sótano, abre su enorme taquilla verde y guarda la ropa que ha llevado durante el verano: los pantalones cortos, las camisetas, los vaqueros. Es posible que tarde un tiempo en volver a ponérsela: tal vez dentro de un mes, cuando regrese, haya pasado ya el calor y tenga que llevar jerséis de lana, aunque nunca se sabe el tiempo que puede hacer en septiembre. Para esa época no tendrá que preocuparse tanto por el mantenimiento del césped, cosa que es una ventaja. Aunque se lo encontrará hecho un desastre. Hay tíos que no tienen mano con el césped, creen que se cuida solo, dejan que se apelmace y se seque y entonces las hormigas amarillas se apoderan de él y cuesta mucho trabajo conseguir que vuelva a crecer la hierba. Si él estuviera allí todo el tiempo, podría mantener el césped siempre en perfectas condiciones.

Arriba, hay toallas limpias en el baño y sábanas limpias en la cama. Charmaine las ha cambiado todas antes de marcharse con su escúter a Positrón. Stan lleva dos meses saliendo de casa después que ella, por lo que es quien se encarga de dar el último repaso: comprueba que no haya ninguna marca de suciedad alrededor del desagüe de la bañera, que no se haya quedado algún calcetín por ahí tirado, restos de jabón o pelos en el suelo. Cuando vuelven el primer día de los meses alternos, se supone que Stan y Charmaine deben encontrarse la casa impoluta, sin una mancha, oliendo a productos de limpieza con aroma a limón, y a ella le gusta dejarla exactamente así. Dice que deben predicar con el ejemplo.

Pero la verdad es que al volver no siempre se han encontrado la casa inmaculada. Tal como ha señalado Charmaine, había pelos, migas de pan, manchas. Es más: hace tres meses, Stan se encontró incluso una nota doblada; la esquina asomaba por debajo de la nevera. Es posible que, en un inicio, la hubieran sujetado con el imán plateado en forma de pato, el mismo que utiliza Charmaine para la lista de la compra.

A pesar del estricto tabú de Consiliencia que impide establecer contacto con los Alternos, Stan leyó la nota de inmediato. Estaba escrita a máquina, pero era sorprendentemente íntima.

Querido, Max, estoy impaciente por volver a verte. ¡Me muero por tenerte! Te necesito. Besos y todo eso que tú sabes. Jasmine.

Había un beso con pintalabios: rosa intenso. No, más oscuro: tirando a morado. Pero no era morado ni malva ni granate. Rebuscó en su cabeza tratando de recordar los nombres de los colores de las muestras de pintura y tela a las que tantas vueltas les daba Charmaine. Se llevó el papel a la nariz e inspiró: todavía quedaba un ligero olor, como a chicle de cereza.

Charmaine nunca había llevado un pintalabios de ese color. Y nunca le había escrito una nota como ésa. La tiró a la basura como si estuviera en llamas, pero luego la sacó y la volvió a meter debajo de la nevera: Jasmine no debía averiguar que alguien había interceptado la nota que le había escrito a Max. También era posible que Max buscase sus notas debajo de la nevera —quizá fuera algún jueguecito perverso que tenían—, y a Max le disgustaría no encontrarla. «¿Encontraste mi nota?», le preguntaría Jasmine cuando estuvieran juntos en la cama. «¿Qué nota?», contestaría él. «Ay, Dios, ¡la habrán descubierto los otros!», exclamaría Jasmine. Entonces se reiría. Quizá incluso la excitara pensar que un tercer par de ojos había visto la huella de su ávida boca.

Aunque no parece que ella necesite esas cosas para excitarse. Stan no puede dejar de pensar en eso: en Jasmine, en su boca. Ya lo atormenta lo suficiente cuando está en la casa, incluso con Charmaine respirando a su lado, con suavidad o con más rapidez, según lo que estén haciendo o, mejor dicho, lo que esté haciendo él: Charmaine nunca ha sido muy participativa, más bien era una mujer de banquillo, de las que animan desde la banda. Pero en Positrón, cuando está en su cama estrecha del ala de hombres, ese beso flota en la oscuridad ante sus ojos como si los labios fueran cuatro almohadones mullidos, abiertos para formular una invitación, como si estuvieran a punto de suspirar o hablar. Ahora ya sabe de qué color es esa boca, lo ha buscado.

Fucsia. Y tiene un lujurioso brillo húmedo. «Venga, date prisa —le dice a Stan—. Te necesito, ¡te necesito ahora mismo! ¡Me muero por ti!» Pero está hablando con él, no con el tío cuya ropa descansa en la taquilla que hay junto a la suya. No habla con Max.

Max y Jasmine, así se llaman: ésos son los nombres de los Alternos, las otras dos personas que ocupan la casa, que siguen sus rutinas, satisfacen sus necesidades, representan la fantasía de vivir allí una vida normal cuando Charmaine y él no están. Se supone que no debe saber sus nombres ni nada de lo que concierne a sus dueños: es el protocolo de Consiliencia. Pero como leyó aquella nota, sabe sus nombres. Y ahora también sabe —o deduce, o, para ser más exactos, imagina— muchas otras cosas.

La taquilla de Max es la roja. La de Charmaine es rosa y la de Jasmine es violeta. Dentro de una hora más o menos —cuando Stan haya salido de la casa, cuando haya tecleado el código de salida—, Max entrará por la puerta, abrirá la taquilla roja, sacará la ropa que tiene allí guardada, se la llevará al piso de arriba, la ordenará en la habitación, en las estanterías, en el armario: se pondrá cómodo para pasar el mes.

Entonces llegará Jasmine. Ella no se molestará en vaciar su taquilla, no será lo primero que haga. Se abrazarán. No: Jasmine se abalanzará sobre Max, se pegará a él, abrirá su boca fucsia, le arrancará la ropa y se desnudará ella también, lo tumbará sobre... ¿qué? ¿La alfombra del salón? ¿O subirán a trompicones, tambaleándose de lujuria, y se dejarán caer entrelazados en la cama, esa cama que Charmaine ha hecho tan pulcra y cuidadosamente con sábanas recién planchadas antes de irse? Unas sábanas con una cenefa de pajaritos azules como los de las postales de cumpleaños, que sostienen unos lacitos de color rosa con el pico. Sábanas de guardería,

73

sábanas de niño: son la clase de cosas que Charmaine encuentra monas. Esas sábanas no parecen apropiadas para Max y Jasmine, que nunca elegirían unos accesorios tan aburridos, de colores pastel. A ellos les va mucho más el satén negro. Aunque, como todos los accesorios básicos de ese sitio, las sábanas ya estaban en la casa.

Jasmine no plancha las sábanas, y tampoco les deja hecha la cama a Stan y a Charmaine antes de irse: ellos se encuentran el colchón desnudo. Y tampoco pone toallas en el cuarto de baño. Pero es normal que Jasmine no piense mucho en esas cosas de la casa, se dice Stan, porque a ella, en realidad, lo único que le importa es el sexo.

Stan recoloca en su mente a Jasmine y a Max, una postura y luego otra, el sujetador de encaje hecho pedazos, las piernas levantadas, el pelo furiosamente alborotado, a pesar de que no tiene ni idea de cómo es ninguno de los dos. Max tiene toda la espalda llena de arañazos, como si fuera el sofá de piel de un amante de los gatos.

Menuda golfa, la tal Jasmine. Se pone a cien en un segundo, como una placa de inducción. Stan no lo soporta.

A lo mejor es fea. «Fea, fea, fea», repite como un mantra, intentando librarse de ella como si practicara un exorcismo, de ella y del irritante olor a chicle de su pintalabios, y de su voz empalagosa, una voz que no ha oído nunca. Pero no funciona, porque Jasmine no es fea, es guapa. Es tan hermosa que brilla en la oscuridad.

Con Charmaine no tiene esas diversiones. No hay besos ardientes de color fucsia, nada de rodar por la alfombra. Dentro de un mes oirá: «¡Stanley! ¡Stan! ¡Cariño! ¡Ya estoy aquí!», en un tono de voz suave y claro, una voz sin matices. Charmaine, con su camisa a rayas azules y blancas, tan limpia, desprendiendo ese olor a lejía casi imperceptible y una fragancia mucho menos sutil a suavizante con olor a polvos de talco de bebé.

A Stan no le gustaría que fuera de otra manera. Por eso se casó con ella: era la forma de escapar de esas mujeres complejas, retorcidas, irónicas y contradictorias con las que se había enrollado hasta entonces; mujeres demasiado proclives a permitir los ataques de Conor, o de otros tíos. Transparencia, seguridad, fidelidad: las humillaciones sufridas le habían enseñado a valorar esas cualidades. A él le gustaba que Charmaine estuviera chapada a la antigua, ese aire a anuncio de galletas, que fuera siempre tan remilgada, que casi nunca dijera palabrotas. Cuando se casaron pensaban que tendrían hijos en cuanto pudieran permitírselo. Todavía lo piensan. Puede que los tengan pronto, ahora que ya no viven en el coche.

Teclea el código de su taquilla, espera a que aparezca la palabra «CERRADO», sube la escalera del sótano y sale de la casa. Una vez fuera, teclea otro código en el monitor que hay junto a la puerta, para dejar constancia de que ha salido.

En Positrón, Jasmine y Max ya deben de haberse puesto la ropa civil que se quitaron hace un mes. Ahora estarán saliendo de sus respectivas alas de la cárcel y dejarán sus uniformes naranja en el mostrador principal de la penitenciaría. Muy pronto se montarán en sus escúters y se irán a su casa. Stan siente el impulso voyeur de esconderse detrás del seto, el mismo seto de cedro que podó la semana pasada para arreglar la chapuza que había hecho Max durante su última estancia. Esperará a que hayan entrado los dos y luego los espiará por las ventanas. Ya ha pensado por dónde mirará, ha dejado un poco subidas las persianas de la planta baja. Aunque si suben al piso de arriba, no tendrá más remedio que utilizar la escalera extensible, con ese chirrido metálico que produce.

¿Y si se cae? Peor aún, ¿y si Max se asoma a la ventana completamente desnudo y lo empuja? Stan no sabe nada sobre él, excepto lo implícito en la nota, y también que, como fue el primero en elegir taquilla, se decidió por la roja. Debe de ser agresivo. A Stan no le gustaría que un hombre desnudo enfadado lo tirase a empujones de una escalera extensible, un hombre desnudo a cuya arañada epidermis añade ahora un montón de tatuajes. También es muy probable que Max tenga la cabeza afeitada, llena de cicatrices y golpes de todas las veces que les ha roto los dientes y la mandíbula a otros hombres valiéndose tan sólo de la fuerza de su cráneo en forma de bala.

El cráneo de Stan todavía está recubierto por una mata de pelo rubio, pero ya clarea, y eso que sólo tiene treinta y dos años. Él nunca ha utilizado la cabeza para partirle la boca a nadie, pero se atrevería a apostar que Max sí lo ha hecho. Es probable que antes de entrar en Positrón, Max trabajara como guardaespaldas de algún narcotraficante esclavista de mujeres trajeado, repartidor de coca y lleno de cadenas de oro. Alguien como Conor, sólo que sería un Conor más corpulento, más duro, más malo y más poderoso. En el suelo, Stan quizá se pudiera medir con un hombre como ése, pero en esa escalera perdería el equilibrio enseguida. Y aterrizaría en el seto y le haría un agujero, después de haberlo podado con tanto mimo.

A ese capullo de Max se le da aún peor podar el seto que cuidar el césped. Stan encontró la podadora en el garaje, con la cuchilla llena de hojas secas. Pero es imposible que Max pueda podar el seto como es debido si Jasmine se abalanza encima del pobre tío cada vez que lo ve con los guantes de cuero de trabajo enfundados y se pone a manosearle la hebilla del pantalón.

Pensándolo bien, es mejor que no los espíe por la ventana.

Cambio

Hace un día precioso y despejado y no demasiado caluroso para ser principios de agosto. A Charmaine los días de cambio le resultan casi festivos: cuando no llueve, las calles se llenan de gente que sonríe y se saluda; algunos van a pie, otros en sus escúters con sus respectivos colores, se ve algún carrito de golf que otro. De vez en cuando pasa alguno de los coches oscuros de Vigilancia: de ésos se ven más los días de cambio.

Todo el mundo parece bastante feliz: llevar dos vidas distintas significa que siempre se tiene algo diferente por delante. Es como tener vacaciones cada mes. Pero ¿qué vida es el período vacacional y cuál el trabajo? Charmaine no está segura del todo.

Mientras va de camino a la farmacia de Consiliencia en su escúter eléctrico rosa y violeta, mira el reloj: no dispone de mucho tiempo. Tiene que fichar en Positrón a las cinco y media como muy tarde y ya son las tres. Le ha dicho a Stan que debía hacer unos recados para el hospital de la cárcel: por eso tenía prisa por marcharse. La vez anterior puso como excusa las fundas del sofá: ¿no estaba de acuerdo con lo de las fundas, no le parecía que eran de un color muy apagado, no deberían ir juntos a echar un vistazo al catálogo y presentar una solicitud para que les adjudicaran unas más alegres? No se pueden escoger con una imagen digital, hay que verlas en persona. ¡Mira, te ha traído muestras de tela! ¿Será mejor un estampado de flores o algún motivo abstracto?

Si se pone a hablar de algo así, Stan desconecta y ella puede dar por hecho que no ha oído ni una sola palabra de lo que ha dicho. Si ella desapareciera de repente se daría cuenta, pero por lo demás, parece que no se fija en nada. Últimamente la trata como si fuera una interferencia en la radio, como el riachuelo que suena en la máquina de sonidos naturales que tienen para dormir. Hace algún tiempo esa actitud le habría dolido —le dolía—, pero ahora le viene muy bien.

Deja el escúter en el aparcamiento que hay detrás de la farmacia y luego rodea el edificio hasta la parte delantera. Ya se le ha acelerado el corazón. Inspira hondo, adopta su pose eficiente y ocupada y consulta su libretita como si hubiera algo escrito en ella. Luego pide una caja grande de vendajes y lo carga en la cuenta del hospital. No necesitan las vendas, pero tampoco es algo inusual: nadie hará ningún seguimiento, sobre todo porque es ella misma quien, cada dos meses, se encarga de hacerlos.

Dedica una de sus sonrisas más alegres a Bill Nairn, que está en su última hora de farmacéutico antes de quitarse la bata blanca para ocupar cualquiera que sea su puesto al otro lado de los muros de Positrón. Bill le devuelve la sonrisa e intercambian comentarios sobre el buen tiempo, luego se despiden. Ella vuelve a sonreír. Charmaine tiene unos dientes muy inocentes: dientes asexuales, no son nada afilados. Antes le preocupaba ser demasiado simétrica, demasiado rubia, pero ahora le parece una ventaja. Sus dientes pequeños no asustan a nadie: lo anodino es un buen camuflaje.

Vuelve al aparcamiento a toda prisa y, tal como esperaba, ve un sobrecito metido debajo del asiento de su escúter. Lo coge con discreción, sale del aparcamiento derrapando, dobla la esquina hasta una calle residencial y aparca.

No utilizan los teléfonos móviles de Consiliencia para organizar sus encuentros: es demasiado arriesgado, porque uno nunca sabe a quién pueden estar investigando los de Tecnología. Toda la ciudad está metida en una campana de cristal: la gente puede comunicarse dentro de ella, pero no entra ni sale una sola palabra sin aprobación previa. Nada de quejas, protestas, habladurías ni chivatazos. El mensaje global tiene que estar muy bien controlado: el mundo exterior tiene que estar convencido de que el proyecto de las ciudades gemelas de Consiliencia/Positrón funciona.

Y funciona, no hay más que verlo: ¡calles seguras, ni un solo vagabundo, todo el mundo tiene trabajo!

Aunque ha habido algunos baches en el camino y hubo que aplanarlos. Pero en este momento Charmaine no quiere pensar en esos baches que tanto la desaniman, ni en la naturaleza del aplanamiento.

Abre el papel y lee el mensaje. Quemará la nota para deshacerse de ella, pero no lo hará allí: una mujer en un escúter quemando algo podría llamar la atención. No ve ningún coche negro, pero se rumorea que el departamento de Vigilancia tiene ojos en todas partes.

La dirección de hoy está en una zona de viviendas sociales abandonada en alguna década de mediados del siglo veinte: una de las muchas reliquias del pasado de la ciudad. Como les explicaron a todos en la presentación, la ciudad que ahora se ha convertido en Consiliencia fue fundada a finales del siglo diecinueve por un grupo de cuáqueros. Su objetivo era el amor fraternal; la ciudad se llamaba Harmony y tenía como emblema una colmena que simbolizaba el trabajo cooperativo. La primera industria que tuvieron fue un molino de azúcar de remolacha; luego una fábrica de muebles y más adelante una de corsés. A continuación montaron una planta automovilística —para fabricar uno de aquellos coches anteriores al primer Ford—, después una empresa de película fotográfica y, finalmente, un correccional del Estado.

Después de la Segunda Guerra Mundial, las fábricas principales se fueron debilitando hasta que lo único que quedó de Harmony fue un centro saqueado, varios edificios públicos ruinosos con columnas blancas, y un montón de casas expropiadas que no pudieron vender ni los bancos. Y, por supuesto, el correccional, que era donde trabajaban los habitantes, si es que trabajaban.

En cambio, ahora, piensa Charmaine, todo es diferente. ¡Todo ha mejorado mucho! Ya han renovado el gimnasio, por ejemplo. Y también están modernizando un montón de casas, cualquier mes de éstos llegará un grupo nuevo de candidatos para habitarlas. O quizá les asignen casas menos modernas, como la que les tocó al principio a Stan y a ella. Tuvieron problemas de fontanería; más bien episodios de fontanería, porque fueron más importantes que simples problemas. Como aquella vez que llovió tanto que las aguas residuales subieron por el fregadero de la cocina: eso fue más grave que un simple problema.

Por suerte les concedieron un traslado; Charmaine da por hecho que sus Alternos también se trasladaron a la casa nueva, pero puede que no. No ha pensado en preguntárselo a Max, si su mujer y él también vivieron primero en esa otra casa. Con Max no habla de esas cosas.

Cada mes es una dirección nueva: mejor así. Por suerte hay muchas casas vacías; las abandonaron cuando la industria se vino abajo y los inquilinos dejaron de poder pagar, y algunas un tiempo después, cuando tantas viviendas se quedaron vacías porque nadie quería comprarlas. Cuando no está en su celda de Positrón, Max es miembro del equipo de Reciclaje de Viviendas de Consiliencia. El equipo de Reciclaje se encarga de inspeccionar las casas y decidir si hay que demolerlas y destinar los terrenos a aparcamientos y jardines comunitarios, o si conviene renovarlas; por eso sabe cuáles están disponibles.

Max intenta elegir las que tienen una decoración más afín con el estilo de Charmaine: a ella le gustan los papeles pintados bonitos, con capullitos de rosas o con margaritas. Siempre encuentra las que tienen esa clase de papel. Pero en todas las que han utilizado habían entrado los vándalos, en los tiempos en los que vagaban de una ciudad a otra y de casa en casa, rompiendo ventanas y botellas y bebiendo y drogándose y durmiendo en el suelo y usando las bañeras como retretes, mucho antes de que se pusiera en marcha el Proyecto Positrón.

Tanto las bandas como los locos sueltos dejaban sus marcas en el papel floral: pintadas en la pared y otras cosas.

Dibujos obscenos. Palabras cortas e indecentes escritas con espray, o con rotuladores, o pintalabios y, en un par de ocasiones, con algo marrón reseco que podría ser mierda.

—Léeme lo que pone —le susurró Max al oído en la primera casa, la primera vez.

—No puedo —dijo ella—. No quiero.

—Claro que sí —insistió él—. Sí que quieres.

Y debía de ser cierto, porque acabó escupiendo hasta la última de las palabras. Max se rió, la cogió en brazos y le metió las manos por debajo de la falda. Por ese motivo, Charmaine nunca se pone vaqueros cuando queda con él. Un minuto después ya estaban tumbados en el suelo de madera.

—¡Espera! —exclamó ella, jadeando de placer—. ¡Desabróchame los botones!

—No puedo esperar —le contestó Max, y era verdad, no podía esperar, y como él no podía esperar, Charmaine tampoco. Era como la contraportada de la novela más morbosa de la limitada biblioteca de Positrón. Arrasada. Embriagada de deseo. Como un ciclón. Gemidos desesperados. Todo eso. Charmaine nunca había experimentado esa fuerza, esa energía que llevaba dentro. Había pensado que sólo era algo que aparecía en los libros o en la televisión, o algo que le ocurría a otra gente.

Luego recogió los botones y se los metió en el bolsillo. Sólo habían saltado dos. Los cosería después, tras su estancia en Positrón, antes de volver a la casa donde vivía con Stan.

Charmaine quería a Stan, pero con él era distinto. Un amor diferente. Confiado, tranquilo. Era un amor que venía con peces, en peceras —aunque ellos no tenían ninguna—, y quizá con gatos. Y con huevos para desayunar, escalfados, cada uno en su escalfador. Y con bebés.

Cuando la abuela Win murió, Charmaine tuvo que seguir sola; fue un tiempo en que anduvo sobre una placa de hielo muy fina en la que se veían las grietas y el desastre aguardando justo bajo sus pies, pero el truco era seguir deslizándose. Amaba a Stan porque a ella le gustaba pisar suelo firme, las superficies antirreflectantes, las películas con finales claros. Bien cerrados, como suele decirse. Aceptó el puesto de Administradora Jefe de Medicación que le ofrecieron en la Penitenciaría Positrón porque consistía en manejar estanterías e inventarios, y en tenerlo todo en su sitio.

O eso creía entonces, pero por lo visto había letra pequeña. Otras obligaciones de las que no le hablaron al principio, hay cierta falta de método, hay que trampear. Cada vez le sale mejor. Y resulta que no está tan comprometida con la pulcritud como ella pensaba.

Dejar esa nota debajo de la nevera fue una torpeza. Y ese beso de pintalabios, algo muy chabacano. Tiene el pintalabios guardado en la taquilla; sólo lo ha utilizado para esa nota. Stan no soportaría que se pusiera un color tan llamativo como ése: Pasión Púrpura se llama, qué mal gusto.

Y por eso lo compró: así es como ella percibe lo que siente por Max. Púrpura. Apasionado. Chillón. Y sí, de mal gusto. A un hombre como ése, por el que tienes esa clase de sentimientos, le puedes decir todo tipo de cosas, y «me muero por tenerte», es la más suave. Palabras que antes no habría empleado. Palabras vandálicas. A veces no se puede creer lo que sale de su boca; por no mencionar lo que entra en ella. Hace todo lo que quiere Max.

Claro que él no se llama Max, igual que Charmaine no se llama Jasmine. No utilizan sus verdaderos nombres: lo decidieron la primera vez sin siquiera tener que comentarlo. Es como si cada uno fuera consciente de lo que piensa el otro.

No, no es conciencia, es inconsciencia. Cuando está con Max, Charmaine tira la conciencia por la ventana.

. . .

Orden

La primera vez fue una casualidad. Charmaine se había quedado en la casa después de que se marchara Stan, dando los últimos retoques, como solía hacer al principio, antes de que apareciera Max. «Ve tú primero», le decía a Stan para quitárselo de encima y poder entregarse a la limpieza con el pelo recogido en una cola de caballo. Le gustaba esa rutina, ponerse su delantal y sus guantes de goma e ir tachando las cosas de su lista mental sin que nadie la molestara. Alfombras, bañeras, fregaderos. Toallas, lavabos, sábanas. De todas formas, Stan odiaba el ruido de la aspiradora. «Sólo voy a hacer la cama —le decía—. Adelántate, cariño. Nos vemos dentro de un mes. Pásalo bien.»

Y en ésas estaba —haciendo la cama, canturreando en voz baja— cuando Max entró en la habitación. La asustó. Se vio arrinconada: sólo había una puerta. Un hombre más bien delgado, esbelto. No era demasiado alto. Tenía mucho pelo negro. También era guapo. Un hombre que podía elegir.

—No pasa nada —le dijo—. Lo siento. He llegado pronto. Yo vivo aquí.

Dio un paso adelante.

—Yo también —respondió Charmaine.

Se miraron.

—¿Taquilla rosa?

Otro paso.

—Sí. La tuya es la roja. —Retrocediendo—. Ya casi he acabado, luego podrás...

—No hay prisa —dijo él. Dio otro paso—. ¿Qué guardas en esa taquilla rosa? Me lo he preguntado muchas veces.

¿Era una broma? A Charmaine no se le daba bien saber cuándo alguien bromeaba.

—Quizá te apetezca un café —le ofreció—. En la cocina. Ya he limpiado la cafetera, pero puedo... Aunque el café no es muy bueno.

Charmaine, estás balbuceando, se dijo.

—No hace falta —le contestó él—. Prefiero quedarme aquí y mirarte. Me encanta que hagas la cama antes de irte. Y dejas toallas limpias. Como en un hotel.

—No pasa nada, me gusta hacerlo, creo que así queda...

Ahora estaba arrinconada contra la mesita de noche. Tengo que salir de esta habitación, se dijo. Quizá pudiera esquivarlo. Se desplazó hacia un lado y luego hacia delante.

—Lo siento, tengo que irme ya —se disculpó con la esperanza de que su voz sonara neutra.

Pero él le apoyó una mano en el hombro. Dio otro paso adelante.

—Me gusta tu delantal —le dijo—. O lo que sea. ¿Se ata a la espalda?

Al minuto siguiente —¿cómo pudo ocurrir?—, su delantal estaba en el suelo, tenía el pelo suelto —¿se lo había soltado él?— y se estaban besando; él le había metido las manos por debajo de la blusa recién planchada.

—Tenemos un par de horas —susurró el hombre, separándose—. Pero no podemos quedarnos aquí. Mi mujer... Mira, conozco un sitio... —Garabateó una dirección—. Ve ahí.

—Voy a remeter la sábana —dijo ella—. Si no, dará mala impresión.

Él sonrió. Charmaine remetió la sábana, aunque no quedó tan bien como de costumbre, porque le temblaban las manos. Luego hizo lo que aquel hombre le había pedido.

Aquélla fue su primera casa vacía. Estaba a oscuras, había moscas muertas, no funcionaban la luz ni el agua; alguien había rayado y manchado las paredes, pero nada de eso importó aquella primera vez, porque Charmaine no se fijaba en esa clase de detalles. Al terminar, él había salido primero, por la puerta lateral. Luego, después de contar hasta quinientos como el hombre le había sugerido, Charmaine salió por la puerta principal, intentando adoptar una actitud apresurada y oficial, para marcharse con su escúter a la Penitenciaría Positrón, donde, tras fichar, entregar la ropa de calle y darse la ducha obligatoria, se había puesto el mono naranja limpio de la cárcel, que la estaba esperando. Después de cenar en el comedor de las mujeres con las demás —había cerdo asado con coles de Bruselas—, se había unido a su grupo de calceta, como de costumbre, y había hablado de cosas sin importancia, también como de costumbre. Pero estaba sonámbula.

Tendría que haberse horrorizado por lo que había hecho. Pero estaba asombrada y también exultante. ¿Había ocurrido de verdad? ¿Volvería a pasar? ¿Cómo podía contactar con él o creer siquiera en su existencia? No podía. Era como estar al borde de un precipicio. Se mareaba.

A las diez en punto entró en su celda doble, donde la mujer con la que la compartía ya estaba dormida, y oyó el tranquilizador sonido metálico y el clic de la cerradura. Se sintió segura al saberse enjaulada ahora que había descubierto a esa otra persona que habitaba en ella y que era capaz de aventuras y contorsiones que no había experimentado nunca. No era culpa de Stan, era culpa de la química. La gente hablaba de química cuando se refería a otra cosa, como la personalidad, pero ella se refiere realmente a la química. Olores, texturas, sabores, ingredientes secretos. Ella ve mucha química en su trabajo, sabe muy bien de lo que es capaz. Puede ser como la magia. Puede ser implacable.

Aquella noche durmió como si se hubiera emborrachado. Al día siguiente se dedicó a sus tareas en el hospital con la energía de costumbre, escondiéndose detrás de su sonrisa. Lleva esperando eso desde entonces: dentro de Positrón mientras Max inspecciona los edificios vacíos de Consiliencia; luego en casa, con Stan, trabajando en la panadería durante el día; ella se encarga de las tartas y los rollos de canela. Después pasa una hora o dos siendo Jasmine, con Max, los días de cambio, cuando él ingresa en la Penitenciaría Positrón y ella vuelve a su vida civil, o viceversa. Una casa vacía. Los nervios. La urgencia. El arrebato.

Luego, más esperas. Es como si se estirara tanto que tiene la sensación de estar a punto de romperse; pero todavía no se ha roto. Aunque quizá dejar aquella nota fue una especie de rotura. O el comienzo. Tendría que haberse controlado más.

Stan debió de leer la nota. Tiene que ser eso. Debió de leerla y luego la metió de nuevo debajo de la nevera, porque Max le describió dónde la había encontrado y estaba mucho más hacia la derecha del sitio donde ella la había escondido. Desde entonces, Stan ha estado tan ensimismado que parece sordo y ciego. Cuando hace el amor —así es como Charmaine piensa en ello, algo muy distinto de lo que le pasa con Max, llámese como se llame—, cuando Stan hace el amor, no lo hace con ella. O no lo hace con la idea que suele tener de ella. Parece casi enfadado.

—Suéltate —le dijo él una vez—. ¡Suéltate, joder!

—¿A qué te referías con eso de que me soltara? —le preguntó ella después, con su voz de perplejidad y despiste, esa voz que antaño era su única voz—. ¿Que me suelte de qué? ¿A qué te refieres?

Stan le dijo:

—No importa. —Y añadió—: Lo siento.

Y parecía avergonzado. Charmaine no hizo nada para tranquilizarlo. Quiere que se sienta avergonzado, porque esos sentimientos de Stan forman parte del disfraz de Charmaine.

Una vez la llamó Jasmine por equivocación. ¿Qué habría pasado si ella hubiera contestado? Se habría delatado. Pero se contuvo y fingió no haberlo oído. Puede que Stan se haya enamorado de su nota, con su imprudente beso fucsia. ¿Eso es divertido, o peligroso?

¿Y si Stan lo descubre? Lo suyo con Max. ¿Qué haría? Stan tiene genio; era peor cuando vivían en el coche, pero incluso desde que llegaron ahí ha lanzado algunas piezas de la cristalería, y ha soltado palabrotas cuando las cosas no funcionaban como él quería: la podadora de setos, el cortacésped. No le haría ninguna gracia descubrir que, en realidad, no existe ninguna Jasmine, excepto dentro de Charmaine. Lo perdería. Él no lo soportaría.

Tiene que romper con Max. Tiene que mantenerlos a salvo a los dos —tanto a Stan como a Max—, y a sí misma también. Pero todavía no. Seguro que se puede permitir unas cuantas horas más, unos pocos momentos de eso que ni siquiera sabe cómo se llama. Felicidad no; no es eso.

Habría sido mejor si la mujer de Max, Jocelyn, hubiera encontrado aquella nota. ¿Qué habría pensado? Nada demasiado peligroso. No habría sabido quién era el tal Max porque él nunca utiliza ese nombre con su mujer, según le ha dicho, y tampoco es que haga mucho el amor con ella, o, por lo menos, no tiene nada que ver con el sexo que practica con Charmaine, así que no hay razón para estar celosa. Son dos mundos distintos: Max y Jasmine están en uno y la esposa está en el otro.

Jocelyn habría interpretado que Max y Jasmine eran los Alternos, las personas que viven en la casa cuando ella y su marido están en Positrón. De haber visto esa nota, habría pensado que Max y Jasmine eran Stan y Charmaine. ¿Qué otra cosa podía pensar?

Uf, caramba, se dice Charmaine. Parece que, de momento, te has salvado.

«¿Qué has dicho?» Charmaine oye la voz de Max en su cabeza, como le ocurre siempre que él no está. Es consciente de que se lo inventa; inventa cosas para que él las diga. Aunque no tiene la sensación de estar inventando nada, parece que Max hable con ella de verdad. «¿Has dicho "caramba"? ¿Como los personajes de los cómics antiguos? Nena, ¡eres tan retro que pareces moderna! Ahora te haré decir algo mejor con esa boca púrpura de fulana. Pídemelo. Agáchate.»

«Lo que tú quieras», le contesta ella. Lo que él quiera dentro de esa no casa, dentro de ese espacio vacío, un espacio que no existe, entre esas dos personas con nombres falsos. «Ay, sí, lo que tú quieras.» Ya se ha sometido.

Y aquí está ahora, en la dirección de hoy. El escúter de Max ya está aparcado, con discreción, a cuatro puertas deshabitadas de distancia. A Charmaine le tiemblan tanto las piernas que le cuesta subir los escalones de la entrada. Si alguien la estuviera viendo, pensaría que cojea.

IV
POR ÚLTIMO, EL CORAZÓN

Corte de pelo

Stan ficha en Positrón, se da una ducha, se pone el mono naranja y hace cola para el corte de pelo rutinario. Les gusta conservar la apariencia de que aquello es una cárcel auténtica, aunque eso de pelar a los convictos es arcaico —es como luchaban contra los piojos antaño— y ya no les rapan toda la cabeza: sólo les cortan un poco el pelo, para que cuando tengan que volver a salir haya recuperado una longitud respetable entre la población civil.

—¿Has pasado un buen mes fuera? —pregunta el barbero, que se llama Clint. Lleva una «C» enorme en el pecho, porque forma parte de Confianza. No es uno de los delincuentes originales, los que todavía estaban allí cuando empezó el Proyecto: a nadie se le ocurriría dejar que un criminal peligroso se acercara a todas esas tijeras y cuchillas. Fuera, en su vida de civil, Clint se dedica a podar árboles. Antes de unirse al Proyecto había sido actuario, pero perdió ese trabajo cuando su empresa se trasladó al oeste.

Es algo habitual, aunque nadie habla mucho de lo que hacía antes: les recomiendan no mirar atrás. Stan tampoco piensa mucho en el tiempo que pasó en Dimple Robotics, cuando creía que el futuro era como una acera y sólo tenía que caminar de un bloque de pisos al siguiente; y tampoco piensa en lo que ocurrió después, cuando se quedó sin trabajo. Odia pensar en cómo era entonces: mugriento, malhumorado, asfixiado por la impotencia que lo perseguía a todas partes como una niebla. Se alegra de volver a tener metas, entre ellas el descubrimiento y la seducción de Jasmine. Ya casi puede sentirla en la punta de los dedos: la entrega, la elasticidad, el calor húmedo de la jungla.

Relájate, se dice mientras se balancea en la silla. Las manos fuera de los bolsillos. No te provoques una hernia.

Clint debe de haber aprendido allí el oficio de barbero: todos tuvieron que pasar por un período de formación para aprender o mejorar alguna habilidad práctica dentro de Positrón.

—Sí, ha sido un buen mes, no me puedo quejar —dice Stan—. ¿Y tú?

—Genial —contesta Clint—. He hecho algunas chapuzas en casa. Fui al comité, conseguí el permiso y pinté la cocina. Amarillo pálido, ha ganado mucho. Está orientada al norte. Mi mujer está muy contenta.

—¿A qué se dedica aquí dentro? —pregunta Stan.

—Trabaja en el hospital. Es cirujana —explica Clint—. Está especializada en corazón. ¿Y la tuya?

—También está en el hospital, es Administradora Jefe de Medicación —dice Stan.

Siente una punzada de orgullo por Charmaine: a pesar de su taquilla rosa, no es una cabeza hueca. Ocupa un puesto serio que conlleva poder. Hay que ser fiable, hay que ser decidido, eso le ha explicado. También estable, discreto y no ser propenso a pensamientos negativos.

—Debe de ser un trabajo duro a veces —opina Clint—. Tratar con enfermos.

—Al principio sí —responde Stan—. Le afectaba un poco. Pero ahora ya está más acostumbrada.

Charmaine nunca le ha hablado mucho de su trabajo, pero la verdad es que él tampoco le ha hablado mucho del suyo.

—Hay que tener la cabeza fría —opina Clint—. No se puede ser sentimental.

Stan sólo puede contestar que sí. Clint opta por la discreción y le corta el pelo en silencio, cosa que a Stan ya le va bien. Tiene que concentrarse en Jasmine; Jasmine, la del beso fucsia. No lo deja en paz.

Cierra los ojos y se ve como uno de esos príncipes heroicos de los absurdos videojuegos de su infancia, que se va abriendo paso a machetazos por ciénagas llenas de plantas carnívoras con tentáculos, devastadoras sanguijuelas gigantes, cruzando las zarzas venenosas hasta el castillo de hierro, donde Jasmine aguarda dormida, vigilada por el dragón, el dragón Max, esperando que la despierten con un beso, el beso de Stan. El problema es que ya está despierta, está muy despierta, y se lo está montando con el dragón. Con él y con su cola llena de escamas.

Oscura fantasía. Abre los ojos.

¿Quién es Max? Podría ser alguien que Stan ve a menudo sin saberlo. Podría ser un tío que le haya dejado el escúter para que se lo repare mientras pasa el mes en el talego, podría estar de guardia ahora mismo, podría ser el tipo que encierra a Stan por las noches y le dice «Pórtate bien». Hasta podría ser Clint: ¿sería posible? ¿Sería posible que «Clint» fuera un nombre falso? Imposible. Clint es un tío mayor, con el pelo gris y barriga.

—Ya estás listo —dice éste.

Le acerca un espejo para que Stan se pueda ver la cabeza por detrás. Le está saliendo un rollito de grasa rasposo en la nuca, pero sólo se ve si echa la cabeza hacia atrás. Cuando encuentre a Jasmine tiene que acordarse de mantener la cabeza recta. O un poco inclinada. Ella podría apoyarle ahí la mano, una mano de dedos largos y firmes terminados en unas uñas del color de la sangre arterial. Sólo de pensarlo ya se está sonrojando. Clint le está sacudiendo los pelillos que le han caído encima.

—Gracias —dice Stan—. Nos vemos dentro de dos meses.

Dos meses —uno dentro, otro fuera— hasta el próximo corte de pelo de Clint. Antes de ese día habrá entrado en contacto con Jasmine cueste lo que cueste.

Se pone en la cola de la comida, que siempre es lo primero después del corte de pelo. La comida de Positrón es excelente, porque si el equipo que trabaja en la cocina te sirve una mierda, tú les servirás mierda a ellos el mes siguiente para compensar. Funciona a la perfección: es increíble que haya tantos chefs con ganas de hacer bien las cosas. Hoy hay albóndigas de pollo, uno de sus platos preferidos. Además se siente orgulloso de haber contribuido personalmente a la producción de pollos, gracias al trabajo que desempeña en su puesto como Supervisor de Aves de Corral en Positrón.

Los primeros meses, la hora de comer solía ser estresante. En aquel momento seguía habiendo delincuentes auténticos en la cárcel. Camellos, sicarios de bandas, timadores, estafadores profesionales y todo tipo de ladrones. Cabezas rapadas al cero y llamativos tatuajes que vinculaban a quienes los llevaran con los demás miembros de su banda y advertían a sus enemigos. Había empujones en la cola de la cafetería, había miradas fulminantes, había distancias. Stan aprendió algunas combinaciones de palabras muy ingeniosas que a él nunca se le habrían ocurrido, ni siquiera peleando con Conor; era una inventiva digna de admiración, poética incluso. («Pus, polla, salchichón, madre, perro, mermelada de fresa»: ¿cómo era ésa exactamente?) Se peleaban por las magdalenas, se tiraban platos de huevos revueltos a la cara.

A veces las cosas se ponían serias: patadas, huesos rotos. Se suponía que en ese momento debían intervenir los guardias, pero sólo algunos de ellos eran guardias de verdad, por lo que sus intervenciones carecían de autoridad. Había pisotones, patadas, puñetazos, estrangulamientos, quemaduras con café caliente, y todo ello seguido de la consecuente venganza a escondidas: misteriosos apuñalamientos en las duchas, perforaciones cuyo rastro conducía hasta algún trinchante de barbacoa robado de la cocina, contusiones provocadas cuando alguien, de alguna forma, conseguía golpearse repetidamente la cabeza contra una piedra en el huerto, oculto por las hileras de tomateras.

Durante aquellos días, Stan agachaba la cabeza y cerraba la boca e intentaba ser invisible al máximo. Sabía que no era como Conor: no tenía las habilidades necesarias para participar en aquellos juegos tan bestias. Sin embargo, ese período no duró mucho, porque los disturbios que provocaban los elementos criminales suponían una amenaza demasiado grande para el Proyecto. La idea inicial había sido mezclar a los delincuentes con los voluntarios, que eran la mayor parte de los presos, y se suponía que eso provocaría una mejoría en los criminales. No sólo eso: además, los dejarían salir también en meses alternos como habitantes civiles de Consiliencia, les asignarían tareas en la ciudad o ejercerían de guardias en Positrón.

Eso les proporcionaría una experiencia que nunca habían vivido —es decir, un trabajo—, y también se ganarían el respeto de los demás y un lugar en la comunidad, cosa que los ayudaría a mejorar su autoestima. La idea, repetida como un mantra, era que si los prisioneros hacían de guardias y viceversa, todos saldrían ganando. Los guardias tendrían menos tendencia a abusar de su autoridad, porque pronto les tocaría a ellos estar encerrados. Y los prisioneros tendrían un incentivo para mostrar un buen comportamiento, ya que las actuaciones violentas conllevarían represalias. Además, la delincuencia dejaría de tener ventajas. El control de las bandas no supondría riquezas materiales, y no se podría traficar con nada: ¿quién iba a querer comprar cosas que estaban en todas las casas amuebladas de Consiliencia? No existían sustancias ilícitas que se pudieran vender de contrabando o con las que traficar. Ésa era la teoría oficial.

Sin embargo, parecía que algunos delincuentes quisieran hacerse con el control sólo por el mero placer de conseguirlo: el que cortaba el bacalao era el que cortaba el bacalao, aunque no hubiera beneficio económico. Se organizaban bandas, los criminales intimidaban a los civiles o los metían en poderosos círculos oscuros por los que se sentían repentinamente atraídos. En la ciudad se saqueaban casas con los habitantes dentro, se celebraban fiestas pasadas de vueltas, quizá, según los rumores, hasta había violaciones en grupo. Llegó incluso a darse una amenaza de motín contra la dirección, con rehenes y alguna oreja amputada, pero un espía descubrió el plan a tiempo.

Las fuerzas exteriores siempre podrían haber cortado la corriente y el agua —eso se lo imaginaba hasta un necio, pensaba Stan—, pero entonces se filtrarían las malas noticias y el Proyecto ardería en llamas a la vista de todo el mundo. Dirían que el modelo no funcionaba. Y los inversores habrían desperdiciado un montón de dinero.

Cuando se incrementó la vigilancia, los elementos más problemáticos desaparecieron. Consiliencia era un sistema cerrado: una vez dentro, ya no se podía salir. Por lo tanto, ¿adónde habían ido? La versión oficial era que los habían transferido a otra ala. O que habían tenido problemas de salud. Entonces empezaron a circular rumores sobre lo que les había ocurrido de verdad, basados en guiños e insinuaciones furtivas. La conducta de los presos mejoró de forma radical.

Deber

Después de comer, Stan descansa un poco en su celda; luego, cuando ya ha digerido las albóndigas, se ejercita en la sala de pesas, concentrándose en la región abdominal. A continuación empieza su turno en la granja avícola.

Positrón tiene cuatro clases de animales: vacas, cerdos, conejos y pollos. También posee invernaderos extensos, instalados en los solares de edificios derruidos, y varios acres de manzanos, además de los huertos de verduras. Se supone que esos campos, sumados a los de soja y trigo, producen los alimentos frescos, tanto para la Penitenciaría Positrón como para la ciudad de Consiliencia. No sólo los alimentos frescos, los congelados también, y no sólo comida, también bebidas: pronto habrá una fábrica de cerveza. Hay cosas que se importan del exterior —en realidad son muy pocas—, pero lo consideran una medida temporal. Dentro de muy poco tiempo, el Proyecto se autoabastecerá.

A excepción de los productos de papel y el plástico, el combustible y el azúcar, los plátanos y...

Aun así, sólo hay que pensar en lo que se ahorran en las demás áreas, como con los pollos, por ejemplo. Éstos han sido un éxito rotundo. Son rollizos y sabrosos, crían como conejos y las gallinas ponen huevos con total regularidad. Se comen lo que sobra de los vegetales y de comida de la Penitenciaría Positrón, y los restos triturados de los animales que sacrifican. Los cerdos comen lo mismo, pero en mayor cantidad. Las vacas y los conejos siguen siendo vegetarianos.

Pero aparte de comérselos, Stan no tiene nada que ver con las vacas, los cerdos y los conejos, sólo con los pollos. Las aves viven en jaulas, pero las sacan a pasear dos veces al día, cosa que se supone que les sube la moral. La temperatura y la luz se controlan desde un ordenador que está dentro de un pequeño cobertizo, y Stan lo comprueba periódicamente: una vez hubo una avería que por poco acaba chamuscando a todos los pollos, pero Stan sabía lo suficiente como para reprogramar el ordenador y salvar la situación. Los huevos se recogen mediante un ingenioso sistema de toboganes y embudos, y un programa digital se encarga de contarlos. Stan le ha introducido algunas mejoras que han reducido el número de huevos rotos y ahora el sistema funciona bien. Dedica las cuatro horas de su turno, sobre todo, a supervisar el paseo que las aves dan por la tarde, impedir las peleas derivadas del orden jerárquico de los animales y observarles las crestas en busca de indicios de enfermedad o depresión.

Stan ya sabe que es un trabajo sin importancia. Sospecha que todas las aves tienen un chip implantado y que la verdadera supervisión se hace así, en una sala llena de ojeadores de pollos automatizados que registran los datos en diagramas de flujo y gráficos. Pero la rutina lo relaja.

Al principio —durante el semirreinado de los criminales locos, y antes de que las autoridades instalaran las cámaras de vigilancia que controlan la granja avícola—, mientras cubría su turno, Stan solía recibir visitas diarias de hombres que estaban en Positrón, de sus compañeros de presidio durante ese mes.

Querían pasar un ratito a solas con una gallina. Estaban dispuestos a negociar para conseguirlo. A cambio le ofrecían protección contra el vandalismo furtivo de las bandas, que fluía como una corriente de fondo por debajo de las disciplinadas rutinas de la Penitenciaría Positrón.

—¿Que quieres qué? —preguntó Stan la primera vez.

El tipo se lo dijo con todas las letras: quería follarse una gallina. A la gallina no le dolía, ya lo había hecho antes, era normal, lo hacían muchos tíos, y además las gallinas no hablaban. Allí dentro, cualquiera se ponía cachondo sin ninguna forma de descargar, ¿no? Y no era justo que Stan se quedara todas las gallinas para él solo. Y si no abría esa jaula ya mismo, a lo mejor su vida dejaría de ser tan agradable, suponiendo que le permitieran seguir con vida, porque también podría acabar sustituyendo a la gallina como el maricón que probablemente era.

Stan captó el mensaje. Permitió las citas con las gallinas. ¿En qué lo convertía eso? En un chulo de gallinas. Era mejor que estar muerto.

Conor habría sabido qué hacer. Conor le habría dado un buen puñetazo, lo habría convertido en comida para pollos.

98

Conor habría cobrado un precio más alto. Conor habría sido el cabecilla de esos vándalos. Pero quizá Conor no hubiera sobrevivido cuando la Dirección empezó a corregir con mano de hierro esos fallos de Positrón.

Ahora, mientras Stan se pasea entre las hileras de jaulas, escuchando el relajante cacareo de las gallinas tranquilas, oliendo el familiar aroma a amoníaco de la mierda de pollo, se pregunta si se avergüenza de haber sido su proxeneta, y se da cuenta de que no. Peor aún, se plantea probar él también lo de las gallinas, aliviar sus tormentosos deseos sacudiéndose la imagen de Jasmine de la cabeza con uno de esos plumeros vivientes. Pero están las cámaras de vigilancia: un hombre puede dar una imagen muy indigna con una gallina ensartada como si fuera un malvavisco pinchado en un palo. Lo más probable era que no le sirviera de exorcismo: sólo empezaría a soñar despierto con Jasmine cubierta de plumas.

Corta el rollo, Stan, se dice. Déjalo. Trágatelo. Se está obsesionando demasiado. Tiene que haber alguna droga que se pueda tomar para deshacerse de esa fantasía. No, de esa pesadilla: una tentación infinita sin desahogo posible. Podría pedirle a Charmaine alguna pastilla relajante, antiinflamatoria: ella trabaja en Medicamentos, podría conseguir algo. Pero no sabe cómo explicarle el problema —¿me muero de deseo por una mujer a la que no he visto en mi vida?—, por no hablar de sus necesidades. Ella es tan pulcra, tan limpia, tan azul y blanca, con ese olor a talco de bebé. Charmaine no comprendería una necesidad tan retorcida. Por no decir tan estúpida.

Quizá necesite pasar un rato en la carpintería cuando acabe su turno con las gallinas. Serrar algo por la mitad. Clavar unos cuantos clavos.

· · ·

Por último, el corazón

Charmaine se pone la bata verde encima del mono naranja. Hay otro Procedimiento Especial programado para esta tarde. Siempre los hacen por las tardes; les gusta evitar la oscuridad de la noche. Así es más agradable para todos, incluso para ella.

Se asegura de que lleva la máscara y los guantes de látex; sí, los lleva en el bolsillo. Primero tiene que recoger la llave en el mostrador de control que hay en la intersección de tres pasillos. En ese mostrador no hay una recepcionista de carne y hueso, sólo una cabeza en una pantalla, pero por lo menos hay una cabeza en la pantalla. O una imagen enlatada de una cabeza. Si está viva o no, eso nadie lo sabe: hoy en día esas cosas están muy bien hechas. Puede que pronto tengan robots para hacer los Procedimientos Especiales y ya no la necesiten. ¿Eso sería bueno? No. Es evidente que el Procedimiento precisa el factor humano. Es más respetuoso.

—¿Me puede dar la llave, por favor? —le pregunta a la cabeza.

Es mejor tratar a las cabezas como si fueran reales, por si acaso.

—Regístrese, por favor —contesta la cabeza con una sonrisa.

La cabeza, o la imagen de la cabeza, es atractiva: morena, lleva flequillo y unos pendientes de aro pequeños, pero tiene la barbilla cuadrada. Las cabezas van cambiando cada pocos días, quizá para generar la ilusión de que existen de verdad.

Charmaine no puede evitar preguntarse si la cabeza puede verla. Introduce su código, lo verifica con el pulgar y mira fijamente el lector de iris que hay junto a la cabeza, en la pantalla, hasta que parpadea.

—Gracias —dice la cabeza. Entonces sale una llave de plástico por una ranura que hay más abajo. Charmaine se la mete en el bolsillo—. Éste es tu Procedimiento Especial absolutamente confidencial para hoy.

Sale una hoja de papel de una segunda ranura: número de habitación, nombre de la Penitenciaría Positrón, edad, última dosis de sedante y cuándo se le ha administrado. El hombre debe estar bastante dopado. Es mejor así.

Charmaine entra en el dispensario, busca el armario e introduce el código en la puerta. Dentro encuentra la ampolla preparada y la aguja. Se pone los guantes.

En la habitación señalada, el hombre está atado a la cama por cinco puntos distintos, tal como lo están siempre ahora, para imposibilitar que den golpes, patadas o mordiscos. Está atontado, pero despierto, y eso es bueno. Charmaine prefiere que estén conscientes: estaría mal practicarle el Procedimiento a alguien que han dormido, porque se lo perdería. No está muy segura de qué se perdería, pero es algo más agradable de lo que podría llegar a ser en caso contrario.

El hombre la mira: a pesar de las drogas, es evidente que está asustado. Intenta hablar: le sale un sonido denso. «Uhuhuhuh...» Siempre hacen el mismo ruido; a Charmaine le resulta un poco doloroso.

—Hola —le dice ella—. ¿Verdad que hace un día precioso? ¡Mira cómo brilla el sol! ¿Quién podría estar triste con un día como éste? No te va a pasar nada malo.

Eso es verdad: por lo que ha observado hasta ahora, la experiencia parece extática. La parte mala se la lleva ella, porque es quien tiene que preocuparse de si lo que está haciendo está bien. Es una gran responsabilidad, aún peor porque se supone que no se lo puede contar a nadie, ni siquiera a Stan.

Cierto que por el Procedimiento tan sólo pasan los peores criminales, los incorregibles, los que no han conseguido rehabilitar. Los problemáticos, los que arruinarían Consiliencia si tuvieran la oportunidad. Es un último recurso. La han tranquilizado mucho en ese sentido.

La mayoría de los que pasan por el Procedimiento son hombres, pero no siempre es así. A ella, sin embargo, aún no le ha tocado ninguna mujer. Las mujeres no son tan incorregibles: será por eso.

Charmaine se inclina, besa al hombre en la frente. Es un joven de piel suave, dorada debajo de los tatuajes. No saca la máscara del bolsillo. Se supone que debe llevarla durante el Procedimiento para protegerse de los gérmenes, pero no se la pone nunca: la máscara daría miedo. Está claro que la están vigilando desde alguna cámara oculta, pero de momento nadie la ha regañado por saltarse un poco el protocolo. Le contaron que no les resulta sencillo encontrar personas dispuestas a practicar el Procedimiento con eficiencia y mimo: personas entregadas, personas sinceras. Pero alguien tiene que hacerlo, por el bien de todos.

La primera vez que probó lo del beso en la frente, el tipo levantó la cabeza e intentó golpearla. Sangró un poco y todo. Charmaine pidió que añadieran una correa en el cuello. Y lo hicieron. En Positrón escuchan a los trabajadores.

Acaricia la cabeza del hombre, le sonríe con sus dientes engañosos. Espera que él la vea como un ángel: un ángel piadoso. ¿Acaso no lo es? Esos hombres son como el hermano de Stan, Conor: no encajan en ningún sitio. Estén donde estén, nunca serán felices, ni en Positrón ni en Consiliencia, quizá en ningún lugar del planeta Tierra. O sea que ella proporciona una alternativa. Una escapatoria. Este hombre irá a un lugar mejor, o tal vez a ninguna parte. Pero cualquiera que sea su destino, por el camino se lo va a pasar muy bien.

—Espero que tengas un viaje maravilloso —le desea Charmaine.

Le da una palmadita en el brazo, luego se vuelve un poco para que él no pueda ver cómo mete la aguja en la ampolla y extrae el contenido.

—Allá vamos —dice con alegría.

Encuentra la vena, introduce la aguja.

—Uhuhuh —dice él.

Intenta levantarse. Tiene una mirada horrorizada, pero no por mucho tiempo. Se le relaja la cara; deja de mirarla para volver los ojos hacia el techo, el techo blanco y vacío que para él ya no es blanco ni está vacío. Sonríe. Charmaine cronometra el Procedimiento: cinco minutos de éxtasis. Es más de lo que mucha gente experimenta en toda su vida.

Luego se queda inconsciente. Ya no respira. Por último, el corazón falla.

De libro. O mejor incluso. Está bien ser bueno en lo que haces.

Teclea el código correspondiente a una resolución satisfactoria y tira la aguja en la papelera de reciclaje: no tiene mucho sentido estrenar agujas estériles para el Procedimiento, por eso se reutilizan. Positrón se preocupa mucho de no malgastar los recursos. Se quita los guantes, los mete en el contenedor de Ahorremos Plástico y sale de la habitación. Ahora llegarán otras personas, harán lo que tengan que hacer. La muerte se registrará como «paro cardíaco», cosa que, estrictamente hablando, es cierta.

¿Qué harán con el cuerpo? No lo quemarán; sería un desperdicio de energía. Y ningún preso cruza las puertas de Consiliencia, vivo o muerto. Se ha preguntado si los usarán para trasplantes, pero en ese caso ¿no sería preferible mantenerlos clínicamente muertos y alimentarlos con el gotero, en vez de matarlos del todo? Seguro que, por lo que a los órganos se refiere, cuanto más frescos, mejor. ¿Comida para animales rica en proteínas? Charmaine no se puede creer que sean capaces de hacer una cosa así, no sería respetuoso. Pase lo que pase, seguro que es algo útil y ella no necesita saber nada más. Hay cosas en las que es mejor no pensar.

Esta noche se unirá al grupo de calceta, como siempre. Algunas están haciendo gorritos de algodón para niños, otras trabajan en algo nuevo: ositos de punto azules, qué monada. «¿Has tenido un buen día?», le preguntarán las mujeres del grupo. «Ah, un día perfecto», contestará.

Escúter

Mediados de septiembre. Por las tardes, cuando sale a dar una vuelta a la manzana, Stan se pone un forro polar. Ya han caído algunas hojas en el césped; las recoge con el rastrillo por las mañanas, antes de desayunar. No hay mucha gente en la calle a esa hora. Sólo algún que otro coche negro de Vigilancia, que se desliza silencioso como un tiburón. ¿Aceptará el protocolo un saludo con la mano? Stan ha decidido no hacerlo: es mejor fingir que son invisibles. Además, ¿quién va dentro? Esos coches podrían ser teledirigidos, como los drones.

Después de desayunar —huevos escalfados si tiene suerte, son sus preferidos— y tras un besito de despedida de Charmaine, se va a su trabajo de civil, al depósito de reparación de escúters eléctricos. Fue una buena elección: las personas que reparten los trabajos tuvieron en cuenta su anterior empleo en Dimple Robotics, y además a él siempre le ha gustado toquetear y trastear con las máquinas y sus programas digitales. Una vez desmontó la tostadora musical que algún gracioso de Dimple les regaló cuando se casaron y la reprogramó para que sonara *Steam Heat*. Charmaine pensó que era una monada, al principio. Aunque las melodías repetitivas pueden poner de los nervios.

Cada escúter tiene un número, pero no llevan asociado ningún nombre, porque no estaría bien que un conductor conociera la identidad de su Alterno, en caso de que se encontraran un día de cambio. Habría enfrentamientos, peleas: ¿Quién le hizo esa abolladura a mi vehículo? ¿Quién rayó la pintura? ¿Qué clase de imbécil permitiría que se agotara la batería o dejaría el escúter bajo la lluvia? ¡Como si no hubiera fundas! Los escúters pertenecen a la ciudad de Consiliencia, no son de una persona. Ni de dos. Pero es increíble lo posesivo que se vuelve uno con esas mierdas.

El escúter que está reparando es el que conduce Charmaine: rosa con rayas violeta. Todos son de dos colores, para que coincidan con las dos taquillas de sus conductores. El de él —y también de Max— es verde y rojo. Es exasperante imaginar al cabrón de Max paseando por ahí con ese escúter, con el culo pegado al asiento del mismo vehículo que Stan considera suyo. Pero es mejor no pensar en eso. Tiene que mantener la calma.

Charmaine lleva un par de días teniendo problemas con el escúter. Ese cacharro del demonio —así es como lo llama ella— renquea al arrancar y luego se para cuando ha recorrido unas cuantas manzanas. ¿Podría ser algo de la conexión solar?

—Me lo llevaré al depósito —se ofreció Stan—. Lo miraré allí.

—Oh, gracias, cariño, ¿lo harás? —le dijo ella en un tono ligero. Quizá no apreciara sus gestos como antaño, ¿o se lo está imaginando?—. Eres un encanto —añadió un poco distraída.

En ese momento estaba limpiando el horno: le gusta hacer esas cosas, le encanta quitar la suciedad. Stan no se queja porque gracias a eso siempre tiene la ropa interior impecable.

Después de identificar el problema —unos cables deshilachados—, Stan había pasado dos tardes en su garaje, revisando los circuitos con la idea de que el escúter funcionara lo suficiente para llevarlo al depósito y seguir trabajando en él, o al menos eso fue lo que le dijo a Charmaine.

En realidad, lo que quería era tener la moto para él solo. Al cabo de dos semanas —el uno de octubre—, toca devolvérsela a Jasmine y quiere hacerle unos retoques antes de que llegue el día.

¿Cómo no se le ha ocurrido antes? ¡Esa forma de seguirle la pista a Jasmine! ¡La tenía delante de sus narices todo el tiempo! Lo único que necesita es un segundo smartphone de Consiliencia; con un poco de manipulación, podrá sincronizarlo con el suyo y acoplar el teléfono trucado a la moto. Así podrá rastrear adónde va Jasmine mientras él está en la cárcel y recuperar esa información a través de su móvil cuando salga. Los miembros del Proyecto no tienen acceso

105

al exterior por wifi, pero se pueden comunicar a través de la red wifi de Consiliencia dentro del sistema y ver mapas de la ciudad en el GPS interactivo de la ciudad, y eso es lo único que Stan necesita.

Le resultó bastante fácil hacerse con el teléfono de Charmaine. Últimamente ha estado tan ensimismada que se convenció de que se lo habría dejado en algún sitio, quizá en el trabajo, y a saber adónde había ido a parar. Informó de que lo había perdido y le dieron otro. De momento, todo va bien. Stan estará en el trullo todo el mes de octubre, ocupándose de los pollos, pero cuando salga el uno de noviembre podrá reconstruir las rutas que haya seguido Jasmine en su ausencia.

Y al final, esos caminos lo llevarán a un punto de intersección, a algún sitio donde pueda verla o incluso tenderle una emboscada. Aprovechará un día de cambio y se tropezará con ella en el pasillo del supermercado, o en lo que llaman supermercado en Consiliencia. La esperará en alguna esquina. Se esconderá detrás de un arbusto, en un aparcamiento vacío. Entonces, antes de que ella se dé cuenta, se apoderará de esos labios con sabor a cereza y Jasmine se rendirá; no podrá resistirse, igual que no se resiste el papel a una cerilla encendida. ¡Zas! ¡En llamas! ¡Un anillo de fuego! Menuda imagen. A duras penas puede aguantarlo.

Estás loco, se dice. Eres un acosador. Eres un puto maníaco. Te podrían coger. ¿Y entonces qué, listillo? ¿Al hospital, a tratarte de tus supuestos problemas de salud? ¿Qué hacen en Positrón con los lunáticos como tú?

Pero sigue adelante de todas formas. El asiento del escúter es el mejor sitio para esconder el teléfono. Hace un corte en la piel sintética, en uno de los extremos del lateral, donde no se vea. Eso es. Ya está. Le aplica un poco de pegamento extrafuerte para sellar el corte; para verlo hay que buscarlo expresamente ahí.

—Como nuevo —le dice a Charmaine cuando se lo devuelve.

Ella exclama con alegría, una especie de arrullo que antes le resultaba provocativo, pero que ahora le parece empalagoso, y luego le da un abrazo indiferente.

—No sabes cuánto te lo agradezco —le dice.

Pero no lo suficiente, ni de lejos. Cuando se tumba encima de ella esa noche e intenta poner en práctica algunas tácticas nuevas, con la esperanza de conseguir algo que salga de su limitado repertorio de pequeños jadeos seguidos de un suspiro, ella se echa a reír y le dice que le está haciendo cosquillas. No es muy alentador, joder. Podría estar follándose una gallina.

Pero no le importa. Ahora que puede seguir a Jasmine, adivinar todos sus movimientos, leerle la mente, ya casi la tiene. Entretanto practicará un par de semanas rastreando la ruta que hace Charmaine cuando coge el escúter. Será aburrido, porque ¿adónde va a ir ella? A su trabajo en la panadería, a las tiendas, a casa, a la panadería, a las tiendas. Es tan predecible. Tampoco es ninguna novedad. Pero así sabrá si el sistema que ha montado con los dos teléfonos funciona o no.

Pusilánime

Ya es uno de octubre. Otro día de cambio. ¿Adónde se ha ido el tiempo?

Charmaine está tumbada entre sus ropas desparramadas, en el suelo de la casa vacía; esta vez es una casa bastante sólida, van a reformarla en lugar de condenarla a la demolición. El papel pintado es soso, un diseño estampado de hiedra de color yema y trufa. Las pintadas destacan en él: pintura de color rojo oscuro, rotulador negro. Palabras cortas y contundentes, bruscas y duras. Charmaine las repite como si formaran parte de un hechizo.

—Estás llena de sorpresas —le dice Max.

Se lo murmura al oído mientras le mordisquea la oreja. ¿Será uno de esos días en los que lo hacen dos veces?, se pregunta ella. Ha llegado pronto a la casa vacía con la esperanza de que así sea.

—Siempre tan calmada y tan serena —prosigue Max—, pero de repente... Tu marido es un tío con suerte.

—Con él no me comporto igual —responde Charmaine.

Prefiere que no le pida que hable de Stan. No es justo.

—Explícame cómo eres con él —dice Max—. No. Dime cómo te comportarías con un completo desconocido.

Quiere que ella lo excite describiendo pequeñas perversiones. Algo con cuerdas, gritos sofocados. Es un juego con el que se entretienen de vez en cuando ahora que es otoño y ya se conocen mejor.

Charmaine tiene que pensar en Stan. En el verdadero Stan.

—Max —dice—, necesito que hablemos en serio.

—Hablo en serio —responde él deslizando la boca por su cuello.

—No, escucha. Creo que sospecha algo.

¿Por qué lo piensa? Por cómo la mira Stan, o mejor dicho, porque parece ver a través de ella, como si estuviera hecha de cristal. Y eso le da más miedo que si lo viera de mal humor o enfadado, o que si la hubiera acusado directamente.

—¿Cómo es posible? —pregunta Max.

Levanta la cabeza: está alarmado. Si Stan entrara por la puerta de esa casa, Max saldría por la ventana como un tiro. Eso es lo que haría, ahora Charmaine ya lo sabe: escaparía, correría, huiría como un conejo, y ésa es la realidad. No debería asustarlo mucho, porque ella no quiere que huya, por lo menos mientras no sea verdaderamente necesario. Quiere aferrarse a él como se aferran los niños a sus animales de peluche: la idea de dejar de verlo la entristece más que nada.

—No creo que lo sepa —dice—. No lo sabe. No exactamente. Pero me mira de una forma extraña.

—¿Eso es todo? —pregunta Max—. Oye. Yo también te miro de una forma extraña. ¿Quién no lo haría? —La agarra del pelo, le vuelve la cabeza y le da un beso rápido—. ¿Estás preocupada?

—No sé. Puede que no. Tiene mal genio —añade—. Podría ponerse violento.

Eso impresiona a Max.

—A mí me pasaría lo mismo —dice—. Oye. Me encantaría ponerme violento contigo.

Levanta la mano; ella se aparta asustada, tal como él esperaba. Ahora vuelven a estar entrelazados, enredados entre las prendas de ropa, dejándose llevar hacia el anonimato.

Con los ojos cerrados, mientras recupera el aliento, Charmaine se da cuenta de lo preocupada que está en realidad: en una escala del uno al diez, por lo menos es un ocho. ¿Y si Stan lo sabe de verdad? ¿Y si le importa? Se puede poner desagradable, pero ¿cuánto? Podría convertirse en una amenaza. Su hermano Conor es así, por lo que le ha contado Stan: no tendría ningún problema en dejar inconsciente a una mujer a golpes si ella lo engañara. ¿Y si Stan también esconde una faceta oscura en su interior?

Quizá debería protegerse, ahora que todavía puede hacerlo. Si se guardara un poco de líquido de cada una de las ampollas que utiliza para el Procedimiento —si se metiera una de las agujas en el bolsillo en lugar de reciclarla—, ¿lo notaría alguien? Aunque tendría que ponerle la inyección a Stan mientras estuviera dormido y eso le impediría la salida beatífica. Cosa que sería injusta. Pero todo tiene su lado malo.

¿Qué haría con el cuerpo? Eso supondría un problema. ¿Excavaría un hoyo en el jardín? La vería alguien. Se le ocurre la locura de meterlo en su taquilla rosa, suponiendo que pudiera arrastrarlo hasta allí: Stan pesa bastante. Además, quizá tuviera que cortarle alguna parte del cuerpo para que cupiera, aunque las taquillas son grandes. Pero si lo dejara allí apestaría, y cuando la mujer de Max, Jocelyn, bajara al sótano a abrir su taquilla violeta, seguro que lo olería.

Max nunca le ha hablado mucho de Jocelyn, a pesar de las discretas preguntas de Charmaine. Al principio se propuso no ponerse celosa nunca, porque ¿no era a ella a quien Max deseaba de verdad? Y no está celosa: la curiosidad no es lo mismo que los celos. Pero cada vez que le pregunta, él le contesta con evasivas: «No te hace falta saberlo», le dice.

Se imagina a Jocelyn como una mujer larguirucha y aristocrática, con el pelo repeinado hacia atrás, como una bailarina o una profesora de película antigua. Una mujer distante y crítica. A veces tiene la sensación de que Jocelyn sabe que ella existe y la menosprecia. Peor: que Max le ha hablado de ella a Jocelyn, que los dos la tienen por crédula y débil, una golfilla del montón, que se ríen juntos de ella. Pero eso ya es paranoico.

No cree que Max fuera a ayudarla mucho con Stan, suponiendo que éste estuviera muerto. Sí, Max es tan sexy que te desarma, pero no tiene agallas, no tiene aguante, nada que ver con Charmaine. La dejaría en la estacada, la dejaría sola ante el peligro. Sola con el cuerpo de Stan metido en una bolsa. Porque tendría que meterlo en alguna bolsa, no tendría la sangre fría de mirar su cadáver. Inerte e indefenso. Se acordaría demasiado de cómo era cuando estaban enamorados, y de cuando se casaron, y lo hicieron en el mar, y él llevaba aquella camisa verde de los pingüinos... Sólo de pensar en esa camisa e imaginar a Stan muerto al mismo tiempo le dan ganas de ponerse a llorar.

Así que tal vez lo ame. Sí, ¡claro que lo ama! Piensa en la suerte que tuvo de conocerlo, cuando se quedó sola después de morir la abuela Win, porque su madre ya no estaba y su padre tampoco, aunque él se había ido de una forma muy distinta, y además ella no tenía ningunas ganas de volver a verlo. Piensa en todo lo que Stan y ella han pasado juntos, en lo que tenían, en lo que perdieron, en lo que siguen teniendo a pesar de esas pérdidas. Piensa en lo leal que ha sido con ella.

«Sé la persona que siempre has querido ser», dicen en Positrón. ¿Ésta es la persona que siempre ha querido ser? Una persona tan débil, que se rinde tan pronto, que se deja manipular con tanta facilidad, con tantas carencias, pero ¿de qué? Sin embargo, cualquiera que sea la virtud que le falta, Charmaine nunca querría hacerle daño a Stan.

—Date la vuelta, chica sucia —dice Max—. Abre los ojos. —De vez en cuando él quiere que ella lo mire—. Dime lo que quieres.

—No pares —dice Charmaine.

Él se detiene.

—¿Que no pare de hacer qué?

Con esas pausas, ella es capaz de decir cualquier cosa.

¿Ha sido tonta? De eso no cabe duda. ¿Ha valido la pena? No. Tal vez. Sí.

O, ahora mismo, sí.

V
EMBOSCADA

Reunión Ciudadana

La tarde anterior al cambio del día uno de diciembre se celebra otra Reunión Ciudadana. No es que se reúna todo el mundo: lo ven por circuito cerrado de televisión, tanto si están dentro de Positrón como fuera. La Reunión Ciudadana sirve para informarlos a todos de lo bien que está yendo el experimento Consiliencia/Positrón. Los resultados colectivos del equipo de Intervenciones Médicas, los objetivos alcanzados en Producción Alimenticia, los niveles de Mantenimiento de Viviendas: cosas así. Discursos de motivación, vítores, información útil. Se reducen al mínimo las reprimendas y al final se añaden unas cuantas normas nuevas.

Las Reuniones Ciudadanas destacan los aspectos positivos. Los incidentes violentos han disminuido, les dicen hoy —aparece un gráfico en pantalla—, y la producción de huevos ha subido. Pronto introducirán un nuevo procedimiento en la sección de Aves de Corral: pollos sin cabeza alimentados con tubos, una técnica que ha demostrado que reduce la ansiedad de las aves y aumenta la eficacia de la producción de carne; además eliminarían la crueldad con los animales, que es la fórmula por la que apuesta Positrón: ¡todos ganan! Un reconocimiento especial para el equipo de las Coles de Bruselas, ¡que han superado sus cuotas dos meses seguidos! Hemos aumentado la producción de conejos durante la segunda mitad de noviembre, pronto tendremos nuevas recetas estupendas para prepararlos. Hay que poner más atención al Programa de Reciclaje, por favor; no funcionará a menos que nos esforcemos todos. Y etcétera y etcétera.

Pollos sin cabeza, y una puta mierda voy a comer eso, piensa Stan. Se ha tomado tres cervezas antes de que comenzara la reunión: la fábrica de cerveza de Consiliencia va a toda máquina, y la cerveza es mejor que nada, aunque se imagina lo que diría Conor sobre ella. «Estás de coña. Esto no es cerveza, son meados de caballo. ¿De qué está hecha?»

Sí, de qué, piensa, dando otro trago. Se despista un momento; Charmaine, que está sentada a su lado en el sofá, canturrea:

—¡Oh, los huevos van bien! ¡Eso debe de ser cosa tuya, cariño!

Él le habla de vez en cuando sobre el trabajo que hace con las gallinas, pero ella no se ha mostrado igual de comunicativa con su trabajo, y eso ha despertado su curiosidad. ¿Qué hace exactamente en Administración de Medicamentos? Hace algo más que dar pastillas, pero cuando le pregunta, ella guarda silencio y pone punto final a la conversación. O le dice que todo va bien, como si él creyera lo contrario.

Hay otra cosa de Charmaine que le preocupa últimamente. Durante los períodos que han pasado en la ciudad, ha rastreado su escúter de vez en cuando, sólo para asegurarse de que el sistema que montó con los dos teléfonos funciona bien. Todo ha sido como él esperaba: Charmaine pasa el tiempo afanándose de acá para allá, va a la panadería, de tiendas y de vuelta a casa. Pero luego, cuando la ha monitorizado algún día de cambio, no hace más que dar vueltas. ¿Por qué habrá ido a la parte sórdida de la ciudad, donde están todas las casas abandonadas? ¿Qué estaba haciendo allí? ¿Estaría buscando casa para el futuro? Será por eso que pasa tanto tiempo dentro de las casas: debe de dedicarse a medir las habitaciones. ¿Estará en fase nido? ¿Va a empezar a presionarlo para que pidan otro traslado, para que se muden a una casa más grande? ¿Está pensando en tener un bebé? Es muy probable que ése sea su plan, aunque hace mucho tiempo que no saca el tema. Stan no está seguro de cómo se siente al respecto: un bebé podría interferir en sus planes con Jasmine, aunque tampoco es que estén muy claros. No ha imaginado mucho más, aparte de ese primer encuentro ardiente.

Ahora sabe adónde va Jasmine durante su período como ciudadana de Consiliencia: se sube en la misma escúter rosa y violeta de Charmaine y va al gimnasio. Debe de hacer mucho ejercicio. Debe de tener un cuerpo ágil, tonificado y fuerte.

Eso lo asusta: podría resistirse cuando él emerja de la piscina como un poderoso calamar gigante y la envuelva en sus brazos húmedos y desnudos. Pero no forcejeará durante mucho tiempo.

Él también ha empezado a ir al gimnasio, a echar un vistazo. No es que vaya a encontrarse con Jasmine, ella estará en Positrón. Pero mira las máquinas de pesas, las cintas: su atractivo culo debe de haber reposado en una de las primeras, y sus ágiles pies habrán caminado sobre una de las últimas. Aunque sabe que es imposible, en parte tiene la esperanza de encontrar algún rastro de ella: un pañuelo, un zapatito de cristal, un minúsculo bikini fucsia. Señales mágicas de su presencia.

A veces, cuando deambula por ahí, se siente observado; quizá por la cara que lo mira, envuelta en sombras, desde la ventana del piso de arriba, con vistas a la piscina del gimnasio. Dicen que allí es donde se entrenan los supervisores de Dirección, por lo que es normal que tengan personal de Vigilancia. Esa idea lo pone nervioso: Stan no quiere destacar, no quiere llamar la atención de nadie. Excepto de Jasmine.

· · ·

La Reunión Ciudadana de hoy se salta las imágenes preliminares de trabajadores felices y los gráficos circulares y se centra directamente en Ed, que está en modo discurso de motivación. Qué bien están desempeñando los trabajos del Proyecto, ¡han superado sus expectativas! Tienen que estar muy orgullosos de sus esfuerzos y de los objetivos que consiguen, están haciendo historia, son un modelo para futuras ciudades como ésa; de hecho, en ese momento se están reconstruyendo nueve ciudades más según el modelo de Consiliencia/Positrón. Si todo va bien, se implantará muy pronto donde haya más necesidad, allí donde la economía se haya desplomado ¡y haya dejado tirados a los entregados trabajadores!

Y lo que es mejor aún, gracias a ese modelo, a su capacidad de reordenar la vida civil, a los muchos dólares que ha generado la construcción y a los desperdicios que se han ahorrado, la economía en esas zonas está saliendo del pozo. ¡Hay tantas iniciativas nuevas! ¡Se están solucionando tantos problemas! ¡La gente puede ser tan creativa cuando se le da la oportunidad!

Un momento, piensa Stan. ¿Qué hay debajo de todo ese vitoreo? Alguien debe de estar ganando un montón de pasta con este tinglado. Pero ¿quién, dónde? Porque, desde luego, el dinero no penetra los muros de Consiliencia. Todo el mundo tiene un sitio donde vivir, eso es cierto, pero nadie es más rico que los demás.

Entonces, ¿les están mintiendo, los toman por tontos? ¿Los están engañando para que trabajen mientras otros se quedan la pasta? Conor siempre ha dicho que Stan es demasiado confiado, que nunca sería capaz de olerse una estafa, que, dado el caso, pagaría un montón de pasta por una bolsita llena de levadura y la esnifaría. Joder, decía Conor, probablemente hasta se colocaría.

¿Hasta qué punto habré sido un necio?, se pregunta Stan. ¿A qué habré renunciado exactamente al apuntarme a esto? ¿Y será verdad que de ahí sólo se sale dentro de una caja, como le advirtió Conor? Eso no puede ser verdad: seguro que los de arriba pueden ir y venir a su antojo. Pero aparte de Ed, no tiene ni idea de quiénes son los que están al mando.

Le apetece mucho otra cerveza. Pero esperará a que se acabe el programa, porque... ¿y si la televisión puede verlo?

Stan, Stan, se dice. Frena con la paranoia. ¿Por qué les iba a interesar ver cómo los miras?

Ahora Ed ha fruncido el ceño con actitud paternal.

—Algunos de vosotros —dice—, y vosotros sabéis quiénes sois, algunos de vosotros habéis estado haciendo experimentos digitales. Todos conocéis las reglas: los teléfonos son para comunicarse con los amigos y los seres queridos, pero nada más. ¡En Positrón nos tomamos muy en serio los límites! Quizá penséis que sólo es un entretenimiento privado y que vuestro intento de invadir el espacio privado de los demás es inofensivo. Y de momento no ha ocurrido nada. Pero nuestros sistemas son muy sensibles; perciben hasta la más leve de las señales no autorizadas. Desconectadlo ahora, vuelvo a repetir que vosotros sabéis quiénes sois, y no tomaremos represalias.

Se oye la sintonía de Consiliencia —es la melodía que suena en *Siete novias para siete hermanos* cuando se ponen a bailar en el granero en construcción— y hacen un zoom del eslogan:

CONCESIÓN + RESILIENCIA = CONSILIENCIA
¡ENTREGAMOS TIEMPO EN EL PRESENTE, GANAMOS
TIEMPO PARA NUESTRO FUTURO!

Stan se estremece. Relájate, se dice. El mensaje de Ed parecía dirigido a varias personas, quizá no vayan a por él personalmente. Aun así, quitará el teléfono del escúter de inmediato. No importa, ya tiene a Jasmine en el punto de mira. La primera parada que hace los días de cambio es en la casa; el gimnasio es la siguiente.

Emboscada

No lo hará en el gimnasio, decide: es un sitio demasiado público. Prefiere hacerlo allí mismo, en la casa. Cuando llegue el día de cambio, Charmaine se marchará en su escúter y probablemente irá a inspeccionar más casas. Después aparcará la moto en la Penitenciaría Positrón, donde la cogerá Jasmine y la conducirá hasta allí. Entretanto, él meterá su montón de ropa limpia y doblada en la taquilla verde, introducirá su código para que quede constancia de que ha salido de la casa y luego, en vez de irse directamente a Positrón, esperará en el garaje. Cuando aparezca Jasmine, la verá entrar en la casa. Entonces la seguirá y tendrá lugar el inevitable encuentro apasionado. Su lujuria será tan poderosa que quizá ni siquiera consigan llegar al piso de arriba. Lo harán en el sofá de la sala de estar; no, eso también es demasiado formal. En la alfombra. Pero no en el suelo de la cocina: se haría daño en las rodillas.

Max no podrá interrumpirlos, porque, ¿cómo va a llegar hasta allí sin el escúter que comparte con Stan, el de color rojo y verde? Que debería estar llegando a Positrón en ese momento, pero que seguirá en el garaje. Se regodea imaginando que Max se consume esperándolo y mirando el reloj, mientras su rebelde e insaciable Jasmine rodea a Stan con los brazos y las piernas.

Ahora está en el garaje. Hace calor para ser uno de diciembre, pero él tiembla un poco: deben de ser los nervios. La podadora de setos cuelga de la pared, limpia, con la batería cargada, lista para la acción, aunque esa basura de Max no apreciará las molestias que se ha tomado Stan. Sería una buena arma, suponiendo que Max consiguiera llegar a la casa por otros medios y se produjera un enfrentamiento. El trasto tiene un botón muy sensible para ponerlo en marcha; en cuanto alcanza la máxima potencia y la sierra afilada empieza a rodar, podría cortarle la cabeza a un hombre. Stan alegaría defensa propia.

Si eso no ocurre y se acaba enrollando a saco con Jasmine, fichará tarde. Le pondrán mala cara, pero tendrá que arriesgarse, porque no puede seguir como hasta ahora. Esto lo está carcomiendo. Lo está matando.

Hay una rendija en la puerta del garaje. Stan mira por ahí mientras espera a que Jasmine aparezca en su escúter rosa, y no oye que se abre la puerta lateral.

—Eres Stan, ¿verdad? —pregunta una voz.

Se endereza sobresaltado y da media vuelta. Su primer impulso es coger la podadora. Pero es una mujer.

—¿Quién cojones eres tú? —pregunta.

Es bajita y morena, con el pelo liso hasta los hombros. Cejas oscuras. Boca grande, pero sin pintar. Vaqueros negros y camiseta. Parece una tortillera experta en artes marciales.

Su cara le suena. ¿La ha visto en el gimnasio? No, no ha sido allí. Fue en el taller, cuando acababan de apuntarse. Estaba con el capullo de Ed.

—Vivo aquí —le dice ella.

Sonríe. Tiene los dientes cuadrados, parecen las teclas de un piano.

—¿Jasmine? —pregunta él con indecisión.

No puede ser. Jasmine no tiene ese aspecto.

—Jasmine no existe —contesta la mujer.

Ahora está desconcertado. Si no existe ninguna Jasmine, ¿cómo sabe ella que se supone que debería haberla?

—¿Dónde está tu escúter? —le pregunta Stan—. ¿Cómo has llegado hasta aquí?

—Conduciendo —dice ella—. En el coche. He aparcado en la casa de al lado. Por cierto, me llamo Jocelyn.

Le tiende la mano, pero Stan no se la estrecha. Mierda, piensa. Es de Vigilancia, sólo así se explica que tenga coche. Se ha quedado helado.

—Ahora será mejor que me expliques por qué escondiste ese teléfono en mi escúter —añade Jocelyn retirando la mano—. O en el escúter que creías que era mío. He estado

121

siguiendo tu ingenioso rastreador. La señal se ve con total claridad en nuestro equipo.

De algún modo, han llegado a la cocina: la cocina de Stan, de ella, de ambos. Está sentado. Todo le resulta familiar —la cafetera, los paños que Charmaine ha dejado doblados antes de irse—, pero a la vez extraño.

—¿Quieres una cerveza? —le pregunta Jocelyn.

De la boca de Stan sale un sonido. Jocelyn le sirve una cerveza y luego se sirve una para ella, después se le sienta delante, se inclina hacia él y le describe con todo lujo de detalles los movimientos de Charmaine en días de cambio. Lleva varios meses entrando y saliendo de las casas vacías juntamente con el marido de Jocelyn, Max. «Juntamente» es la palabra que utiliza. Entre otras palabras más cortas.

Aunque Max no es el verdadero nombre de su marido. Se llama Phil, y no es la primera vez que tiene ese problema con él. Ella siempre lo sabe, y Phil sabe que ella lo sabe, pero finge que no. Él sabe que hay cámaras escondidas en las casas vacías y que Jocelyn tiene acceso a las imágenes. A él la situación lo atrae en parte por eso: por la certeza de estar actuando para ella. Le gusta saltarse las normas —es una adicción, como el juego, una enfermedad; seguro que Stan está de acuerdo en que es digno de lástima—, y ella se lo permite durante un tiempo. Para él es un desahogo: en una ciudad de la que no se puede salir, hay pocas válvulas de escape para un hombre como él. Ha intentado pedir ayuda para superar su adicción al sexo, ha tratado de hacer terapia, ha probado la terapia de aversión, pero de momento no ha funcionado nada. Tampoco ayuda que sea tan guapo. Se puede decir que las mujeres con una activa imaginación romántica se le echan encima. Compañía no le falta.

Cuando Jocelyn considera que anda metido en algo que ya ha ido demasiado lejos, habla con él y ahí se acaba la historia: su marido corta con la mujer en cuestión, no deja cabos sueltos. Luego, después de prometer durante una temporada que se va a portar bien, empezará con una nueva. Para ella ha sido humillante, aunque Phil le asegura que su corazón le es fiel, sólo que no puede controlar sus impulsos.

—Pero nunca antes había habido un comodín —dice—. Nunca había entrado en juego uno de nuestros Alternos. De Phil y mío.

Stan está tan jodidamente confuso que no puede pensar con claridad. ¡Charmaine! Justo delante de sus narices, fulana mentirosa, negándole el sexo, o racionándoselo en pequeñas porciones entre sábanas impolutas. Debió de ser ella la que escribió aquella nota y la selló con el beso fucsia. ¿Cómo se atrevía a ser con otro todo lo que a Stan le indignaba tanto que no fuera con él? ¡Y encima con un mierda llamado Phil, casado con una luchadora! Por otra parte, ¿cómo se atrevía nadie a tildar a su mujer de válvula de escape?

—Comodín —dice sin fuerzas—. Te refieres a Charmaine.

—No. Me refiero a ti —dice ella, mirándolo con las cejas bien tensas—. El comodín eres tú.

Le sonríe: no es una sonrisa recatada. A pesar de que no va maquillada, se le ven los labios oscuros y líquidos, como el aceite.

—Tengo que irme —comenta Stan—. Tengo que fichar antes del toque de queda, en Positrón. Tengo que...

—Ya está todo arreglado —dice Jocelyn—. Yo controlo los códigos de identidad. He cambiado los datos para que Phil pueda ingresar en tu lugar.

—¿Qué? —exclama Stan—. ¿Y qué pasa con mi trabajo? Conlleva cierto aprendizaje, no puede simplemente...

—Oh, no te preocupes —contesta ella—. No es tan bueno con las manos como tú, pero se le da bien todo lo que sea digital. Él cuidará de tus gallinas en todos los sentidos. No dejará que nadie las toque.

Mierda, piensa Stan. En todos los sentidos. Está al corriente de lo que ocurre con las gallinas. ¿Cuánto tiempo lleva vigilándolo?

—Entretanto —prosigue Jocelyn y ladea la cabeza como si estuviera reflexionando—, entretanto, tú te quedarás aquí conmigo. Me puedes hablar de tu interés por Jasmine. Si quieres, podemos escuchar a Max y a Jasmine durante su aventurilla en las casas vacías. Tengo las grabaciones, los vídeos de Vigilancia. La calidad del sonido es excelente, te sorprenderías. Es bastante excitante. Nos lo podemos montar nosotros también, en el sofá. Creo que ya es hora de que juegue yo también al juego de Phil, ¿no crees?

«Pero eso es... —quiere decir Stan—. Eso es retorcido, joder», pero se contiene.

Esa mujer tiene un puesto en la dirección, está en Vigilancia: podría convertir su vida en un infierno.

—Eso es injusto —dice.

Se le está poniendo voz de cagón.

Ella le vuelve a sonreír con esa boca que parece húmeda. Tiene bíceps, y hombros, y unos muslos alarmantes; por no mencionar que es una voyeure enfermiza. ¿Qué ha hecho Stan, qué ha hecho con su vida? ¿Por qué lo ha hecho? ¿Dónde está la insulsa y alegre Charmaine? Es a ella a quien quiere y no a esa siniestra rompepelotas que probablemente tenga las piernas peludas.

Localiza las salidas con disimulo: la puerta de atrás, la del comedor y la que da a la escalera del sótano. ¿Y si metiera a esa mujer en su taquilla verde del sótano y saliera corriendo? Pero ¿adónde? Él mismo se ha bloqueado las vías de escape.

—En serio. Esto no va a funcionar, no es... Yo no... Tengo que irme —dice.

No consigue obligarse a pedirlo por favor.

—No te preocupes —contesta ella—. No te echarán en falta. Podrás pasar un mes más en la casa. Luego, el mes que viene, cuando Charmaine salga de Positrón, tú podrás entrar.

—No —dice Stan—. No quiero...

Jocelyn suspira.

—Considéralo como una intervención para evitar un posible episodio violento. Tienes que admitir que te gustaría estrangularla, le pasaría a cualquiera. Algún día me lo agradecerás. A menos, claro está, que prefieras que redacte un informe detallando todas las normas que has infringido. ¿Quieres otra cerveza?

—Sí —consigue decir Stan. Está cayendo cada vez más y más hondo en el hoyo que se ha cavado él mismo—. Que sean dos. —Está atrapado—. ¿Qué más tengo que hacer?

Para evitar las consecuencias, a eso se refiere, pero no tiene que explicarlo. Ella es plenamente consciente de que lo tiene a su merced.

Jocelyn se toma su tiempo antes de contestar, bebe, se humedece los labios.

—Ya lo iremos viendo, ¿no? —responde—. Tenemos mucho tiempo. Estoy segura de que tienes mucho talento. Por cierto, he cambiado las taquillas. Ahora la tuya es la roja.

Sala de Reuniones

El uno de enero, día de cambio, una de las funcionarias comunica a Charmaine que debe quedarse en la penitenciaría porque los de Recursos Humanos quieren hablar con ella. De inmediato se le encoge el corazón. ¿Saben lo de Max? Si lo saben, se ha metido en un lío, porque ¿cuántas veces les han dicho que no confraternicen con los Alternos que comparten su casa? Se suponía que ni siquiera debían conocer su aspecto. De hecho, era uno de los motivos por los que a ella le resultaba tan emocionante verse con Max. Era algo tan prohibido, tan ilegal.

Verse con Max. ¡Qué forma tan anticuada de decirlo! Pero lo cierto es que ella es una chica anticuada; eso es lo que cree Stan. Aunque durante sus citas con Max tampoco es que se hayan visto mucho. Todo eran primeros planos, a media luz. Una oreja, una mano, un muslo.

«Ay, por favor, que no se hayan enterado», reza en silencio cruzando los dedos. Nunca les habían explicado con detalle lo que les ocurriría si desobedecían, aunque Max la ha tranquilizado. Le ha dicho que no era gran cosa, sólo te daban una palmada en la mano y quizá cambiaban los Alternos. En cualquier caso, Max y ella han sido muy cuidadosos, y ninguna de esas casas estaba vigilada; él lo sabría, su trabajo consiste en saberlo todo sobre esas casas. Pero... ¿y si Max se equivoca? Peor aún: ¿y si Max estaba mintiendo?

Inspira hondo y sonríe enseñando los dientes, pequeños y cándidos.

—¿Qué ocurre? —le pregunta a la funcionaria con una voz más aguda e infantil de lo habitual.

¿Es por algo relacionado con su trabajo como Administradora Jefe de Medicación? Si es eso, se esforzará por mejorar, porque ella siempre quiere hacerlo lo mejor posible y entregarse al máximo.

Espera que se trate de eso. Quizá se hayan dado cuenta de que se salta el protocolo con lo de la mascarilla, puede que hayan decidido que es demasiado amable con los sujetos durante los Procedimientos Especiales. Acariciarles la cabeza, los besos en la frente, esos gestos de bondad y atención personal justo antes de clavarles la aguja hipodérmica: no están prohibidos, pero no son obligatorios. Son rúbricas, adornos, pequeños toques que ha incluido para conseguir que sea una experiencia de calidad, no sólo para el sujeto del Procedimiento, sino también para ella. Charmaine está convencida de que hay que conservar el toque humano: siempre ha estado dispuesta a defenderlo ante un tribunal si llegaba el momento. Aunque esperaba que no ocurriera. Pero quizá haya llegado la hora.

—Ah, no, estoy segura de que no será nada —le dice la funcionaria.

Añade que debe de tratarse de alguna formalidad de tipo administrativo. Alguien se habrá equivocado al introducir el código; esas cosas ocurren y se puede tardar un tiempo en solucionarlas. Incluso con la tecnología más moderna siempre existe el error humano. Charmaine tendrá que ser paciente mientras buscan lo que sólo pueden suponer que es un fallo del sistema.

Asiente y sonríe. Pero la miran de una forma rara —ahora hay dos funcionarias, ahora hay tres detrás del mostrador de salida, y una de ellas está escribiendo en un móvil—, y les nota algo raro en la voz: no le están diciendo la verdad. Charmaine no cree que se lo esté imaginando.

—Si eres tan amable de esperar en la Sala de Reuniones —le dice la del teléfono móvil, señalando una puerta que hay en un extremo del mostrador—. Para no entorpecer el proceso de salida. Gracias. Hay una silla, puedes sentarte. La agente de Recursos Humanos se reunirá contigo enseguida.

Charmaine echa un vistazo al grupo de presas que se marchan. ¿Es Sandi la que va con ellas? ¿Y Veronica? A lo largo de estos meses las ha ido viendo de manera fugaz —sus meses de cárcel coinciden—, pero no están en su grupo de calceta y no trabajan en el hospital, por lo que no ha tenido motivos para acercarse. Ahora, sin embargo, le encantaría ver una cara amiga. Pero ellas no la ven, se han dado la vuelta. Ya se han quitado los monos naranja de la cárcel y llevan sus ropas de calle, deben de estar pensando en lo bien que se lo pasarán fuera.

Igual que ella hace apenas un momento. Lleva un sujetador de encaje blanco debajo de un jersey nuevo de color cereza. Eligió esas prendas hace ya un mes, con la idea de estar guapa hoy para Max.

—¿Qué pasa? —le pregunta una de las otras mujeres.

Es alguien de su grupo de calceta. Charmaine debe de tener cara de preocupación, debe de parecer triste. Se esfuerza por sonreír.

—No es nada. Algún problema con los códigos. Hoy saldré más tarde —dice, lo más alegremente que puede.

Pero lo duda. Nota que el sudor le va empapando el jersey por debajo de los brazos. Tendrá que lavar el sujetador en cuanto pueda. Es probable que el color cereza lo esté tiñendo y cuesta mucho quitar esa clase de manchas del color blanco.

Se sienta en la silla de madera de la Sala de Reuniones intentando no contar los minutos, resistiéndose al impulso de volver al mostrador y montar una escena, que definitivamente no le serviría de nada. Y si sale tarde ese día, ¿qué pasa con Max? Con la cita que planificaron hace un mes. En ese momento, él debe de estar conduciendo su escúter hacia la casa vacía de este mes; la última vez que se vieron le dio la dirección y ella la memorizó, la ha ido repitiendo como una plegaria silenciosa mientras estaba tendida en su estrecha cama de la celda de la Penitenciaría Positrón, con el camisón de algodón y poliéster que usan todas las reclusas.

A Max le gusta que le describa ese camisón. Le gusta que le explique la tortura que significa para ella estar allí tumbada sola, con esa prenda rasposa, dando vueltas sin poder dormir, pensando en él, reviviendo una y otra vez cada palabra y cada caricia, repasando con las manos los caminos que ha recorrido por su piel. «¿Y luego qué, y luego qué? —le susurraba mientras yacían en el suelo sucio de madera—. Cuéntamelo. Muéstramelo.»

Pero lo que todavía le gusta más —porque a ella le cuesta mucho hacerlo y tiene que sonsacarle las palabras una a una—, lo que todavía le gusta más es que le describa lo que siente cuando es Stan quien le hace el amor. «Entonces, ¿qué hace? Explícamelo, muéstramelo. ¿Y qué sientes tú?»

«Finjo que eres tú —le dice Charmaine—. Tengo que hacerlo, no me queda otra. Si no, me volvería loca, no podría soportarlo.» Cosa que no es cierta del todo, pero es lo que a Max le gusta escuchar.

La última vez él fue un poco más lejos. «¿Y si te lo hiciéramos los dos a la vez? —le dijo—. Por delante y por detrás. Dime...»

«Oh, no, ¡no podría! ¡Los dos a la vez no! Eso es...»

«Creo que sí podrías. Creo que quieres hacerlo. Mira, te estás sonrojando. Eres una guarrilla, ¿verdad? Te follarías a un miniequipo de fútbol si hubiera espacio para todos. Quieres hacerlo. Los dos a la vez. Dilo.»

En esos momentos Charmaine diría cualquier cosa. Lo que Max no sabe es que, en cierto modo, ya lo hace con los dos a la vez: esté con el que esté, el otro también está allí, invisible, participando, aunque a un nivel inconsciente. Inconsciente para él, pero consciente para ella, porque los lleva a los dos en la conciencia, con mucho cuidado, como si fueran delicados merengues, o huevos crudos, o crías de pájaro. Pero no cree que amarlos a los dos a la vez sea algo sucio: cada uno tiene una esencia distinta, y resulta que a ella se le da bien atesorar la esencia única de cada persona. Es un don que no tiene todo el mundo.

Y ahora, hoy, no va a llegar a su cita con Max, y no tiene forma de avisarlo de que no podrá ir. ¿Qué pensará? Llegará pronto a la casa porque, como le pasa a ella, casi no puede contenerse. Vive para esos encuentros, se muere por estrecharla entre sus brazos y destrozarle la ropa, abrir de un tirón cremalleras y botones e incluso desgarrar una costura o dos empujado por la urgencia de su deseo ardiente e irresistible. Esperará y esperará en la casa vacía, con impaciencia, caminando arriba y abajo por el suelo manchado y salpicado de barro, mirando por las ventanas llenas de cagadas de mosca. Pero ella no aparecerá. ¿Creerá que le ha fallado? ¿Que lo ha dejado? ¿Que ha pasado de él? ¿Que lo ha abandonado en un ataque de cobardía o de lealtad hacia Stan?

Luego está el propio Stan. Después del mes que acaba de pasar como preso en Positrón, habrá devuelto su mono y se habrá puesto los vaqueros y el forro polar. Habrá salido del ala de hombres del complejo de la Penitenciaría Positrón; habrá conducido su escúter por las calles de Consiliencia, que estarán abarrotadas de gente muy animada; algunos irán de camino a la penitenciaría a cumplir su turno como prisioneros, otros estarán saliendo de camino a sus vidas civiles.

Stan también la estará esperando, pero no en un edificio húmedo y frío con olor a fiestas de drogadictos y orgías de moteros, sino en su casa, la casa que Charmaine considera suya. O por lo menos, medio suya. Stan estará dentro de esa casa, en su nido doméstico familiar, esperando a que ella llegue en cualquier momento, se ponga su delantal y empiece a preparar la cena mientras él se entretiene con sus herramientas en el garaje. Quizá incluso tenga la intención de decirle que la ha extrañado —suele hacerlo, aunque últimamente menos que antes—, y darle un abrazo despreocupado.

Charmaine adora la despreocupación de esos abrazos: «despreocupación» significa que él no tiene ni idea de lo que ella acaba de hacer. No se da cuenta de que vuelve de pasar una hora robada con Max. Le encanta esa expresión: «hora robada». Parece de los años cincuenta. Como en las películas románticas que a veces proyectan por televisión en Consiliencia, en las que al final todo sale bien.

Aunque, bien pensado, lo de la hora robada carece de sentido. Es como los besos robados: la hora robada tiene que ver con el tiempo y los besos robados con el lugar, con dónde pone cada uno sus labios. ¿Cómo pueden robarse esas cosas? ¿Quién las roba? ¿Acaso Stan es el dueño de esa hora y también de esos besos? Claro que no. Y, aunque lo fuera, si no descubre el tiempo y los besos que faltan, ¿qué daño le hace? Ha habido ladrones de arte que han hecho copias exactas de pinturas muy caras y las han sustituido por las originales, y los dueños han pasado meses, o incluso años, sin darse cuenta. Es algo así.

Pero Stan se va a dar cuenta de que ella no aparece. Se enfadará, y luego se preocupará. Pedirá a los agentes de Consiliencia que la busquen por las calles, que comprueben los accidentes de escúter. Luego llamará a Positrón. Lo más probable es que le digan que sigue dentro, en el ala de mujeres. Aunque no le explicarán por qué.

Charmaine espera y espera sentada en la sillita de la Sala de Reuniones, intentando tranquilizarse. No me extraña que se volvieran locos cuando los encerraban solos, piensa. Nadie con quien hablar, nada que hacer. Pero en Positrón ya no hacen esas cosas. Aunque a ella y a Stan les enseñaron las celdas de aislamiento durante la visita de orientación, cuando estaban valorando si apuntarse al Proyecto. Habían reformado esas celdas y ahora había en ellas escritorios y ordenadores: eran para los ingenieros de Informática y también para la división de Robótica que iban a poner en marcha. «Aquí se ofrecen posibilidades muy interesantes —dijo el guía—. Ahora vamos a ver el comedor comunitario y luego el ganado y el huerto, todos nuestros pollos se crían aquí, y después podemos echar un vistazo al estudio de Manualidades, donde os entregarán todo lo que necesitáis para hacer calceta.»

Calceta. Si tiene que quedarse en la Penitenciaría Positrón otro mes entero, va a acabar harta de eso. Al principio era divertido, una especie de pasatiempo anticuado, perfecto para charlar un rato con las compañeras, pero ahora han empezado a imponerles cuotas. Las supervisoras las hacen sentir como holgazanas si no tejen lo bastante rápido.

«Ay, Max. ¿Dónde estás? ¡Tengo miedo!» Pero aunque Max pudiera oírla, ¿acudiría?

Stan sí lo haría. Cuando ella se asusta, él no le quita importancia. Con las arañas, por ejemplo: a Charmaine no le gustan. Stan es muy eficiente con las arañas. Ella se lo agradece mucho.

Collar de castigo

Es tarde. El sol se está poniendo, la calle está vacía. O parece vacía: no cabe duda de que hay ojos incrustados por todas partes; en la farola, en la boca de incendios. Que no puedas verlos no significa que ellos no puedan verte a ti.

Stan poda el seto y se esfuerza por parecer no sólo ocupado, sino alegre. El seto no necesita que lo poden —es uno de enero, invierno, a pesar de que no hay nieve—, pero la actividad le resulta relajante por los mismos motivos que morderse las uñas: es repetitivo, un remedo de alguna actividad útil, y es violento. La podadora emite un zumbido amenazante, como un nido de avispas. Ese sonido le produce una ilusión de poder que alivia su sensación de pánico. El pánico que siente una rata enjaulada, con mucha comida y bebida e incluso sexo, pero sin escapatoria y con la sospecha de estar participando en un experimento que sin duda será doloroso.

La fuente de su pánico: Jocelyn, la tenaza andante. Lo tiene encadenado a su tobillo. Está atrapado por su correa invisible; lleva su collar de castigo invisible. No puede liberarse.

Respira hondo, Stan, se dice. Por lo menos sigues vivo, joder. O vivo y jodiendo. Se ríe para sí. Bien dicho, Stan.

Lleva puestos los auriculares de botón, conectados al móvil. El ruido de la podadora suena por detrás de la voz de Doris Day, cuya lista de grandes éxitos es para él como una nana. Al principio fantaseaba con tirar a Doris desde lo alto de un tejado, pero la oferta musical es muy limitada —censuran cualquier cosa demasiado excitante o alborotadora— y prefiere escucharla a ella que el popurrí de *¡Oklahoma!* o a Bing Crosby cantando *White Christmas*.

Corta un grupo de ramas ligeras de cedro al enérgico ritmo de *Love Me or Leave Me*. Ahora que se ha acostumbrado a ella, lo relaja pensar en Doris, siempre virginal, pero con esas tetas de firmeza impresionante, levantadas por el sujetador, esbozando su sonrisa anticuada y tan blanca en contraste con el bronceado, preparando batidos en su cocina, como en la biografía de ella que programan tan a menudo en la televisión de Consiliencia. Doris Day era la chica «buena», cuando lo contrario era ser «traviesa». Stan conserva un recuerdo de infancia de un tío suyo alcohólico que molestaba a las chicas llamándolas «traviesas» por llevar faldas cortas. Por aquel entonces Stan tenía once años y ya empezaba a darse cuenta de las cosas.

Doris nunca habría elegido una falda de ésas, a menos que se tratara de algo deportivo y asexual, como una falda de tenis. Quizá cuando Stan se casó con Charmaine lo que buscaba era una chica como Doris. Segura, sencilla, limpia. Acorazada con ropa interior blanca y pura. Menuda ironía de la vida.

«*Lonely*», canturrea en su cabeza. Pero no le dejarán estar solo, por lo menos cuando Jocelyn vuelva de su espeluznante trabajo. «Deberías ponerte esas prendas de cuero —le dijo hace dos noches, con esa voz que parece considerar provocativa—. Con ese minidestornillador. Fingiré que eres el fontanero.» Se refería a lo que lleva ahora: los guantes de cuero, el delantal de trabajo con bolsillos y artilugios. Para ella es vestuario masculino morboso. Pero Stan no se puso las prendas de cuero para ella: todavía tiene orgullo. Aunque cada vez menos.

Se sube a una escalera para alcanzar la parte más alta del seto. Si se mueve podría caerse y eso podría ser mortal, porque la podadora está muy afilada. Podría seccionarle el cuello a alguien con un corte limpio, como en las películas de samuráis que Conor y él veían de niños. Los asesinos medievales podían cortarle la cabeza a alguien con un hacha de un solo golpe, por lo menos en las pelis históricas. ¿Él podría llegar a hacer algo tan extremo? Quizá, con un redoble de tambor y una multitud de pueblerinos gritando y lanzándole verduras a la víctima para animarlo. Necesitaría guantes de cuero, pero con guantelete y todo, y una máscara de piel como las de las películas de miedo. ¿Llevaría el torso descubierto? Mejor que no: tiene que ejercitarse, trabajar esos músculos. Está echando tripa de tanto beber cerveza: sabe a pis, pero se tomaría cualquier cosa con tal de emborracharse.

Ayer, Jocelyn le clavó un dedo en el michelín que tiene debajo de la última costilla. «¡Deshazte de esa lorza!», le dijo. Se suponía que era una broma, pero escondía una tácita amenaza. Y si no ¿qué? Stan sabe que está en período de prueba; pero si no pasa el examen, sea cual sea, entonces, ¿qué?

Ya ha imaginado más de una vez la cabeza de Jocelyn separándose de su cuerpo gracias al uso de alguna herramienta afilada.

Doris canta «*Secret love. Dum de dum, me, yearning, free*». Stan apenas escucha las palabras que ha oído tantas veces. Papel pintado, con capullos de rosas. ¿La vida de Doris Day habría sido distinta si se hubiera llamado Doris Night? ¿Se habría vestido con encajes negros, se habría teñido el pelo de rojo y habría cantado canciones de desamor? ¿Y qué sería de la vida de Stan? ¿Sería más delgado y estaría más en forma si se hubiera llamado Phil, como el capullo adúltero del marido de Jocelyn?

O como Conor. ¿Y si se hubiera llamado Conor?

«*No more*», canta Doris Day. Después sonarán los diez mejores éxitos de Patti Page. «*How much is that doggie in the window?*» Guau guau, ladridos de verdad. Charmaine dice que esa canción es mona. «Mono» es una categoría básica para ella, como el bien y el mal. La flor de azafrán: mona; las tormentas: no son monas. Hueveras con forma de gallina: monas; Stan enfadado: no es mono. Últimamente no está nada mono.

¿Qué sería mejor, el hacha o la podadora?, piensa. El hacha, siempre que fuera capaz de asestar un golpe seco. Si no, para un principiante es mejor la podadora. Cortaría los tendones como si fueran cordeles húmedos; luego saldría la sangre caliente y le salpicaría la cara como un cañón de agua. Esa imagen le revuelve un poco el estómago. Ése es el problema de sus fantasías: se vuelven demasiado vívidas, se desvían hacia el caos y el desastre y acaba metido en líos que podrían terminar mal. Ya han pasado demasiadas cosas.

Con la podadora podría hacerse un buen tajo en el cuello él mismo; en cambio con el hacha, no. Una vez en marcha, la podadora seguiría funcionando tanto si estuviera consciente como si no. En una ocasión, Conor le explicó que un tío se había suicidado en su cama con un cuchillo eléctrico. La adúltera de su mujer estaba durmiendo a su lado; lo que la despertó fue el calor de la sangre que empapaba el colchón. También ha fantaseado con esa idea, porque algunos días se siente tan atrapado, tan desesperado, tan acabado, tan castrado que haría casi cualquier cosa por escapar.

Pero ¿por qué está tan negativo? «Cariño, ¿por qué estás tan negativo? —Oye en su cabeza la alegre e infantil voz de muñeca Barbie de Charmaine—. ¡Tu vida tampoco está tan mal!» Lo que insinúa es: teniendo en cuenta que está con ella. «A la mierda», le dice a la voz. La voz suelta un pequeño «Oh» de sorpresa y luego estalla como una burbuja.

Recursos Humanos

Charmaine espera y sigue esperando. ¿Por qué no hay ninguna revista para leer, por qué no hay un televisor? Vería hasta un partido de béisbol. Además, ahora necesita ir al baño y no hay ninguno. Eso es muy desconsiderado, y si no consigue controlarse se va a poner de mal humor. Pero el mal humor, si no tienes poder para mantenerlo, siempre acaba saliendo mal. La gente te manda a paseo, o se ponen de peor humor que tú. «Si sonríes, el mundo te sonreirá —solía decir la abuela Win—. Si lloras, llorarás sola.» No debe llorar: tiene que actuar como si esto fuera algo normal y aburrido. Un mero trámite burocrático.

Por fin entra una mujer con un PosiPad; viste uniforme de guardia, pero lleva una placa identificativa en el bolsillo del pecho: «AURORA, RECURSOS HUMANOS.» A Charmaine se le encoge el corazón.

Aurora de Recursos Humanos le dedica una sonrisa triste y una mirada de granizo. Tiene un mensaje que transmitirle y lo hace con delicadeza: lo lamenta, pero Charmaine debe quedarse en la Penitenciaría Positrón un mes más; encima, no conservará su puesto en Administración de Medicamentos.

—Pero ¿por qué? —pregunta ella con voz temblorosa—. Si ha habido alguna queja...

Eso es una tontería, porque los sujetos a los que administra los medicamentos la palman cinco minutos después del Procedimiento Especial, que es lo que suele hacer la gente cuando sus corazones dejan de latir, así que a saber quién quedará paseándose por el planeta en condiciones de presentar una queja. A lo mejor algunos han vuelto del otro mundo para quejarse de la calidad de sus servicios, se dice Charmaine, en broma. En ese caso, estarían mintiendo, añade indignada. Tiene razones para estar orgullosa de sus resultados y de su talento, tiene un don, se lo nota en los ojos. Ejecuta muy bien, les proporciona una buena muerte: si su lenguaje corporal sirve de algo, las personas que dejan a su cargo se marchan en un estado de éxtasis y llenas de gratitud hacia ella. Y claro que sirve: en manos de Max, Charmaine ha pulido sus habilidades con el lenguaje corporal.

—Ah, no, no ha habido ninguna queja —dice Aurora de Recursos Humanos con una despreocupación un tanto excesiva.

Apenas se le mueve la cara: se ha operado y se han pasado de la raya. Tiene los ojos saltones y la piel tan tensa que parece que un puño gigante le esté estirando hacia atrás todo el pelo de la cabeza. Lo más probable es que la operasen en el Programa de Reciclaje de la Escuela Cosmética de Positrón. Los cirujanos son los estudiantes, por lo que es natural que lo hagan mal de vez en cuando. Aunque Charmaine se tiraría desde un puente si le hubieran dejado una cara como ésa. En la cadena de residencias y clínicas para ancianos Ruby Slippers lo hacían mucho mejor. Podían coger a alguien de setenta, ochenta, incluso ochenta y cinco años, y dejarlo como si no tuviera más de sesenta.

Lo más probable es que estén formando cirujanos plásticos porque pronto será un servicio muy solicitado. La edad media en Consiliencia es de treinta y tres años, por lo que, de momento, a los ciudadanos no les cuesta mucho sentirse atractivos, pero ¿qué ocurrirá con el Proyecto a medida que vayan pasando los años?, se pregunta Charmaine. ¿Tendrán un exceso de población de ancianos en sillas de ruedas? ¿O soltarán entonces a esas personas, o mejor dicho, las expulsarán, las echarán a la calle, las obligarán a buscarse la vida en el penoso mundo exterior? No, porque el contrato es de por vida. Eso les dijeron a todos antes de firmar.

Pero —éste es un pensamiento nuevo para Charmaine, y no es agradable— nadie les garantizó cuánto podía durar esa vida. Quizá a partir de cierta edad empiecen a mandar a la gente a Administración de Medicamentos para someterlos al Procedimiento. Puede que yo también acabe ahí, piensa Charmaine, con alguien como yo asegurándome que todo irá bien, acariciándome el pelo y besándome la frente al clavarme la aguja, y yo no podré moverme ni decir nada, porque estaré atada y drogada hasta las cejas.

—Si no hay quejas, entonces, ¿por qué? —le pregunta Charmaine a Aurora, intentando disimular su desesperación—. Me necesitan en Medicamentos, es una técnica especial, yo tengo experiencia, nunca he tenido ni un solo...

—Bueno, seguro que estarás de acuerdo en que es necesario —la interrumpe Aurora—. Teniendo en cuenta la incertidumbre acerca de tu identidad, han desactivado tus códigos y tus tarjetas. De momento se podría decir que estás en el limbo. Las comprobaciones de la base de datos son muy rigurosas, como debe ser, porque te puedo decir en confianza que hemos tenido unos cuantos impostores por aquí. Periodistas —frunce el ceño hasta donde puede con su cara estirada— y otros elementos problemáticos. Gente que pretendía sacar a la luz... Que pretendía inventar historias negativas sobre nuestra maravillosa y modélica comunidad.

—¡Oh, eso es espantoso! —exclama Charmaine, con un hilo de voz—. Son capaces de inventar...

Le gustaría saber a qué historias negativas se refiere, pero decide no preguntar.

—Sí, bueno —dice Aurora—. Todos tenemos que andar con mucho cuidado con lo que decimos, porque nunca se sabe, ¿verdad? Si la otra persona es o no quien afirma ser.

—Pues nunca lo había pensado —admite Charmaine con sinceridad.

El rostro de Aurora se relaja un milímetro.

—Te entregarán tarjetas y códigos nuevos si... —Se frena—. Cuando te vuelvan a verificar. Hasta entonces, es una cuestión de confianza.

—¡Una cuestión de confianza! —exclama Charmaine, indignada—. Nunca ha habido ningún...

—No es nada personal —la interrumpe Aurora—. Son tus datos. Estoy segura de que eres una persona en la que se puede confiar en todos los aspectos. Completamente fiel.

¿Eso ha sido una sonrisita? Es difícil distinguirlo en una cara tan estirada. Charmaine se sonroja: «fiel». ¿Habrá hablado Max? ¿Los habrán visto? Por lo menos en el trabajo sí se ha mantenido fiel.

—Veamos —dice Aurora, adoptando un tono de eficacia—. Te he puesto en la Lavandería de forma temporal. Para doblar toallas, falta personal en ese departamento. Yo pasé un tiempo doblando toallas, es muy relajante. A veces conviene darse un respiro de tanto estrés y responsabilidad y de las actividades que... —Vacila mientras busca la palabra adecuada—. De las actividades que llevamos a cabo para liberarnos de ese estrés. Doblar toallas invita a la reflexión. Tómatelo como un período de tiempo para tu desarrollo profesional. Como unas vacaciones.

Menuda mierda, piensa Charmaine. Doblar toallas. Su estatus en Positrón acaba de despeñarse por un acantilado.

Se quita la ropa de calle que se había puesto hace unas horas. (Oh, jolines, mira el sujetador, piensa. El jersey ha desteñido y le ha dejado manchas de color rosa brillante debajo de los brazos; jamás conseguirá quitarlas.) Hay algo más. Aurora no puede sonreír como una persona normal, pero lo raro no era sólo su sonrisa, también el tono. Demasiado tranquilizador. Como se le hablaría a un niño al que van a vacunar o a una vaca de camino al matadero. Había unas rampas especiales para esas vacas, para animarlas a caminar plácidamente hacia su destino.

Por la noche, tras pasar cuatro horas doblando toallas, y después de la cena comunitaria —pastel de cordero, ensalada de espinacas y *mousse* de frambuesa—, Charmaine se suma al grupo de calceta en la sala principal del ala de mujeres. No es su círculo habitual, no es el grupo que la conoce: esas mujeres se han marchado hoy y han sido reemplazadas por sus Alternas. No sólo son desconocidas para Charmaine, sino que ellas también la ven como una extraña. Le están dejando muy claro que no entienden por qué la han puesto con ellas: son amables, pero sólo lo justo. Cada vez que ha intentado sacar algún tema de conversación, las demás la han ignorado; es casi como si a esas mujeres les hubieran explicado alguna historia poco respetable sobre ella.

Se supone que el grupo tiene que tejer ositos azules para niños en edad preescolar: algunos son para las guarderías de Positrón y Consiliencia; el resto, para exportarlos a tiendas de artesanía de ciudades lejanas y más prósperas, quizá incluso a otros países, porque Positrón tiene que mantenerse. Pero Charmaine no consigue concentrarse en su osito. Está muy inquieta, se pone más nerviosa cada minuto que pasa. Es por la confusión digital: ¿cómo ha podido suceder? Se supone que el sistema está protegido. El personal de Tecnología está trabajando en ello en ese momento, le ha dicho Aurora, pero entretanto Charmaine puede unirse a algún grupo de yoga del gimnasio y ceñirse a la rutina diaria. Es un contratiempo, pero los números son números, y los de ella no confirman que sea quien dice ser. Aurora está segura de que se solucionará pronto.

Pero Charmaine no se cree todas esas evasivas ni por un momento. Alguien se la debe de estar jugando. Pero ¿quién? ¿Será un amigo, o una amante, de algún sujeto de sus Procedimientos Especiales? ¿Cómo iban a saber quién es ella, cómo iban a acceder a esos datos? ¡Se supone que esa información es completamente confidencial! Han descubierto lo suyo con Max. Debe de ser eso. Están decidiendo qué hacer con ella. Qué hacerle.

Ojalá pudiera hablar con Stan. No con Max: él se esfumaría en cuanto oliera el peligro. En el fondo es un vendedor ambulante. «Siempre recordaré los momentos que hemos pasado juntos y te llevaré en el corazón.» Luego saldría por la ventana del lavabo y saltaría la valla, la dejaría plantada con una pistola humeante en la mano y un cadáver en el suelo, que resultaría ser el de ella.

Max es como las arenas movedizas. Impredecible. Rápido. Siempre lo ha tenido claro. En cambio, Stan... Stan es sólido. Si estuviera allí, se remangaría y se enfrentaría a la realidad. Él le diría qué hacer.

¡Jo! Se ha equivocado al tejer el cuello del osito azul, ha seguido con el mismo punto cuando debería haber hecho un punto del revés. ¿Debería deshacerlo, tejerlo de nuevo? No. El oso tendrá un poco de papada. Quizá incluso le ate una cinta con un lazo. Ocultará su fallo dándole un toque personal. «Si la vida te da limones —se dice—, haz limonada rosa.»

Cuando vuelve a su celda esa noche, la encuentra vacía. Su compañera no está; ese mes lo pasará en Consiliencia. Pero la otra cama no está hecha, sólo se ve el colchón pelado. Es como si hubiera muerto alguien.

Eso quiere decir que no le van a asignar una nueva compañera de celda. La están aislando. ¿Será el principio de su castigo? ¿Por qué se permitió liarse con Max? Tendría que haber salido corriendo de la habitación en cuanto lo vio. Ha sido muy pusilánime. Y ahora está sola.

Por primera vez ese día, se pone a llorar.

Sirviente

—Cariño, anímate, la vida no es tan terrible.

Charmaine tenía por costumbre decirle eso cuando vivían en el coche, cosa que a él lo cabreaba: ¿cómo podía estar tan animada cuando no dejaba de lloverles mierda por todas partes? Pero ahora intenta recordar su tono dulce, sus palabras de consuelo, las tranquilizadoras citas de su difunta abuela Win. «Siempre está más oscuro antes del amanecer.» Debería espabilar, porque ella tiene razón: la vida no es tan terrible. Muchos hombres estarían encantados de cambiarle el sitio.

Durante la semana trabaja en el depósito de reparación de los escúters de Consiliencia, donde ha tenido que esquivar las preguntas de los demás tíos. «¿Qué haces aquí otra vez? Pensaba que este mes te tocaba estar en Positrón.» A lo que él contesta: «Los capullos de Administración la han cagado, han confundido mis datos con los de otro tío. Es un error de identificación, pero, oye, yo no me quejo.»

No tiene por qué añadir que el otro tío es el gilipollas que se ha estado follando a su alegre y traidora esposa, y que el capullo de Administración es una agente secreta de Vigilancia que ha grabado los encuentros de su marido con Charmaine en unos vídeos con mucho grano, pero sorprendentemente eróticos. Stan sabe que lo son porque los ha visto con Jocelyn, sentado justo en el mismo sofá donde solía sentarse con Charmaine a ver la televisión.

Para él, ese sofá, con su fondo azul marino y su estampado de margaritas blanquecinas, antes representaba el tedio y la tranquilidad de la rutina; lo máximo que había llegado a hacer en él con Charmaine había sido cogerse de las manos o pasarle el brazo por encima de los hombros, porque ella decía que sólo quería hacer cosas propias de la cama donde se suponía que debían hacerse: en una cama. Una mentira cochina, a juzgar por esos vídeos en los que Charmaine sólo necesitaba una puerta cerrada y el suelo pelado para dejar salir a su fulana interior y animar a Phil a hacer todo lo que nunca le ha permitido a Stan, y decir cosas que a él no le ha dicho ni una sola vez.

Con su sonrisa tensa pero relamida, a Jocelyn le encanta observar a Stan mientras los mira. Luego quiere que recreen los vídeos, que él haga el papel de Phil mientras ella interpreta el de Charmaine. Lo más horrible es que a veces puede hacerlo; aunque también lo es cuando no puede. Si se abalanza sobre ella y se la folla, es porque Jocelyn se lo ha ordenado; si no le apetece, es un fracasado. Así que sea cual sea el resultado, siempre pierde. Jocelyn ha transformado ese sofá neutro con sus margaritas anodinas en un nido de vicio atormentador y humillante. A duras penas se puede sentar en él: ¿quién iba a decir que un producto de consumo inofensivo, hecho con tela y espuma, podría convertirse en una agobiante arma de juegos psicológicos?

Espera que Jocelyn haya grabado también esas sesiones y obligue a Phil a verlas. Es lo bastante mala como para hacer algo así. Sin duda, Phil se estará preguntando por qué sigue en la cárcel y se habrá puesto fanfarrón: «Ha habido un error, ahora me tocaba salir, dejen que me ponga en contacto con mi mujer, ella está en Vigilancia, lo aclararemos todo.» Stan siente un amargo placer al imaginar esa situación, así como las miradas evasivas y las sonrisas disimuladas de los guardias, porque sin duda habrán recibido órdenes de arriba. «Tranquilízate, amigo, mira el impreso, los números identificativos de Positrón no mienten, el sistema está blindado.» El mamonazo retorcido de Phil se lo tiene bien merecido.

Stan se aferra a esa idea durante sus actuaciones sexuales forzosas con Jocelyn, actividad que guarda más parecido con el acto de ablandar un bistec que con cualquier experiencia puramente placentera.

«¡Oh, Stan! —dice la coqueta y risueña pseudovoz de Charmaine—. Estás disfrutando, ¡claro que sí! Tú sabes que sí, bueno, por lo menos la mayor parte del tiempo, y todos los hombres tienen sus malos momentos, pero luego no creas que no oigo esos gemidos, seguro que son de placer, ¡no lo niegues!»

«Cierra la boca», le dice él. Pero Charmaine, con su cara de ángel y su corazón taimado —la verdadera Charmaine—, no puede oírlo. No puede saber que Jocelyn ha estado jugando con sus vidas, devolviéndole el golpe por haberle robado a Phil, pero lo descubrirá el primer día del próximo mes. Cuando entre en esa casa esperando encontrarse con Stan y sea Phil quien la espere. Él tampoco estará contento, piensa Stan, porque echar un polvo rápido y apasionado a la carrera no es lo mismo que pasar juntos todo el día, un día tras otro.

Será entonces cuando Charmaine descubra que el fuego de sus entrañas no es quien ella piensa que es —no es el Max de sus sueños febriles, cuyo nombre falso invoca una y otra vez en esos vídeos—, sino un macho alfa venido a menos, con un aspecto bien distinto a plena luz del día. Más flácido, más viejo, pero también cansado, esquivo, calculador: se le nota en la cara, en los vídeos. Ella y Phil estarán atados el uno al otro, tanto si les gusta como si no. Charmaine tendrá que vivir con sus calcetines sucios, sus pelos en el lavabo; tendrá que oírlo roncar, tendrá que hablar de temas triviales con él durante el desayuno, y todo eso le quitará las ganas de seguir interpretando ese papel de heroína de novelita romántica que pide a gritos que la violen.

143

¿Cuánto tardarán en aburrirse y hartarse el uno del otro? ¿Cuánto tiempo pasará antes de que Phil recurra a la violencia doméstica sólo para tener algo que hacer? Stan espera que no tarde mucho. No le importaría enterarse de que Phil está zurrando a Charmaine, y no sólo como juego sexual, como en la pantalla, sino de verdad: alguien tiene que hacerlo.

Pero será mejor que Phil no vaya demasiado lejos, o Charmaine podría acabar clavándole el cuchillo de la fruta en la yugular, porque detrás de esa rubia modosita hay algo retorcido. Le falta un tornillo, tiene un cable suelto. Él no se había dado cuenta cuando vivían juntos: había subestimado su lado oscuro, y ése fue su primer error, porque todo el mundo tiene un lado oscuro, incluso una finolis como ella.

Entonces le viene otra idea a la cabeza, menos agradable: cuando Phil y Charmaine empiecen su vida doméstica en esta casa, ¿qué será de él, de Stan? No puede quedarse allí con ellos, eso está claro. ¿Jocelyn se lo llevará a un nido de amor secreto y lo encadenará a la cama? ¿O se cansará de tratarlo como un esclavo sexual, de jugar con su mente y verlo brincar a su alrededor como una rana galvanizada, y lo dejará volver a ingresar en Positrón para que pueda disfrutar del descanso que necesita?

Aunque puede que siga alterando los turnos: quizá simplemente se quede con Stan allí, siga con su pervertido jueguecito doméstico y deje que los otros dos se enfríen en el talego. Cuando llegue el día de cambio, Charmaine y Phil estarán preparados para ponerse su ropa civil e ir derechos a su sórdida cita, pero entonces algún imbécil uniformado les dirá que ha habido un retraso y que todavía no pueden salir de Positrón. Cosa que supondrá tres meses seguidos para Charmaine. Debe de estar volviéndose loca.

Phil ya habrá imaginado que Jocelyn lo ha descubierto una vez más; se preguntará si por fin ha renunciado a él. Si aún le queda algo de sensatez, debe de estar bien ansioso. Seguro que sabe que su mujer, bajo esa calma trajeada y neutra y esa sufrida pose de tolerancia, es una arpía vengativa.

Pero Charmaine estará desconcertada. Echará mano de todo su repertorio de manipulaciones infantiles con la dirección de Positrón: utilizará sus hoyuelos de rubia sorprendida, el temblor de labios, la indignación, las súplicas llorosas, pero ninguna de esas cosas le servirá de nada. Entonces quizá tenga una rabieta de verdad. Perderá los nervios, llorará, caerá desplomada al suelo. Los guardias no lo soportarán: la levantarán, le darán un manguerazo. A Stan le gustaría verlo; le causaría cierta satisfacción después de la suficiencia con que lo ha tratado últimamente. Puede que Jocelyn le deje mirar por la cámara de vigilancia.

No es muy probable. Su acceso al material que graban las cámaras de vigilancia se limita a ver a Charmaine y a Phil revolcándose por el suelo. Jocelyn se excita de verdad viéndolos. Es patético que le pida que haga lo mismo que Phil: tiene que ser consciente de que Stan no siente ninguna pasión. En esos momentos bebería disolvente o se metería una guindilla por la nariz: cualquier cosa para insensibilizar su cerebro durante esas escenas de humillación mutua. Pero tiene que convencerse de que es lo más parecido a un autómata, tiene que seguir adelante. Tal vez su vida dependa de ello.

Anoche, Jocelyn probó una cosa nueva. Por lo que Stan sabe, ella tiene acceso a los códigos de todo, y abrió la taquilla rosa de Charmaine, rebuscó entre sus cosas y encontró un camisón que le iba bien. Tenía lacitos y un estampado de margaritas, nada que ver con el estilo funcional de Jocelyn; es probable que buscara precisamente eso.

Ella suele dormir en la habitación libre, donde también tiene su «trabajo», sea el que sea, pero anoche, después de encender una vela perfumada, se puso ese camisón y entró de puntillas en su cuarto. «Sorpresa», susurró. Llevaba los labios pintados de un color oscuro y, cuando lo besó, Stan reconoció el aroma de pintalabios que había percibido en el beso de la nota que encontró. «¡Me muero por tenerte! Te necesito. Besos y todo eso que tú sabes. Jasmine.» Y él se había enamorado como un imbécil de esa ardiente Jasmine, con su boca del color del zumo de uva. ¡Menudo espejismo! Y luego, qué decepción.

Y ahora ¿quién pretendía ser Jocelyn? Lo acababa de despertar y estaba desorientado; por un momento no supo dónde estaba, ni quién era la mujer que se pegaba a él. «Imagínate que soy Jasmine —murmuró ella—. Déjate ir.» Pero ¿cómo podía hacerlo, si notaba en los dedos la textura del conocido camisón de algodón de Charmaine? Las margaritas. Los lazos. Era desconcertante.

¿Cuánto tiempo puede seguir protagonizando esta farsa de dormitorio sin perder la cabeza y hacer algo violento? Es capaz de mantener la calma mientras trabaja en el depósito de escúters: resolver problemas mecánicos lo relaja. Sin embargo, a medida que se va acercando el momento de salir del trabajo, empieza a notar cómo le aumenta el pánico. Entonces tiene que subirse a su escúter y regresar a casa. Su meta es tomarse unas cuantas cervezas y luego fingir que está concentrado trabajando en el jardín antes de que aparezca Jocelyn.

Es peligroso combinar los efectos de la cerveza con herramientas eléctricas, pero está dispuesto a asumir ese riesgo. Si no se atonta, podría acabar cometiendo alguna estupidez.

Pero Jocelyn está en los escalafones más altos del estatus social; debe de tener vigilado hasta el último pelo del coño, con un equipo de SWAT preparados para intervenir con una respuesta letal ante cualquier amenaza. Seguro que Stan haría saltar las alarmas si hiciera aunque fuera la maniobra más inofensiva contra ella, como atarla y meterla en la taquilla rosa de Charmaine —no, en la rosa no, de ésa no se sabe el código; la metería en su taquilla roja— y luego huir. Pero ¿adónde huiría? No hay puerta de salida de

Consiliencia para quienes han cometido el estúpido error de entrar por voluntad propia. Los que se han entregado. «ENTREGAMOS TIEMPO AHORA, GANAMOS TIEMPO PARA NUESTRO FUTURO.»

«Te la han jugado bien», dice la voz de Conor dentro de su cabeza.

Ahí llega Jocelyn, con el suave ronroneo de su vehículo espía negro. Debe de tener chofer, porque siempre se baja del asiento de atrás. Dicen que en Positrón están trabajando en varios proyectos de robótica nuevos para contribuir a rentabilizar la inversión, así que quizá sea un robot quien conduce el coche.

Siente el repentino impulso de correr hacia ellos con la podadora, ponerla en marcha y amenazar con hacer trizas a Jocelyn y a su conductor robótico a menos que lo lleven ya a las puertas de Consiliencia. ¿Y si ella cree que va de farol y se niega? ¿Seguiría adelante y se quedaría con un coche inservible lleno de piezas electrónicas y miembros amputados?

Pero si funciona, la obligará a llevarlo al otro lado de la entrada, hasta el páramo en ruinas y semidesértico que hay más allá del muro. Saltará del coche, saldrá corriendo. No tendrá una vida muy agradable ahí fuera, rebuscando en la basura y defendiéndose de los carroñeros, pero por lo menos volverá a ser dueño de sí mismo. Encontrará a Conor, o Conor lo encontrará a él. Si alguien sabe buscarse la vida ahí fuera, ése es Con. Pero Stan tendrá que tragarse el orgullo. Dar marcha atrás. «Me equivoqué. Tendría que haberte escuchado», etcétera.

Aunque puede que sea mejor no intentar la maniobra de la podadora con Jocelyn. Seguro que le basta con encoger los dedos de los pies para activar el sistema de alarma. Por no mencionar lo rápida que es: los agentes de Vigilancia deben de aprender artes marciales. Sabrán cómo aplastar tráqueas con los pulgares.

Ahora está saliendo del coche, primero saca los pies. Zapatos, tobillos, nylon gris. Cualquier tío se excitaría al ver esas piernas. ¿No?

Aférrate a ese pensamiento, Stan, se dice. No todo son desventajas.

VI
DÍA DE SAN VALENTÍN

Limbo

Es diez de febrero y Stan sigue en el limbo. Charmaine no apareció el día del cambio, como él esperaba y temía a la vez. Lo esperaba porque la echa de menos y quiere verla —no tiene más remedio que admitirlo—, sobre todo si ella sustituye a Jocelyn. Lo temía porque... ¿y si pierde los nervios? ¿Y si le cuenta que ha visto sus vídeos con Max, le echa en cara todas las mentiras que le ha dicho, le da una paliza con el cinturón, como haría Con? ¿Ella se pondría insolente, se reiría de él? ¿O lloraría y diría que ha cometido un error y que lo lamenta, y le repetiría lo mucho que lo quiere? Y si dice eso, ¿cómo sabrá si es sincera?

Él también estaría en una situación delicada. ¿Y si Jocelyn se pone de parte de Charmaine? ¿Y si le explica lo que sabe acerca de la obsesión de Stan con la falsa Jasmine y añade algunos detalles sobre lo que los dos han estado haciendo en el sofá azul? Y en otros sitios. Muchos sitios. Cada vez que intenta imaginar su reencuentro con Charmaine se le quedan los sesos como una maraña de cuerdas retorcidas.

—Creo que necesitáis estar más tiempo alejados —fue lo que le dijo Jocelyn al respecto.

Como si Charmaine y él fueran niños que se habían peleado y una madre amorosa, pero estricta, los mantuviera un rato separados. No, una madre no: una niñera degenerada a la que pronto acusarían de corrupción de menores, porque justo después de ese sermoncito remilgado Stan volvía a estar en el sofá azul, con sus castas margaritas, cada vez más sucias, representando una de las escenas preferidas de Jocelyn de la saga de vídeos pornográficos protagonizados por sus enérgicos cónyuges.

—¿Y si te lo hiciéramos los dos a la vez? —dijo Stan en un rugido, como si estuviera muy lejos.

La voz era suya, las palabras eran de Max. Esa parte del guión le costaba especialmente. Era difícil recordar todo lo que decían y sincronizarlo con los movimientos. ¿Cómo lo conseguían en las películas? Claro que esa gente disponía de muchas tomas: si se equivocaban, podían repetir.

—¿Por delante y por detrás?

—Ah, no, ¡no podría! —respondió Jocelyn con una voz que pretendía sonar jadeante y avergonzada, como la de Charmaine en el vídeo. Y en cierta medida lo conseguía: no estaba actuando, o no del todo—. ¡Los dos a la vez no! Eso es...

¿Qué venía ahora? Stan se quedó en blanco. Le arrancó algunos botones para ganar tiempo.

—Creo que podrías hacerlo —le recordó Jocelyn.

—Creo que sí podrías —dijo él—. Creo que quieres hacerlo. Mira, te estás sonrojando. Eres una guarrilla, ¿verdad?

¿Cuándo se acabaría? ¿Por qué no podía saltarse todo ese rollo de la interpretación, ir al grano y pasar a la parte en la que ella pone los ojos en blanco y grita con una voz como un chirrido metálico? Pero Jocelyn no quería la versión corta. Ella quería diálogo y ritual, quería que la cortejara. Quería lo que tenía Charmaine allí en la pantalla, y ni una sílaba menos. Cuando Stan se paraba a pensarlo le parecía penoso: como si al verse al margen, única niña sin invitación a la fiesta, hubiera decidido celebrar solita su propia fiesta de cumpleaños.

Y, efectivamente, lo hacía más o menos sola, porque Stan no estaba presente en realidad. ¿Por qué no se compraba un robot?, pensó. Entre los tíos del depósito de escúters se rumorea que ya se han empezado a producir los nuevos y mejorados sexobots, que están en fase de prueba en algún lugar de las profundidades de Positrón. Tal vez sea una leyenda urbana o simple deseo, pero esos tíos juran que es cierto: tienen información de primera mano. Dicen que existe una línea de prostibots diseñados en Holanda; algunos son para el mercado doméstico, pero la mayoría son para exportar. Se supone que esos robots son muy realistas, con calor corporal y una piel de fibra plástica sensible al tacto que se estremece de verdad, varios tipos de voz e interiores lavables por temas de sanidad, porque nadie quiere pillar una enfermedad que le pudra la polla.

Los partidarios afirman que los robots acabarán con el mercado sexual: ya nadie se dedicará a traficar con jovencitas en las fronteras, someterlas a base de palizas, encadenarlas a la cama, dejarlas hechas picadillo para después tirarlas a lagunas de aguas residuales. Se acabó: además, prácticamente cagarán dinero.

En cambio, sus detractores dicen que no tendrán nada que ver con la realidad: no podrás mirarlos a los ojos y ver a una persona real mirándote. Bueno, tienen unos cuantos trucos escondidos en la manga, responden los defensores: músculos faciales mejorados, un software superior. Pero no pueden sentir dolor, señalan los que están en contra. Están trabajando en eso, contestan los partidarios. En cualquier caso, nunca dirán que no. O sólo dirán que no si tú quieres que lo hagan.

Stan lo duda: los módulos de empatía de Dimple Robotics no habrían engañado ni a un niño de cinco años. Pero tal vez hayan avanzado a pasos agigantados.

Los chicos bromean sobre la posibilidad de solicitar un puesto como probadores de prostibots en Positrón. Se cuenta que es una experiencia extraordinaria, aunque un poco rara. Puedes elegir la voz y la clase de frases que prefieres; el robot susurra halagos seductores o guarradas. Cuando lo tocas, se contonea; le echas un polvo. Luego, mientras empieza el programa de aclarado —esa parte es rara, el sonido recuerda demasiado un desagüe o un lavaplatos—, tienes que rellenar un cuestionario y marcar las casillas para dejar claro lo que te ha gustado y lo que no de cada característica, así como sugerir mejoras. Se dice que como experiencia sexual es mejor que el jaleo de follarse una gallina en Positrón. Sin cacareos, ni garras rasposas. Y también mejor que una sandía caliente, porque tampoco es que la fruta tenga unas reacciones demasiado estimulantes.

Tiene que haber prostibots masculinos para las Jocelyn de este mundo, piensa Stan. Rodolfo el Androide Golfo. Pero a ella no le gustaría, porque quiere algo que pueda sentir rencor, o incluso rabia. Que lo sienta y tenga que reprimirlo. A estas alturas Stan ya conoce bastante bien sus gustos.

La noche anterior al día de Año Nuevo, hizo palomitas e insistió en que se las comieran viendo los preliminares del vídeo: la llegada de Phil a la casa abandonada, sus paseos inquietos, el caramelo de menta que se metía en la boca, cómo se arreglaba en un momento, mirándose en un trozo de cristal que quedaba de un espejo roto. Las palomitas estaban grasientas por la mantequilla fundida, pero cuando Stan hizo ademán de ir a coger una servilleta de papel, Jocelyn le posó una mano en la pierna; lo hizo con suavidad, pero él era perfectamente capaz de distinguir una orden.

—No —le dijo ella, esbozando esa sonrisa que cada vez le cuesta más interpretar. ¿Era dolor, o la intención de causarlo?—. Quédate aquí. Quiero que me pringues de mantequilla.

Por lo menos era algo distinto, la mantequilla. Algo que Phil y Charmaine no habían hecho. O que no aparecía en los vídeos.

Y así pasaron los días. Pero hacia finales de enero el ardor de Jocelyn, o lo que fuera, había decaído. Parecía distraída; trabajaba en su habitación con el ordenador que había instalado allí, y en lugar de querer practicar sexo en el sofá, había empezado a leer novelas tumbada en él; se descalzaba y subía los pies. Ahora Stan sabe más sobre ella, o conoce más cosas sobre la historia que utiliza como fachada. ¿Cómo se metió en Vigilancia?, le preguntó un día para entretenerse con algo durante el desayuno.

—Me doctoré en Literatura inglesa —le dijo—. Eso ayuda mucho.

—Me tomas el pelo, ¿no?

—En absoluto —le contestó Jocelyn—. Ahí están todas las historias. Ahí se aprenden todos los giros, las sorpresas. Hice la tesis de doctorado sobre *El Paraíso perdido*.

¿El *Paraíso* qué? Lo único que a Stan le vino a la cabeza fue la página web de un club nocturno de Australia que había visto una vez en la red, mientras buscaba porno suave, pero ese sitio llevaba ya años cerrado. Quería preguntarle a Jocelyn si la HBO había hecho alguna miniserie con ese libro o algo así, por si acaso la había visto, pero no lo hizo porque cuanta menos ignorancia demostrara, mejor. Ella ya lo trataba como si fuera un cocker spaniel con una lesión cerebral, y lo hacía con una mezcla de diversión y desdén. Excepto cuando estaba en pleno movimiento pélvico. Pero eso ocurría cada vez con menos frecuencia.

Algunas noches Stan las pasaba bebiendo cerveza solo en casa, porque Jocelyn había salido. Se sentía aliviado —una parte de la presión desaparecía—, pero también le daba miedo: ¿y si estaba a punto de deshacerse de él? ¿Y si el destino que le tenía reservado no era la Penitenciaría Positrón, sino ese vacío desconocido donde desaparecían los delincuentes reales que antes estaban encerrados en Positrón?

Jocelyn podía borrarlo del mapa. Sólo tenía que mover un dedo para reducirlo a la nada. Nunca se lo había dicho, pero él sabía que ella tenía esa clase de poder.

Sin embargo, el uno de febrero llegó y pasó y Stan siguió sin cambiar de sitio. Por fin se había atrevido a sacar el tema: ¿cuándo, exactamente, ingresaría de nuevo en Positrón?

—¿Añoras tus gallinas? —preguntó ella—. No te preocupes, pronto volverás junto a ellas.

Eso le puso los pelos de punta: la naturaleza de lo que comían las gallinas de Positrón era objeto de rumores espantosos.

—Pero primero quiero pasar el día de San Valentín contigo. —El tono era casi sentimental, aunque tenía un matiz cortante—. Quiero que sea especial.

¿Lo de especial era una amenaza? Jocelyn lo miró sonriendo un poco.

—No quiero que nos... interrumpan.

—¿Quién nos iba a interrumpir? —preguntó él.

En las películas antiguas, como las que programaban en el canal de Consiliencia —películas cómicas, películas trágicas, melodramas—, había frecuentes interrupciones. Alguien entraba por la puerta de repente, una esposa celosa, un amante traicionado. A menos que fuera una película de espías, en cuyo caso se trataba de un agente doble, o una película policíaca en la que un soplón hubiera traicionado a la banda. A continuación había riñas y disparos. Personas escapando por los balcones. Balazos en la cabeza. Lanchas motoras zigzagueando para escapar. A eso conducían las interrupciones, aunque siempre iban seguidas de finales felices. Pero era evidente que allí las interrupciones eran imposibles.

—Supongo que nadie —le dijo Jocelyn y lo miró—. Charmaine está completamente a salvo —añadió—. Vivita y coleando. ¡No soy un monstruo! —Entonces, de nuevo la mano en la rodilla. Telaraña, más fuerte que el hierro—. ¿Estás preocupado?

«Pues claro que estoy preocupado, joder —quería gritar—. ¿Qué te parece, pervertida? ¿Crees que para mí esto de ser el esclavo doméstico de una puta adiestradora canina que podría eliminarme en cualquier momento es como un pícnic para niños?» Pero lo único que dijo fue:

—La verdad es que no. —Luego, y para su vergüenza, añadió—: Lo espero con impaciencia.

Está asqueado de sí mismo. ¿Qué haría Conor en su lugar? Su hermano conseguiría hacerse con el control de la situación. Conor le daría la vuelta. Pero ¿cómo?

—¿Qué es lo que esperas con impaciencia? —le preguntó ella con una mirada inexpresiva. Era una auténtica manipuladora—. ¿Qué, Stan? —insistió, al ver que él se quedaba atascado.

—El día de San Valentín —murmuró.

Menudo perdedor. Arrástrate, Stan. Lámele los zapatos. Bésale el culo. Tal vez tu vida penda de un hilo.

Esa vez ella le sonrió abiertamente. Aquella boca que pronto se vería obligado a besar, aquellos dientes que pronto le estarían mordisqueando la oreja.

—Bien —le contestó Jocelyn con dulzura, dándole una palmada en la pierna—. Me alegro de que estés impaciente. A mí me gustan las sorpresas, ¿y a ti? El día de San Valentín me recuerda los corazones de canela. Esos caramelitos rojos que se chupaban. Se llamaban Red Hots. ¿Te acuerdas?

Se relamió.

«Corta el rollo —quería decirle Stan—. Deja ya las putas insinuaciones. Ya sé que quieres chupar mi corazoncito rojo caliente.»

—Necesito una cerveza —dijo.

—Gánatela —le espetó ella, hablándole de nuevo con aspereza.

Subió la mano por la pierna y apretó.

Turbante

Llaman a Charmaine para que vaya a verificar sus datos: siéntese para el escáner de retina, repita las huellas dactilares, lea *Winnie the Pooh* para el análisis de voz. ¿Esos pasos volverán a autentificar su perfil en la base de datos? Es difícil saberlo: todavía está sola en su celda, las mujeres del grupo de calceta la siguen ignorando, continúa atrapada en la tarea de doblar toallas.

Sin embargo, al día siguiente, Aurora de Recursos Humanos aparece en la lavandería y le pide a Charmaine que la acompañe arriba para hablar. Las demás dobladoras de toallas levantan la vista: ¿Charmaine se ha metido en algún lío? Probablemente así lo esperen. Charmaine se siente en desventaja —está cubierta de pelusa, lo cual es humillante—, pero se la sacude y sigue a Aurora hasta el ascensor.

Hablan en la Sala de Reuniones que hay junto al mostrador de la entrada principal. Aurora se alegra de poder comunicarle que van a restaurar sus tarjetas y sus códigos: más que restaurar, confirmar. También le explica que el fallo técnico de la base de datos está reparado y ahora ya vuelve a ser quien afirmaba ser. Aurora esboza un sonrisa tensa. ¿Verdad que es una buena noticia?

Charmaine está de acuerdo. Por lo menos vuelve a tener un código de identidad, cosa que la tranquiliza un poco.

—Entonces, ¿ya puedo marcharme? —pregunta—. ¿Puedo volver a casa? He perdido mucho tiempo de fuera.

Por desgracia, dice Aurora, Charmaine todavía no puede marcharse de Positrón: se ha alterado la sincronización. Aunque en teoría podría instalarse en la habitación para invitados de su casa —Aurora hace un ruidito divertido—, su Alterna está viviendo ahora en la vivienda que comparten, porque es su turno. Aurora comprende lo molesto que debe de ser todo eso para Charmaine, pero tienen que preservar la rotación adecuada, sin que haya interacción entre los Alternos. La convivencia conllevaría inevitables conflictos territoriales, en especial con cosas tan personales como las sábanas y la crema hidratante. Como ya les han enseñado a todos, no sólo los gatos y los perros se muestran posesivos con los rincones acogedores y sus juguetes preferidos. Ojalá fuera así. ¿No sería todo mucho más sencillo?

Así que Charmaine debe seguir teniendo paciencia, le dice Aurora. Y, en cualquier caso, lo está haciendo muy bien con la calceta: los ositos azules. ¿Cuántos ha tejido ya? ¡Habrá hecho por lo menos una docena! Tendrá tiempo de hacer unos cuantos más antes de irse, con suerte el próximo día de cambio. ¿Cuándo era? El uno de marzo, ¿no? Y ya casi es San Valentín, ¡así que no falta mucho!

Aurora no sabe hacer calceta. Qué pena le da. Debe de ser relajante.

Charmaine aprieta los puños. Si ve uno más de esos malditos osos con sus brillantes ojos ciegos, perderá la cabeza, ¡se volverá completamente loca! Han llenado contenedores con ellos. Tiene pesadillas con esos ositos; sueña que están en la cama con ella, inmóviles pero vivos.

—Sí, es relajante —le dice.

Aurora consulta su PosiPad. Tiene otra buena noticia para Charmaine: pasado mañana, dejará de doblar toallas y retomará sus tareas como Administradora Jefe de Medicación. Positrón recompensa el talento y la experiencia, y el talento y la experiencia de Charmaine no han pasado inadvertidos. Aurora esboza una sonrisa alentadora.

—No todo el mundo tiene esa dulzura —dice—. Sumada a esa entrega. Ha habido incidentes cuando otras... otras operarias han aceptado la... la tarea. Con la parte esencial de la labor.

—¿Cuándo empiezo? —pregunta Charmaine—. Gracias —añade.

La emociona saber que podrá dejar de doblar toallas. Tiene muchas ganas de volver a entrar en el ala de Administración de Medicamentos y seguir la ruta que tan bien recuerda por los pasillos. Se imagina acercándose al mostrador, accediendo a la cabeza de la pantalla, que posiblemente sea real, entrando por esas puertas que tan bien conoce, poniéndose los guantes, cogiendo la medicación y la aguja hipodérmica. Luego entrando en la habitación donde esperará el sujeto para el Procedimiento, inmóvil pero temeroso. Ella

159

aliviará sus miedos. Luego le proporcionará el éxtasis y, por último, la liberación. Será bonito volver a sentirse respetada.

Aurora consulta de nuevo su PosiPad.

—Veo que está programado que te reincorpores a tus obligaciones mañana por la tarde —responde—. Después de comer. Aquí, cuando cometemos un error, lo rectificamos. ¡Te felicito por los resultados! Todos apoyábamos tu causa.

Charmaine se pregunta a quién se refiere, porque ella no ha percibido ningún apoyo. Pero como muchas de las cosas que suceden allí, quizá haya ocurrido entre bambalinas.

—Dios mío, llego tarde a una reunión —dice Aurora—. Hoy entra un grupo de prisioneros nuevo, ¡de repente! ¿Tienes más preguntas o necesitas más información?

Sí, dice Charmaine. Mientras ella estaba retenida en la penitenciaría, ¿qué le han dicho a Stan acerca de su situación? ¡Seguro que estaba preocupado por ella! ¿Sabe por qué no iba a casa? ¿Le explicaron lo que sucedió? A lo mejor cree que la han descartado. Que la han enviado a Medicación. Que la han eliminado. No se había atrevido a preguntarlo antes —podría haber sonado a queja, podría haber levantado sospechas, podría haber interferido con sus probabilidades de exoneración—, pero ahora ya está libre de recelos.

—¿Stan? —pregunta Aurora sorprendida.

—Stan. Mi marido, Stan —contesta Charmaine.

—No tengo acceso a esa información —le dice Aurora—. Pero estoy segura de que alguien se ha ocupado de eso.

—Gracias —repite Charmaine.

Si hiciera más preguntas durante esa transición tan delicada, esa rehabilitación, podría tentar a la suerte.

Y además está Max, que también se ha quedado a ciegas. ¡Anhelando estar con ella! ¡Muerto de lujuria por ella! Estará volviéndose loco. Pero a Aurora no le puede preguntar por Max.

—¿Podría mandarle un mensaje? —dice Charmaine—. ¿A Stan? ¿Por San Valentín? Para decirle que estoy bien y que... —Hace una pausa temblorosa al borde de las lágrimas,

con la sensación de que podría romper a llorar de verdad—.
¿Que lo quiero?

Aurora deja de sonreír.

—No. Nada de mensajes desde Positrón. Ya sabes que
es imposible. Si la cárcel no es una cárcel, ¡el mundo exterior
no tiene sentido! Ahora, disfruta del resto de tu experiencia
aquí.

Asiente, se levanta y sale a toda prisa de la Sala de Reuniones.

Por lo menos ya no tendrá que volver a ver esas malditas
toallas, piensa Charmaine, mientras dobla y apila, dobla
y apila. La pelusilla podría acabar provocándole cáncer de
pulmón. Mientras lleva el carro con las toallas a la ventanilla de entregas, oye una especie de murmullo a su espalda,
procedente de otra de las dobladoras. Se vuelve y ve a Ed, el
director del Proyecto Positrón, acompañado por una mujer
mayor sin mono naranja. En la cabeza lleva algo que parece
un turbante, adornado con flores de fieltro rojo. Van hacia
ella.

—¡Oh, Dios mío! —exclama Charmaine. Prácticamente se le escapa—. ¡Lucinda Quant! Me encantaba tu programa, «The Home Front», era tan... ¡Me alegro mucho de
que estés mejor! —Está balbuceando, quedando como una
tonta—. Lo siento, no debería...

—Gracias —dice Lucinda Quant con brusquedad.

Parece complacida. Se la ve bastante deteriorada, o por
lo menos la piel. No tenía ese aspecto en la televisión, pero
quizá sea por la enfermedad.

—Estoy seguro de que la señora Quant aprecia tu apoyo
—dice Ed con esa voz suya tan delicada—. Le estamos enseñando un poco nuestro maravilloso Proyecto. Está pensando
en hacer un nuevo programa titulado «After the Home
Front», y poder hablarle al mundo de la fantástica solución
que tenemos aquí para los problemas de las personas sin

hogar y sin trabajo. —Le sonríe a Charmaine. Está a su lado—. Tú has sido feliz aquí, ¿no? —pregunta—. Desde que entraste en el Proyecto.

—Oh, sí —dice Charmaine—. Ha sido tan, ha sido tan...

¿Cómo puede describirlo, teniendo en cuenta todo lo que le ha pasado, empezando por Max y Stan? ¿Se va a poner a llorar?

—Fantástico —dice Ed.

Le da una palmadita en el brazo y a continuación le da la espalda y deja de prestarle atención. Lucinda Quant mira con perspicacia a Charmaine con sus ojos pequeños, brillantes y enrojecidos.

—¿Se te ha comido la lengua el gato? —le pregunta.

—Ah, no —contesta ella. ¿Ed tomará represalias porque no ha dicho lo correcto?—. Sólo que... me habría gustado salir en tu programa.

Y lo dice de verdad. Porque entonces quizá la gente les habría enviado dinero y Stan y ella no habrían tenido que inscribirse en el Proyecto.

Reordenación

Stan echa la cuenta: faltan dos días para San Valentín. No ha vuelto a salir el tema, pero de vez en cuando sorprende a Jocelyn mirándolo de forma especulativa, como si lo estuviera analizando.

Esta noche están en el sofá, como de costumbre, pero esta vez la tapicería quedará inmaculada. Están juntos mirando hacia delante, como una pareja de casados, cosa que son, aunque cada uno esté casado con otra persona. Pero esta noche no están viendo las piruetas de Charmaine y Phil.

Están viendo la televisión de verdad: la de Consiliencia, pero televisión al fin y al cabo. Con la cerveza suficiente, con los ojos entornados y olvidándose del contexto, casi podría convencerse de que está en el mundo exterior. O en el mundo exterior del pasado.

La han puesto justo al final de un programa de autoayuda. Por lo que Stan entiende, va sobre canalizar los rayos de energía positiva del universo a través de los puntos de energía invisibles del cuerpo. Se hace a través de los orificios nasales: te tapas el orificio derecho con el dedo índice, inspiras, lo sacas, te tapas el orificio izquierdo, sueltas el aire. Le da toda una nueva dimensión a lo de hurgarse la nariz.

La estrella del espectáculo es una joven rubia con unas mallas ajustadas de color rosa. Le resulta familiar, como suele ocurrir con las mujeres comunes. Bonitas tetas, sobre todo cuando se tapona el orificio derecho, pese al parloteo que le sale de la boca como una burbuja. Así hay algo para todo el mundo: autoayuda y orificios nasales para las mujeres, tetas para los hombres. Distracciones. Se esfuerzan mucho como para que luego tú no seas feliz.

La mujer de las mallas rosa dice que tienen que practicar cada día, porque si se concentran, se concentran, se concentran en pensamientos positivos, atraerán la buena suerte y aislarán esos pensamientos negativos que intentan colarse. Pueden tener un efecto tóxico en el sistema inmunitario, provocar cáncer y también brotes de acné, porque la piel es el órgano más grande del cuerpo y es muy sensible a la negatividad. Entonces les dice que la semana siguiente se centrarán en el alineamiento pélvico y que deberían reservar sus esterillas para hacer yoga en el gimnasio. Se despide con una sonrisa congelada.

¿Podría ser Sandi, se pregunta Stan, aquella amiga tiradilla que tenía Charmaine en el PixelDust? No, demasiado guapa.

Suena música nueva —*Somewhere Over the Rainbow*, interpretada por Judy Garland—, y al mismo tiempo aparece el logo de Consiliencia: «CONSILIENCIA = CONCESIÓN + RESILIENCIA. ¡ENTREGAMOS TIEMPO EN EL PRESENTE, GANAMOS TIEMPO PARA NUESTRO FUTURO!»

Sí, otra Reunión Ciudadana. Stan bosteza, intenta no volver a bostezar. Abre más los ojos. Empiezan con el tostón habitual: los gráficos, las estadísticas, las intimidaciones disfrazadas de estímulos. Los incidentes violentos han descendido por tercera vez consecutiva, dice un tipo menudo trajeado, tenemos que conseguir que esa flecha siga bajando: plano de un gráfico. La producción de huevos ha vuelto a subir. Otro gráfico, luego se ve una imagen de los huevos rodando por un tubo y un contador automático que registra cada huevo con un número digital. Stan siente una punzada de nostalgia: esas gallinas y esos huevos antes eran suyos. Eran su responsabilidad y, sí, su tranquilidad. Pero se lo han arrebatado todo y ahora es el encargado de lamerle los dedos de los pies a Jocelyn la espía.

Deja de quejarte, se dice. Cierra el orificio nasal derecho, inspira hondo.

Ahora aparece otra cara. Es Ed, el hombre confiado, que sale en pantalla para conseguir que todos se sientan confiados, pero éste es un Ed más sólido y sereno, seguro, engreído. Puede que haya conseguido firmar un contrato sustancioso. En cualquier caso, está hinchado porque está a punto de decir algo importante.

El Proyecto está yendo bien, dice Ed. Su unidad, allí en Consiliencia, fue la primera, la ciudad pionera, y otras ciudades de la cadena han prosperado de forma similar. La dirección recibe consultas a diario de otras comunidades afectadas por la crisis, que ven el Proyecto como una forma de solucionar sus propios problemas, tanto económicos como sociales. Hay otras salidas diferentes y anticuadas a esos problemas: Louisiana ha conservado su modelo de colmena, un esquema que acepta lo que otros Estados rechazan, a cambio de un beneficio. Y Texas sigue solucionando sus estadísticas criminales mediante ejecuciones. Pero muchas jurisdicciones están buscando algo más satisfactorio, algo más humano, o por lo menos más... algo más parecido a Consiliencia. Tienen muchos motivos para creer que sus ciudades gemelas se ven como un posible modelo para el futuro. No hay nada mejor que el pleno empleo. Sonríe.

Sin embargo, a continuación frunce el ceño. De hecho, dice Ed, el modelo ha demostrado ser tan efectivo —tiene tal capacidad de conseguir el orden social y, en consecuencia, es tan positivo en términos económicos, y por tanto tan positivo para las inversiones— para los partidarios y los visionarios que han tenido el valor y la fibra moral de ver un camino en un tiempo de múltiples desafíos... El modelo de Consiliencia ha sido, en pocas palabras, tan exitoso que se ha creado enemigos. Como les ocurre siempre a las iniciativas de éxito. Allí donde brilla la luz, parece inevitable que enseguida aparezca la oscuridad. Como les ha sucedido a ellos, lamenta informarles.

Frunce el ceño con más fuerza, echa la frente hacia delante, baja la barbilla, levanta los hombros: una postura de toro enfadado. ¿Quiénes son esos enemigos? Para empezar, son periodistas. Reporteros sensacionalistas que intentan infiltrarse, encontrar pruebas... conseguir fotografías y otro material que puedan distorsionar para sacarlo a la luz y que el mundo exterior se vuelva en contra de todo lo que representa Positrón. Esos entrometidos que se hacen llamar periodistas intentan minar los cimientos de esa nueva prosperidad y debilitar la confianza, esa confianza sin la que ninguna sociedad puede funcionar de manera equilibrada. Algunos periodistas han conseguido incluso cruzar los muros, fingiendo que querían inscribirse, pero por suerte los identificaron a tiempo. Por ejemplo, justo el otro día le habían ofrecido una pequeña visita a una periodista televisiva con excelentes credenciales, bajo estrictas condiciones de confidencialidad, pero la habían descubierto cuando estaba tomando fotografías clandestinas para presentar una visión sesgada.

¿Cómo explicar el empeño de esas personas por sabotear una operación tan excelente? Sólo se puede decir que son inadaptados sociales que afirman actuar en interés de eso que llaman libertad de prensa, y para restablecer los llamados derechos humanos, y bajo el pretexto de que la transparencia es una virtud y que la gente necesita saber. Pero... ¿acaso tener trabajo no es un derecho humano? ¡Ed cree que sí! Y tener lo suficiente para comer y un lugar decente para vivir, como los que proporciona Consiliencia, ¡todas esas cosas son derechos humanos!

Esos enemigos, puestos a llamar las cosas por su nombre —dice Ed—, ya se han puesto a organizar manifestaciones de protesta, bastante minoritarias por suerte, y han escrito entradas hostiles en blogs, aunque afortunadamente sin ninguna credibilidad. Nada de eso ha ido todavía muy lejos, porque... ¿qué pruebas tienen esos infelices para apoyar sus calumnias? No piensa dignificar esas calumnias repitiéndolas. Hay que identificar a esas personas y sus redes, y hay que neutralizarlas. Porque, de lo contrario, ¿qué ocurrirá? ¡Que el modelo de Consiliencia se verá amenazado! Será atacado desde todos los ángulos por fuerzas que al principio parecen menores, pero que sumadas dejan de serlo y se vuelven catastróficas, de la misma forma que una rata es insignificante, pero un millón de ratas es una infestación, una plaga. Por tanto, deben tomar las medidas más severas antes de que las cosas se descontrolen. Necesitan una solución.

Y esa solución ya se ha concebido, aunque no sin dedicarle la más cuidadosa de las consideraciones y después de rechazar alternativas menos viables. Es la mejor solución de que disponen en ese momento y en ese lugar: pueden creer en la palabra de Ed.

Y aquí es donde él necesita la cooperación de todos. Pues la joya que yace en el centro de Consiliencia —la Penitenciaría Positrón, a la que todos han dedicado tanto tiempo y esfuerzos— ha sido elegida como parte vital de esa solución. Todos los ciudadanos de Consiliencia tendrán un papel, aunque sólo consista en mantenerse alejados del peligro y permanecer atentos a las posibles subversiones desde dentro, pero por el momento lo mejor que pueden hacer para ayudar es ceñirse a su rutina diaria como si no estuviera ocurriendo nada fuera de lo normal, pese a las inevitables alteraciones que pueden producirse en dicha rutina de vez en cuando. Aunque en realidad esperan que esas alteraciones sean mínimas.

Recordad, dice Ed, que si esos enemigos se salen con la suya, destruirán la seguridad laboral de todo el mundo ¡y toda su forma de vida! Todos deben tenerlo en cuenta. Él tiene mucha fe en el sentido común de los ciudadanos de Consiliencia y en su capacidad para reconocer el bien común y la opción menos mala.

Se permite esbozar una leve sonrisa. Luego su imagen desaparece tras el logotipo de Consiliencia y el consabido eslogan de despedida: «UNA VIDA CON SENTIDO.»

A Stan le han parecido interesantes las noticias, si es que realmente son noticias. ¿Será cierto que existen elementos subversivos? ¿De verdad están intentando sabotear el Proyecto? ¿Qué sentido tendría? Él se ha jodido la vida, pero para el resto de las personas que viven allí —por lo menos cualquiera de las personas que conoce—, ese sitio le da mil vueltas a lo que tenían antes.

Observa a Jocelyn de reojo. Está mirando muy pensativa la pantalla, donde un niño de la guardería de Positrón juega con un osito de punto azul con un lazo alrededor del cuello. Han empezado a televisar imágenes de niños después de las Reuniones Ciudadanas, como si pretendieran recordarle a todo el mundo que no deben salirse del camino que les ha asignado Consiliencia, no vaya a ser que pongan en peligro la seguridad y la felicidad de los más pequeños. Sólo un maltratador de niños sería capaz de hacer una cosa así.

167

Jocelyn apaga el televisor, luego suspira. Parece cansada. Sabía lo que iba a decir Ed, piensa Stan. Ella está de acuerdo con su solución, cualquiera que sea. Tal vez incluso haya escrito ella el discurso.

—¿Crees en el libre albedrío? —le pregunta a Stan.

Su voz suena distinta; no es ese tono suyo de siempre, tan confiado. ¿Será una trampa?

—¿A qué te refieres? —dice él.

El primer camión llega a la mañana siguiente. Lo descargan en la entrada principal: Stan lo ve mientras va de camino al trabajo en el escúter. Baja una manada de gente con los monos naranja reglamentarios, pero van encapuchados y llevan las manos esposadas a la espalda con bridas de plástico. En lugar de trasladarlos directamente a Positrón, los pasean por las calles, guiados por un grupo de guardias. Parece que pueden ver de alguna forma lo que tienen delante, porque no tropiezan tanto como cabría esperar. Algunos son mujeres, a juzgar por las siluetas que se ocultan bajo las ropas anchas.

No tendrían por qué hacerlos desfilar de esa manera, a menos que sea una demostración, piensa Stan. Una demostración de poder. ¿Qué estará pasando en el turbulento mundo que hay fuera de la pecera cerrada de Consiliencia? No, no es una pecera, porque nadie puede ver lo que hay dentro.

Los otros tíos del depósito de reparación de escúters levantan la vista cuando pasa por allí la procesión silenciosa, luego vuelven a concentrarse en su trabajo.

—A veces se echan de menos los periódicos —dice uno de ellos.

Nadie contesta.

· · ·

Amenaza

Charmaine vio la Reunión Ciudadana por la televisión, junto a todas las demás reclusas del ala de mujeres. Nadie tenía mucho que decir al respecto, porque lo que estaba pasando no les afectaba, en especial mientras estuvieran dentro de la penitenciaría, así que ¿por qué preocuparse? En cualquier caso, dijo alguien del grupo de calceta, qué más daba si entraba un periodista. Total, ¿qué iba a explicar? No ocurría nada malo en Consiliencia. Lo terrible estaba en el exterior; por eso se habían metido todas allí, para escapar de aquello. Las demás asintieron.

Charmaine no está tan segura. ¿Y si algún periodista averigua lo del Procedimiento? No todo el mundo lo comprendería; no entenderían los motivos por los que se hacía, los buenos motivos. Se podría escribir un titular realmente desagradable para una historia como ésa. Ve una imagen de sí misma en una fotografía de la primera página, con la bata verde, una sonrisa inquietante y la aguja en la mano: «ÁNGEL DE LA MUERTE AFIRMA QUE MANDABA A LOS HOMBRES AL CIELO.» Eso sería horrible. La odiaría mucha gente. Pero Ed no dejaría entrar a ningún periodista, gracias a Dios.

La tarde siguiente, después de la comida comunitaria en el comedor de las mujeres —pollo guisado, coles de Bruselas y pudin de tapioca—, se van todas a la galería general, donde se reúne el grupo de calceta. El contenedor de los ositos está medio vacío; su tarea consiste en llenarlo antes de que acabe el mes.

Charmaine coge el oso que le han dado y empieza a trabajar. Pero cuando sólo lleva dos hileras, una del derecho y otra del revés, se arma un revuelo. Vuelven la cabeza: ha entrado un hombre en la sala. Eso es casi inaudito, allí en el ala de mujeres. Es Ed en persona; tiene el mismo aspecto que cuando lo vio en el departamento de Toallas, aunque ahora está menos relajado. Tiene los hombros más echados hacia atrás y la barbilla levantada. Es una postura de desfile.

Lo siguen Aurora, con su PosiPad, y otra mujer: pelo negro, cara cuadrada, un cuerpo fuerte, como si hiciera mucho ejercicio; boxeo, no yoga. Bonitas piernas con medias grises. Charmaine la reconoce: es una de las cabezas parlantes de la pantalla de validación de Administración de Medicamentos. Entonces, ¡las cabezas son reales! Siempre ha tenido esa curiosidad.

¿Son imaginaciones suyas, o esa mujer la ha mirado específicamente a ella, la ha saludado con una breve inclinación de cabeza y le ha dedicado una sonrisa fugaz? Puede que sea una aliada secreta, una de las que apoyaban su causa entre bambalinas, una de las que han devuelto a Charmaine su trabajo legítimo. Charmaine inclina brevemente la cabeza en su dirección, por si acaso.

Aurora habla primero. Éste es Ed, su presidente y director —seguro que todas lo reconocen de las excelentes presentaciones que hace en las Reuniones Ciudadanas—, y tiene unas instrucciones muy sencillas, pero de máxima importancia, que debe trasladarles en la especial coyuntura en la que se encuentran.

Ed empieza con una sonrisa y echa una ojeada por la sala. En la televisión siempre es simpático, establece contacto visual, de alguna forma consigue incluir a todo el mundo. Y es lo que está haciendo en ese momento: procurar que la gente esté tranquila.

Empieza a hablar. Sabe que han visto la Reunión Ciudadana y tiene algo que añadir acerca de la crisis a la que se enfrentan. Bueno, no es una crisis, y su misión, igual que la de ellas, consiste en asegurarse de que no llegue a serlo. Ed valora el escrutinio del mundo exterior —se alegra de salir y hablar en nombre de todos los que están allí y conseguir apoyos—, pero no permitirá que atormenten y difamen a los reclusos, porque ése es el objetivo de los que la han tomado con ellos: atormentar y difamar. ¿Por qué han de tratarlos así? Sería muy injusto, después de lo mucho que han trabajado.

Las mujeres están asintiendo. Se ha ganado su simpatía. Qué considerado por su parte, protegerlas de esa forma.

La situación está bajo control, prosigue, pero mientras tanto les quiere pedir que se esfuercen más de lo habitual para ahuyentar a los bárbaros de fuera que se han declarado en contra del nuevo orden social creado allí dentro. Un nuevo orden que es un faro de esperanza, un faro que corre el riesgo de sufrir un sabotaje deliberado.

Pero se están tomando las medidas necesarias. Han identificado a algunos de esos saboteadores y los están llevando a Positrón para ocuparse de ellos. A los puristas quizá no les parezca una maniobra del todo legal, pero las situaciones desesperadas requieren cierta flexibilización de las reglas, seguro que todas estarán de acuerdo.

Les quiere pedir que colaboren de las siguientes formas. No confraternizar con esos prisioneros nuevos, por mucho que se les presente la oportunidad. Deben ignorar cualquier sonido inusual. No puede decirles cómo serán esos sonidos, más allá de que serán inusuales, pero los reconocerán cuando los oigan. Por lo demás, tienen que seguir viviendo con normalidad y ocuparse —lo va a decir de forma coloquial—, ocuparse de sus asuntos.

Justo en ese momento se oye un grito, como si estuviera preparado de antemano. Es lejano —cuesta decir si se trata de un hombre o de una mujer—, pero definitivamente es un grito. Charmaine se queda inmóvil; se obliga a no volver la cabeza. ¿El grito ha sonado por megafonía? ¿Llegaba de fuera, del patio? Hay un murmullo imperceptible entre las mujeres mientras se esfuerzan por no oír.

Ed se ha callado un momento para hacerle un hueco al grito. Ahora continúa. Y por fin, dice, va a contarles una cosa, y se disculpa de antemano: durante la crisis, aunque espera que se solucione pronto, la Penitenciaría Positrón dejará de ser el refugio de amigas y vecinas acogedor y familiar que ellas han contribuido a crear. Por desgracia, se convertirá en un lugar menos seguro y abierto, porque eso es lo que pasa en las crisis: la gente tiene que estar en guardia, ser más perspicaz, ser más fuerte. Pero cuando pase ese interludio, y si triunfan las fuerzas que actúan por el bien común, recuperarán el ambiente habitual, agradable y amistoso.

Ahora espera que se relajen y sigan con lo que estaban haciendo. Él se quedará un rato por allí, mirando cómo trabajan, porque verlas ocupadas de un modo tan apacible y útil es muy estimulante.

—Supongo que eso significa que sigamos tejiendo —le dice a Charmaine su vecina.

Ahora que saben que ha recuperado su antiguo trabajo, las integrantes del grupo de calceta son más amables con ella.

—¿De qué estaba hablando? —pregunta otra—. ¿Qué ruidos? Yo no he oído nada.

—No nos hace falta saberlo —comenta una tercera—. Cuando la gente habla así, lo que quiere decir es que no hay que escuchar nada, eso quiere decir.

—Yo no he entendido lo de la crisis —dice una cuarta—. ¿Ha pasado algo?

Diantre, piensa Charmaine. Ya se me ha escapado un punto.

En ese momento, Ed se detiene justo a su lado. Debe de haberse acercado sin hacer ruido.

—Estás tejiendo un oso azul muy bonito —le dice—. Hará muy feliz a alguien.

Charmaine levanta la vista para mirarlo. Está a contraluz: apenas puede verlo.

—No se me da muy bien —le contesta.

—Oh, estoy seguro de que sí... —dice él, y da media vuelta.

Le llega como en un fogonazo: «Sabe lo de Max.» Se da cuenta de que se está sonrojando de vergüenza. ¿Por qué ha pensado eso? ¿Por qué tendría que saberlo? Él es demasiado importante como para ocuparse de personas como Char-

172

maine. Sólo ha pensado eso porque ella es así, porque no puede quitarse a Max de la cabeza. No se lo puede arrancar del cuerpo. No consigue liberarse.

Día de San Valentín

Es San Valentín. Stan se queda tumbado en la cama. No quiere levantarse, porque no quiere pensar en las horas que lo esperan, aguardando caer en cualquier instante en la emboscada sucia o bochornosa que Jocelyn habrá planeado para él. ¿Será un pastel rojo y lencería hortera con corazoncitos y un agujero en la entrepierna para Jocelyn? ¿O, peor aún, para él? ¿Habrá preparado una declaración de amor sentimental y vergonzosa, con la esperanza de que Stan se declare de la misma forma sentimental y vergonzosa? Las mujeres con una coraza exterior tan dura como ella pueden ser muy sensibleras por dentro.

O será la opción B: «Se acabó, has fracasado.» El matón que permanece al acecho, escondido en el escobero —Stan apuesta por su chofer habitual, suponiendo que exista de verdad y no sea sólo un robot—, le atizará en la nuca con un saco de arena, luego le inyectarán algo en el brazo para dejarlo fuera de juego. A continuación, lo arrastrarán hasta ese escalofriante coche sigiloso con los cristales tintados y lo llevarán a Positrón, donde lo someterán a no se sabe qué proceso. Después lo meterán en la picadora que elabora la comida de los pollos, o donde sea que se deshagan de los cuerpos. ¿El pastel y la confesión dulce, tierna, con ojitos aterciopelados? ¿O el trompazo con el saco de arena? Jocelyn es capaz de cualquiera de las dos cosas.

Después de obligarse a levantarse de la cama, se pone el uniforme de trabajo del depósito de escúters y va de puntillas hasta el rellano para escuchar desde lo alto de la escalera. Ella debe de estar en la cocina, porque sube olor a comida y se oye un tintineo. Baja con cautela y asoma la cabeza por el marco de la puerta. Jocelyn está sentada a la mesa de la cocina escribiendo en su teléfono y tiene delante un plato con las sobras del desayuno. Lleva uno de sus conjuntos más serios: un buen traje, pendientes de oro, medias grises. Tiene las gafas de leer apoyadas en el puente de la nariz.

No hay ningún pastel. El matón no aparece. Nada fuera de lo normal.

—¿Se te han pegado las sábanas? —le pregunta ella en tono agradable.

¿Debería decirle «Feliz día de San Valentín» y luego acercarse a darle un beso, para prevenir que la cosa se ponga fea? Puede que no. Tal vez ella no se acuerde del día que es.

—Sí —contesta.

—¿Pesadillas?

—Yo no sueño —dice él, mintiendo.

—Todo el mundo sueña —responde Jocelyn—. Cómete un huevo. O dos. Los he escalfado para ti. Puede que estén un poco duros. Hay café en el termo.

Jocelyn coloca los dos huevos encima de una tostada: los ha escalfado en una huevera en forma de corazón. ¿Ésa es la sorpresa de San Valentín? ¿Eso es todo? Es un alivio enorme. Despierta, Stan, se dice. No es tan mala. Lo único que quería era divertirse un poco, además de volver con el sátiro de su marido.

Ella lo está mirando para ver su reacción.

—Gracias —dice—. Qué bonito. Es un bonito... un bonito gesto.

Jocelyn esboza una amplia sonrisa. No se deja engañar ni un instante: sabe que él no lo soporta.

—De nada —dice—. Es una muestra de aprecio.

Una propina para el sirviente. Humillante. Tiene que engullir la comida y salir de la casa. Salir pitando hasta el depósito de escúters, charlar de cualquier cosa con los chicos, reparar algunos circuitos, aporrear algo con un martillo. Tomarse un respiro.

—Llego un poco tarde al trabajo —dice, preparando el camino para escabullirse.

Se mete un huevo en la boca y se lo traga.

—Hoy no irás al trabajo —responde Jocelyn con un tono de voz neutro—. Vas a venir conmigo, en el coche.

La habitación se oscurece.

—¿Por qué? —pregunta Stan—. ¿Qué pasa?

—Te sugiero que te comas el otro huevo —contesta ella con una sonrisa—. Necesitarás energía. Vas a tener un día largo.

—¿Y eso? —dice con la mayor tranquilidad posible.

Se asoma a mirar por encima del borde de la media hora siguiente. Niebla, un precipicio. Le dan ganas de vomitar.

Jocelyn se ha servido un café, está inclinada sobre la mesa.

—Las cámaras están apagadas, pero no por mucho tiempo —dice—. Así que voy a explicarte esto muy deprisa. —Su actitud ha cambiado por completo. Ha desaparecido ese flirteo incómodo, la pose de dominatrix. Es directa, decidida—. Olvida todo lo que crees que sabes de mí; por cierto, has mantenido muy bien la calma durante el tiempo que hemos pasado juntos. Ya sé que no soy tu juguete preferido, pero habrías engañado a muchas mujeres. Por eso te voy a pedir que hagas esto: porque sé que puedes hacerlo.

Guarda silencio mientras lo mira. Stan traga saliva.

—¿Hacer qué? —pregunta.

¿Mentir, robar, hacer daño? ¿La clase de cosas que haría Conor? Algo turbio: da esa sensación.

—Tenemos que llevar a alguien al otro lado del muro de Consiliencia —dice Jocelyn—. Ya he cambiado las entradas de tu base de datos. Estos últimos meses has sido Phil, pero ahora volverás a ser Stan, sólo durante unas cuantas horas. Después de eso, podremos sacarte.

Stan se está mareando.

—¿Fuera? —exclama—. ¿Cómo? Sólo salen los de Dirección.

—No te preocupes por el cómo. Imagina que eres un mensajero. Necesito que saques cierta información.

—Espera un momento —dice Stan—. ¿Qué está pasando? ¿Ese «nosotros» a quién se refiere?

—Ed tiene razón en algunas cosas —explica Jocelyn—. Ya lo escuchaste en la Reunión Ciudadana. Es verdad que hay personas que quieren desenmascarar el Proyecto. Pero no todos están fuera. Algunas de esas personas están dentro. En realidad, algunas están en esta habitación.

Sonríe: ahora su sonrisa tiene un aspecto casi élfico. Por muy peligrosa que pueda ser esa conversación, está disfrutando.

—Vaya, espera un poco —le pide Stan. Es demasiada información para asimilarla tan deprisa—. ¿Cómo es posible? Creía que formabas parte de la dirección de este sitio. Estás arriba, en Vigilancia, ¿no?

—Sí. En realidad soy la socia fundadora de Ed. Yo apoyé el Proyecto en los inicios. Creía en él y creía en Ed. Trabajé mucho en esto. Pensaba que sería para bien —explica Jocelyn—. Compré la historia de las buenas noticias. Y al principio era verdad, teniendo en cuenta la alternativa, que era una vida terrible para mucha gente. Pero entonces Ed trajo un grupo de inversores diferente y se volvieron codiciosos.

—¿Codiciosos con qué? —pregunta Stan—. ¡Tampoco es que este lugar dé beneficios! ¿Con qué, con las putas coles de Bruselas? ¿Y las gallinas? Pensaba que iba más bien de ahorrar dinero, o que era una especie de obra de caridad, ¿no?

Jocelyn suspira.

—¿No creerás en serio que toda esta operación se ha puesto en marcha sólo para renovar el cinturón industrial y crear empleo? Ésa fue la idea original, pero en cuanto tienes una población controlada con un muro alrededor y sin supervisión, puedes hacer lo que quieras. Empiezas a ver las posibilidades. Y algunas de ellas comenzaron a ser muy provechosas, muy deprisa.

Stan apenas puede seguirla.

—Supongo que los contratistas inmobiliarios deben de estar...

—Olvídate del negocio inmobiliario —lo interrumpe Jocelyn—. Es una cortina de humo. La parte importante es la cárcel. Antes las penitenciarías servían para castigar, después se centraron más en la reforma y la rehabilitación, y luego en encerrar a los delincuentes peligrosos. Más adelante, y durante algunas décadas, se utilizaron para el control de masas: encerraban a los chicos jóvenes, agresivos y marginados para sacarlos de las calles. Y tiempo después, cuando empezaron a dirigirse como negocios privados, se centraron en los márgenes de beneficio para los distribuidores de comida precocinada para cárceles, empresas de seguridad privada, etcétera.

Stan asiente; eso sí lo entiende.

—Pero cuando nos inscribimos —dice—, no era así. No nos mintieron sobre lo que encontraríamos dentro. Nos dieron la casa, nos dieron... Antes estábamos arruinados, éramos muy desgraciados. Aquí dentro éramos mucho más felices.

—Claro que sí —admite Jocelyn—. Al principio. Yo también lo era, cuando empezó todo. Pero esto ya no es el principio.

—Entonces, ¿cuáles son las malas noticias? —pregunta Stan.

—Supongamos que te hablo de los beneficios que genera el tráfico de partes del cuerpo. Órganos, huesos, ADN, lo que pidan. Es una de las principales fuentes de ingresos de este sitio. Empezó en otros países, que estaban sacando un dineral; ese aspecto fue demasiado tentador para Ed. Hay un gran mercado de material trasplantable para ancianos millonarios, ¿no? Ed es accionista de una cadena de residencias de ancianos y ha montado clínicas de trasplantes dentro de las instalaciones. La cadena de residencias y clínicas para ancianos Ruby Slippers: es grande. La parte principal de la operación está en Las Vegas, por la innovación. Ed supone que allí habrá menos control, porque en esa ciudad todo vale. No se le escapa ni una trampa.

—Espera un momento —dice Stan—. ¿Las partes del cuerpo de quién? Sigue habiendo el mismo número de hombres en Positrón, los conozco, nadie los está cortando en pedacitos para quitarles los órganos, no es que esté desapareciendo gente. Por lo menos desde que nos deshicimos de los verdaderos criminales.

—Sí, a Ed le parece una lástima que se nos acabaran —explica Jocelyn—. Tiene planeado importar unos cuantos más, quitárselos a las instituciones públicas, por decirlo de alguna forma. Tus chicos son los ciudadanos buenos de Consiliencia, ellos son los que hacen que todo siga funcionando día a día, son las hormigas obreras. Se quedarán como están. La materia prima viene de fuera.

El camión. Los prisioneros encapuchados que arrastraban los pies por las calles. Genial, piensa Stan. Estamos atrapados en una película de suspense en blanco y negro con demasiado grano.

—¿Te refieres a que están reuniendo personas para traerlas aquí? ¿Que los matan para extraerles los órganos?

—Sólo a los indeseables —dice Jocelyn, sonriendo con sus grandes dientes. Por lo menos ha conservado parte de su sarcasmo chulesco—. Pero ahora es Ed quien decide quiénes son los «indeseables». Por cierto, según él, lo siguiente será la sangre de los bebés. Dicen que va muy bien para rejuvenecer, y el margen de beneficios será astronómico.

—Eso es... —Stan quisiera decir «una mierda espantosa», y aún se quedaría muy corto. O también podría decir: «Me tomas el pelo.» Sin embargo, recuerda lo que oyó sobre los experimentos con ratas; además, Jocelyn parece hablar completamente en serio—: ¿Y de dónde piensan sacar los bebés?

—No es difícil —dice ella con su otra sonrisa, la irónica—. La gente los deja por ahí tirados. Son muy descuidados.

—¿Alguien ha oído hablar de esto? —pregunta—. ¿Ahí fuera? Si se han enterado, no deberían...

—Eso es lo que le preocupa a Ed —explica Jocelyn—. Ése es el motivo por el que ha reforzado tanto la seguridad. Corrían algunos rumores, pero él ha conseguido acallarlos. Ahora nadie que esté relacionado con un canal informativo se puede acercar a un kilómetro y medio a la redonda y, como ya sabes, de aquí no se puede sacar ninguna información. Por eso tenemos que enviar a una persona, alguien como tú. Llevarás un documento digital y algunos vídeos en un USB. Intentaremos concertarte una reunión con alguien clave del mundo de los medios de comunicación. Alguien que no sea amigo de los colegas políticos de Ed y que esté dispuesto a arriesgarse y a contar toda la historia.

—¿Y quién se supone que soy yo? —pregunta Stan—. ¿El chico de los recados?

El que recibe los tiros, piensa.

—Más o menos —admite Jocelyn.

—¿Y por qué no lo sacas tú? El puto documento.

Ella lo mira con lástima.

—Imposible —dice—. Es verdad que yo tengo un pase, que puedo salir. He estado controlando las operaciones en el exterior, pagando a escondidas a la gente que contratamos para hacer los trapicheos menos legales en los que nos ha metido Ed. Pero estoy vigilada todo el tiempo. Su excusa es que quiere asegurarse de que estoy a salvo. Confía tanto en mí como en cualquier otra persona, y cada vez lo hace menos. Se está volviendo suspicaz.

—¿Y por qué no te marchas? ¿Por qué no te vas sin más? —pregunta Stan.

Probablemente es lo que habría hecho él.

—Yo ayudé a construir esto —dice Jocelyn—. Tengo que ayudar a arreglarlo. Se nos acaba el tiempo. Tenemos que movernos.

Saco de arena

Ahora están en el coche; Stan apenas recuerda cómo ha llegado hasta allí. Delante hay un conductor, uno de verdad, no es un robot. El hombre va muy derecho, con los hombros grises rectos, les da la espalda en todo momento. Las calles van desfilando.

—¿Adónde vamos? —pregunta Stan.

—A Positrón —contesta Jocelyn—. Nuestra estrategia para sacarte empieza allí. Tenemos que prepararte y luego te haremos un seguimiento. Esta maniobra no está exenta de riesgos. Sería una desgracia que te cogieran.

El chofer, piensa Stan. En las películas, siempre es el chofer. Escucha. Espía a todo el mundo.

—¿Y qué pasa con él? —dice—. Lo ha oído todo.

—Ah, sólo es Phil —dice Jocelyn—. O Max. Lo reconocerás por los vídeos.

Phil vuelve la cabeza y esboza una leve sonrisa. Por supuesto que es él: el Max de Charmaine, con esa cara atractiva, estrecha y poco de fiar, y esos ojos demasiado brillantes.

—Nos ha ayudado mucho a establecer un móvil —dice Jocelyn—. Elegimos a Charmaine porque pensamos que sería...

—Vulnerable —añade Phil.

—Capaz de resistir, pero libre para dejarse ir —explica Jocelyn.

—¿Qué? —exclama Stan.

Están calumniando a Charmaine. Aprieta los dientes. Tranquilo, se dice.

—Fue como una apuesta —reconoce Jocelyn.

—Pero nos salió bien —dice Phil.

Maldito cabrón mentiroso, ni siquiera era sincero, piensa Stan. Le ha tomado el pelo a la pobre Charmaine desde el principio. Era una trampa. La ha llevado por el mal camino por razones que no tenían nada que ver con las que suelen darse cuando se lleva a alguien por el mal camino. Es como si Charmaine no fuera suficiente para él; como si no estuviera a la altura de una pasión ilícita genuina. Y eso, pensándolo bien, en realidad es una crítica a Stan. Le arden las manos: le gustaría estrangular a ese tío. O por lo menos darle un buen puñetazo en toda la boca.

—¿Para qué necesitabais un móvil? —pregunta.

—No te lo tomes a mal —dice Jocelyn—, pero era para explicar por qué yo quería que te eliminaran. Tengo jefes. Tendré que responder ante ellos de mi decisión.

—¿Eliminarme? ¿Que vas a hacer qué? —prácticamente grita.

Las cosas se están poniendo cada vez más demenciales. Después de toda la charla heroica, ¿ahora resulta que es una psicópata? ¿Querrá su hígado como recompensa?

—Llámalo como quieras —dice Jocelyn—. En Dirección lo llamamos «reubicación». Tengo poder discrecional para ello y ya he tomado esa clase de decisiones en el pasado, cuando las cosas se han puesto... cuando he tenido que hacerlo. En esta situación en particular, la ideada para llevarte hasta el otro lado del muro, cualquiera que me esté controlando, gente como Ed, sabe que el poder corrompe, lo habrá experimentado en primera persona. Entenderán que he caído en la tentación de utilizar el mío para cosas personales. Tal vez no lo aprueben, pero se lo creerán. Tengo todas las pruebas por si me veo obligada a utilizarlas en algún momento, aunque espero que no sea así.

—¿Por ejemplo? —pregunta Stan—. ¿Qué pruebas?

Tiene la sensación de que se le ha congelado todo el cuerpo y está un poco mareado.

—Está grabado hasta el último minuto, todo lo necesario para establecer un móvil. Phil y Charmaine, su tórrida aventura, a la que debo decir que Phil se prestó encantado, y él es bueno en eso. Después, mis intentos de recrear esa aventura, llevada por los celos y la humillación, y castigar a Charmaine a través de ti. ¿Por qué crees que teníamos que practicar ese sexo tan teatral delante del televisor? Tus reticencias están perfectamente registradas, créeme: la luz era buena, he visto los vídeos. —Suspira—. Me sorprendió un poco que no me agredieras. Muchos hombres lo habrían hecho, y sé que estuviste a punto de perder los nervios en un par de ocasiones; me preocupaba que te subiera demasiado la tensión. Pero has demostrado un control impresionante.

—Gracias —dice Stan.

Siente un placer momentáneo al saberse tildado de «impresionante». Joder, se dice. ¿Te estás tragando esto? ¿Crees por un nanosegundo que esta perra de hielo no se lo pasaba en grande tratándote como un puto esclavo de galeras? ¿Confías en estos dos? No, se contesta. Pero ¿tienes alguna otra opción? Si te echas atrás, si les dices que no piensas hacerlo, es probable que te maten.

—El hecho de que tuvieras que esforzarte fue un punto positivo —dice Jocelyn—. Aunque no me la puedo tomar como un halago, tu reticencia nos ha venido muy bien. Cualquiera que vea los vídeos llegará a la conclusión de que prácticamente lo haces a punta de pistola.

—En el fondo, ella no es así. Puede ser muy atractiva —interviene Phil con galantería.

O quizá incluso con sinceridad, piensa Stan. Cada cual tiene sus gustos.

—Lo sé —dice, convencido de que le toca estar de acuerdo—. No era a punta de pistola, era...

Jocelyn cruza las piernas y le da una palmadita a Stan en el muslo como para tranquilizarlo.

—Da lo mismo. Si me veo obligada a enseñar esos vídeos, quien los vea entenderá mis razones para querer deshacerme de ti. Y también que lo haga a través de Charmaine, porque, a fin de cuentas, ella me birló a mi marido, ¿no? Doble castigo. La farsa tendrá que ser sólida. Algo que pueda engañar a Ed, suponiendo que se ponga a investigar. Tratándose de mí, él se tragaría esa clase de maldad. Me tiene por una bestia. Por eso soy su mano derecha.

¿Van las cosas de verdad hacia donde le parece a Stan? Tiene las manos empapadas de sudor.

—¿Qué farsa?

—La parte en que Charmaine va a trabajar a Administración de Medicamentos, donde su tarea cotidiana consiste en administrar una dosis de despedida a alguien seleccionado para reubicación, y entonces descubre que el siguiente Procedimiento Especial que tiene por delante eres tú. Y lo hace. Pero no te preocupes: al contrario que los otros, tú te despertarás. Y entonces ya casi lo habremos logrado, porque en la base de datos ya sólo aparecerás mencionado en tiempo pasado.

A Stan le está empezando a doler la cabeza. Apenas consigue seguir el hilo. Así que eso era lo que hacía Charmaine en su trabajo confidencial. Se dedicaba a... No se lo puede creer. ¿La tierna y alegre Charmaine? Joder. Es una asesina.

—Un momento. ¿No se lo habéis dicho? —pregunta—. ¿A Charmaine? ¿Creerá que me está matando de verdad?

—Para ella tiene que ser real —explica Jocelyn—. No queremos que actúe, se darían cuenta: tienen cámaras que analizan la expresión facial. Pero Charmaine caerá en la trampa. Ella tiende a creérselo todo.

—Es muy propensa a la fantasía —añade Phil.

¿Eso ha sido una sonrisa?

—Charmaine no me matará —afirma Stan—. No importa... —«No importa lo mucho que se haya enamorado de ti, mentiroso de mierda», quiere decir, pero no lo hace—. Si cree que me va a matar, interrumpirá el proceso.

—Eso también lo averiguaremos, ¿no? —dice Jocelyn sonriendo.

Stan quiere decir «Charmaine me quiere», pero ya no está seguro del todo. «¿Y si hay algún error? ¿Y si me muero de verdad?», le gustaría preguntar. Pero es demasiado gallina para admitir que es un gallina, así que guarda silencio.

Phil arranca el coche y se desplaza en silencio por la calle que conduce hacia la Penitenciaría Positrón. Enciende la radio: está sonando la lista de grandes éxitos de Doris Day. *You Made Me Love You.* Stan se relaja. Ahora ese tarareo se ha convertido en algo tranquilizador para él. Cierra los ojos.

—Feliz día de San Valentín —dice Jocelyn en voz baja.

Le da otra palmada en el muslo.

Apenas nota cómo le clava la aguja; sólo es un pinchacito. A continuación Stan se asoma al borde del precipicio inundado por la niebla. Luego empieza a caer.

VII

TECHO BLANCO

Techo blanco

Stan recupera la conciencia como si saliera de un pozo lleno de melaza oscura. No, un pozo vacío, porque no ha soñado con nada. Lo último que recuerda es que estaba en el coche, el coche negro de Vigilancia, con los cristales tintados, con Jocelyn sentada a su lado en el asiento de atrás y el traicionero y engreído gilipollas de su marido al volante.

Le viene la imagen de la parte de atrás de la cabeza de Phil —una cabeza que no le importaría perforar con una botella rota—, y luego otra de Jocelyn posándole la mano, robusta pero cuidada, de esa forma suya tan condescendiente, en la rodilla, como si él fuera un perrito faldero. La manga negra de su traje. Ésa fue la última imagen.

Luego el pinchazo de la aguja. Perdió la consciencia antes de darse cuenta siquiera.

Y sin embargo, fíjate, ¡no lo ha matado! Sigue ocupando su cuerpo, puede oír los latidos de su corazón. Por lo que respecta a su mente, está tan clara como el agua helada. No se siente drogado; se siente fresco y superatento, como si se hubiera tomado un par de cafés dobles de un trago.

Abre los ojos. Joder. Nada. Después de todo, puede que lo hayan mandado a la estratosfera. No, un momento, es un techo. Un techo blanco que refleja la luz.

Vuelve la cabeza para ver de dónde viene la luz. No, no vuelve la cabeza, porque no puede moverla tanto. Hay algo que se la sujeta, y los brazos y, sí, las piernas también. Triple mierda. Lo tienen atado.

—¡Joder! —dice en voz alta.

Pero no, no lo dice. El único sonido que sale de su boca es un baboso gemido zombi. Pero transmite urgencia, como las ruedas de un coche atrapado en un banco de nieve.

—Unhuhuh. Unhuhuh.

Esto es horrible. Puede pensar, pero no puede moverse ni hablar. Mierda.

Charmaine casi no ha pegado ojo en toda la noche. Quizá sea por los gritos, aunque también puede que fueran risas. Sería más agradable. Pero si eran risas eran fuertes, agudas e histéricas. Le gustaría preguntar a las otras mujeres si ellas oyeron algo, pero tal vez no sea una buena idea.

O a lo mejor su insomnio se debía a la sobreexcitación, porque la verdad es que está muy emocionada. Está tan excitada que apenas consigue picar algo en la comida, porque esta tarde podrá volver a su verdadero trabajo. Después de cumplir con su turno matinal con las toallas, ha podido tirar la vergonzosa placa de la Lavandería con su nombre y ponerse la que le corresponde: Administradora Jefe de Medicación. Qué alivio, es como si hubiera perdido la identificación y la hubiera vuelto a encontrar; como cuando no sabes dónde has puesto las llaves del escúter o el teléfono y entonces aparecen y te sientes muy afortunado, como si las estrellas o el destino o lo que sea te hubieran elegido para premiarte. Así de feliz la hace sentir su legítima placa identificativa.

Las demás mujeres de su sección se han dado cuenta de que lleva una placa distinta: la tratan con más respeto. La miran directamente, en vez de pasar la mirada de largo como si ella fuera un mueble; le hacen preguntas amables: ¿qué tal ha dormido? ¿No le parece que la comida está increíble? Le dedican pequeños cumplidos afectuosos, comentan lo bien que le salen los osos azules, a pesar de lo mal que se le da hacer calceta. Y le sonríen, y ya no son medias sonrisas, sino auténticas sonrisas de oreja a oreja que sólo son falsas en parte.

A Charmaine no le cuesta nada sonreírles también. No como las semanas anteriores, cuando la exiliaron a doblar toallas, cuando se sentía tan sola y aislada que incluso la sonrisa se le agrietó, como si tuviera una acera de cemento rota detrás de los dientes, y se sentía la boca encogida y obstruida, y las demás mujeres le dirigían frases de apenas dos palabras, porque desconocían la clase de deshonra que había caído sobre ella.

Charmaine no podía culparlas, porque no lo sabía ni ella. Se esforzaba al máximo por creer que sólo era un error trivial; siempre hay que esforzarse al máximo para creer lo positivo, porque... ¿qué se puede sacar de centrarse en lo negativo, aparte de una depresión? En cambio, en lo positivo se encuentra la fuerza para seguir adelante.

Y Charmaine había seguido adelante.

Aunque había sido duro, porque había pasado mucho miedo. ¿Qué tenían realmente planeado para ella? Está segura de que son más de uno. Sólo enseñan a Ed, pero tiene que haber un montón más entre bambalinas, discutiendo todos los detalles y tomando decisiones importantes.

¿Se habrán reunido en su sala de juntas para hablar de ella? ¿Saben que le ha sido infiel a Stan? ¿Tienen fotografías suyas, o grabaciones de voz o, peor aún, vídeos? Una vez se lo dijo a Max: «¿Y si hay una cámara de vídeo?» Pero él se había limitado a reírse y a decir que por qué iba a haber una cámara de vídeo en una casa abandonada, y que ojalá la hubiera, para poder revivir el momento. ¿Y si él se ha dedicado a revivir el momento, pero también lo han revivido esos otros hombres?

Charmaine se sonroja al imaginárselos observándolos a Max y a ella en esas casas vacías. No era ella misma cuando estaba con Max, era otra persona, una rubia guarrilla con la que no hablaría si estuvieran juntas en la cola para salir de Positrón. Si esa otra Charmaine intentara entablar una conversación con ella, se daría la vuelta como si no la hubiera oído, porque las relaciones que tienes te definen y esa otra Charmaine es una mala compañía. Pero esa Charmaine ha desaparecido y ella, la verdadera Charmaine, ha recuperado su buena posición y tiene que conservarla a toda costa.

Mira hacia el otro extremo de la mesa, a las filas de mujeres con sus monos de color naranja. No las conoce muy bien, sobre todo porque no han hablado con ella, pero sus caras le resultan familiares. Observa sus rasgos mientras mastican la comida: ¿acaso no percibe un sentimiento cálido, impreciso y agradecido, porque cada una de ellas es un ser humano único e irreemplazable?

No, no es un sentimiento cálido, impreciso y agradecido. Para ser sincera, esas mujeres no le caen muy bien. La abuela Win diría que no hay que fiarse de nadie demasiado pronto. Además, le revienta que estén tan gordas. Deberían quemar más energía, apuntarse a las clases de baile o hacer ejercicio en el gimnasio de Positrón, porque de tanto sentarse sobre sus gordos culos a tejer esos estúpidos osos azules, además de comerse los postres, no hacen más que acumular kilos e hincharse como zepelines. Y en el fondo le importa una mierda que cada una sea un ser humano único e irreemplazable, porque a ella no la han tratado como tal. La han tratado como si fuera algo que se les había quedado pegado en el zapato.

Pero eso forma parte del pasado y no debe mirar atrás con ira ni resentimiento, porque ese comportamiento es tóxico, como dice la chica de rosa que presenta el programa de yoga en la televisión, así que ahora se concentra en los agradecimientos. En lo agradecida que está por vivir allí dentro, cuando tantas personas lo están pasando fatal al otro lado de los muros, donde, según Ed, todo se está yendo al garete. Es incluso peor que cuando ella vivía ahí fuera.

Para comer hay ensalada de pollo. Está hecha con los pollos que crían allí, en la Penitenciaría Positrón, en un entorno saludable y respetuoso con el medio ambiente, en el ala de los hombres; y la lechuga, la rúcula, la achicoria y el apio también se cultivan allí. El apio no, ahora que lo piensa, el apio lo llevan de fuera. Pero el perejil sí se cultiva allí. Y los cebollinos. Y los tomates cherry. Aunque no tiene apetito, pincha un poco de ensalada porque no quiere parecer desagradecida. O peor, desequilibrada.

Han traído el postre. Lo han dejado en la mesa que hay al fondo del comedor. Las mujeres se levantan en orden, una hilera de mesas tras otra, y hacen cola para cogerlo. Tarta de ciruelas, murmuran entre ellas, está hecha con las ciruelas rojas que crecen en el huerto de Positrón. Aunque Charmaine no ha trabajado en ese huerto, ni siquiera ha hablado con nadie que haya trabajado allí personalmente. Entonces, ¿cómo puede saber que existe? Podrían estar trayendo esas ciruelas en lata y sólo se enteraría la persona encargada de abrirlas.

Esas ideas escépticas sobre Positrón cada vez la asaltan con más frecuencia. No seas tonta, se dice Charmaine. Cambia de canal, ¿a ti qué te importa de dónde vienen las ciruelas? Y si quieren mentir sobre las ciruelas para que todos nos sintamos mejor, ¿cuál es el problema?

Coge su ración de tarta de ciruelas en su sólido plato de cristal prensado. Lleva un poco de nata por encima, de las vacas de Positrón, aunque tampoco ha visto nunca esas vacas. Asiente y sonríe a las otras mujeres cuando pasa junto a ellas; se vuelve a sentar en su sitio, se queda mirando la tarta. No puede evitar pensar que parece sangre cuajada, pero ahuyenta ese pensamiento, lo anula. Debería intentar comer un poco: podría relajarle los nervios.

Lleva mucho tiempo sin trabajar en Administración de Medicamentos. Puede que haya perdido el toque. ¿Y si la próxima vez que tenga que hacer un Procedimiento Especial lo hace mal? ¿Y si no se atreve? ¿Y si no encuentra el punto adecuado de la vena?

Cuando estás en pleno Procedimiento no tienes preocupaciones generales, sólo vives en el momento, sólo quieres

191

hacerlo bien y cumplir con tu deber. Pero los dos últimos meses ha estado alejada y, desde la distancia, no siempre le parece que lo que hace en Administración de Medicamentos sea lo que debería hacer.

«¿Tienes dudas, Charmaine?», pregunta la vocecita de su cabeza.

«No, tonta —contesta—. Lo que tengo es el postre delante. Tarta de ciruelas.»

Las mujeres de la mesa hacen «Mmmm». Tienen migas rojas pegadas a los labios.

Capucha

Stan lo vuelve a intentar. Emplea toda su fuerza, tira hacia arriba de las correas con los brazos y los muslos; tiene que haber correas, aunque no puede verlas. Imposible. ¿Qué es esto, otro juego sexual extravagante surgido de la perversa mente de Jocelyn?

—Charmaine —intenta gritar.

Sólo consigue balbucear, tiene la lengua como un bocadillo de carne frío. Además, ¿por qué la está llamando? Es como si no pudiera encontrar los calcetines, como si necesitara ayuda para abrocharse el último botón de la camisa. ¿Pide ayuda como un mocoso quejica llamando a su mamá? Puede que una parte de su cerebro haya muerto. Imbécil, se dice. Charmaine no te oye, no está en la habitación. O de momento no está, por lo que puede ver, que no es mucho.

«Oh, Charmaine. Te quiero, nena. ¡Sácame de aquí!»

Un momento: ahora se acuerda. Según Jocelyn, se supone que Charmaine tiene que matarlo.

• • •

Las dos en punto. El primer Procedimiento de la tarde está programado para las tres. Después de salir del comedor, Charmaine vuelve a su celda para pasar un rato tranquila a solas. Necesita prepararse, tanto física como mentalmente, y también espiritualmente, claro. Hacer unas cuantas inspiraciones profundas, como enseñan en la televisión. Maquillarse un poco, que da mucha energía. Calma, energía positiva: eso es lo que necesita.

Sin embargo, al abrir la puerta de su celda se encuentra a alguien dentro. Es una mujer, con el mono naranja habitual, pero con una capucha en la cabeza. Está sentada en la cama. Lleva las muñecas esposadas por delante con unas bridas de plástico.

—¿Disculpa? —dice Charmaine.

Si no fuera por la capucha y las esposas, le diría que ésa es su celda y que nadie le ha notificado que tenga una compañera nueva. Y luego añadiría: «Por favor, márchate.»

—No... —dice la voz de la mujer, amortiguada por la capucha.

Hay algo más que Charmaine no alcanza a entender. Se acerca a la cama —es arriesgado, podría ser una maníaca y darle un golpe o algo por el estilo—, le levanta la capucha y se la aparta hacia atrás.

Esto sí que no se lo esperaba. Definitivamente es una sorpresa. Es Sandi. ¡No puede ser Sandi! ¿Por qué iba a ser Sandi? Se queda mirando a Charmaine con los ojos llorosos y sin dejar de parpadear.

—Charmaine, por el amor de Dios —dice—. ¡Vuelve a ponerme la capucha! ¡No me hables!

Charmaine está confusa. Sandi nunca había hecho nada malo, aparte de lo de la prostitución, pero eso lo hacía porque no tenía trabajo; ¿por qué iba a necesitar hacerlo en Consiliencia? Tiene el pelo hecho un desastre y los pómulos más pronunciados que antes: puede que se haya operado. ¿Se habrá metido en algún lío? ¿Habrá hablado con un periodista? Pero ¿cómo?

—¡Sandi! ¿Qué haces en mi celda? —pregunta.

No suena muy amable, pero tampoco es que lo haya dicho con malicia. Sandi tiene la pierna encadenada a la pata de la cama, lleva grilletes en los tobillos. Esto es grave.

—No hables tan alto —susurra Sandi—. A lo mejor la han cagado, se habrán equivocado de sitio. ¡Haz como que no me conoces! O te podrías meter en líos.

—Eres, o sea... ¿un elemento criminal? —pregunta Charmaine.

Tiene que preguntárselo, aunque quizá no debería. Sandi es una buena chica en el fondo, no puede ser un elemento criminal y, en cualquier caso, los elementos criminales con los que está acostumbrada a tratar en Administración de Medicamentos han sido siempre hombres. No se imagina a Sandi asesinando a nadie, o haciendo ninguna de las otras cosas por las que acabas atado por cinco puntos distintos a una camilla.

—¿Qué has hecho? O sea, ¿has hecho algo?

—Intenté huir —susurra Sandi—. Intenté llegar hasta el otro lado del muro metida en una bolsa de basura; las deslizan por un tubo hasta un camión que espera fuera. Me acosté con uno de los tíos de la basura, los que llevan el chaleco verde, ya sabes a los que me refiero. Y me delató, pero después de follarme, el muy cabrón.

—Pero, cariño, ¿por qué ibas a querer salir de aquí? —murmura Charmaine. Esto es desconcertante para ella—. Es mucho mejor...

—Sí, al principio lo era, todo iba genial, yo ayudaba en el gimnasio y luego me eligieron para hacer esos vídeos de yoga. Me operé un poco, básicamente los pómulos, y ellos me maquillaban. Yo lo único que tenía que hacer era ponerme ese traje rosa y leer el guión y hacer unas cuantas posturas.

—Ya me pareció que eras tú —miente Charmaine—. Estabas genial, ¡parecías una experta!

Está un poco celosa. Qué trabajo tan fácil, y con el poder que conlleva convertirse en una estrella. No como su trabajo. Pero el suyo es más importante.

194

—Entonces un día volvió Veronica —susurra Sandi—. Compartíamos un apartamento, ella se estaba formando en el hospital de la cárcel y estaba muy emocionada, le habían ofrecido un ascenso para ocupar un puesto en esa unidad especial que tienen allí.

—¿Qué unidad? —pregunta Charmaine.

Quizá se trate de algo insulso, como pediatría.

—Era en Administración de Medicamentos —responde Sandi—. Fue al día siguiente para empezar la formación, pero cuando volvió estaba triste. Veronica no suele ponerse triste. —Sandi guarda silencio un momento—. ¿Te importa rascarme la espalda?

Charmaine lo hace.

—Un poco más a la izquierda —le indica Sandi—. Gracias. Entonces me dijo: «En resumen, quieren que me dedique a matar gente. Si nos dejamos de rollos, se trata de eso.»

—Oh, Dios —exclama Charmaine—. ¡No puede ser!

—Ya lo creo —contesta Sandi—. Así que les dijo que no, que no podía hacerlo. Y al día siguiente desapareció. Sin más. Nadie sabía adónde había ido, o no me lo querían decir. Pregunté en su trabajo y me miraron de esa forma tan rara y me dijeron que no disponían de esa información. ¡Fue muy extraño! Por eso quería irme.

—Pero ¡no puedes! —susurra Charmaine—. ¡Recuerda lo que firmamos! Les podrías explicar...

Sabe que es inútil, porque las normas son las normas, pero quiere tener esperanza.

—Olvídalo —dice Sandi—. Estoy jodida. —Le castañetean los dientes—. Se acabó lo que se daba, tendría que haberlo imaginado. Ahora tienes que volver a ponerme la capucha, llamar a un guardia y decirle que hay una persona en tu celda, para que me saquen de aquí.

—Pero no puedo... —dice Charmaine—. ¿Qué te va a pasar? —Está a punto de ponerse a llorar. Es un error, ¡tiene que ser un error! Las cadenas, las esposas... Quizá sólo la pongan a doblar toallas o algo así. Pero le cuesta mucho creerlo. Sandi está rodeada de un halo oscuro, como si fuera agua sucia. Charmaine la abraza. Está muy fría—. Oh, Sandi —dice—. ¡Todo saldrá bien!

—Hazlo —le ordena Sandi—. No tienes otra opción.

Pastelito de cerezas

El techo blanco es incluso más aburrido que la televisión de Consiliencia. Allí arriba no ocurre casi nada, aunque ha visto una mosca que lo ha ayudado a pasar el rato. «Lárgate, mosca», ha pensado Stan para ver si podía controlarla con sus ondas eléctricas mentales. Pero no podía.

Lo otro que hay en el techo blanco es un pequeño círculo redondo y plateado. Un aspersor o una cámara. Cierra los ojos, luego los abre: en la medida de lo posible, debería mantenerse despierto. Se concentra en la cadena de causas y efectos y mentiras e imposturas —algunas por su parte—, que lo han conducido a ese callejón sin salida aburrido, o posiblemente aterrador.

Que culminará cuando entre Charmaine vestida con una bata de laboratorio dentro de cinco minutos, o al menos espera que sea pronto, porque tiene muchas ganas de hacer pis. La pobrecilla pensará que está a punto de mandar al otro barrio a un asesino en serie o a un asesino de niños o a un maltratador de ancianos. Pero cuando se acerque a la camilla a la que está amarrado, quien la estará esperando no será un elemento criminal desconocido: será él.

¿Qué hará entonces? ¿Gritará y saldrá corriendo? ¿Se abalanzará sobre él? ¿Dirá a los de Positrón que ha habido un grave error?

A lo mejor acciona un interruptor escondido para apagar la cámara, luego lo desata y se abrazan y entonces le susurra:

«Lo siento mucho, espero que puedas perdonarme por haberte engañado, es a ti a quien quiero», etcétera, aunque no habrá tiempo para la disculpa servil y rastrera que él tiene derecho a esperar. Pero la abrazará para tranquilizarla y luego ella le enseñará... ¿Qué? ¿Una trampilla? ¿Un túnel secreto? ¿Unas prendas de ropa con las que podrá disfrazarse?

Ha visto demasiada televisión durante todos estos años. En las películas y series hay fugas en el último momento, y túneles, y trampillas. Esto es la vida real, idiota, se dice. O se supone que lo es.

Pero tiene que haber alguna de esas sorpresas de última hora, porque está seguro de que Charmaine no le va a inyectar el veneno o lo que sea. Nunca llegaría hasta el final. Es demasiado sensible.

—Unhuhuh —le dice al techo. Porque ahora ya no está tan seguro acerca de su sensibilidad. Ya no está seguro de nada. ¿Y si se ha jodido algo y los espías de Positrón han descubierto el doble juego de Jocelyn y la han detenido, o quizá incluso matado?

¿Y qué pasará si, cuando se abra la puerta, no es Charmaine la persona que entra en la habitación?

Es posible que en ese momento lo estén observando a través del círculo plateado. Probablemente hayan torturado a Jocelyn, la hayan obligado a escupir todo su plan subversivo. Probablemente piensen que él está en el ajo.

«¡Yo no lo sabía! ¡No fui yo! ¡Yo no he hecho nada!», grita en su cabeza.

—Unhuhuhuh.

Mierda. Se ha mojado los pantalones. Pero no se filtra, no gotea. ¿Le han puesto pañales? Joder. Eso no es una buena señal.

Entonces, seguro que no es la primera persona que ha estado allí y se ha orinado los pantalones. No se puede decir que no piensen en todo.

. . .

Charmaine tarda un rato en recuperar la calma cuando los dos guardias se llevan a Sandi. Sujetándola por las axilas, porque no puede caminar muy bien con los grilletes.

—No hay por qué mencionarle esto a nadie —le ha dicho a Charmaine el primer guardia.

El segundo ha soltado una especie de risa perruna. Ella no había visto nunca a ninguno de los dos.

Hace unas cuantas inspiraciones de yoga, libera su mente de las vibraciones negativas. Luego se lava las manos y después se cepilla los dientes: es como un ritual de limpieza, porque le gusta sentirse pura de corazón cuando se encamina a un Procedimiento. Se mira al espejo: allí está, la misma cara dulce y redondeada de niña en la que siempre ha confiado, tanto en casa como en la escuela; no ha cambiado mucho desde que era una adolescente, aunque tiene un poco de ojeras. Se echa algunos mechones de pelo rubio hacia delante para enmarcarse la cara. Pero está más delgada. Ha perdido peso últimamente, demasiado peso, y está pálida. Ha estado muy preocupada, y todavía lo está: por mucho que hayan limpiado su nombre y le hayan devuelto el trabajo, ¿qué le deparará el futuro? Cuando vuelva a casa.

Lo peor —bueno, casi lo peor— sería que le contaran lo de Max a Stan. ¿Qué pasará entonces cuando se vean? Él estará muy enfadado con ella. Aunque Charmaine llore y le diga que lo siente y que espera que pueda perdonarla, y que es a él a quien ama, puede que Stan quiera divorciarse de todas formas. Sólo de pensarlo, le dan ganas de llorar. Se sentiría muy insegura sin él, y la gente chismorrearía sobre ella, y estaría sola en Consiliencia para siempre, porque de ahí no se sale. Aunque puede que tampoco se sintiera muy segura con Stan.

En cuanto a Max, es verdad que recuerda haber deseado que dejara a su mujer por ella, para que pudieran estar juntos y Charmaine pudiera vivir aplastada entre sus brazos como una magdalena de arándanos chafada todos los minutos del día. Él le diría: «No hay nadie como tú, agácha-

198

te», mientras le mordía la oreja, y ella se fundiría como un tofe al sol.

Pero en cierto modo siempre ha sabido que eso sería imposible. Ella ha sido una distracción para él, no una necesidad vital. Un poco como la menta extrafuerte: es intensa mientras dura, pero se acaba rápido. Y, para ser justos, Max ha significado lo mismo para ella, y si se lo ofrecieran en una bandeja a cambio de Stan, diría que no, gracias, porque nunca podría confiar en él: es demasiado bocazas, es como un anuncio de televisión que te vende algo oscuro y delicioso, pero malo para ti. En ese caso ella diría: «Elijo a Stan.» Está bastante segura de que ésa sería su elección.

¿Y si Stan la rechaza, a pesar de sus nuevas y virtuosas intenciones? ¿Y si la echa, si desparrama toda su ropa por el césped para que lo vea todo el mundo y cierra la puerta por dentro? Quizá ocurra de noche y ella se quede bajo la lluvia, rascando la ventana como un gato, suplicándole que la deje entrar. «Oh, lo he echado todo a perder», gimoteará. Se le saltan las lágrimas sólo de imaginarlo.

Pero se niega a pensar en eso, porque la actitud que uno adopta en la vida define su realidad, y si piensa que ocurrirá, acabará pasando. En vez de eso, pensará en el abrazo de Stan y se lo imaginará diciéndole lo triste que ha estado sin ella y lo mucho que se alegra de que por fin vuelvan a estar juntos. Y Charmaine lo acariciará y lo acunará, y será como en los viejos tiempos.

Porque los días pasarán volando y dentro de un par de semanas llegará el día de cambio, y por fin podrá salir de Positrón otra vez como civil. Trabajará en la panadería de Consiliencia y no tendrá que pensar en esos gritos o en esas mujeres encapuchadas encadenadas a su cama, y olerá la canela de los bollitos, un olor tan alegre, no como el aroma floral del suavizante de las toallas que doblaba en Positrón, que cuando tienes que estar respirándolo todo el día es realmente químico y empalagoso. No piensa volver a utilizar ese suavizante para su colada jamás. Regresará a su casa, con sus preciosas sábanas y su cocina luminosa, donde prepara unos desayunos estupendos, y podrá estar con Stan.

Porque... ¿por qué iban a contarle a él lo de Max, suponiendo que lo sepan? Teniendo en cuenta que el objetivo de Consiliencia es que las cosas vayan bien y que sus ciudadanos sean felices. ¿O son reclusos? Ambas cosas, para ser sinceros. Porque los ciudadanos siempre han sido un poco reclusos y los reclusos siempre han sido un poco ciudadanos, y Consiliencia y Positrón sólo han hecho oficial esa dualidad. En cualquier caso, el objetivo es conseguir la mayor felicidad general, y decírselo a Stan supondría una reducción de esa felicidad. En realidad significaría más tristeza. Por eso no lo harán.

Ya se imagina, no, ya siente los brazos de Stan alrededor de su cuerpo, y luego esa forma que tiene de enterrar la nariz en su cuello y decir cosas como «Ñam, canela, ¿cómo está mi bollito?». Solía decirle esas cosas, la relajaba haciendo juegos de palabras con cosas de comer, aunque últimamente ya no lo hacía tanto. Casi desde que ella se lió con Max, ahora que lo piensa. Pero Stan le volverá a decir esas cosas, porque la habrá echado de menos y estará preocupado por ella. «¿Cómo está mi pastelito de cerezas?» No como las cosas que dice Max, que son más bien del tipo: «Te voy a poner del revés; cuando acabe contigo no podrás ni gatear. Suplícamelo.»

Puede que Stan no sea el mejor... bueno, el mejor. El mejor en las categorías en que compite Max. Pero Stan la quiere y ella lo quiere a él.

Es la verdad. Esa aventura con Max sólo fue algo pasajero, un episodio animal. En el futuro tendrá que guardar las distancias con él. Aunque podría ser difícil, porque Max siente mucha pasión por ella. Intentará recuperarla, de eso no cabe duda. Pero Charmaine tendrá que taparse los oídos y apretar los dientes y remangarse y resistir la tentación.

«Pero ¿por qué no se pueden tener las dos cosas?», dice la voz de su cabeza.

«Estoy haciendo un esfuerzo —contesta ella—. Así que cállate.»

Mira el reloj: las dos y media. Le falta media hora para irse. La espera es lo peor. Nunca ha estado tan nerviosa antes de un Procedimiento.

Esboza su sonrisa de soy-una-buena-persona, su sonrisa de ángel distraído que habla con un ceceo infantil. Esa sonrisa la ha sacado de muchos apuros, por lo menos desde que se hizo mayor. Es una carta para salir de la cárcel, un pase especial para los conciertos, una contraseña de seguridad universal, como ir en silla de ruedas. ¿Quién cuestionaría algo así?

Para darse confianza, se aplica colorete en su pálida cara, luego una capa de rímel en las pestañas: nada muy exagerado. Positrón permite que las reclusas se maquillen; en realidad las anima a hacerlo, porque tener un buen aspecto sube la moral. Tener buen aspecto es su obligación: está a punto de convertirse en lo último que algún pobre joven verá en el mundo. Es una gran responsabilidad. Y ella no se la toma a la ligera.

«Charmaine, Charmaine —susurra la vocecita de su cabeza—. Menudo fraude estás hecha.»

«Pues anda que tú...», le contesta.

Manipulación

Stan se debe de haber adormilado un poco, porque se despierta sobresaltado. Esa puta mosca se le está paseando por toda la cara y no puede alcanzarla. «Puta mosca», intenta decir.

—Fuuuuuh. Fluuuh.

No, sigue sin poder hablar.

Las drogas le han paralizado la lengua. Espera que no sea permanente: para comprar cualquier cosa tendrá que escribir notitas: «Hola, me llamo Stan y no puedo hablar. Deme diez botellas de licor.» Le dará igual de qué, hasta sería capaz de beber pis de elefante. Después de todo lo que le ha pasado, querrá cogerse una borrachera de las de acabar ciego y de rodillas. Perder la conciencia.

Eso sí, tendrá una buena historia que contar. Cuando salga. Cuando encuentre a su hermano Conor y a sus hombres y desaparezca del radar de todos y de todo lo que tenga que ver con Positrón. Porque ¿acaso hay alguna norma que lo obligue a ser lacayo y mensajero de Jocelyn cuando haya salido? Que se ocupe ella de sus cosas raras. Aunque tendrá que sacar también a Charmaine, claro. Quizá. Si puede.

Ahora la mosca está intentando metérsele en el ojo. Parpadeo, parpadeo, sacudida de cabeza: no es que las pestañas la asusten demasiado, pero se mueve. Ahora se está desplazando hacia la nariz. Por lo menos Stan tiene cierto control sobre sus orificios nasales: la asusta resoplando por la nariz. Le pica mucho la espalda, tiene un calambre en la pierna y lleva el pañal mojado. Lo que más desea es que todo eso acabe. Ese momento, esa fase, esa impotencia, como quiera que se llame. «¡Empecemos de una vez!», gritaría si pudiera. Pero no puede. Aunque espera poder hacerlo pronto. Tendrá que ponerse al día con los gritos.

Charmaine recorre los conocidos pasillos que conducen hasta el mostrador de Administración de Medicamentos, donde confluyen tres pasillos. Lleva la bata verde encima del mono naranja; los guantes de látex en el bolsillo, igual que la máscara para evitar los gérmenes. Se la pondrá antes de entrar en la habitación —son las normas—, pero luego se la volverá a quitar: ¿por qué ha de ser tan impersonal la última visión que alguien tenga de otra persona? Quiere que quien se encuentre en esa camilla pueda ver su sonrisa tranquilizadora.

Está un poco intranquila; es probable que la estén vigilando para ver si se pone nerviosa. Y hasta puede que eso cuente a su favor, porque durante el curso de formación que hizo le ponían unos electrodos y le enseñaban fotografías de personas sometidas al Procedimiento Especial y medían sus reacciones. Lo que buscaban era cierto nerviosismo, pero no demasiado, no querían que perdiera el control. Descartaban a los que permanecían completamente calmados y fríos, y también a los que demostraban demasiado entusiasmo. No querían personas que sintieran placer haciendo aquello, no querían sádicos ni psicópatas. En realidad, era a los sádicos y los psicópatas a quienes habría que... No quería usar palabras como «eutanasia» o «eliminación», eran demasiado contundentes. Había que reubicarlos en otra esfera, porque no se habían adaptado a la vida en Consiliencia.

Quizá le suceda eso a Sandi, pero de un modo más amable. Quizá sólo se la lleven a otro sitio, como a una isla, con las demás personas que son como ella. Personas que no encajan, pero que no son elementos criminales. Seguro que harán eso.

Ya ha llegado a Recepción, donde está la pantalla plana para registrarse. La cabeza ya está allí: debía de estar esperándola. Hoy es la mujer morena con flequillo, la misma mujer que estaba con Ed cuando éste visitó al grupo de calceta la noche anterior, la que llevaba pendientes de aro y medias grises. Alguien importante. Charmaine siente un pequeño escalofrío. Haz las respiraciones de yoga, se dice. Inspira por la nariz, suelta el aire por la boca.

La cabeza le sonríe. ¿Esta vez sólo es una imagen grabada o una persona real?

—¿Me entrega la llave, por favor? —pregunta Charmaine, como se supone que debe hacer.

—Regístrese, por favor —le dice la cabeza.

Sigue sonriendo, aunque parece que la mire con más intensidad que de costumbre. Charmaine pega el pulgar a la pantalla y luego se queda mirando fijamente el lector de iris hasta que el dispositivo parpadea.

—Gracias —dice la cabeza.

La llave de plástico sale por la ranura que hay debajo de la pantalla. Charmaine se la mete en el bolsillo de la bata de laboratorio y espera a que salga la hoja de papel con los detalles sobre el Procedimiento impresos: número de habitación, nombre, edad, última dosis de sedante y cuándo se le administró. La necesita para saber lo despierto que puede estar el sujeto.

No ocurre nada. La cabeza la mira esbozando una media sonrisa muy expresiva. ¿Y ahora qué?, piensa Charmaine. No me digas que la maldita base de datos ha vuelto a desordenar mis números de identificación.

—Necesito la hoja para el Procedimiento —le dice a la cabeza.

Incluso si se trata tan sólo de una imagen enlatada, seguro que su petición quedará registrada.

—Charmaine —responde la cabeza—, tenemos que hablar.

Ella nota cómo se le eriza el vello de la nuca. La cabeza sabe cómo se llama. Le está hablando directamente. Es como si le hubiera hablado el sofá.

—¿Qué? —pregunta—. ¿Qué he hecho mal?

—No has hecho nada mal —le dice la cabeza—, todavía. Pero estás a prueba. Tienes que pasar un examen.

—¿Cómo que estoy a prueba? —pregunta Charmaine—. Siempre se me ha dado bien este trabajo, nunca he tenido ninguna queja, mis valoraciones siempre han sido...

Está retorciendo el guante de látex dentro del bolsillo derecho; se dice que tiene que dejar de hacerlo. Es malo demostrar inquietud; es como si, de alguna forma, fuera culpable. Está preparada para su maldita prueba, sea cual sea: está dispuesta a comparar su técnica y su resultado con los de cualquiera. No le van a encontrar fallos, salvo el de no ponerse la mascarilla, pero ¿qué persona en su sano juicio se preocuparía por eso?

—No es tu capacidad lo que está en tela de juicio —dice la cabeza—. Pero la Dirección ha tenido ciertas dudas acerca de tu entrega profesional.

—¡Siempre he estado absolutamente entregada! —exclama Charmaine. Alguien habrá estado cotilleando sobre ella, diciendo mentiras—. ¡Para hacer este trabajo hay que entregarse! ¿Quién dice que no me entrego?

Debe de haber sido esa chivata de Aurora, de Recursos Humanos. O alguna de las mujeres de su grupo de calceta, porque no estaba lo bastante contenta con esos malditos osos azules.

—Me encanta mi trabajo, es decir, no disfruto teniendo que hacer lo que hago, pero sé que es mi deber, porque alguien tiene que hacerlo, y siempre he sido muy cuidadosa y meticulosa, y...

—Llamémoslo lealtad —dice la cabeza.

¿Por qué ha dicho «lealtad»? ¿Es una lealtad que tiene que ver con ella y con Max?

—Yo siempre he sido leal —dice.

Su voz suena débil.

—Pero eso tiene distintos grados —puntualiza la cabeza—. Por favor, presta atención. Hoy tendrás que practicar el Procedimiento como de costumbre. Es muy importante que completes la tarea que se te ha asignado.

—¡Yo siempre completo la tarea! —dice Charmaine, indignada.

—Hoy, esta vez, puedes enfrentarte a una situación que quizá represente un desafío. A pesar de ello, el Procedimiento debe completarse. Tu futuro aquí depende de ello. ¿Estás preparada?

—¿Qué clase de situación? —pregunta Charmaine.

—Puedes elegir —dice la cabeza—. Si crees que no estás preparada para el examen, puedes dimitir de tu puesto en Administración de Medicamentos ahora mismo y volver a doblar toallas, o hacer algún otro trabajo menos exigente.

Sonríe y le enseña sus dientes fuertes y cuadrados.

A Charmaine le gustaría preguntar si le pueden dar tiempo para pensarlo. Pero tal vez no se lo tomen bien: la cabeza podría interpretarlo como una falta de lealtad.

—Tienes que decidirlo ahora —dice la cabeza—. ¿Estás lista?

—Sí —contesta Charmaine—. Estoy lista.

—Muy bien —dice la cabeza—. Ahora ya has elegido. En el ala de Administración de Medicamentos, sólo se admiten dos clases de personas: los que los administran y los que los reciben. Tú has elegido administrarlos. Si fracasas, las consecuencias serán muy graves para ti. Podrías acabar en el bando contrario. ¿Lo comprendes?

—Sí —responde Charmaine con voz débil.

Es una amenaza: si no elimina, será eliminada. Está muy claro. Tiene las manos frías.

—Muy bien —prosigue la cabeza—. Aquí están todos los detalles del Procedimiento que tienes asignado para hoy.

La hoja de papel asoma por la ranura. Charmaine la coge. Figura el número de habitación y la información sobre el sedante, pero falta el nombre.

—No hay ningún nombre —dice.

Pero la cabeza ha desaparecido.

Elección

Stan deja volar la mente. El tiempo pasa; lo que tenga que ocurrir es ya inminente. No puede hacer nada al respecto.

¿Serán mis últimos minutos?, se pregunta. No puede ser. A pesar del momento de pánico que ha sufrido antes, ahora experimenta una extraña calma. Pero no está resignado, no está paralizado. Al contrario, está intensa y dolorosamente vivo. Puede percibir los atronadores latidos de su corazón, puede oír cómo la sangre le recorre las venas, puede sentir cada músculo, cada tendón. Su cuerpo es sólido como la roca, como el granito; aunque quizá tenga la barriga un poco fofa.

Tendría que haber hecho más ejercicio, piensa. Tendría que haber hecho más de todo. Tendría que haber sido menos... ¿menos qué? Al repasar su vida, se ve tendido sobre la tierra como un gigante cubierto de hilos minúsculos que lo tienen inmovilizado. Hilos minúsculos de inquietudes insignificantes, preocupaciones pequeñas y miedos que se tomó en serio en su momento. Deudas, horarios, la necesidad de dinero, el anhelo de comodidades; la melodía pegadiza del sexo, repitiéndose una y otra vez como un bucle neuronal. Ha sido la marioneta de sus propios deseos reprimidos.

No debería haberse dejado enjaular allí, apartado de la libertad por un muro. Pero ¿qué significa ya la libertad? ¿Y quién lo ha enjaulado, quién ha levantado ese muro? Lo ha hecho él solo. Con tantas decisiones pequeñas... La reducción de sí mismo a una serie de datos numéricos en manos de otros, controlados por otros. Tendría que haber abandonado las ciudades desintegradas, huido de la vida encorsetada e incómoda que llevaba. Tendría que haber salido de la red electrónica, haber tirado todas las contraseñas, haber deambulado por la tierra como un lobo famélico, aullándole a la luna.

Pero ya no hay tierra por la que deambular. No existe ningún lugar sin vallas, carreteras, redes. ¿O sí lo hay? ¿Y quién iría con él, quién estaría con él? Suponiendo que no pueda encontrar a Conor. Suponiendo lo inconcebible, que Conor esté muerto. ¿Charmaine estaría dispuesta a embarcarse en algo así? ¿Se dejaría sacar de allí por él? ¿Lo consideraría un rescate? A ella nunca le ha gustado acampar, no querría vivir sin sus limpias sábanas floreadas. Aun así, Stan siente un breve arrebato de nostalgia: los dos cogidos de la mano, paseando al amanecer, olvidadas todas las traiciones, dispuestos a empezar una vida nueva en algún sitio, de alguna forma. Quizá se lleve algunas cerillas de esas que se encienden al frotarlas contra cualquier superficie, y... ¿qué más necesitarían?

Intenta imaginarse el mundo fuera de Consiliencia. Pero ya no tiene ninguna imagen real de ese mundo. Lo único que ve es niebla.

Charmaine entra en el dispensario, localiza la taquilla, introduce el código y abre la puerta. Encuentra la ampolla y la aguja. Se las mete en el bolsillo, se pone los guantes de látex y a continuación recorre el pasillo de la izquierda.

Esos pasillos siempre están vacíos cuando va de camino a un Procedimiento. ¿Lo hacen a propósito para que nadie sepa quién ha despachado a quién? A excepción de la cabeza, claro. Y quienquiera que esté detrás de la cabeza. Y quienquiera que la esté observando en ese momento, desde el interior de un aplique o a través de una lente minúscula del tamaño de un remache. Endereza la espalda y adopta una expresión que quiere ser positiva pero decidida.

Ahí está la habitación. Abre la puerta, entra en silencio. Se quita la mascarilla.

El hombre está tendido boca arriba, atado a la camilla por cinco puntos distintos, como debe ser. Tiene la cabeza un poco vuelta hacia el otro lado. Lo más probable es que mantenga la mirada clavada en el techo, o en lo que tenga delante. Y lo más probable es que ese techo lo esté mirando también a él.

—Hola —saluda ella, acercándose a la camilla—. ¿No te parece que hace un día precioso? ¡Mira cómo brilla el sol! Siempre he pensado que un día soleado anima mucho, ¿tú no?

La cabeza del hombre se vuelve hacia ella y se miran a los ojos. Es Stan.

—Oh, Dios mío —exclama Charmaine.

Casi se le cae la aguja. Parpadea con la esperanza de que la cara se convierta en el rostro de otra persona, de un completo desconocido. Pero no cambia.

—Stan —susurra—, ¿qué te están haciendo? Ay, cariño, ¿qué has hecho?

¿Ha cometido un crimen? ¿Qué clase de crimen? Tiene que haber sido algo muy malo. Pero quizá no haya cometido ningún crimen, o sólo uno de escasa importancia. ¿Qué clase de crimen podría cometer Stan? A veces se pone gruñón y puede perder los nervios, pero eso no quiere decir nada. No tiene perfil de criminal.

—¿Me has estado buscando? —pregunta—. ¿Cariño? Debías de estar loco de preocupación. Has...

¿Habrá perdido la cabeza por amor? ¿Y si ha descubierto lo de Max y lo ha matado? Sería terrible. Un triángulo fatal, como aquellas noticias que veía por la televisión cuando trabajaba en el Dust. Las noticias más sórdidas.

—Uhuhuhuh —dice Stan.

Le resbala un reguero de baba por la comisura de los labios. Charmaine se lo limpia con ternura. ¡Ha matado por ella! ¡Seguro que sí! Tiene los ojos muy abiertos: le está suplicando en silencio.

Es la peor situación imaginable. Charmaine quiere salir corriendo de la habitación, volver a su celda, cerrar la puerta, tirarse en la cama y taparse hasta las orejas, fingir que eso no ha ocurrido. Pero no se le mueven los pies. Se le está retirando toda la sangre del cerebro. Piensa, Charmaine, se dice. Pero no puede pensar.

—No te va a ocurrir nada malo —le dice a Stan, como haría normalmente.

Es como si su boca se moviera por voluntad propia y de ella saliera una voz muerta. Aunque en esa voz hay un temblor.

Él no se lo cree.

—Uhuhuhuh —dice.

Está tirando de las correas que lo tienen inmovilizado.

—Ya verás lo bien que lo vas a pasar —prosigue Charmaine—. Sólo será un segundo. —Le brotan lágrimas de los ojos; se las limpia con la manga, porque no debe llorar y espera que nadie lo vea, ni siquiera Stan. Sobre todo, Stan—. Pronto estarás en casa —le dice—. Y entonces disfrutaremos de una buena cena y veremos la televisión. —Se coloca detrás de él, donde no puede verla—. Y luego nos iremos juntos a la cama, como hacíamos antes. ¿A que será genial?

La lágrimas cada vez son más abundantes. No puede evitarlo, se está acordando de cuando estaban recién casados y hacían planes; ay, cuántas cosas imaginaban para su nueva vida en común. La casa, los niños y todo lo demás. Eran tan dulces entonces, tenían tanta esperanza; eran tan jóvenes. No como es ella ahora. Luego las cosas no salieron bien por culpa de las circunstancias. Y fue difícil, con tantas tensiones, con el tema del coche y todo aquello, pero habían seguido juntos porque se tenían el uno al otro y se querían. Y después se metieron ahí, y al principio fue tan agradable, tan limpio, todo estaba en su sitio, con música alegre y palomitas para ver la televisión, pero entonces...

Entonces apareció ese pintalabios. El beso que pintó con él. El ansia. Todo por culpa de ella.

Contrólate, Charmaine, se dice. No te pongas sentimental. Recuerda que estás a prueba.

La están observando. No puede ser verdad. No pueden esperar que ella... No quiere pensar en matar, no, Charmaine no emplearía esa palabra, no pueden esperar que reubique a su marido.

Acaricia la cabeza de Stan.

—Shhh —le dice—. No pasa nada.

Siempre les acaricia la cabeza, pero esa vez no se trata de una cabeza cualquiera: es la cabeza de su marido, con su pelo hirsuto. Conoce muy bien cada detalle de esa cabeza, los ojos, las orejas, el contorno de la mandíbula, esa boca con todos los dientes, el cuello y el cuerpo pegado a ella. Su cuerpo prácticamente brilla: lo ve tan claro como todo lo demás, cada peca y cada pelo, como si lo estuviera mirando a través de una lupa. Quiere abrazarse a ese cuerpo y quedarse inmóvil, conservarlo en el presente, porque si no consigue detener el tiempo, ese cuerpo no tiene futuro.

No puede llevar a cabo el Procedimiento. No piensa hacerlo. Saldrá de allí, volverá a Recepción y exigirá hablar con la cabeza de la mujer de la pantalla.

«No me lo trago —le dirá—. No pienso pasar por vuestra estúpida prueba, así que ya os podéis ir olvidando.»

Pero un momento. ¿Qué pasaría entonces? Iría otra persona para reubicar a Stan. Esa cosa horrible le ocurrirá de todos modos y quien se encargue no lo hará de una forma considerada y respetuosa, como lo hace ella. ¿Y qué será de Charmaine si no pasa la prueba? Esta vez no se limitarán a ponerla a doblar toallas: le pondrán las esposas de plástico, la capucha y los grilletes, como a Sandi, y luego acabará en la camilla con las cinco correas. Por eso debieron de meter a Sandi en su celda: era una advertencia. Ahora está temblando. Casi no puede respirar.

—Oh, Stan —le susurra al oído izquierdo—. No sé cómo hemos llegado a esto. Lo siento mucho. Por favor, perdóname.

—Uhuhuhuh —dice él.

Es como el gemido de un perro. Pero la ha oído, la entiende. ¿Ha asentido?

Charmaine le da un beso en la frente. Luego se arriesga y lo besa en la boca; es un beso sincero y largo. Él no le devuelve el beso —debe de tener la boca paralizada—, pero por lo menos no intenta morderla.

Luego inserta la aguja en la ampolla. Se mira las manos, cubiertas por los guantes, moviéndose como algas; le pesan los brazos como si estuviera nadando en pegamento líquido. Todo va a cámara lenta.

En pie, detrás de Stan, le palpa la piel en busca de la vena del cuello, la encuentra. El pulso late como un tambor bajo las yemas de sus dedos. Le clava la aguja.

A continuación, una sacudida y un espasmo. Como una electrocución.

Luego Charmaine cae al suelo.

Apagón.

VIII

CONFUSIÓN

En el contenedor

Cuando Stan se despierta ya no está atado. Está hecho un ovillo, tumbado encima de algo suave. Está mareado y le duele mucho la cabeza, como si tuviera tres resacas de primera a la vez.

Despega los párpados: varios pares de enormes ojos blancos con las pupilas negras y redondas lo están mirando fijamente. ¿Qué diablos son? Se esfuerza por sentarse, pierde el equilibrio, se revuelca sobre una montaña de cuerpos pequeños, blandos y afelpados. ¿Arañas gigantes? ¿Orugas? No puede evitarlo y grita.

Contrólate, Stan, se dice.

Ah. Está tumbado en un contenedor lleno de ositos azules de punto. Eso son las enormes pupilas redondas que lo miran.

—Joder —dice. Luego añade para asegurarse—: ¡Me cago en la puta!

Por lo menos ha recuperado la voz.

Está en un almacén con vigas de metal y una hilera de tenues fluorescentes en el techo. Se asoma por el borde del contenedor y mira el suelo: es de cemento. Por eso deben de haberlo dejado encima de los ositos: allí no hay ninguna otra superficie mullida. Alguien ha sido considerado con él.

Se palpa todo el cuerpo: está de una pieza. Menos mal que le han quitado el pañal o lo que fuera, aunque resulta humillante imaginar cómo se lo habrán quitado. Incluso le han puesto ropa nueva: un mono naranja de Positrón y un forro polar. Y calcetines gordos, porque ahí dentro hace un frío de narices. Tiene sentido: es febrero. ¿Y para qué iban a calentar un almacén en el que sólo hay ositos?

¿Y ahora qué? ¿Dónde está todo el mundo? Gritar no es buena idea. ¿Quizá deba levantarse, buscar la salida? Un momento: tiene una pierna atada a un lateral del contendor metálico con una especie de cuerda de nylon. Lo habrán hecho para evitar que deambule por ahí, salga del almacén y se tope con quienquiera que haya al otro lado de la puerta. Sólo le queda esperar a que aparezca Jocelyn y le explique qué coño se supone que debe hacer.

Vuelve a echar un vistazo al interior del almacén. Hay más contenedores como el suyo, dispuestos en fila. Menuda cantidad de putos ositos. También —junto a lo que ahora identifica como puertas, una pequeña para personas, otra más grande y corredera para camiones— hay varias pilas de cajas largas que parecen ataúdes, más estrechas por los extremos. Espera que no lo hayan encerrado allí con cadáveres a punto de pudrirse.

Charmaine creerá que él mismo es ya un cadáver, la triste e ilusa conejita. Su angustia no era falsa: las lágrimas eran reales. Estaba temblando cuando le palpó el cuello y luego le clavó la aguja: seguro que pensó que lo estaba asesinando de verdad. Charmaine debió de desmayarse justo después de eso: en el único segundo de consciencia que él tuvo antes de que la droga le hiciera efecto y lo sumergiera en un placentero torbellino de luces de colores, oyó el impacto cuando ella cayó al suelo.

Si hubiera apostado dinero a que no llegaría hasta el final, lo habría perdido todo. La verdad era que, a su manera, Charmaine era increíble; debajo de todas sus tonterías tenía agallas, había que reconocerlo. Stan creía que ella dejaría que el amor se interpusiera, que perdería los nervios y empezaría a gimotear y se echaría atrás. Que quizá se abalanzaría sobre él y estropearía todo el plan. Bravo por su capacidad para juzgar a las personas: Jocelyn había calado a Charmaine mucho mejor que él.

Pobre Charmaine, piensa. Ahora mismo debe de estar pasando un infierno. Remordimiento, culpa y todo eso. ¿Cómo se siente Stan al respecto? Una parte de él —la parte vengativa— le dice que se lo tiene merecido. Ella y su corazón infiel, ojalá se retuerza de angustia y llore hasta que se le sequen esos ojos angelicales. Otra parte dice: para ser justos, Stan, tú también la has engañado, tanto en obra como en intención. Es verdad que creías perseguir una pasión púrpura y encontraste otra bien distinta. Con la que follaste muchas veces, y aunque quizá no le pusieras corazón, el cuerpo sí lo pusiste. Por lo menos lo necesario. Así que olvídate del pasado y haz borrón y cuenta nueva.

Sí, responde la parte vengativa, pero la tonta de Charmaine no sabe nada de lo de Jocelyn, y si vuelves con ella, podrás pasarte la vida entera echándole en cara su aventura con Max/Phil. Podrás decirle que has visto los vídeos. Repetirle las cosas que dice en ellos. Dejarla reducida a un puñado de pañuelos mojados. Podrás limpiarte las botas con ella: seguro que eso te proporcionaría cierta satisfacción. Por no mencionar que te ha asesinado. Se convertirá en tu esclava, nunca se atreverá a decirte que no, vivirá día y noche para servirte.

Eso, o te pondrá matarratas en el café. Tiene un lado oscuro. No lo descartes. Así que quizá debas golpear primero si tienes la oportunidad. Déjala. Tira toda su ropa por el césped. Cierra la puerta. O golpéala en la cabeza con un ladrillo. ¿Eso es lo que haría Conor?

Te olvidas de una cosa, se dice a sí mismo. Es probable que nunca vuelva a esa casa. A menos que algo salga mal una vez esté fuera, jamás regresaré a Consiliencia. Esa vida se acabó. Se supone que estoy muerto.

¿Debería molestarle? Tal vez no: está muerto por su propio bien. Por otra parte, él no pidió morir, no quería que le ocurriera eso. Sólo le ha tocado, como si perteneciera a un ejército en el que nunca se ha alistado. Lo han reclutado contra su puta voluntad y, mientras tanto está ahí, atado a un contenedor lleno de osos de punto y la perra sádica de Jocelyn parece haberse olvidado de él. Por mucho que le duela la cabeza, ya empieza a tener hambre. Además de las pelotas congeladas. Hace tanto frío que puede verse el aliento.

Se vuelve a tumbar y se tapa con los ositos. Seguro que aíslan un poco. Lo único que puede hacer ahora es dormir.

La hora del té

Cuando Charmaine se despierta, está sola. Y vuelve a estar en su casa. La casa de ellos, de Stan y de ella; mejor dicho, la casa que en su día fue de Stan y de ella, pero que ahora sólo es suya, porque él ya nunca volverá a esa casa. Nunca, nunca, nunca, nunca, nunca. Se pone a llorar.

Está tumbada en el sofá, el sofá azul marino con esas preciosas margaritas blancas; aunque al tener la cara tan pegada al tapizado se da cuenta de que necesita una buena limpieza, porque alguien ha vertido sobre él café y otras cosas. Recuerda cuando fingía que no le gustaba ese estampado, que quería cambiarlo, cuando fingía que iba a mirar muestras de tela como excusa para salir de casa pronto los días de cambio y poder estar con Max. Podía estar segura de que Stan no tendría ningún interés en las fundas, el papel pintado o cualquiera de esas cosas. Hubo un tiempo en que esa falta de interés le molestaba —¿no se suponía que iban a construir un hogar juntos?—, pero al final lo agradecía, porque era un punto ciego de Stan que le proporcionaba un poco de tiempo con Max. Ahora, pensar en eso la hace llorar, porque Stan está muerto.

Ya está. Lo ha dicho. Muerto. Llora con más fuerza. Solloza, se le entrecorta la respiración, como en un *staccato*. Stan, ¿qué te he hecho?, piensa. ¿Adónde has ido?

Aunque está llorando con todas sus fuerzas, advierte algo extraño: ya no lleva el mono naranja. En su lugar viste un traje a cuadros de color melocotón y gris de una lana suave, compuesto por una falda con vuelo y una chaqueta ajustada. Se supone que tiene una blusa de seda de imitación a juego, con volantes de bailarina flamenca en el pecho, de color melocotón, pero no es la que lleva puesta, sino una con un estampado de flores azules que no pega nada con el traje. Ella misma eligió cuidadosamente ese conjunto de color melocotón de la sección «Sonríe con estilo» del catálogo digital, justo después de que Stan y ella llegaran a Consiliencia. Tuvo que elegir entre el de color melocotón y gris y las demás combinaciones, la azul marino y blanco, que era un poco demasiado Chanel para ella, y la verde lima y naranja, que ni siquiera la hizo dudar, porque no puede ponerse nada de color verde lima, no la favorece.

Además, ese traje lo había dejado doblado y metido en su taquilla rosa del sótano, junto con el resto de su ropa de calle, justo antes de marcharse a su último turno en Positrón. Por lo tanto, alguien tiene el código de su taquilla y alguien ha estado rebuscando entre sus cosas. Debe de tratarse de la misma persona que le ha quitado el mono naranja y le ha puesto el traje a cuadros con la blusa equivocada.

—¿Ya te encuentras mejor? —pregunta una voz.

Charmaine levanta la vista del sofá. Diantre, es Aurora de Recursos Humanos, con esa operación de estética tan exagerada que la hace parecer una lagartija: mejillas petrificadas y ojos saltones. Aurora es la última persona a la que quiere ver, no sólo aquí y ahora, sino en toda su vida.

Lleva una bandeja —la bandeja de Charmaine, la escogió ella misma de entre las muchas que había para elegir en el catálogo—, con una tetera. También es la tetera de Charmaine, aunque iba con la casa. Se siente invadida. ¿Cómo se atreve Aurora a irrumpir en su hogar mientras ella está desmayada en el sofá y coger lo que le dé la gana de la cocina como si fuera suyo?

—Te he preparado un buen té caliente —dice Aurora, esbozando media sonrisa condescendiente y ofensiva—. Me parece que has sufrido una conmoción. Te golpeaste la cabeza al desmayarte, pero no creen que tengas nada grave. Aunque deberás hacerte un TAC para confirmarlo. Ya te he pedido hora para un poco más tarde.

Charmaine es incapaz de decir ni una palabra. Se esfuerza para reprimir las lágrimas. Tiene la respiración agitada, está jadeando; le salen mocos de la nariz.

—Adelante, llora todo lo que quieras —continúa Aurora, como si le estuviera concediendo un permiso real—. Dicen que un buen llanto purifica el alma. Por no hablar de las fosas nasales —añade; debe de pensar que ha hecho un chiste.

—¿Has abierto mi taquilla? —consigue preguntarle Charmaine.

—¿Por qué iba a hacer algo así? —responde Aurora.

—Alguien lo ha hecho —dice Charmaine—. Porque llevo una ropa distinta.

La idea de que Aurora la haya cambiado de ropa como si fuera una Barbie, mientras estaba inconsciente, le da escalofríos.

—Yo diría que lo has hecho tú y no te acuerdas. Habrás padecido un episodio de amnesia temporal —dice Aurora con esa voz de sabelotodo—. Una conmoción como la que has sufrido puede provocar cosas así. Estabas en el sofá cuando he llegado hace diez minutos. —Deja la bandeja con el té encima de la mesita—. El cerebro es muy protector, decide lo que elegimos recordar.

Charmaine nota cómo la ira se apodera de ella, desplazando al dolor. Si hubiera estado en el sótano sacando cosas de su taquilla se acordaría, además, nunca habría elegido esa blusa. ¿Qué clase de hortera creen que es? Y, en cualquier caso, ¿quién la ha llevado hasta allí desde Administración de Medicamentos?

Se incorpora y baja las piernas al suelo. No tiene ningunas ganas de que Aurora la vea en ese estado, hecha un guiñapo. Se limpia la nariz y los ojos con la manga, porque no tiene pañuelo, se aparta el pelo húmedo de la frente y recompone el semblante hasta conseguir cierta compostura.

—Gracias —dice lo más secamente que puede—. La verdad es que estoy bien.

¿Sabe Aurora lo que Charmaine le ha hecho a Stan? Quizá pueda fingir, esconder su debilidad. Decirle que se ha desmayado porque tiene el período, o una bajada de tensión, o algo parecido.

—Eso demuestra tu fortaleza —prosigue Aurora—. Quiero decir que no mucha gente tendría un sentido tan firme del deber y la lealtad. —Se sienta en el sofá a su lado—. Te admiro, de verdad.

Sirve el té en la taza: la taza de Charmaine, con esas flores rosa que Stan no soportaba. Aunque tampoco le gustaba el té, a él le gustaba el café, con leche y dos azucarillos. Reprime un sollozo.

—Debería disculparme en nombre de la Dirección —dice Aurora, dejando la taza en la mesita, delante de Charmaine—. Los de Logística no tienen ningún tacto.

Ha puesto una taza para ella en la bandeja y se afana en llenarla. Charmaine toma un sorbo de té. Le sienta bien.

—¿A qué te refieres? —pregunta, aunque sabe de sobra a qué se refiere Aurora.

Aurora está disfrutando con esto. Se regodea.

—Tendrían que haberte asignado el Procedimiento de otra persona —explica—. No deberían haberte hecho pasar por ese trance.

Se echa azúcar en el té, lo remueve.

—¿Qué trance? —pregunta Charmaine—. Sólo estaba haciendo mi trabajo.

Pero no sirve de nada: lo ve en la pulcra no sonrisa de la cara superestirada de Aurora.

—Era tu marido, ¿no? —dice ésta—. El último Procedimiento que has hecho. Según los informes. Al margen de cómo fuera vuestra vida privada, que no es asunto nuestro y no quiero entrometerme, pero al margen de eso, llevar a cabo el Procedimiento debe de haber sido... una decisión muy difícil para ti.

Esboza una sonrisa, una sonrisa de comprensión empalagosa. Charmaine tiene ganas de cruzarle la cara. «¡¿Qué sabrás tú, mojigata marchita?!», le gustaría gritar.

—Sólo hago mi trabajo —repite en tono defensivo—. Sigo la rutina prescrita. En todos los casos.

—Aprecio tu voluntad de... digámoslo así, de maquillar la situación —dice Aurora—, pero resulta que hemos grabado todo el Proceso, como hacemos de forma aleatoria, para el control de calidad. Ha sido muy... ha sido conmovedor. Verte luchar con tus emociones. Me ha impresionado, de verdad, ¡a todos nos ha conmovido! Nos hemos dado cuenta de que dudabas, pero es natural, quiero decir, ¿quién no no lo haría? Tendrías que ser inhumano. Pero ¡tú has superado todas esas emociones! No creas que no nos hemos dado cuenta. De la superación. De las emociones. De hecho, nuestro director, Ed, quiere agradecértelo en persona, y un pajarito me ha dicho, no es oficial, pero me parece que podrían ascenderte, porque si alguien lo merece por el heroico...

—Creo que deberías marcharte —la interrumpe Charmaine, dejando la taza de té en la mesita.

Está a punto de arrojar la taza y todo su contenido directamente a la cara prefabricada de Aurora.

—Claro —dice ésta, esbozando media sonrisa que parece un gajo de limón perfecto y simétrico—. Comprendo tu dolor. Tiene que ser... bueno, muy doloroso. El dolor que sientes. Te hemos asignado un psicólogo, porque seguro que estarás experimentando el sentimiento de culpa de los supervivientes. Bueno, algo más que eso, porque los supervivientes sólo sobreviven, mientras que tú, o sea...

Charmaine se levanta con brusquedad y tira la taza.

—Por favor, vete —dice con toda la calma de que es capaz—. Ahora mismo.

Adelante, la alienta su vocecita interior. Atízale con la tetera en la cabeza. Córtale el cuello con el cuchillo del pan. Luego arrástrala hasta el piso de abajo y esconde el cuerpo en tu taquilla rosa.

Pero Charmaine se contiene. Quedarían manchas de sangre reveladoras en la alfombra. Además, si la han grabado en vídeo cuando estaba con Stan y la inyección, quizá también lo estén haciendo dentro de la casa.

—Mañana te sentirás mejor —dice Aurora poniéndose también de pie y todavía con su sonrisa inexpresiva y tensa—. Todos acabamos haciéndonos a la idea, con el tiempo. El funeral es el jueves, dentro de dos días. La explicación que daremos es que ha habido una avería eléctrica en la granja avícola, saldrá esta noche en las noticias. Todas las personas que asistan al funeral querrán ofrecerte sus condolencias, tendrás que estar preparada. Pediré un coche para hoy a las seis y media, para que te recoja y te lleve a hacerte el TAC; es un poco tarde, pero te esperarán. En tu estado no deberías conducir el escúter.

—¡Te odio! —grita Charmaine—. ¡Maldita bruja!

Pero espera a que se haya cerrado la puerta.

La hora del café

—Stan —dice una voz—, hay que espabilar.

Stan abre los ojos: es Jocelyn. Le está sacudiendo el brazo. La mira un poco atontado.

—Ya era hora, joder —dice—. Y gracias por dejarme en este almacén helado. ¿Te importa soltarme? Tengo que mear.

Tiene una visión de cómo transcurrirían los próximos minutos si aquello fuera una película de espías. Le daría un puñetazo a Jocelyn, la dejaría inconsciente, buscaría sus llaves, la metería en el contenedor, le robaría el teléfono para que no pudiera pedir ayuda cuando se despertara —seguro que esconde un teléfono— y luego saldría y salvaría el mundo él solito.

—No te dejes llevar —dice Jocelyn—. Yo soy lo único que se interpone entre tú y el rigor mortis. Así que presta mucha atención, porque sólo te lo puedo explicar una vez. Tengo que asistir a una reunión con los jefazos, o sea que casi no tenemos tiempo.

Lleva el uniforme serio: el pulcro traje chaqueta, los aritos en las orejas y las medias grises. Le cuesta recordarla postrada debajo de él o desnuda encima de él, donde ha estado tantas veces: piernas abiertas, labios separados, pelo alborotado, como si se lo hubiera revuelto una tempestad. Todo eso parece de otro planeta.

Le libera la pierna y lo ayuda a bajar del contenedor lleno de ositos. Todavía está un poco mareado. Se tambalea hasta la parte posterior del contenedor, mea —no ve ningún otro sitio donde hacerlo— y luego vuelve a salir tambaleándose.

Jocelyn lleva un pequeño termo de café, gracias a Dios. Stan lo bebe con ansia y se traga las dos pastillas que ella le da.

—Para el dolor de cabeza —le dice—. Lo siento, pero era la única droga que podíamos utilizar. Imita los efectos de la sustancia real, pero sin el final.

—¿He estado muy cerca? —pregunta Stan.

—No ha sido peor que una anestesia fuerte —responde Jocelyn—. Tómatelo como unas vacaciones para el cerebro.

—Bueno —dice Stan—, me equivoqué con Charmaine. Llegó hasta el final.

—No ha podido hacerlo mejor —contesta Jocelyn con una sonrisa irritante—. Si hubiera fingido, no habría sido lo mismo.

Gilipollas insensible, piensa Stan.

—Ya sabes que eres una mierda de campeonato —le dice a ella—. Por hacerla pasar por eso. No se recuperará en la puta vida.

—Está un poco afectada, sí —admite Jocelyn con serenidad—. De momento. Pero ya nos ocuparemos de ella.

A Stan no le resultan unas palabras muy tranquilizadoras: «Ya nos ocuparemos de ella» podría significar algo muy poco amable.

—Bien —contesta de todas formas.

—Supongo que tendrás hambre —dice Jocelyn.

—Y te quedas corta —responde Stan.

Ahora que lo piensa, se muere de hambre.

Jocelyn saca un sándwich de queso del bolso y él lo devora de un bocado. Podría zamparse otros dos, además de un pedazo de pastel de chocolate y una cerveza.

—¿Dónde cojones estoy exactamente? —pregunta cuando se lo ha tragado.

—En un almacén —contesta Jocelyn.

—Sí, eso ya lo veo. Pero ¿sigo dentro de la Penitenciaría Positrón?

—Sí —responde Jocelyn—. Esto forma parte de las instalaciones.

—¿Y eso son ataúdes?

Stan señala las cajas rectangulares con la barbilla.

Ella se ríe.

—No. Son cajas de embalaje para transportar mercancías.

Stan decide no preguntar qué clase de mercancías transportan.

—Vale —dice—, ¿adónde voy? A menos que tengas planeado dejarme aquí con estos putos ositos.

—Comprendo tu enfado —reconoce Jocelyn—. Pero no sé cómo osas hablarme así, con perdón por el juego de palabras. —Le dedica una sonrisa llena de dientes—. Hay dos cosas que debes recordar, por tu propia seguridad, durante el tiempo que estés aquí. Para empezar, te llamas Wally.

—¿Wally? —exclama—. No puedo llamarme... ¡Mierda!

Stan no cree que tenga aspecto de Wally. ¿No era una especie de conejo que salía en los dibujos animados? ¿O un pez? No, ése era Nemo. Bueno, era un dibujo de un libro. *¿Dónde está Wally?*

—Es por la base de datos —explica Jocelyn—. Estás reemplazando a otro Wally. Tuvo un accidente. No me mires así, fue un accidente de verdad, con un soldador eléctrico. Has heredado su código, su identidad. He entrado en el sistema y he introducido tus datos biométricos.

—Vale —dice—. Soy el puto Wally. ¿Cuál es la otra cosa?

—Estarás en un equipo de Posibilibots —responde Jocelyn—. Limítate a observar a los demás y a seguir órdenes.

—¿Posibilibots? —pregunta Stan. ¿Se supone que debe saber algo sobre ese tema? No recuerda el término; se ha vuelto a marear—. ¿Te queda más café?

—Posibilibots se dedica a fabricar una línea de acompañantes sexuales de diseño holandés, réplicas exactas de mujeres —dice Jocelyn—. Para venderlas aquí y para exportación. Estoy segura de que el trabajo te resultará interesante.

—¿Te refieres a los prostibots? ¿Los robots sexuales? Los tíos del depósito de escúters hablaban de ellos.

—Ése es el nombre no oficial, sí. Una vez ensamblados y después de probarlos, los meten en esas cajas —le señala las pilas de contenedores con forma de ataúd— y se sacan de Consiliencia para utilizarlos en centros de entretenimiento y otras concesiones. A los belgas les encantan algunos modelos. Y hay otros que tienen mucho éxito en el Sudeste asiático.

Stan reflexiona un momento.

—¿Y quién creerán que es Wally? Ese tío que se supone que soy. ¿No se preguntarán dónde se ha metido el otro Wally?

—No lo conocían. Ni siquiera sabían de su existencia. Él trabajaba en otro sitio. Pero si comprueban la base de datos, tú serás Wally. No te preocupes, limítate a repetir que te llamas así. Y recuerda, tu trabajo ahí es clave para poder sacarte sano y salvo al mundo exterior.

—¿Cuándo lo haremos? —pregunta Stan.

¿Lo van a teletransportar con algún truco de prestidigitación a lo *Star Trek*? ¿Saldrá por un túnel subterráneo? ¿O qué?

—Alguien se pondrá en contacto contigo. La contraseña es «De puntillas entre los tulipanes». No te puedo explicar nada más por si acaso sospechan de ti y te interrogan. En un mundo perfecto, sería yo quien supervisaría ese interrogatorio, pero no estamos en un mundo perfecto.

—¿Por qué me iban a interrogar? —pregunta Stan.

No le gusta nada lo que oye. Ahora que se está acercando, ya no quiere que lo manden al mundo exterior, a saber qué clase de mierda se puede encontrar allí. Tal vez reine ya la anarquía total. Si pudiera elegir, preferiría quedarse en Consiliencia, con Charmaine. Ojalá pudiera rebobinar hasta el primer día, borrar toda esa mierda de Jasmine, tratar a Charmaine como ella quería para que no se alejara de él. Sólo pensar en ella y en la casa que antes le parecía tan aburrida, le dan ganas de echarse a llorar.

Pero no puede rebobinar nada. Está atrapado en el presente. ¿Qué opciones tiene? Se pregunta qué pasaría si delatara a Jocelyn. A ella y al don Juan de mierda de su marido. Pero ¿a quién iba a acudir? Tendría que decírselo a alguien de Vigilancia y fuera quien fuese seguro que dependería directamente de Jocelyn, y entonces lo convertirían en comida para perros.

Tendrá que arriesgarse, hacerse pasar por Wally, ser el mensajero de Jocelyn en nombre de la libertad y de la democracia, sin duda. No es que la libertad y de la democracia le importen una mierda, pero a él no le han servido de mucho.

—Es poco probable que nadie te pregunte nada si te ciñes a la tapadera de Wally —dice Jocelyn—. Pero ningún barco es insumergible. Llego tarde a la reunión. Aquí tienes la placa identificativa de Wally. ¿Lo has entendido todo?

—Claro —contesta, aunque está tan claro como el fango—. ¿Adónde voy ahora?

—Por esa puerta —le indica Jocelyn—. Buena suerte, Stan. De momento lo estás haciendo bien. Cuento contigo.

Le da un beso en la mejilla.

Él siente el impulso de rodearla con los brazos y aferrarse a ella como si fuera un salvavidas, pero se contiene.

Entreabierta

Charmaine dispone de algo de tiempo antes de que llegue el coche para llevarla al escáner; ella no cree que necesite hacerse ningún escáner, pero es mejor seguirles la corriente. Se pasea por la casa —su casa— ordenando cosas. Los paños de cocina, las manoplas del horno. Odia que los utensilios de la cocina estén desordenados, como el sacacorchos. Está claro que alguien lo ha utilizado: Max y su mujer. Siempre han sido un poco desordenados.

En la sala de estar hay una lámpara que no está en su sitio. Ya la volverá a colocar: ahora no tiene ganas de ponerse a gatear por el suelo en busca del enchufe. Y hay algo dentro del reproductor de DVD del televisor de pantalla plana: la lucecita parpadea. ¿Qué habrá estado viendo Max? No es que siga obsesionada con él, y menos después de la conmoción que ha sufrido. Matar a Stan la ha hecho olvidar a Max.

Presiona el «Play».

Oh. Oh, no.

228

Se le sube toda la sangre a la cara, la pantalla da vueltas. Está oscuro y borroso, pero es ella. Ella y Max en una de esas casas vacías. Corriendo el uno hacia el otro, encontrándose, dejándose caer al suelo. Y esos sonidos que salen de su boca, como si fuera un animal en una trampa... Es horrible. Presiona el botón de extracción y coge el disco plateado. ¿Quién lo habrá visto? Si sólo ha sido Max reviviendo los momentos que han pasado juntos, entonces está más o menos a salvo.

¿Qué puede hacer con el disco? Tirarlo a la basura podría ser fatal: alguien podría encontrarlo. Y si lo hace pedazos, razón de más para que lo reconstruyan. Se lo lleva a la cocina y lo mete entre la nevera y la pared. Ya está. No es el mejor sitio, pero no es la primera vez que improvisa un escondite y le sale bien, así que será mejor eso que nada.

Actúa con normalidad, Charmaine, se dice. Suponiendo que puedas recordar lo que es la normalidad.

Le tiemblan un poco las piernas, pero consigue llegar al servicio de la entrada, donde se refresca la cara, luego se la seca y se acerca al espejo. Tiene el pelo muy alborotado y los ojos hinchados. Podría ponerse unas bolsas de té frías. Y también un poco de laca en el pelo, así lo mantendría en su sitio durante un rato.

A Stan no le gustaba el perfume de la laca: decía que la hacía oler a disolvente. Añora incluso sus molestos comentarios despectivos.

No llores más, se dice. Limítate a hacer una cosa detrás de otra. Desplázate de hora en hora y de día en día como una rana que salta sobre los nenúfares. Aunque eso sólo lo ha visto en la televisión.

Tiene el maquillaje y el resto de las cosas en el dormitorio. Se queda un momento al pie de la escalera, mirando hacia arriba. Parecen muchos escalones. Quizá sea mejor que baje primero al sótano a comprobar su taquilla. Podría quitarse esa estúpida blusa de flores y encontrar la correcta, la de color melocotón con volantes. Es más fácil bajar escaleras que subirlas. Siempre que no te caigas, Charmaine, se advierte. Le flaquean las rodillas. Agárrate al pasamanos. Ésa es mi chica, como diría la abuela Win. Pon un pie en el primer escalón, luego el otro al lado, como cuando tenías tres años. Tienes que cuidarte tú, porque si no... ¿quién lo va a hacer?

Ya está. Ha llegado al sólido suelo del sótano, balanceándose como un, como un... Balanceándose.

Ahora está de pie delante de las cuatro taquillas, una al lado de la otra. Son horizontales, con tapaderas que se levantan, como las de los congeladores grandes. Su taquilla es rosa. La de Stan, verde. Luego están las de los Alternos, que son de color violeta y rojo. La roja es la de Max, la violeta es la de su mujer, a quien Charmaine odia por principios. Si pudiera hacer magia y conseguir que desaparecieran las dos taquillas, lo haría, porque así también podría desprenderse de esa parte de su pasado. Nada de eso habría ocurrido y Stan seguiría con vida.

Se inclina hacia delante para introducir el código de su taquilla. La tapa está un poco abierta, la habrá dejado así quienquiera que haya rebuscado entre sus cosas. Ahí está la blusa de color melocotón. Se quita la chaqueta del traje y la blusa estampada de color azul y se esfuerza para cambiarse. Tiene que esforzarse porque le duele un hombro: ha debido de golpeárselo al desmayarse. Le cuesta abrocharse los botones porque le tiemblan los dedos, pero lo consigue. Se vuelve a poner la chaqueta del traje. Ahora se siente menos discordante.

Ahí está toda su ropa de calle, incluido lo que llevaba puesto la última vez que ingresó en Positrón. El jersey de color cereza, el sujetador blanco. Alguien ha llevado las prendas allí y las ha guardado; deben de saber su código. Bueno, claro que saben su código, saben el código de todo el mundo.

Charmaine solía esconder cosas en esa taquilla. Creía que allí estaban escondidas de verdad. Qué tonta era. Había comprado aquel pintalabios barato que olía a chicle para poder dejarle besos a Max en las notas. «Me muero por tenerte», tonterías así. Tenía que deshacerse de él. Enterrarlo en el jardín.

Había envuelto el pintalabios en un pañuelo y lo había metido en la punta de uno de sus zapatos de tacón, justo allí.

Pero ha desaparecido. No está.

Palpa el interior de la taquilla con las manos. Tendrá que bajar con una linterna: lo más probable es que el pintalabios haya rodado por el fondo, mientras alguien hurgaba entre sus cosas. Ya lo buscará luego, y cuando lo encuentre lo tirará lejos, muy lejos. Es un recordatorio, algo que invoca un recuerdo. Preferiría tener un «olvidatorio».

Es un chiste. Ha hecho un chiste.

«Eres una persona superficial y frívola —dice la vocecita—. ¿Es que no puedes meterte en esa cabezota que Stan está...?»

«Ni una palabra más», le dice.

Cierra la tapa de la taquilla, introduce el código y se queda mirando hasta que ve aparecer la palabra «CERRADO». Cuando se vuelve para marcharse, se da cuenta de que la taquilla verde de Stan está entreabierta. Alguien ha estado hurgando también entre sus cosas. Sabe que no debería mirar. Le sentará mal ver la ropa de Stan que tan bien conoce, sus prendas bien dobladas: las camisetas de verano, el forro polar que acostumbraba a ponerse cuando podaba el seto. Empezará a pensar que ya no volverá a llevar esas prendas y llorará otra vez, y se le volverán a hinchar los ojos, los tendrá el doble de hinchados.

Es mejor deshacerse de todo. Mañana llamará al servicio de mudanzas de Consiliencia y pedirá que acudan a llevarse la ropa de Stan. Ella puede empezar de nuevo en un lugar totalmente distinto; la trasladarán a uno de los apartamentos para solteros. Tal vez haya un edificio especial para viudas. Aunque será más joven que la media, puede hacer cosas de viudas con las demás. Jugar a cartas. Mirar por la ventana.

Contemplar cómo las hojas cambian de color. En cualquier caso, ser viuda será apacible.

Por eso no debería alterarse revolviendo el ataúd de Stan. La taquilla de Stan. Pero se acerca de todas formas y levanta la tapa.

La taquilla está vacía.

Confusión

Charmaine está sentada en el suelo del sótano. ¿Cuánto tiempo lleva allí? ¿Y por qué la ha impresionado tanto encontrar vacía la taquilla de Stan? Debería haberlo imaginado. Es normal que hayan ido a llevarse sus cosas. Para ahorrarle sufrimiento. Los integrantes del equipo de Consiliencia son muy considerados.

Tal vez haya sido la presuntuosa y cruel de Aurora, piensa. Es una entrometida. No deja de escarbar en mi tristeza como un perro en la mierda.

Suena el timbre.

Podría quedarse allí sentada hasta que se marcharan. No tiene ganas de que le hagan un TAC en la cabeza. No, ahora no.

Pero el timbre vuelve a sonar y entonces oye que se abre la puerta. Tienen el código de la puerta, por supuesto. Se levanta, se acerca a la escalera del sótano y sube.

Hay una mujer en la sala de estar. Está agachada haciendo algo en el televisor, aunque está apagado. Pelo oscuro, traje.

—Hola —dice Charmaine—. Siento haber tardado tanto en acudir a la puerta. Estaba en el sótano, estaba...

La mujer se incorpora y se da la vuelta. Sonríe.

—He venido para llevarte al TAC —le dice.

Los aritos en las orejas, el flequillo, los dientes cuadrados. Es la cabeza de la pantalla de Administración de Medicamentos.

Charmaine jadea.

—Ay, Dios mío —dice. Cae desplomada en el sofá, como una piedra—. ¡Eres la cabeza!

—¿Disculpa? —pregunta la mujer.

—¡Tú eres la cabeza parlante! De Recepción. En la pantalla. Tú me dijiste que matara a Stan —añade Charmaine—. ¡Y ahora está muerto!

No debería decir esas cosas, pero no puede evitarlo.

—Has sufrido una conmoción —responde la mujer con una voz compasiva que no engaña a Charmaine ni por un segundo.

Fingen ser comprensivos, fingen que están ayudando. Pero tienen otras ideas en mente.

—Me dijiste que era una prueba —la acusa Charmaine—. Me dijiste que tenía que llevar a cabo el Procedimiento para demostrar que era leal. Y yo lo hice, porque soy leal, ¡y ahora Stan ha muerto! ¡Por tu culpa!

No puede reprimir las lágrimas. Ahí están otra vez, brotan de sus ojos hinchados, pero no le importa.

—Estás confundida —dice la mujer con serenidad—. Es normal culpar a otros. Cuando la mente está en estado de *shock* hace una regresión a los hábitos de la infancia y nos proporciona una salida; nos cuesta mucho comprender el azar que rige el universo.

—Eso es una completa estupidez y tú lo sabes —le espeta Charmaine—. Fuiste tú. Tú estabas en la pantalla de Recepción. Lo que quiero saber es por qué. ¿Por qué me hiciste matar a mi Stan? ¡Era un buen hombre! ¿Qué te había hecho?

—Es importante que te vea un médico —dice la mujer—. Te examinarán para asegurarse de que no tienes ninguna contusión, te darán un sedante que te ayudará a dormir. Siento mucho lo de tu marido y el terrible accidente que

233

ha ocurrido en la granja avícola de la Penitenciaría Positrón. El incendio lo ha causado un cable defectuoso. Pero gracias a la rápida reacción de tu marido, se han salvado la mayoría de las gallinas, así como un buen número de sus compañeros. Ha sido un héroe. Deberías estar orgullosa de él.

No he oído un montón de mierda tan grande en toda mi vida, piensa Charmaine. Pero ¿qué debo hacer? ¿Seguirle la corriente, fingir que la creo? Si no lo hago, si continúo diciendo la verdad y presionándola para que ella también la diga, comunicará que estoy desequilibrada. Perturbada, alucinada, pirada de la cabeza. Llamará a los gorilas de Vigilancia, me encerrarán en una celda, me encadenarán a la cama como a Sandi, luego me inyectarán una droga y entonces, si no ven una supuesta mejoría, podrían considerarme terminal.

Inspira hondo. Inspira, espira.

Lo que quieren es sumisión. Lo contrario de rebeldía.

—Ah, claro que estoy orgullosa de Stan —dice. Dios, ¿alguna vez habrá sonado tan falsa?—. Estoy muy orgullosa de él, la verdad es que sí. No me sorprende que se sacrificara para salvar a otras personas, y también a las gallinas. Siempre ha sido un hombre muy generoso. Y amante de los animales —añade por si acaso.

La mujer esboza su sonrisa fingida. Bajo ese traje de negocios esconde un cuerpo musculoso, piensa Charmaine. Podría enfrentarse a mí, derribarme en un segundo. No ganaría una pelea con ella. Y no lleva placa identificativa. ¿Cómo sé que es quien dice ser?

—Me alegro de que estés de acuerdo —dice la mujer—. Ten muy presente esa historia. La Dirección de Consiliencia hará todo cuanto esté en su mano para ayudarte con el proceso de duelo. ¿Hay algo que creas que necesitas ahora mismo? Podríamos enviarte a alguien para que se quede a pasar la noche contigo, por ejemplo. Hacerte compañía, prepararte una taza de té. Aurora de Recursos Humanos se ha ofrecido muy amablemente.

—Gracias —dice Charmaine con recato—. Es muy generoso por su parte, pero estoy segura de que me las apañaré.

—Ya veremos —contesta la mujer—. Ahora tenemos que ir a que te hagan ese TAC. Te están esperando. El coche está fuera. ¿Tienes un abrigo?

—Creo que está en mi taquilla —dice Charmaine, pero cuando la mujer abre el armario de la entrada, allí está el abrigo: colgado de una percha, preparado para ella. Es como un accesorio de un decorado teatral.

Una mancha de color rosa pálido flotando hacia el oeste, justo por donde se ha puesto el sol; todo está recubierto por una fina capa de nieve. La mujer coge a Charmaine del brazo mientras recorren la acera. Hay una silueta oscura en la parte delantera del coche: el conductor.

—Nos sentaremos detrás —dice la mujer.

Abre la puerta y se hace a un lado para dejar pasar a Charmaine. La verdad es que cuando deciden cuidar de ti te tratan como si fueras de la realeza, piensa ella.

Ahora la luz del interior del coche está encendida. Cuando Charmaine se sube, ve el perfil del conductor. Ahoga un grito.

—¡Max! —exclama. Se le abre el corazón como una rosa marchita. «¡Oh, sálvame!»

El conductor vuelve la cabeza, la mira. Está claro que es Max. ¿Cómo podría olvidarlo? Sus ojos, su pelo oscuro. Esa boca. Suave pero firme, urgente, exigente...

—¿Disculpe? —dice el hombre.

Tiene el rostro inexpresivo.

—¡Max, sé que eres tú! —exclama.

¡Cómo se atreve a fingir que no la conoce!

—Se equivoca —dice el conductor—. Yo me llamo Phil. Soy chofer de Vigilancia.

—Max, ¿qué narices está pasando? ¿Por qué mientes? —casi grita Charmaine.

El hombre se quita la placa identificativa.

—Mire —dice entregándosela—. Phil. Es lo que pone ahí. En mi identificación. Ése soy yo.

—¿Hay algún problema? —pregunta la mujer, que se está sentando detrás, junto a Charmaine.

—Dice que me llamo Max —explica el conductor.

Parece realmente sorprendido.

—Pero ¡es que es verdad! —exclama Charmaine—. ¡Max! ¡Soy yo! ¡Vivías sólo para verte conmigo! ¡Me lo dijiste cien veces!

Ella alarga el brazo hacia delante para tocarlo; él se retira.

—Lo siento —dice—. Me ha confundido con otra persona.

—¿Crees que puedes esconderte detrás de esa estúpida identificación? —pregunta Charmaine.

Está levantando la voz.

—Estoy segura de que podremos aclarar esto —dice la mujer, pero Charmaine la ignora.

—¡Estáis intentando confundirme! —grita—. Pero ¡no podéis cambiar ni un solo minuto de todo lo que hicimos! Te encantaba, vivías para ello, ¡es lo que dijiste!

Debe parar, debe dejar de hablar. No va a ganar esta discusión, porque ¿qué pruebas tiene? Aunque está el vídeo: tiene el vídeo. Pero lo ha escondido en la cocina.

—No la he visto en toda mi vida —dice el hombre.

Parece dolido, como si Charmaine hubiera herido sus sentimientos.

Todo eso es muy cruel. ¿Por qué le está haciendo esto? A menos que... —Claro, Charmaine, ¡no seas tan tonta!—, a menos que esa mujer sea su esposa o algo así. Eso tendría sentido. ¡Si pudiera quedarse a solas con él!

—Lo siento —le dice la mujer al chofer—. Debería haberte avisado. Ha tenido una conmoción, delira un poco. —Baja la voz—. El de hoy era su marido, el del fuego en las instalaciones de las gallinas. Es una lástima, ha sido muy valiente. Ahora tenemos que ir al hospital, por favor.

—No pasa nada —contesta el hombre.

Arranca el coche. Charmaine oye cómo se cierran los seguros de las puertas. Y un pimiento, piensa. Yo no deliro. Una no puede confundir a un hombre que le ha hecho esas cosas. Que las ha hecho con ella. Pero... ¿y si esta mujer sabe lo nuestro? ¿Y si los dos lo han planeado todo juntos? ¿Esto es porque Max quiere deshacerse de mí? ¿Pasar de mí, como quien no se presenta a una cita a ciegas? Menudo cobarde.

No llores, se dice. Ahora no es el momento. No hay nadie de tu parte.

Tendrá que conservar la cordura si quiere llevar una vida medio decente en Consiliencia de ahora en adelante. Una vida de viuda respetable, con la boca cerrada y la sonrisa siempre puesta. Es mejor que acabar en una celda acolchada, o peor aún, convertirse en una línea en blanco en una base de datos.

Tendrá que ocultar la verdad sobre Stan, y la verdad sobre Max también, enterrarlas en su mente, tan hondo como pueda. Asegurarse de que no se le escapa nada, o de no hacer preguntas inadecuadas como le pasó a Sandi. Ni dar respuestas inadecuadas, como Veronica. Aunque se lo pudiera explicar a alguien, y aunque la creyeran, fingirían no hacerlo, porque verían la verdad como el botulismo. Tendrían miedo de contagiarse.

Está sola.

IX

POSIBILIBOTS

Comida

Stan está en la cafetería de Posibilibots con los tipos de su equipo de trabajo; su equipo nuevo, al que lo acaban de incorporar. Se está tomando una cerveza, esa bebida aguada con color a pis que elaboran ahora, además de una ración de aros de cebolla, unas patatas para compartir y un plato de alitas de pollo con salsa picante. Mientras chupa la grasa de una de las alitas, se da cuenta de que puede que él haya cuidado del propietario de esa ala cuando estaba cubierta de plumas y pegada a un pollo.

Los tipos del equipo parecen bastante normales, sólo son un grupo de tíos corrientes que comen en la cafetería, como él. No son jóvenes ni viejos; están bastante en forma, aunque un par de ellos empiezan a echar barriga. Todos llevan etiquetas identificativas. En la suya pone «WALLY», y tiene que recordar que ahora se llama Wally y no Stan. Lo único que debe hacer es seguir siendo Wally hasta que alguien le pase el dispositivo USB con la puta patata caliente que se supone que debe sacar de allí sin que lo descubran, y le explique qué tiene que hacer para llegar al otro lado del muro. Salvo que sea capaz de encontrar por sí mismo la manera de intentarlo por su cuenta.

Según le dijo Jocelyn, la contraseña «De puntillas entre los tulipanes» es el saludo secreto. ¿El contacto desconocido lo dirá o lo cantará? Espera que no cante. ¿Quién ha elegido esa canción tan irritante? Jocelyn, claro: además de otros rasgos complejos de personalidad, tiene un sentido del humor retorcido. La habrá entusiasmado la idea de obligar a algún pobre diablo a entonar esa cancioncita absurda. Ninguno de los tipos que están comiendo ahí tiene pinta de saberse *De puntillas entre los tulipanes*; y tampoco hay ninguno que parezca un posible contacto de incógnito. Aunque así es como debe ser.

«Wally, Wally —se repite—. Ahora te llamas Wally.» Es un nombre débil, como de algún personaje de libro infantil de gatitos. Los nombres de los demás tipos de la mesa son más sólidos: Derek, Kevin, Gary, Tyler, Budge. Acaba de conocerlos, no sabe nada de ellos y tiene que mantener la boca cerrada y los oídos bien abiertos. Y ellos no saben nada de él, excepto que lo han enviado para ocupar una vacante en su equipo.

Se han lanzado muchas pullas en esa mesa, han hecho muchas bromas privadas que Stan no ha entendido. Intenta interpretar las expresiones faciales: detrás de las sonrisas genuinas hay una barrera tras la cual se habla una lengua desconocida para él, una lengua de referencias oscuras. Repartidos por la sala, en otras mesas de la cafetería, hay otros grupos de hombres. Stan supone que serán otros equipos de trabajadores de Posibilibots. Está haciendo muchas suposiciones.

La cafetería es una sala grande con las paredes de color verde claro. Las ventanas de uno de los lados son de cristal esmerilado: no se ve lo que hay fuera. En la pared que no tiene ventanas hay un par de pósters de estética retro. Uno de ellos muestra una niña pequeña de unos seis o siete años con un camisón con volantes; se está frotando un ojo con actitud soñolienta y acuna un osito azul con el otro brazo. En el fondo se ve una taza con una bebida humeante. «FELICES SUEÑOS», reza el eslogan. Es el anuncio de una bebida malteada para antes de irse a dormir, de hará unos cien años.

En el otro póster se ve a una preciosa chica rubia con un bikini de lunares blancos y rojos en pose de chica de calendario, con las manos entrelazadas sobre una rodilla flexionada y zapatos rojos de tacón alto con el talón descubierto; tiene la otra pierna extendida y el zapato le cuelga del dedo del pie. Frunce los labios rojos y guiña un ojo. Da la impresión de que haya algo escrito, debe de ser holandés.

—Parece de verdad, ¿eh? —comenta Derek asintiendo en dirección a la chica de calendario—. Pero no lo es.

—Yo también me lo tragué —dice Tyler—. Hicieron ese póster al estilo años cincuenta. ¡Esos holandeses nos llevan mucha ventaja!

—Sí, ellos ya han aprobado la legislación necesaria y todo eso —interviene Gary—. Se anticiparon al futuro.

—¿Qué pone? —pregunta Stan.

Ya sabe lo que hacen en Posibilibots. Réplicas de mujeres; máquinas tragavergas, las llaman algunos. Los chicos del depósito de escúters hablaban muy en serio sobre ellas: el dolor que podrían evitar, los ingresos que generarían. Quizá todas las mujeres tendrían que ser robots, piensa Stan con una punzada ácida: las de carne y hueso están descontroladas.

—Es holandés, así que vete a saber qué dice exactamente —responde Kevin—. Pero es algo así como «Supera la realidad».

—¿Y es verdad? —pregunta Stan—. ¿Es mejor que una de verdad?

Ahora ya se siente más relajado —nadie sospecha que no se llame Wally—, por eso se arriesga a hacer alguna pregunta despreocupada.

—No del todo. Pero las opciones de voz son geniales —explica Derek—. La puedes pedir silenciosa o con gemidos y gritos y tal, incluso que diga algunas palabras: «Más, más fuerte», y cosas así.

—Según mi experiencia no es lo mismo —dice Gary ladeando la cabeza como si estuviera probando un plato nuevo del menú—. A mí no me gustó mucho. Era demasiado... en fin, mecánico. Pero hay tíos que lo prefieren. Con ésas no tienes que preocuparte si la jodes.

—Por así decir —apostilla Tyler y todos se ríen.

—Hay que ajustar bien las opciones —explica Kevin, alargando el brazo para coger el último aro de cebolla—. Es como el asiento de una bicicleta, hay que calibrarlo bien. ¿Queréis otra ronda de cerveza? Voy a buscarlas.

—Yo voto que sí —dice Tyler—. Y pilla unas cuantas alitas picantes más.

—Quizá es que probaste el modelo equivocado —le dice Budge a Gary.

—No creo que consigan reemplazar a las de carne y hueso —opina éste.

—Eso decían de los libros electrónicos —interviene Tyler—. No se puede detener el progreso.

—Las de categoría Platino respiran —explica Derek—. Inspiran y espiran. Yo lo prefiero. Cuando lo haces con una que no respira, notas que falta algo.

—Hay algunas a las que también les late el corazón —añade Tyler—. Si quieres rizar el rizo. Son las de categoría Premium Plus.

—Pero deberían incluir almohadillas para las rodillas —opina Gary—. La mía se quedó encallada a máxima velocidad, me desollé las rodillas y casi acabo lisiado; no había forma de apagarla.

—No estaría mal que las de verdad tuvieran esa opción —dice Kevin, que ya ha vuelto con las cervezas y las alitas de pollo—. Que tuvieran botón de apagado.

—El problema es que algunas de las de verdad no tienen botón de encendido —bromea Tyler y esta vez se ríen todos. Stan también: con eso sí se siente identificado.

—Pero tienes que recordarte que no están vivas; imagínate si están bien hechas, al menos las de las categorías superiores —le explica Derek a Stan.

Parece el más entusiasta de todos.

—Deberíamos dejar que el bueno de Wally hiciera una prueba —opina Tyler—. ¡Todos lo hicimos en cuanto tuvimos la oportunidad! Dejemos que haga una prueba. ¿Qué te parece, Wally?

—Oficialmente no está permitido —explica Gary—. A menos que te hayan elegido.

—Pero miran hacia otro lado —dice Tyler.

Stan esboza lo que espera que parezca una sonrisa lasciva.

—Me apunto —contesta.

—Chico malo —replica Tyler en voz baja.

—Entonces no te importa quebrantar un poco las normas —dice Budge—. Buscar los límites.

Le dedica a Stan una sonrisa sincera, una sonrisa de tío permisivo.

—Supongo que depende —contesta Stan. ¿Ha cometido un error, se habrá puesto en peligro?—. Hay límites y límites.

Eso debería bastar por un tiempo.

—Está bien —dice Budge—. Primero la visita, luego la prueba. Ven por aquí.

Huevera

Charmaine ha pasado mala noche a pesar de estar en su cama. Claro que la cama no es suya, pertenece a Consiliencia, pero al menos está acostumbrada a dormir en ella. O lo estaba cuando Stan también dormía allí. Pero ahora le resulta ajena, como una de esas películas de terror en las que te despiertas y descubres que te encuentras en una nave espacial, que te han abducido y que unas personas a las que tenías por amigas quieren practicar contigo experimentos perversos; le resulta ajena porque Stan ya no está en esa cama con ella y no volverá a estarlo nunca más. Asimílalo, se dice: te despediste de él con un beso y luego le clavaste la aguja y murió. Es la realidad, y no importa lo mucho que llores ahora, porque él sigue muerto y tú no puedes recuperarlo.

Piensa en flores, se dice. Es lo que le diría la abuela Win. Pero no puede pensar en eso. Sólo se le ocurre que las flores son para los funerales. Flores blancas, como la habitación blanca, el techo blanco.

Ella no quería matarlo. A él no. Pero ¿qué otra cosa podía haber hecho? Ellos pretendían que utilizara la cabeza y se olvidara del corazón; sin embargo, no había sido tan fácil, porque el corazón es lo último que cede y el suyo seguía aferrado a su interior mientras preparaba la aguja, y por eso no dejaba de llorar. Cuando volvió a abrir los ojos, estaba tumbada en su sofá con dolor de cabeza.

Por lo menos no tenía ninguna contusión. Eso es lo que le dijeron en la clínica de Consiliencia después del TAC. La habían mandado de vuelta a casa con tres clases de pastillas distintas —rosa, verdes y amarillas—, para ayudarla a relajarse, le dijeron. Pero Charmaine no se las había tomado: no sabía qué contenían. Es lo que hacían esos alienígenas antes de subirte a su nave espacial, darte alguna especie de somnífero, y luego te despertabas llena de tubos, justo en mitad de una manipulación. La verdad es que allí no hay alienígenas; aun así, no se fiaba de lo que podría pasarle mientras durmiera como un bebé.

Es lo que le había dicho Aurora sobre esas pastillas: «Dormirás como un bebé.»

La había visto en la clínica, estaba esperando a Charmaine. Todos estaban en el ajo: Aurora, Max y esa mujer que la había llevado hasta la clínica, la del pelo negro y los pendientes de aro.

Al pensar en lo que ha pasado, Charmaine cree que quizá no debería haber gritado: «¡Eres la cabeza de la pantalla!» Decirle a alguien que es una cabeza en una pantalla es demasiado directo.

246

También la había fastidiado con el tema de Max. No debería haber revelado que lo conocía, y mucho menos ir con esas exigencias patéticas. Pero era demasiado absurdo que él afirmara llamarse Phil. ¡Phil! Ella nunca se habría lanzado a los brazos de un hombre llamado Phil. Los Phil eran farmacéuticos, jamás aparecían en programas de televisión de los que se emitían durante el día, no tenían un lado oscuro ni ardían en llamas de deseo. Y Max sí, incluso con ese feísimo uniforme de chofer que llevaba. Ella sabía que él la deseaba; es sensible, tiene instinto para esas cosas.

En ese momento lo entendió: tenía que hacerse la tonta, porque estaban intentando volverla loca. Había visto películas así: personas que se disfrazaban para aparentar ser otras y fingían no conocerte; luego, cuando los acusabas, decían que estabas loca. Así que fuera cual fuese la versión que ellos se empeñaran en representar, era mejor seguirles la corriente.

Aunque si pudiera arrinconar a Max a solas y obligarlo a besarla, y agarrarlo con fuerza de la hebilla del pantalón —una hebilla que conocía muy bien, que podría desabrochar incluso dormida—, entonces su representación empezaría a echar humo, ardería y se reduciría a un puñado de cenizas, porque es completamente inflamable.

Cuando la llevaron en coche a casa, de vuelta de la clínica, Charmaine se metió en la cama y se quedó quieta como un ratón. No podía caminar arriba y abajo, ni echarse a llorar, porque Aurora había insistido en dormir en la habitación de invitados. Alguien tenía que quedarse con ella, había dicho Aurora. Teniendo en cuenta la conmoción que le había causado la tragedia de la granja avícola, Charmaine podría hacer alguna tontería que Aurora evidentemente se moría por explicar con todo lujo de detalles.

—No queremos perderte a ti también —dijo con su voz de falsa consideración, la que utilizaba para degradar a las personas.

La mujer morena, que había dicho que trabajaba en Vigilancia, había respaldado a Aurora. «Muy recomendable», era la frase que había utilizado ante el ofrecimiento de Aurora. Aunque, añadió, Charmaine podía tomar sus propias decisiones con toda libertad.

Y un pimiento, pensó ella. «¡Dejadme en paz de una vez!», quería gritar. Pero no hay que discutir con Vigilancia. Elige tus batallas, solía decir su abuela Win, y no tenía sentido entrar en un tira y afloja, tanto si la insistente Aurora —con su fracaso de cara estirada— se pasaba la noche arrugando las sábanas florales tan bien planchadas de Charmaine como si no.

Y ensuciando las toallas limpias. Y gastando el jabón en miniatura con olor a rosas para invitados; aunque Stan y ella nunca tuvieron invitados, porque nadie a quien se hubiera conocido antes de entrar en Consiliencia podía ir allí de visita, ni siquiera se los podía llamar o enviarles un correo electrónico. Pero sólo pensar que algún día podrían tener un invitado de verdad —como alguna vieja amiga del instituto, gente que uno no deseaba que se quedara demasiado tiempo, y ellos, con toda probabilidad, opinaban lo mismo, aunque siempre era agradable ponerse al día—, sólo pensarlo ya era reconfortante. Charmaine intentó ver a Aurora como una invitada de esa clase y no como un perro guardián, y entonces fue cuando por fin se durmió.

—¡Buenos días! —dice la voz de Aurora. Maldita sea si esa mujer no está en la puerta, con la bandeja de Charmaine y la tetera de Charmaine en las manos—. Te he preparado un té para que te despiertes. Dios mío, ¡realmente necesitabas un buen sueño reparador!

—¿Por qué, qué hora es? —pregunta Charmaine, soñolienta.

Finge estar más adormilada de lo que en realidad lo está para que Aurora crea que se ha tomado las pastillas. Tiró un par de ellas por el lavabo, porque no la habría sorprendido que Aurora las contara.

—Es mediodía —dice Aurora, dejando la tetera en la mesita de noche.

No hay nada en esa mesita, ninguna de las cosas que Charmaine solía tener allí: la lima de uñas, la crema de manos, el cojín diminuto de aromaterapia con olor a lavanda. Sólo están el despertador y la caja de pañuelos. Y también han despejado la mesita de Stan. ¿Dónde lo han metido todo? Quizá sea mejor no armar lío por eso.

—Bueno, tómate tu tiempo, no hay prisa. He preparado un *brunch*.

Aurora esboza su sonrisa tensa y sin rastro de arrugas.

¿Y si no es su cara de verdad?, piensa Charmaine. ¿Y si sólo la tiene pegada y hay una cucaracha gigante detrás, o algo así? Si la agarrara de las dos orejas y tirara, ¿se le desprendería la cara?

—Ah, muchas gracias —dice.

El *brunch* está servido en la soleada mesa de la cocina: los huevos en las hueveras en forma de gallina que Charmaine pidió por catálogo como homenaje al trabajo de Stan, el café en las tazas de gnomos, el gruñón para Stan y el alegre para Charmaine, aunque a veces ella las cambiaba para divertirse. Siempre le decía a Stan que tenía que divertirse más. Aunque en realidad lo que quería decir era que ella necesitaba más diversión. Bueno, pues la había encontrado. Había encontrado a Max. Un montón de diversión, durante un tiempo.

—¿Una tostada? ¿Otro huevo? —pregunta Aurora, que ha tomado plena posesión de los fogones, las sartenes, la tostadora.

¿Cómo ha sabido dónde encontrarlo todo en la cocina de Charmaine? Por lo visto, un montón de gente ha estado entrando y saliendo de esa casa. Casi daría lo mismo que estuviera hecha de celofán.

—¿Más café? —pregunta Aurora.

Charmaine mira la taza: la mujer le ha dado la del gnomo alegre. Nota cómo las lágrimas le resbalan por la cara. Ay, no, no quiere llorar más; no tiene fuerzas para eso. ¿Por qué querían matar a Stan? Él no era un elemento subversivo; a menos que le ocultara algo. Pero eso es imposible, era un hombre fácil de descifrar. Aunque él pensaba lo mismo de ella, y mira cuántas cosas le había ocultado.

Quizá había averiguado algo sobre Positrón, algo muy malo. ¿Sustancias químicas peligrosas en las gallinas, que todo el mundo estaba ingiriendo? Imposible, eran gallinas orgánicas. Pero tal vez las gallinas forman parte de algún experimento terrible y Stan lo había descubierto e iba a avisar a todo el mundo. ¿Podría ser que lo quisieran matar por eso? Si era por eso, era un héroe de verdad, y ella estaba orgullosa de él.

¿Y qué pasaba en realidad con los cuerpos? Después de los Procedimientos. Charmaine nunca lo había preguntado; debía de intuir que era traspasar una línea. ¿Hay siquiera un cementerio en Consiliencia? ¿O en la Penitenciaría Positrón? Nunca lo ha visto.

Se seca la nariz con la servilleta de tela, que tiene un petirrojo bordado con puntos diminutos. Aurora alarga el brazo por encima de la mesa y le da una palmadita en la mano.

—No te preocupes —le dice—. Todo irá bien. Confía en mí. Ahora acábate el desayuno y nos vamos de compras.

—¿De compras? —repite Charmaine casi gritando—. ¿Para qué narices voy a ir de compras?

—Para el funeral —contesta Aurora con la voz tranquilizadora que usaría un adulto con un niño testarudo—. Es mañana. Y no tienes ni una sola prenda negra en tu armario.

Abre la puerta del mismo: allí están todos los trajes y vestidos de Charmaine, colgados con pulcritud de perchas acolchadas. ¿Quién los ha sacado de su taquilla?

—¡Has estado curioseando en mi armario! —dice en tono acusador—. No tienes derecho a hacer eso, ese armario es mi espacio privado...

—Es mi trabajo —le espeta Aurora con un tono más estricto—. Tengo que ayudarte a pasar por esto. Serás la estrella del evento, todo el mundo te estará mirando. Y sería irrespetuoso que llevaras... bueno, flores de colores pastel.

Tiene razón, piensa Charmaine.

—Está bien —dice—. Lo siento. Estoy muy alterada.

—Es comprensible —contesta Aurora—. Cualquiera lo estaría en tu situación.

Nadie ha estado nunca en mi situación, piensa Charmaine. Es demasiado extraña. Y en cuanto a ti, señorita, no me digas que es «comprensible», porque tú no comprendes nada. Pero se guarda esa observación para ella.

Visita

Cuando acaban de comer, Stan visita las instalaciones. O, mejor dicho, Wally visita las instalaciones. Wally, Wally, grábatelo en la mollera, se dice. Espera que no haya ningún otro Stan en esa unidad, porque podría cometer un error. Alguien diría su verdadero nombre y él levantaría la cabeza, no podría contenerse.

Budge guía a Stan y al resto del equipo por un pasillo largo, con una pintura sosa y baldosas sosas. En las paredes hay fotografías de frutas brillantes: un limón, una pera, una manzana. Apliques redondos de cristal blanco. Doblan una esquina, doblan otra esquina. Si teletransportaran a alguien allí, no tendría ni idea de dónde estaba; ni la ciudad, ni siquiera el país. Sólo sabría que estaba en algún lugar del siglo veintiuno. Todo materiales genéricos.

—Para los modelos estándar de la clase económica, básicamente hay seis divisiones —explica Budge—. Recepción, Montaje, Personalización, Control de Calidad, Vestuario y Accesorios, y Transporte. Detrás de esas puertas está el departamento de Recepción, pero no nos molestaremos en entrar; ahí no hay nada que ver, sólo unos cuantos tíos descargando cajas de los camiones.

—¿Cómo entran los camiones? —pregunta Stan con un tono de voz neutro—. Nunca he visto camiones grandes por las calles de Consiliencia.

Es una ciudad de escúters; hasta los coches son una rareza, reservados para el personal de Vigilancia y los peces gordos.

—No cruzan la ciudad —explica Budge sin darle importancia—. Este lugar es una extensión, está ubicado detrás de la Penitenciaría Positrón. La parte trasera de Recepción conecta con el exterior. Aunque, por supuesto, no dejamos entrar a los camioneros. No puede haber intercambio de información, son las normas: sin curiosos no hay fugas. Ellos creen que traen piezas de fontanería.

Eso es interesante, piensa Stan. Un portal abierto al exterior. ¿Cómo podría conseguir un trabajo en Recepción sin parecer demasiado ansioso?

—Piezas de fontanería —repite, soltando una risita—. Muy bueno.

Budge esboza una sonrisa alegre.

—Las cajas sólo contienen las piezas —explica Kevin—. Están hechas en China, como todo, pero no sale a cuenta montarlas allí y traerlas luego hasta aquí. Los controles de calidad no son buenos.

—Además habría daños —dice Gary—. Demasiados.

—Por eso llegan en unidades —continúa Budge—. Brazos, piernas, torsos, básicamente el exoesqueleto. Las cabezas son todas iguales, pero aquí las personalizamos y les cambiamos la piel. Tenemos muchos pedidos especiales. Algunos de los clientes finales son muy específicos respecto a los requisitos.

—Fetichistas —añade Kevin.

—Acosadores —dice Tyler—. Las piden con la cara de alguien que desean pero no pueden tener, como estrellas de rock, o animadoras, o quizá incluso su profesora de Lengua de la escuela.

—A veces es sórdido —dice Budge—. A veces nos piden mujeres de su propia familia. Una vez incluso nos pidieron una tía abuela.

—Eso fue asqueroso —opina Kevin.

—Oye. Cada persona es diferente —dice Derek.

—Pero algunas son más diferentes que otras —apunta Budge y todos se ríen.

—Ya llevan instalados los chips de almacenaje de información y las voces, pero nosotros tenemos que imprimir algunas de las conexiones neuronales en 3D —explica Gary—. En los encargos especiales.

—La piel se la ponemos al final —dice Tyler—. Es una maniobra delicada. La piel tiene sensores, puede sentirte de verdad. En el caso de los modelos más caros, la piel puede llegar incluso a erizarse. Cuando entras en contacto con ella, de esa forma tan cercana y personal, cuesta diferenciarla de la real.

—Pero cuando has visto montar una, ya no puedes olvidar lo que sabes —puntualiza Budge—. Sabes que sólo es una máquina.

—Aunque se han hecho algunas pruebas a ciegas —explica Gary—. Mujeres de verdad contra éstas. Éstas han tenido un porcentaje de éxito del setenta y siete por ciento.

—Quieren llegar al cien por cien —dice Kevin—, pero no lo conseguirán.

—Seguro que no —repite Budge—. No se pueden programar los detalles. Las pequeñas cosas.

—Aunque tienen opciones —explica Kevin—. Puedes apretar el botón «Aleatorio» y dejarte sorprender.

—Sí —dice Tyler—. Te puede decir: «Esta noche no, me duele la cabeza.»

—Eso no sería una sorpresa —contesta Kevin y todos se vuelven a reír.

Tengo que contar algunos chistes, piensa Stan. Pero todavía no: aún no me han aceptado del todo. Todavía son reservados con él.

—Ahora estamos llegando al departamento de Montaje —explica Budge—. Echa un vistazo, pero no hace falta que entremos. ¿Recuerdas las fábricas de coches?

—¿Quién se acuerda de eso? —pregunta Tyler.

—Bueno, pues las que salen en las películas. Ese tío sólo hace esto, ese otro sólo hace aquello. Especializado. Aburrido como una ostra. No hay margen para el error.

—Si la cagas, los usuarios pueden tener un espasmo —interviene Kevin—. Salir dando sacudidas. Eso no es agradable.

—Pueden desprenderse trozos —dice Gary—. Trozos tuyos, quiero decir.

—Un tío una vez se quedó atascado. Se quedó allí metido como si fuera una rata atrapada, durante quince minutos, aunque en ese caso se parecía más a un giroscopio. Tuvieron que intervenir un electricista y tres técnicos digitales para desengancharlo y después de eso se le quedó la polla como un sacacorchos durante el resto de su vida —cuenta Derek.

Se vuelven a reír mientras miran a Stan para ver si se lo cree.

—Eres un psicópata —le dice Tyler a Derek en tono afectuoso.

—Piensa en las ventajas —comenta Kevin—. Nada de condones. Nada de embarazos no deseados.

—Ningún animal sufrió daños cuando se probaban estos productos —dice Derek.

—Excepto Gary —suelta Kevin.

Más risas.

• • •

—Ya hemos llegado —dice Budge—. Montaje.

Utiliza su tarjeta para abrir una puerta doble en la que se lee una advertencia acerca del polvo y los dispositivos digitales; estos últimos deben apagarse de inmediato, porque, como reza la señal, en esa sala se activan circuitos electrónicos delicados.

Stan espera ver líneas de montaje, y eso es lo que ve. La mayor parte del trabajo la hacen robots que ensamblan unas piezas con otras, robots que construyen otros robots, igual que en el departamento de Montaje de Dimple Robotics, aunque allí hay unos cuantos supervisores humanos. Hay cintas transportadoras que trasladan muslos, caderas, torsos; hay bandejas con manos, izquierda y derecha. Son miembros artificiales, no proceden de cadáveres, pero aun así el efecto es macabro. Si entornas los ojos parece que estés en un depósito de cadáveres, piensa Stan; o en un matadero. Sólo que no hay sangre.

—¿Son muy inflamables? —le pregunta a Budge—. Los cuerpos.

Parece que Budge es el empleado con más autoridad. Y tiene la tarjeta que abre las puertas: Stan debe fijarse en qué bolsillo se la guarda. Se pregunta qué otras puertas podrá abrir esa tarjeta.

—¿Inflamables? —repite Budge.

—Supongamos que un tío esté fumando... —explica Stan—. O sea, un usuario.

—Bueno, no creo que fumen en ese momento —dice Tyler desdeñoso.

—No pueden caminar y mascar chicle al mismo tiempo —opina Derek.

—Pero a algunos tíos les gusta fumarse un cigarrito —insiste Stan—. Después. Y puede que hablar un poco, sólo algunas palabras, como: «Ha sido alucinante.»

—En la categoría Platino se puede elegir esa opción —dice Tyler—. Los modelos de calidad inferior no pueden dar conversación.

—El lenguaje sofisticado cuesta un poco más —puntualiza Gary.

—Aunque que no hablen tiene sus ventajas. No te pueden tocar las narices con cosas como: «¿Has cerrado la puerta?, ¿has sacado la basura?» y todo eso —explica Budge.

Entonces, es un hombre casado, piensa Stan. Lo asalta una oleada de nostalgia: huele a zumo de naranja, a chimeneas, a zapatillas de piel. Antes, Charmaine le decía esa clase de cosas cuando estaban en la cama. «¿Has cerrado la puerta, cariño?» Le cae bien Budge: él también ha debido de llevar una vida normal en algún momento.

Traje negro

El negro me sienta bien, piensa Charmaine mirándose en el espejo del tocador. Aurora supo adónde llevarla a comprar, y aunque el negro nunca ha sido su color, a Charmaine no le desagrada el resultado. El traje negro, el sombrero negro, el pelo rubio: como una trufa de chocolate blanco rodeada de trufas de chocolate negro; o como si fuera, ¿quién era? Marilyn Monroe en *Niágara*, en la escena justo antes de que la estrangulen, con ese pañuelo blanco que no debería haberse puesto nunca, porque las mujeres que corren peligro de ser estranguladas deberían evitar los accesorios que se atan alrededor del cuello. Han pasado esa película un buen número de veces en la tele de Positrón y Charmaine la ha visto todas ellas. Antes el sexo en las películas era mucho más sexy cuando no se podía mostrar sexo explícito. Era lánguido y dulce, con suspiros, rendición y ojos entornados. No iba sólo de cuerpos atléticos.

Sin duda, piensa, los labios de Marilyn eran más carnosos que los suyos, y con esa boca sí se podía utilizar pintalabios de color rojo intenso. ¿Charmaine también tiene esa inocencia, esa cara de sorpresa? «¡Oh! ¡Dios mío!» Grandes ojos de muñeca. Aunque no es que la inocencia de Marilyn fuera muy evidente en *Niágara*. Pero más adelante sí lo fue.

Charmaine abre bien los ojos delante del espejo, dibuja una «O» con los labios. Todavía tiene los ojos un poco hinchados a pesar de haberse puesto bolsitas de té frías, con profundas ojeras debajo. ¿Eso es atractivo o no? Dependerá del gusto de cada hombre: de si lo excita la fragilidad con un toque ardiente, o quizá la insinuación de un ojo morado. A Stan no le habría gustado verla con los ojos hinchados. Le habría dicho: «¿Qué te pasa? ¿Te has caído de la cama?» O también: «Cariño, lo que necesitas es un buen abrazo.» Según qué etapa de Stan recuerde. «Ay, Stan...»

Déjalo ya, se dice. Stan ha muerto.

¿Soy superficial?, le pregunta al espejo. Sí, soy superficial. El sol brilla en las olas superficiales. La profundidad es demasiado oscura.

Piensa en el sombrero negro, un sombrerito de ala muy corta —una especie de sombrero de colegiala—, que Aurora consideró adecuado para un funeral. ¿De verdad tiene que llevar sombrero? Hubo un tiempo en que todo el mundo lo llevaba; luego los sombreros desaparecieron. Pero ahora, dentro de Consiliencia, están apareciendo de nuevo. Todo en esa ciudad es retro, cosa que explica la gran cantidad de artículos clásicos de color negro que se pueden elegir en Accesorios. El pasado es mucho más seguro, porque todo lo que tiene que ver con él ya ha ocurrido. No se puede cambiar y por eso, en cierto modo, no hay nada que temer.

Antes Charmaine se sentía muy segura en esa casa. Su casa y la de Stan, su capullo cálido, donde se refugiaban de los peligros del mundo exterior, dentro de un capullo todavía más grande. Primero estaba el muro de la ciudad, como si fuera la cáscara exterior; luego Consiliencia, que era como la suave clara del huevo. Y en el interior de Consiliencia la Penitenciaría Positrón; el centro, el corazón, el sentido de todo.

Y en ese momento, Stan se encuentra en algún lugar del interior de Positrón. O los restos de Stan. Si ella no hubiera... y si en vez de... Puede que ella también sea una mujer fatal, como Marilyn en *Niágara*, con una red de telarañas invisibles que atrapan a los hombres porque no pueden evitar acercarse, y la araña tampoco lo puede evitar, porque es su naturaleza. Puede que esté condenada a ser pegajosa, como el chicle, la gomina o...

Porque mira lo que ha hecho sin querer. Ha provocado el funeral de Stan, y ahora tiene que asistir a él. Pero no puede llegar allí y revelar su culpa, no puede llorar y decir: «Todo es culpa mía.» Tendrá que comportarse con dignidad, porque ese funeral será muy solemne y piadoso y reverente, será el funeral de un héroe. Lo que cree toda la ciudad, porque salió por televisión, es que un fallo eléctrico provocó un incendio en la granja avícola y Stan murió para salvar a sus compañeros.

Y también para salvar las gallinas, claro. Y lo hizo: no había muerto ninguna. Ese detalle se había enfatizado en las noticias hasta conseguir que la actitud de Stan pareciera más heroica que si sólo hubiera salvado personas. O quizá no fuera más heroico, sólo más conmovedor. Algo así como salvar bebés: las gallinas también eran pequeñas e indefensas, aunque no tan monas. Nada que tenga pico puede ser mono de verdad, en opinión de Charmaine. Pero ¿por qué le ha dado por pensar en Stan salvando gallinas? Ese incendio es una invención, nunca ocurrió.

Deja de divagar, Charmaine, se dice. Vuelve a la realidad, sea ésta la que sea.

Suena el timbre de la puerta. Charmaine se tambalea por el pasillo, subida a sus altos tacones negros: es Aurora, que se había marchado antes para ir a ponerse la ropa que quería llevar en el funeral. Detrás de ella, esperando junto a la acera, hay un enorme coche negro.

Aurora lleva un traje estilo Chanel, negro con ribetes blancos, demasiado cuadrado para su figura, que ya es cuadrada de por sí. Quítate las hombreras, se sorprende pensando Charmaine. Se ha puesto una especie de sombrero bretón con las puntas curvadas hacia arriba que no le sienta bien, pero tampoco la favorecería ningún otro sombrero. Es como si su cara fuera un gorro de piscina de goma muy estirado para cubrir una enorme cabeza calva. Tiene los ojos demasiado separados.

Cuando Charmaine era pequeña y «recesión» era una palabrota y no una realidad de la vida, la abuela Win le dijo que nunca debía llamar feo a nadie. Era mejor decir que eran desafortunados. Era una cuestión de modales. Pero años después, cuando Charmaine ya era mayor, la abuela Win le dijo que los modales eran para quienes se los podían permitir, y que si la única manera de impedir que alguien se te colara era darle un codazo, pues había que darlo.

Aurora esboza su sonrisa inquietante.

—¿Cómo estás? —pregunta. No espera a que conteste—. ¡Sobrellevándolo, espero! El traje te queda perfecto.

Tampoco esta vez Charmaine tiene tiempo de responder. Aurora da un paso adelante y Charmaine da un paso atrás. ¿Por qué quiere entrar? ¿No se van al funeral?

—¿No nos vamos al funeral? —pregunta Charmaine con una voz que a ella misma le suena lastimera y decepcionada, como un niño al que acaban de anunciar que al final no lo llevarán al circo.

—Claro que vamos —responde Aurora—. Pero tenemos que esperar a un invitado muy especial. Quería venir aquí en persona, para consolarte por tu pérdida. —Tiene el teléfono móvil en la mano, Charmaine acaba de darse cuenta; debe de haber llamado hace poco—. Oh, mira, ¡ya está aquí! ¡Justo a tiempo!

Un segundo coche negro se desliza por la calle y se para detrás del primero. Así que Aurora lo ha organizado todo para llegar ella antes, asegurarse de que Charmaine seguía manteniendo la calma y que no estaba deambulando por la casa completamente ida, y luego ha enviado una señal con el teléfono. Y ahí llega el hombre misterioso.

Es Max. Charmaine lo sabe. Se ha deshecho de esa mujer fría y controladora, la cabeza de la pantalla. Se ha escabullido, como solía hacer, y ella pronto estará entre esos brazos que tan bien conoce. Nada se interpone entre ellos excepto Aurora —¿cómo podría deshacerse de ella?— y el funeral, al que tiene que ir. Ya puede oír cómo se rompe la tela negra cuando Max tira de ella, destroza su encaje, la tumba encima de... Pero ¿qué está pensando? Tiene que estar alerta.

Un momento: Aurora puede ir al funeral en su coche y Charmaine y Max pueden ir en el otro, y tumbarse sobre esa tapicería tan agradable, y entonces, una mano en su boca, una cascada de botones, dientes en su cuello... Porque el funeral no es real, Stan no estará dentro del ataúd que habrá allí, pero sí está muerto, así que no contará como infidelidad.

No, Charmaine, se dice. Max no es de fiar, ya lo ha demostrado. No te puedes dejar llevar por una oleada de hormonas traicioneras. «¡Oh, por favor! ¡Déjate llevar!», dice la otra voz.

Pero el hombre que baja del segundo coche no es Max. Charmaine tarda un momento en identificarlo: es Ed. En persona, solo, ha ido únicamente para verla. ¡Menuda sorpresa! Aurora le está sonriendo como si Charmaine hubiera ganado la lotería.

—Ha querido hacer el esfuerzo —dice—. Para rendirte homenaje. Y a tu marido, claro.

¿Charmaine se siente halagada? Sí. Es un sentimiento moralmente reprobable, eso ya lo sabe. Debería estar demasiado afligida por la muerte de Stan como para sentirse halagada por nada. Pero es así.

Sonríe con recelo. Puede resultar muy atractivo, el recelo: es una especie de apariencia tímida, vacilante, pero culpable, en especial si no se finge. Y ella no finge, porque en este momento, incluso mientras sonríe, está pensando: «¿Qué querrá este hombre?»

De puntillas entre los tulipanes

Los departamentos de Recepción y Montaje han sido lo bastante esclarecedores: Stan no ha visto nada que no pudieran hacer en Dimple Robotics.

—Aquí es donde el hada madrina hace su magia —explica Budge—. Y Pinocho cobra vida.

Están en Personalización. Allí ya no trabaja ningún robot: hay demasiados detalles individualizados, comenta Tyler, en especial en el acabado de las cabezas. Stan quieren verlos trabajar con los rasgos faciales, sobre todo con las sonrisas. Tiene un interés profesional, por su especialidad en Dimple. El Modelo de Empatía en el que había trabajado podía sonreír, pero siempre era la misma sonrisa. Aunque, ¿qué más se necesitaba para vender comestibles? Si le pones dos ojos a cualquier cosa, enseguida parece una cara.

—Allí se encargan de los peinados —apunta Tyler—. Cualquier cosa que haya que hacer con pelo, como barbas y bigotes. Los rollos en plan leñador están de moda.

—¿Los qué? —pregunta Stan con un tono un poco alto—. ¿Hay prostibots masculinos? ¿Desde cuándo?

Kevin se lo queda mirando.

—Los posibilibots son para todo el mundo —dice.

Claro, piensa Stan. Es la era de la tolerancia. Soy un puto imbécil. Allí fuera, en eso que llaman mundo real, todo vale; aunque no ocurre lo mismo en Consiliencia, donde al parecer el ambiente es básica e implacablemente heterosexual. ¿Se habrán ido deshaciendo de los gays durante todo ese tiempo, o se han limitado a no dejarlos entrar?

—Se entiende que la mayoría de los pedidos son para mujeres —dice Tyler—. Aunque eso podría cambiar. Pero todavía no tienen muchas capacidades, excepto los de la categoría Platino.

—Porque los robots económicos no pueden caminar ni nada por el estilo —explica Kevin—. Tienen una movilidad reducida. Carecen de locomoción. Y básicamente se limitan a la postura del misionero. Cumplen su función y ya está, mientras que entre dos tíos...

—Ya te sigo —lo corta Stan.

No necesita saber los detalles.

—Bueno, algunos de los modelos masculinos son para mujeres mayores —añade Derek—. Dicen que se sienten más cómodas con un robot. No tienen que apagar las luces.

Comparten unas risas.

—Se puede elegir entre modelos de todas las edades y con cuerpos distintos —prosigue Budge—. Gordos, flacos, lo que sea. Con el pelo gris, las hay que los piden así.

—Y aquí está el departamento de Expresión —dice Gary—. Hay un menú de características básicas. Luego, aparte de ésas, los técnicos pueden hacer algunos retoques. Lo único que hay que tener en cuenta es que, una vez se ha elegido una expresión, ya no se puede cambiar. Un rostro humano real tiene treinta y tres músculos, pero sería muy caro instalarlos todos, puede que imposible.

Stan observa con interés mientras uno de los técnicos muestra el repertorio completo de sonrisas de una cara.

—¡Es una tecnología muy avanzada! —exclama—. De verdad. Es alucinante.

—Y esto sólo es la gama inferior —dice Budge con modestia—. Pero muchos usuarios son clientes temporales. En los parques de atracciones, los casinos, los grandes espectáculos, los centros comerciales, o en los barrios donde se pueden encontrar robots baratos en lugares como Holanda, y cada vez más también aquí. Ya han conseguido revitalizar algunas de las ciudades del cinturón industrial poniendo una tienda de robots económicos, o eso nos han contado.

—Las profesionales están cabreadas —comenta Derek—. Se están viendo obligadas a bajar los precios. Se han manifestado, han intentado destrozar exposiciones, arrancarles la cabeza a algunos de los robots; las han arrestado por destrozos contra la propiedad privada. Poner una tienda no supone precisamente una inversión pequeña.

—Pero esos locales facturan un dineral —dice Gary—. En Las Vegas están sacando más que con las tragaperras, o eso se dice. Y tiene sentido, porque una vez amortizada la inversión inicial, casi todo son beneficios. No hay que comprarles comida, no se mueren y se pueden usar tantas veces como se quiera. Aunque está el lubricante, hay que utilizar mucho. Pero ¡estas chicas son resistentes! Una de verdad podría hacerlo sólo, pongamos, quince veces al día como mucho, sin acabar destrozada, mientras que con éstas el número es infinito.

—A menos que se estropeen los mecanismos de irrigación y limpieza —apunta Derek.

Stan coge un formulario de pedido de una de las mesas. Hay una lista codificada, con letras y casillas.

—Eso es para las expresiones estándar —explica Budge.

—¿Qué significa «A»? —quiere saber Stan.

—Acogedora —responde Budge—. Pero un poco neutra, como una azafata de vuelo. «T + R» es Tímida y Recelosa, «L + D» es Lujuriosa y Desvergonzada. «E + B» es Enfadada y Beligerante; pensarás que no habrá mucha demanda de esa combinación, pero te equivocas. La «V» significa Virgen, que es un modelo T + R con otros ajustes.

—Y aquí está el departamento de Personalización Plus —dice Tyler—. El cliente envía una fotografía y la clase de cuerpo que ha elegido para su modelo, y aquí se esculpe la cara para que sea igual que la de la imagen. O se parezca lo máximo posible. Todos éstos son pedidos privados. Aunque también confeccionamos modelos de celebridades muertas para eventos orientados al entretenimiento. Muchos de ellos van a Las Vegas.

—Es como si pudieras correrte una juerga en el museo de cera Madame Tussaud —dice Kevin—. Hay mucha demanda.

Stan observa con atención el procedimiento de personalización especial que está en marcha. Hay morenas en una mesa, pelirrojas en la otra. En la que tiene más cerca están las rubias.

Y allí está Charmaine, mirándolo con sus ojos azules desde una cabeza sin cuerpo. Ve una foto suya prendida de un atril que hay en la mesa. La reconoce: es una en la que salen los dos. Se la hicieron cuando fueron de luna de miel a la playa, mucho antes de que ocurriera nada de todo aquello. Stan la guardaba en su taquilla.

Pero alguien lo ha recortado a él de la fotografía. Sólo hay un vacío donde antes sonreía y posaba, sacando pecho y marcando bíceps.

Se estremece. ¿Quién ha estado rebuscando entre sus cosas? ¿Puede ser que Charmaine haya pedido una réplica de su propia cabeza y lo haya sacado de su vida de un tijeretazo?

¿A quién podría preguntárselo? Mira a su alrededor. El operario al que le han asignado la confección de la cabeza de Charmaine se está tomando un descanso. Pero da igual, ¿qué va a saber el trabajador? Ellos se limitan a cumplir órdenes. El formulario del pedido está pegado con cinta adhesiva a la mesa; la expresión que está señalada en la casilla es «T + R», además de la «V». Pero el nombre del cliente está tachado.

Tranquilo, se dice.

—¿Quién ha pedido esta cabeza? —pregunta con demasiada despreocupación.

Budge lo mira a los ojos. ¿Es una advertencia?

—Encargo exclusivo —dice—. Es un pedido ultraespecial. Nos han advertido de manera específica que seamos muy meticulosos con él.

264

—Ésta va para los de arriba —explica Kevin—. La verdad, no es mi tipo, demasiado remilgada, pero a algún jefazo debe de gustarle el estilo.

—Las instrucciones han sido «extremadamente realista» —dice Gary.

—No podemos permitirnos cagarla —añade Tyler.

—Sí, con ésta tendremos que pasar de puntillas entre los tulipanes —dice Budge.

Tulipanes. Puntillas. ¿Se supone que su contacto subversivo es Budge, el agradable barrigón? ¿Budge, el que se parece al gnomo simpático de la taza de Charmaine? ¡No puede ser!

—¿De puntillas por dónde? —pregunta.

—Entre los tulipanes —contesta Budge—. Es una canción antigua. De antes de que tú nacieras.

Hostia puta. Confirmado, Budge es el espía. Necesito una copa, piensa Stan. ¡Ahora mismo, joder!

X

TERAPIA DE DUELO

Manitas

Charmaine se sienta en el asiento trasero de ese coche largo, suave y silencioso. Ed está a su lado, acaba de ayudarla a subir agarrándola del codo por encima de su traje negro.

—Qué detalle venir a recogerme —le dice con voz temblorosa—. En persona.

Le tiembla de verdad el labio inferior y del ojo le resbala una lágrima real. Se la limpia con la punta del guante de algodón negro. El guante parece una pata de conejo suave y seca que la acaricia con delicadeza.

En otro tiempo, Stan y ella tuvieron una pata de conejo. Estaba en el coche cuando lo compraron, junto a un montón de porquerías más. Stan quería tirarla, pero Charmaine dijo que deberían quedársela, porque algún conejo había sacrificado su vida para que ellos pudieran tener buena suerte. Qué triste. El rímel, piensa, ¿se le está corriendo? Pero sería una grosería sacar el espejo del bolso de mano para mirarse en ese momento.

—Es lo mínimo que podía hacer —dice Ed.

Parece casi tímido. Le da una palmadita en el brazo, una palmadita vacilante, que se detiene justo antes de convertirse en un gesto demasiado íntimo. Su voz es más plana y menos grave que en la televisión, y él es algo más bajo. Charmaine estaba sentada cuando Ed entró en Positrón y dio aquel discurso aterrador, y luego la felicitó por el osito azul que estaba tejiendo; le había parecido más alto en aquella ocasión, pero era porque lo miraba desde abajo. Supone que se sube a una caja cuando hace las retransmisiones televisivas importantes para hablarles de los increíbles progresos y de cómo deben vencer a los elementos subversivos. Pero en este momento, si alguien mirara por la ventanilla, aunque nadie podría hacerlo porque los cristales están tintados, no diría que Ed es el gran pez gordo de Consiliencia. El pez más grande de todos.

¿Por qué a los hombres importantes se los llama peces gordos?, se pregunta Charmaine. Necesita distraerse. No quiere pensar que Ed le ha vuelto a dar una palmadita en el brazo, y esta vez ha dejado la mano suspendida, luego la ha bajado y la ha dejado allí apoyada un momento, justo por debajo de su codo. Nadie diría que una mujer es un pez gordo, ni siquiera cuando se trata de una mujer importante. Y Ed se parece un poco a un pez, por ese aspecto resbaladizo que tiene; como esos quesos redondos con cera por fuera, que tanto les gustaban a los niños. Se las apañaban para conseguir ese queso y hacerse con la cera. Era roja y se podía quitar y moldearla para hacer figuras pequeñas, como perros o patos. Eso era lo que se valoraba, la cera; el queso sólo era un extra. No tenía mucho sabor, pero por lo menos no estaba asqueroso.

Puede que Ed sea así en la cama, piensa. Sin mucho sabor, pero sin llegar a ser asqueroso. Algo que no quieres, pero que tienes que tolerar para conseguir lo que sí quieres. Habría que animarlo, habría que estimularlo. Respiración acelerada, falsos crescendos. Luego él le demostraría su gratitud y tendría que aceptársela. Ojalá fuera ella quien tuviera motivos para estar agradecida. Se cansa sólo de pensarlo.

¿Hasta dónde podría obligarse a llegar si tuviera que hacerlo? Porque ocurrirá, si ella lo permite. Lo sabe por la mirada que le está dedicando Ed, una especie de mirada húmeda, enfermiza y piadosa. Reverencia mezclada con lujuria oculta, aunque por detrás asoma la determinación de conseguir lo que quiere. Es una mirada peligrosa disfrazada de bondad. Primero intentan engatusarte, pero si no haces lo que quieren se vuelven dañinos.

No importa, se dice Charmaine. Piensa en flores, porque ahora estás a salvo. Pero no es cierto. Tal vez nadie esté nunca a salvo. Corres a tu habitación y cierras de un portazo, pero no hay pestillo.

—Es lo mínimo que podemos hacer —dice Ed—. Queremos estar contigo y ayudarte a superar tu gran pérdida.

—Gracias —murmura Charmaine.

¿Qué puede hacer para que él aparte la mano? No se la puede retirar; sería una grosería, y perdería la ventaja que le da. No es que ella tenga exactamente la ventaja, pero sí algo parecido, siempre y cuando no lo ofenda ni lo anime demasiado. ¿Y si le cogiera la mano y se echase a llorar? No, eso podría excitarlo todavía más. Y tal vez él cometería la torpeza de lanzarse. Charmaine no puede permitir que se abalance sobre ella justo antes del funeral.

—Has sido muy valiente —prosigue Ed—. Has sido... leal. Ahora debes de sentirte muy sola, como si no pudieras confiar en nadie.

—Pues sí —contesta Charmaine—. Me siento muy sola.

—Eso no es mentira—. Stan era tan...

Pero Ed no quiere oír hablar de Stan en ese momento.

—Queremos que sepas que puedes contar con nosotros, con toda la cúpula de la Dirección de Consiliencia. Si tienes alguna preocupación, problemas, miedos o inquietudes que desees compartir...

—Oh, sí. Gracias. Eso me hace sentir... protegida —dice ella, inspirando un poco.

Es muy improbable que comparta sus miedos, en especial los que tiene en ese momento. Está pisando una capa de hielo muy fina. Los hombres poderosos no llevan bien el rechazo. Ed podría ponerse furioso.

Hay una pausa.

—Puedes confiar en... mí —dice él.

La mano aprieta un poco.

Qué caradura, piensa Charmaine con indignación. Insinuarse a una viuda, a una mujer cuyo marido acaba de morir de forma heroica en un trágico accidente con gallinas. Aunque no haya sido así, y aunque Ed lo sepa. Lo sabe, y utilizará esa información como arma. Le susurrará al oído que ella ha matado a su marido, luego la estrechará con sus brazos de pez y la besará con su boca de pez, porque Charmaine ha cometido un crimen terrible y sabe que tendrá que pagar por ello.

Si lo intenta, gritaré, piensa. No, no va a gritar porque sólo la oiría el conductor, que seguramente está entrenado para ignorar cualquier ruido procedente del asiento de atrás. Y con un grito echaría por tierra su ventaja.

¿Qué puede hacer? ¿Cómo debe actuar? No puede dejar que la tenga por presa fácil. Si no le queda más remedio que soportar a Ed, deberá hacerse de rogar. Aunque sólo sea para guardar las apariencias. Tendrá que negociar, como si tuviera que pedir un aumento, aunque tampoco lo hizo nunca cuando tenía un trabajo de verdad, en Ruby Slippers. Pero suponiendo que él esté dispuesto a negociar, ¿qué podría pedirle ella a cambio?

Por suerte, el coche se está deteniendo junto a la acera, porque ya han llegado a la capilla donde se va a celebrar el funeral. Ed ha apartado la mano y alguien está abriendo la puerta de su lado desde fuera; no es el conductor, sino un hombre con un traje negro. Luego le abren la puerta también a ella y Ed la ayuda a bajar. Hay un montón de personas con ese aspecto callado —como de muñecos de peluche— que solía tener la gente en la antesala de un funeral cuando los funerales se celebraban como es debido. Cuando la gente aún tenía dinero para pagarlos. Antes de que se limitaran a arrojar a los cadáveres a la deriva.

Ed le ofrece el brazo y guía a Charmaine, con sus temblorosos tacones y su fino traje negro, entre la gente. Todos se hacen a un lado para dejarla pasar, porque está santificada por el luto. Ella mantiene la cabeza gacha y no mira a su alrededor, ni sonríe, como si sintiera un dolor profundo.

Y siente un dolor profundo. Lo siente.

Control de Calidad

—Sigamos por el pasillo —dice Budge—. Próxima parada, Control de Calidad. Aguanta un poco, ya casi hemos acabado.

Le da una palmada a Stan en el hombro.

Eso tiene que ser una señal. Stan reprime sus ganas de echarse a reír. Todo eso es una locura. ¿La cabeza de Charmaine? ¿Budge el espía? Nadie puede inventarse algo así. Le está costando tomárselo en serio. Pero es serio.

En Control de Calidad, explica Kevin, es donde ponen los cuerpos a prueba antes de acoplarles las cabezas. Lo hacen para comprobar la mecánica y los componentes digitales, dice Gary, en especial el nivel del contoneo y la suavidad de la acción pélvica. El espacio está lleno de muslos y abdómenes en movimiento, como si fuera una instalación artística grotesca; se oye un compás suave y huele a plástico.

—Wally, ¿quieres montar en una de éstas? —le pregunta Derek.

Stan se da cuenta de que, pensándolo bien, nada lo excita menos que ver una docena de cuerpos de plástico sin cabeza, fingiendo el acto de la cópula. Tiene algo como de insecto.

—Prefiero esperar —contesta.

Todos se ríen.

—No me extraña, nosotros tampoco quisimos hacerlo —confiesa Tyler.

—Arreglan el olor después —explica Gary—. Le añaden feromonas sintéticas y luego se puede elegir entre flores de naranjo, rosa, flor de cananga, pastel de chocolate y Old Spice.

—Yo diría que, como mínimo, necesitas la cabeza —dice Budge—. Se las acoplan cuando los cuerpos han pasado el control. Es complicado, hay muchas conexiones neuronales; todo el trabajo se echaría a perder si el cuerpo fuera defectuoso.

Stan mira hacia delante, en dirección al otro extremo de la sala; lo que ve es como un quirófano. Luces brillantes en el techo, purificadores de aire. Incluso llevan gorros y mascarillas de cirujano.

—Es importante que no entren pelos ni polvo en las cabezas —dice Derek—. Puede alterar el tiempo de reacción.

Siguen caminando hasta llegar a Vestuario y Accesorios. Hay varios percheros de ropa preparados: ropa de calle normal, trajes formales, prendas de piel, disfraces llamativos con plumas y lentejuelas; también hay estanterías sobre ruedas, con muchas pelucas distintas. Los platós de las películas debían de ser así en los tiempos de los musicales en tecnicolor.

—Aquí están las imitaciones de Rihanna y de Oprah —dice Kevin—. Y de la princesa Diana. Esos de ahí son James Dean, Marlon Brando y Denzel Washington y Bill Clinton, y ése es el pasillo de Elvis. Casi siempre piden el modelo del mono blanco, con las tachuelas y las lentejuelas, pero hay otras opciones. El del traje negro con bordados dorados, ése también es muy popular. Pero para las mujeres mayores no, ellas quieren el blanco.

—Y ésta es la sección de Marilyn —explica Budge—. Hay cinco peinados distintos, y también se puede elegir la ropa según la película. Ésta es de *Los caballeros las prefieren rubias*, el vestido rosa; está el traje negro de *Niágara*, y aquí el de la banda de jazz de chicas de *Con faldas y a lo loco*...

—¿Adónde se envían éstas? —pregunta Stan—. Las de Oprah. ¿Tanto les gusta Oprah en Holanda?

—Tú lo has dicho, hay que ser fetichista —opina Derek.

—Nuestros principales clientes son los casinos —explica Gary—. Los de Oklahoma, pero allí pueden ser muy puritanos. Aunque no sean mujeres de verdad y todo eso. Y luego está Las Vegas. Ahí vale cualquier cosa en cualquier momento, y abunda el dinero. Ellos no tienen los problemas que hay en el cinturón industrial.

—Por lo menos en los establecimientos de lujo —añade Budge—. Hay montones de turistas extranjeros, gastan mucho dinero. Los rusos, los millonarios indios, los chinos, los brasileños.

—No hay regulaciones —dice Tyler—. No hay límite.

—Cualquier cosa que se te ocurra está inventada ya o la inventarán pronto —apunta Derek.

—De todas formas, allí hay mucho Elvis y mucha Marilyn —dice Kevin—. De carne y hueso. De manera que las réplicas se integran muy bien.

—¿Y eso de ahí qué es? —pregunta Stan.

Ha visto un contenedor lleno de ositos azules de punto.

—Son para los chiquibots —explica Kevin—. Van vestidos con camisón blanco o con pijama de franela. Se embalan con sábanas de franela y todos llevan un osito en el lote para darle más realismo.

—Joder, qué perversión—dice Stan.

—Te entiendo —contesta Derek—. Sí que lo es. Estamos de acuerdo, nosotros pensamos lo mismo cuando descubrimos el producto. Pero no son reales.

—¿Quién sabe? Quizá estos robots estén evitando mucho dolor y sufrimiento a los niños de carne y hueso —opina Kevin—. Alejan a los pervertidos de las calles.

—¡Esa excusa no cuela! —exclama Stan—. Los utilizarán para hacer simulacros, practicarán, y después...

Cierra la boca, se dice. No te involucres.

—Pero a muchos clientes les cuela —dice Gary—. Nos los quitan de las manos. Este producto genera muchos beneficios para Posibilibots. Es muy difícil llevar la contraria a los números.

—Hay trabajos en juego, Wally —razona Derek—. Buenos trabajos. Y la gente tiene que pagar sus facturas.

—Ése no es un buen motivo —contesta Stan. Todos lo están mirando, pero él continúa—. ¿Cómo podéis estar de acuerdo con esto? ¡No está bien!

—Ha llegado la hora de tu prueba —le dice Budge. Le da un golpecito en el hombro y tira de él hacia la salida—. Disculpadnos, chicos. Se la he preparado en una de las habitaciones privadas. Hay cosas que un hombre tiene que hacer solo.

Risas.

—Disfruta del viaje —dice Derek.

Gary añade:

—Dale caña al lubricante.

—Por aquí —le indica Budge—. No te faltaba gran cosa de la visita, excepto el departamento de Transporte. Pero básicamente allí se encargan de mover las cajas de un lado a otro; cuando llegan a Transporte ya están todas cerradas. Ése es mi departamento, Transporte. Te apetece una cerveza?

—Claro —responde Stan. Casi la caga con los chiquibots. Y esos putos ositos azules. ¿A qué pervertido se le habrá ocurrido algo así?—. ¿Qué hay de la prueba? —pregunta.

—Olvídalo. Tenemos otras cosas que hacer —contesta Budge—. Entre los tulipanes.

—Claro —dice Stan.

¿Debería saber qué significa eso?

—Aquí. Es mi despacho.

Entran: un cubículo normal; escritorio, un par de sillas. Minibar: Budge saca dos cervezas, las abre.

—Siéntate. —Se inclina sobre la mesa—. Mi misión es sacarte de aquí. A ti y a lo que sea que lleves encima. No sé qué es ni por qué, o sea que no tiene sentido preguntar.

—Gracias —dice Stan—, pero...

Quiere preguntarle por Charmaine, por su cabeza. ¿Corre el peligro de caer en manos de algún pervertido depravado? Si es así, no se puede marchar de Positrón. No puede abandonarla sin más.

—No hay nada que agradecer —dice Budge—. Yo sólo soy un mandado, hago lo que me ordenan. Es una de nuestras especialidades, el traslado de personas. —Ya no parece un tío enrollado: ahora parece eficiente—. Por ejemplo, yo. Para traerme hasta aquí me metieron en una caja de torsos, junto con la identificación que iba a necesitar. Salió bien. Pero tú eres el primero que intentamos sacar.

—¿A quién incluye ese plural? —pregunta Stan—. ¿A Jocelyn?

—Para empezar, a tu hermano Conor —contesta Budge—. Hace mucho tiempo que nos conocemos. Pasábamos el rato juntos cuando éramos unos críos.

—¡Conor! —exclama Stan—. ¿Cómo se metió en esto?

¿Quién iba a confiar en el puto Conor? Él no, desde luego. Recuerda el elegante coche negro que vio aparcado delante del parque de caravanas aquella vez que fue a ver a su hermano. ¿Quién es el que pone los billetes?

—Igual que se mete en todo lo demás —explica Budge—. Recibimos una llamada, hicimos un trato. Tenemos fama de cumplir nuestra palabra. De hacer aquello para lo que nos pagan.

—¿Te importa que te pregunte quién te paga a ti? —pregunta Stan.

—Confidencial —responde Budge, sonriendo—. Bueno, éste es el plan. Te pondremos un traje de Elvis y luego te meteremos en una de las cajas que utilizamos para transportar los robots. El de Elvis es el modelo que mejor se corresponde con tu tamaño.

—¡Espera un momento! —exclama Stan—. ¿Quieres que sea un sexobot? ¿Pretendes hacerme de chulo? Y una puta mierda, eso no...

—Sólo es para el transporte —explica Budge—. No tenemos muchas opciones. No puedes salir de aquí paseando como si tal cosa. Y comprueban todos los vehículos de Dirección y cotejan la biométrica. Recuerda que aunque piensen que estás muerto, tus datos seguirán en la base. Pero en el interior de una caja, y si no te miran mucho...

—No me parezco a Elvis —replica Stan.

—Te parecerás cuando te pongamos el disfraz y te demos unos toques finales —dice Budge—. Y no tienes que parecerte al verdadero Elvis, es un Elvis de imitación. No es muy difícil parecerse a ellos.

—¿Qué hago cuando llegue fuera? —pregunta Stan.

—Te enviaremos con una guía —contesta Budge—. Ella te ayudará.

—¿Una mujer? —pregunta Stan—. Las únicas que he visto aquí eran de plástico.

—Los prostibots sólo son uno de los productos que vende Posibilibots —explica Budge—. Hay algo más avanzado todavía. —Mira su reloj—. Empieza el espectáculo.

Salen al pasillo, doblan una esquina, luego otra. Más fotografías enmarcadas de frutas: un mango, una naranja china. Stan advierte que las frutas se están volviendo más exóticas.

—Los robots no pueden mantener una conversación de verdad —dice Budge—. Ni siquiera los mejores. Con la tecnología actual no lo han conseguido. Pero a medida que vamos subiendo peldaños de la escala económica, los clientes quieren algo que puedan enseñar a sus amigos; algo que parezca menos, menos...

—Que se parezca menos a una cobaya clínicamente muerta —interviene Stan.

¿Adónde quiere ir a parar Budge?

—Deja que te lo explique —dice éste—. Imagina que pudieras personalizar a un ser humano mediante una intervención cerebral.

—¿A qué te refieres? —pregunta Stan.

278

—Utilizan láseres —dice Budge—. Pueden eliminar el apego que tuvieras por cualquier persona anterior. Cuando el sujeto se despierta, se le queda grabada la primera persona que ve. Como si fueran patitos.

—La madre que... —exclama Stan.

—Resumiendo: elige una tía, sométela a la operación, colócate delante de ella cuando se esté despertando y es tuya para toda la vida. Siempre se mostrará sumisa, siempre estará dispuesta, hagas lo que hagas. Y así nadie se siente explotado.

—Espera un momento —dice Stan—. ¿No se explota a nadie?

—He dicho que nadie se «siente» explotado —matiza Budge—. Es distinto.

—¿Y las mujeres se prestan a esto? —pregunta Stan—. ¿Se dejan operar el cerebro?

—No se prestan, exactamente —contesta Budge—. Sería más acertado decir que se lo encuentran al despertarse. Así hay más libertad para elegir. No creo que los clientes quisieran a una mujer que estuviera tan desesperada como para presentarse voluntaria.

—Joder, entonces ¿las secuestran? —pregunta Stan.

—Yo no he dicho que me parezca bien —dice Budge.

—Eso es... —Stan no sabe si decir que es diabólico o brillante—. Y no... esas mujeres... ¿las mujeres no piensan en su vida anterior? ¿No lamentan...?

—Si la intervención láser se ha hecho con profesionalidad, no —contesta Budge—. Pero sigue siendo experimental. No se ha perfeccionado del todo. Algunos clientes han querido arriesgarse de todas formas, pero se han cometido errores.

—¿Como cuáles? —quiere saber Stan.

—Lo sabrás cuando conozcas a tu guía —explica Budge—. Lo de ella no salió como se esperaba. ¡El cliente se cabreó muchísimo! Pero había firmado un contrato donde figuraban los términos y condiciones de la operación, así que conocía los riesgos.

—¿Qué salió mal? —pregunta Stan.

Ya se lo está imaginando. Esa mujer debe de querer follarse a los muertos, o a los perros, o algo así.

—Un error de cálculo —dice Budge—. Pero se ha convertido en una agente ideal, porque jamás existirá ningún hombre que pueda distraerla.

—¿Y qué es lo que sí puede distraerla? —quiere saber Stan.

Budge se detiene delante de una puerta, llama y la abre con su tarjeta.

—Tú primero —dice.

Sacrificio

La capilla donde se celebra el funeral es para todos los públicos. Nada de cruces y cosas por el estilo, sólo un par de manos gigantescas en posición de rezo y una fotografía de un amanecer. Todo es de color azul pastel y blanco, como las tazas de estilo Wedgwood que tenía la abuela Win. Hay ramos enormes de flores blancas: la verdad es que se han esforzado mucho.

La capilla está llena hasta los topes. Están allí las mujeres de la panadería donde trabaja Charmaine cuando no está en la cárcel, y también las de sus grupos de calceta: las del grupo original y las del otro, a las que apenas conoce. Habrán dejado salir a las mujeres de Positrón con pases especiales para asistir al funeral. Algunas llevan sombreros negros —boinas, modelos planos, distintos tipos de sombreros de campana—, así que ella ha hecho bien poniéndose el suyo.

Hay unos cuantos compañeros del trabajo de Stan, del taller de escúters. La saludan inclinando la cabeza con deferencia, porque es la viuda, pero Charmaine también percibe otra clase de deferencia, una especial. Debe de ser por la presencia de Ed, que la lleva cogida del brazo y la guía por el pasillo con cuidado, con respeto. La sienta en el primer banco, luego se sienta a su lado, sin tocarla con el muslo, gracias a Dios, aunque sigue estando demasiado cerca.

Aurora está al otro lado de Charmaine, y al otro lado de Ed está la mujer de Vigilancia, con un sombrero pastillero. Se parece un poco a Jackie Kennedy.

Y a continuación de esa mujer está Max. Charmaine siente un filamento diminuto de aire superardiente que se extiende entre ellos, como en el interior de una bombilla antigua: incandescente. Él también lo siente. Tiene que sentirlo.

No hagas caso, se dice. Es una ilusión. Estás de luto.

La capilla tiene bancos con reclinatorios plegables por si acaso la familia de algún muerto tiene por costumbre arrodillarse. A Charmaine no le inculcaron esa costumbre, pero en ese momento le gustaría poder arrodillarse, apoyar las manos en el respaldo del banco de delante y luego descansar la cabeza entre las manos en actitud desesperada. Así podría evadirse, cosa que la ayudaría mucho a sobrellevar ese fraude de funeral. O podría pasar el rato pensando qué diablos va a hacer si Ed se le insinúa de alguna forma, como posándole la mano en el muslo. Pero no se puede arrodillar porque está en la primera fila. Tiene que sentarse bien derecha y actuar con honorabilidad. Endereza los hombros.

Suena el órgano, una especie de himno. Si tocan *You'll Never Walk Alone*, como en algunos funerales que ha visto en la televisión de Consiliencia, no sabe si podrá soportarlo. Ahora le toca caminar sola, ya siempre será así. Se le escapa una lágrima.

Sé fuerte. Haz como si estuvieras en la peluquería, dice la vocecita.

El ataúd está cerrado debido a las terribles quemaduras que se supone que debió de sufrir Stan cuando se abalanzó sobre la conexión defectuosa, y luego se electrocutó, atravesado por la corriente. Eso fue lo que dijeron en las noticias, pero en realidad el ataúd está cerrado porque Stan no está ahí dentro. Se pregunta qué habrán hecho con él y qué habrán puesto en su lugar. Lo más probable es que hayan metido coles pasadas o bolsas llenas de hierba cortada: algo con el mismo peso y similar consistencia. Pero ¿por qué iban a meter algo? Nadie va a mirar dentro.

¿Y si los descubriera? ¿Si dijera: «Quiero ver a mi querido Stan una vez más»? ¿Si montara una escena, se abalanzara sobre el ataúd, exigiera que levantaran la tapa? Entonces, cuando se negaran, podría volverse hacia la gente y explicarles lo que estaba ocurriendo en realidad: «¡Están matando a personas inocentes! ¡Como Sandi! ¡Como Stan! Y debe de haber docenas más...» Pero la rodearían en un minuto y se la llevarían para tranquilizarla, porque, después de todo, está tan apenada que ha perdido la cabeza. Luego la eliminarían, como a Stan. «Ay, Stan...»

Vaya, más lágrimas. Aurora le estrecha la mano para transmitirle su apoyo. Ed le da unas palmaditas, y dentro de un minuto la rodeará con el brazo. Hay una mancha negra en su pañuelo blanco: el rímel.

—Estoy bien —consigue jadear en un susurro.

Ahora sale una solista, una mujer del grupo de calceta de Charmaine, del segundo. Tiene esa expresión solemne de soprano en la cara, está hinchando los pulmones y avanzando los pechos, cubiertos de volantes negros; luego abre la boca. Eso va a ser terrible, porque Charmaine reconoce la melodía que sale del órgano: *Cry Me a River*. La mujer desafina muchísimo. Charmaine se tapa la cara con las manos enguantadas, porque podría echarse a reír. No pierdas el control, se advierte con firmeza.

La soprano ha acabado, gracias a Dios. Cuando se silencian los murmullos y las toses, uno de los compañeros de trabajo de Stan lee un mensaje de parte de lo que llama «el equipo de Stan». Cabeza gacha, pies inquietos. «Un gran tipo, Stan; siempre se esforzaba al máximo, estamos orgullosos de él, se sacrificó por todos nosotros, le echaremos de menos.» Charmaine siente lástima por el orador, porque lo han engañado. Como a todos.

Entonces Ed se desengancha de su brazo, se arregla la corbata y se acerca al atril. Carraspea y pone la misma voz que utiliza en televisión, cálida y reconfortante, fuerte y verosímil. A ella le llega como ráfagas de sonido, como un CD rayado. «Reunidos fallo lamentable sagrado deplorable admirable valiente duradero heroico para siempre.» Y luego: «Unidos pérdida esposa ayuda esperanza comunidad.»

Si no supiera la verdad, Charmaine estaría convencida. Más que convencida, entregada. Acaba ya, farsante, piensa mirando a Ed.

Ahora seis de los hombres del equipo de Stan se adelantan. Ahora se llevan el ataúd por el pasillo. Ahora empieza a sonar la música: *Side by Side.*

No lo puedo soportar, piensa Charmaine. Esos de la canción deberíamos haber sido nosotros, Stan y yo, viajando juntos como solíamos hacer. Con cualquier clima, incluso dentro de aquel viejo coche apestoso, cualquier cosa con tal de estar juntos. Se pone a llorar otra vez.

—Levántate —le dice Aurora—. Tienes que ir detrás del ataúd.

—No puedo, no veo —jadea Charmaine.

—Yo te ayudaré. ¡Arriba! La gente querrá darte el pésame en el velatorio.

Velatorio. Sándwiches de ensalada de huevo y pan sin corteza. Rollitos de espárragos. Porciones cuadradas de pastel de limón.

—¿A mí? ¿El pésame? —Charmaine reprime un sollozo. Eso es lo último que necesita, un ataque de histeria—. No podría, ¡sería incapaz de comer nada!

¿Por qué la muerte le da tanta hambre a la gente?

—Respira hondo —dice Aurora—. Eso está mejor. Les estrecharás la mano y sonreirás, tal como ellos esperan. Lue-

283

go te llevaré a casa en coche y podremos hablar de tu terapia de duelo. Consiliencia siempre la proporciona.

—¡Yo no necesito una terapia de duelo! —replica Charmaine casi gritando.

—Ah, sí que la necesitas —responde Aurora con su falsa compasión—. Ya lo creo que sí.

Ya lo veremos, piensa Charmaine. Echa a andar por el pasillo, mientras Aurora la agarra del codo con la mano para evitar que pierda el equilibrio. Ed se ha vuelto a materializar y la flanquea por el otro lado, con el brazo pegado a su espalda, como un calamar.

Perfecta

Budge abre la puerta y se hace a un lado para dejar pasar a Stan. La habitación en la que entran es lo más parecido a una auténtica estancia antigua que Stan ha visto en mucho tiempo. En el campo de golf de Dimple Robotics había una barra como ésa. Hay artesonado de madera, cortinas que se descuelgan hasta el suelo, alfombras orientales. En la chimenea arde un fuego, o algo parecido: probablemente sea de gas. Delante hay un sofá que parece de piel.

Sentada en el sofá y con sus largas piernas extendidas, una de las mujeres más guapas que Stan ha visto en su vida. Brillante pelo negro a la altura de los hombros, tetas perfectas que asoman lo justo por el escote. Lleva un vestido negro muy sencillo y un collar de perlas. Una tía buena con clase, piensa él.

Ella sonríe, una de esas sonrisas neutras que se le dedican a un cachorrito o a una tía anciana. No le transmite nada, no hay ninguna química.

—Stan, quiero presentarte a Veronica —dice Budge—. Veronica, éste es Stan.

—Veronica —la saluda él. ¿Es la misma Veronica? ¿Aquella prostituta del PixelDust que Charmaine decía que, en realidad, no era amiga suya? Si es ella se ha hecho un buen trabajito. Ya era guapa antes, pero ahora está imponente—. ¿Te conozco? —pregunta, y luego se siente imbécil, porque todos los hombres deben de preguntarle lo mismo.

—Es posible —contesta Veronica—, pero el pasado ya no tiene importancia. —Le tiende la mano. Lleva las uñas pintadas, color burdeos. Un reloj caro, Rolex. La palma fría. Le dedica una sonrisa led: luminosa, pero desprovista de calidez—. Tengo entendido que voy a llevarte al otro lado.

Stan le estrecha la mano. Llévame a donde te dé la puta gana, piensa. Así es como imaginaba a Jasmine. Jasmine, la fantasía fatal. Tiene que controlarse, no puede dejarse llevar por las gónadas. Escucha, le ordena a su polla en silencio. Estate quietecita.

—Siéntate, tómate una copa —le ofrece Veronica.

—¿Vives aquí? —pregunta Stan.

—¿Vivir? —repite ella.

Arquea una de sus cejas perfectas.

—Ésta es la suite nupcial —dice Budge—. O una de ellas. Donde los modelos personalizados conocen por primera vez a sus... sus...

—Dueños —termina Veronica con una preciosa risa metálica—. Se supone que tiene que ser lujuria a primera vista en el caso de... de las personas como yo, pero conmigo fallaron. El hombre entró a recoger su inversión y no había nada.

—¿Nada? —pregunta Stan.

¿Por qué no está enfadada? Pero Budge le ha dicho que no se enfadan o, por lo menos, que no se les nota. No parecen echar de menos lo que han perdido.

—No había chispa entre nosotros. Ni un poco. Él se enfadó mucho, pero yo no podía hacer nada. Consiliencia le dio a elegir entre la devolución del dinero o una segunda elección. Todavía se lo está pensando.

—No podían volver a operar a Veronica —dice Budge—. Es demasiado arriesgado. Podría acabar babeando.

—Él sólo me quería a mí —dice ella encogiéndose de hombros—. Pero yo no puedo. No fue culpa mía.

—Fue culpa de alguna estúpida enfermera bienintencionada —explica Budge—. La foto del tipo estaba allí, tal como habían convenido, por si acaso él se retrasaba con alguna reunión. Pero la enfermera le dio a Veronica un juguete para que se relajara. Como si fuera una niña.

—Yo tenía la cabeza vuelta hacia un lado y fue lo primero que vi —dice ella—. Sus dos preciosos ojos mirándome fijamente. —La equivocación no parece molestarla—. Por suerte, puedo llevarme a mi amado a todas partes. Lo llevo en el bolso, ese de allí. Te lo enseñaría, pero podría perder el control. Sólo hablar de él ya me resulta excitante.

—Pero ¡con lo guapa que eres! —dice Stan. ¿Es una broma, le están tomando el pelo? Si no es así, es un puto desperdicio—. ¿Has intentado...?

—¿Estar con cualquier otro hombre? Me temo que no sirve de nada —contesta Veronica—. Soy completamente frígida por lo que se refiere a los hombres de carne y hueso. Sólo pensar en ellos de esa forma me revuelve un poco el estómago. Me programaron así al operarme.

—Pero es lista —dice Budge—. Se le dan bien las emergencias, y sabe pelear. Y acepta cualquier orden, siempre que no tenga que ver con el sexo. Así que estarás en buenas manos.

—Y no te violaré —añade Veronica, esbozando una sonrisa dulce.

Ya quisiera yo, piensa Stan.

—¿Te importa que mire? —le pregunta con educación, señalando el bolso negro.

Está impaciente por ver ese objeto que ya percibe como su rival.

—Claro —dice Veronica—. Adelante. Te reirás. Ya sé que no te crees nada de lo que te he contado, pero es verdad.

Por eso te aviso: no te hagas ilusiones conmigo. No me gustaría tener que aplastarte las pelotas.

La transformación no ha sido completa, piensa Stan. Aún habla como una chica de la calle.

El bolso tiene una cremallera. Stan la abre. Dentro, mirándolo con sus redondos ojos inexpresivos, hay un osito de punto azul.

Terapia de duelo

Charmaine consigue superar el velatorio. La cola de las condolencias y las muchas manos que ha estrechado, las miradas cargadas de significado, las caricias en el brazo e incluso los abrazos de las integrantes de sus dos grupos de calceta. Las del segundo grupo antes apenas le hablaban, como si hubiera hecho algo malo, pero ahora que sí lo ha hecho se muestran sensibles y se deshacen en abrazos, con sus alientos oliendo a sándwich de ensalada de huevo. «Para muestra, un botón», como habría dicho la abuela Win. Pero ¿muestra de qué? ¿De cómo se engaña la gente?

«Lamentamos mucho tu pérdida.» «¡A la mierda!», quiere gritar Charmaine. Pero sonríe con debilidad y les dice a todos: «Oh, gracias. Gracias por todo vuestro apoyo.» También cuando lo necesitaba y me tratasteis como si fuera un vómito de perro, añade para sí misma.

Ahora están en el coche de Aurora, que va en el asiento de delante, y Charmaine se está comiendo el rollito de espárragos que ha envuelto en una servilleta de papel para metérselo en el bolso de mano cuando no miraba nadie, porque, a pesar de todo, tiene que coger fuerzas. Y ahora están en casa de

Charmaine, Aurora se quita ese sombrero que le sienta tan mal delante del espejo del recibidor. Y ahora le dice:

—Quitémonos los zapatos y pongámonos cómodas. Prepararé un poco de té y podremos empezar con tu terapia de duelo.

Sonríe con su cara estirada. Por un breve momento parece asustada, pero ¿de qué va a tener miedo? De nada. Al contrario que Charmaine.

—No necesito ninguna terapia de duelo —murmura ella, malhumorada.

Se siente incorpórea e inestable, como si el suelo se estuviera inclinando. Se tambalea hasta el sofá con sus tacones altos y se deja caer. No piensa permitir que esas personas mezquinas y retorcidas la sometan a una terapia de duelo. ¿Sobre qué querrían que versara la terapia? ¿Sobre cómo murió Stan supuestamente? ¿O sobre cómo murió de verdad? En cualquiera de los dos casos sería como para que se le cruzaran los cables a lo grande.

—Confía en mí, te sentará bien —dice Aurora y desaparece en la cocina.

Me meterá una pastilla en el té, piensa Charmaine. Me borrará la memoria, seguro que ésa es la idea que tienen de hacer terapia de duelo. En la cocina suena la radio, *Happy Days Are Here Again*. Charmaine siente un hormigueo en el cuello: ¿han puesto esa canción a propósito? ¿Saben que a ella le gusta tararear sus canciones alegres preferidas mientras se prepara para los Procedimientos?

Aurora entra sin zapatos y con una bandeja en la que lleva un plato de galletas de avena y tres tazas. No dos, sino tres. Charmaine siente un escalofrío: ¿quién hay en la cocina?

—Ya está —anuncia Aurora—. ¡Fiesta de chicas!

La mujer de Vigilancia sale tranquilamente de la cocina. Lleva un osito de punto azul en la mano. Su expresión es... ¿qué? Sarcástica, habría dicho Charmaine antes. Más bien inquisitiva. Pero con disimulo.

—¿Qué estás haciendo en mi cocina? —pregunta ella.

288

La indignación hace que la voz le suene chillona. ¡De verdad que esto ya es demasiado! ¡Qué invasión de la intimidad! Relájate, se dice: esta mujer podría destrozarte con una sola palabra.

—En realidad, un mes sí y un mes no es mi cocina —dice la mujer—. Me llamo Jocelyn. Y resulta que cuando no estoy trabajando en Positrón vivo aquí.

—¿Jocelyn? ¿Tú eres mi Alterna? —le pregunta Charmaine—. Entonces tú eres... —Oh, no—. ¡La mujer de Max! O Phil, o comoquiera que se...

—Quizá debamos tomarnos el té primero —interviene Aurora—, antes de entrar en...

—No importa quién sea esposa de quién —dice Jocelyn—. Ahora no podemos perder tiempo con ese culebrón sexual. Necesito que escuches con atención lo que te voy a explicar. Muchas vidas podrían depender de ello.

Mira a Charmaine con seriedad, como si fuera una profesora de gimnasio.

Dios mío, piensa ella. ¿Qué he hecho ahora?

—Para empezar —dice Jocelyn—, Stan no está muerto.

—¡Claro que sí! —exclama Charmaine—. ¡Eso es mentira! ¡Yo sé que sí! ¡Tiene que estar muerto!

—Tú crees que lo mataste —explica Jocelyn.

—¡Me pediste que lo hiciera! —contesta ella.

—Yo te dije que siguieras el Procedimiento Especial —continúa Jocelyn—, y lo hiciste. Te lo agradezco, y también tu reacción exagerada; eso fue de mucha ayuda. Pero el compuesto que le administraste sólo le provocó una inconsciencia temporal. En este momento Stan está a salvo en unas instalaciones adyacentes a la Penitenciaría Positrón, esperando nuevas instrucciones.

—¡Me estás mintiendo otra vez! —la acusa Charmaine—. Si está vivo, ¿por qué me habéis hecho pasar por el funeral?

—Tu dolor tenía que ser sincero —explica Jocelyn—. La tecnología de reconocimiento facial es muy precisa hoy en día. Necesitábamos que todas las personas que te estaban observando dieran por cierta una realidad en la que Stan está muerto. Sólo muerto puede ser útil.

¿Útil para qué?, se pregunta Charmaine.

—¡No te creo! —exclama.

¿Eso que nota por dentro es el aleteo de una mariposa de esperanza?

—Escúchame un minuto. Te ha mandado un mensaje —dice Jocelyn.

Manipula el osito de punto azul y empieza a sonar la voz de Stan: «Hola, cariño, soy Stan. Todo va bien, estoy vivo. Te van a sacar de ahí, podremos volver a estar juntos, pero tienes que confiar en ellos, tienes que hacer lo que te digan. Te quiero.» La voz es muy débil y suena lejana. Entonces se oye un clic.

Charmaine está anonadada. ¡Seguro que es falso! Pero si de verdad es Stan, ¿cómo puede confiar en que lo hayan dejado hablar con libertad? Se lo imagina con una pistola apuntándole a la cabeza, obligado a grabar el mensaje.

—Ponlo otra vez —pide.

—Se ha autoborrado —dice Jocelyn. Saca una pequeña pieza cuadrada del osito y la aplasta con el tacón—. Por seguridad. No queremos que nos cojan con un osito soplón. Bueno, ¿vas a ayudar a Stan?

—¿Ayudar a Stan a qué? —pregunta Charmaine.

—Todavía no necesitas saberlo —explica Jocelyn—. Stan te lo dirá cuando te saquemos. O cuando casi estés fuera, por lo menos.

—Pero él sabe que lo maté —dice Charmaine, poniéndose a sollozar otra vez.

Aunque vuelvan a estar juntos fuera de Positrón, ¿cómo podría perdonarla?

—Le explicaré que sabías que no era real —señala Jocelyn—. El veneno. Pero también puedo retractarme después y entonces te odiará, y podrás quedarte aquí encerrada para siempre. Al gran Ed se la pones dura y no aceptará

290

un no como respuesta. Ha encargado un sexobot con tu imagen.

—¿Que ha encargado un qué? —pregunta Charmaine.

—Un sexobot. Un robot sexual. Ya han modelado tu cara; ahora sólo falta acoplarle el cuerpo.

—¡No pueden hacer eso! —exclama Charmaine—. ¡Sin siquiera preguntarme!

—En realidad sí pueden —dice Jocelyn—. Pero cuando haya practicado con el robot querrá la de verdad. Luego se acabará cansando de ti, si tenemos en cuenta cómo se comportan los rabos de todos los mandamases de la historia, fíjate en Enrique VIII. Y entonces... ¿dónde acabarás? Yo apuesto a que en el lado equivocado del Procedimiento.

—Eso es muy cruel —replica Charmaine—. ¿Y adónde se supone que debo ir?

—Puedes quedarte aquí a merced de Ed, o puedes arriesgarte con nosotros, y luego con Stan. O una cosa o la otra.

Jocelyn le da un mordisco a su galleta, mientras observa la cara de Charmaine.

Esto es terrible, piensa ella. Un sexobot con su imagen, se le ponen los pelos de punta. Ed debe de estar loco; y a pesar del mensaje que ha enviado, Stan estará muy enfadado con ella. ¿Por qué tiene que elegir entre dos opciones tan aterradoras?

—¿Qué queréis que haga? —pregunta.

Explicarle lo que desean que haga cuesta bien poco. Que se pegue a Ed, que se acerque a él, pero sin estar demasiado cerca —debe recordar que es una viuda en pleno luto—, luego informar de todo lo que diga y de cualquier cosa que descubra, por ejemplo, en los cajones de su despacho o en su maletín, o tal vez en su teléfono móvil, si él tiene algún descuido, aunque esa parte —la del descuido— dependerá de ella. Tiene que animarlo a pensar con la polla, un apéndice visiblemente exento de tejido cerebral. Eso es lo que tiene que hacer a corto plazo, y el corto plazo es lo único que le piden en este momento. O eso dice Jocelyn.

—Tengo que... Ya sabes —dice Charmaine—. ¿Llegar hasta el final?

La idea de que Ed manosee su cuerpo desnudo le da escalofríos.

—En absoluto. De hecho, esa parte es crucial. Tienes que hacerlo esperar —responde Jocelyn—. Si se pasa con las insinuaciones, dile que todavía no estás preparada. Puedes utilizar la pena durante un tiempo. Él cree que Stan está muerto y lo comprenderá. Incluso le gustará. No ha visto esos vídeos tuyos con Phil, me he asegurado de ello, y cree que eres recatada. Es uno de los motivos de que esté tan obsesionado contigo: hoy en día cuesta mucho encontrar una chica recatada. —¿Eso es un tic nervioso, o un asomo de sonrisa?—. Si no quieres ayudarnos, podríamos enseñarle los vídeos. Podría reaccionar mal. Como mínimo, se sentirá traicionado.

Charmaine se sonroja. Sí que es recatada, sólo que... Cuando estaba con Max no era ella misma, no podía serlo. Quizá la tuviera hipnotizada. Las cosas que le hacía decir... Todo estaba grabado. ¡Eso es chantaje!

—Está bien —dice con reticencia—. Lo intentaré.

—Una decisión acertada —contesta Aurora—. Estoy segura de que a ti también te lo acabará pareciendo con el tiempo. Me ayudarás, nos ayudarás a todos, más de lo que crees. Toma, cómete una galleta.

Disfraces

En la habitación de Posibilibots donde lo ha metido Budge, Stan da alguna cabezada. Sueña con osos azules: están pegados a la ventana, mirándolo desde fuera. Suben por el alféizar, se contonean de manera provocativa, lo miran fijamente con sus ojos redondos e inexpresivos. Se ríen de él, enseñan varias hileras de dientes afilados de tiburón. Y luego se cuelan en su habitación por la ventana medio abierta, saltan sobre su cama...

Se despierta sobresaltado y oye un grito amortiguado, pero sólo es Veronica, que lo zarandea del brazo.

—Date prisa —le dice.

Hay malas noticias: en el despacho de Ed, los de Tecnología han descubierto que alguien ha copiado unos archivos muy importantes. Deben de ser los archivos que hay en el dispositivo que Stan tiene que llevarse al exterior. Seguro que hacen una inspección a fondo por la mañana. Por suerte, ha llegado un pedido urgente a Posibilibots: van a salir cinco robots de Elvis para Las Vegas a las tres de la madrugada, y uno de ellos será él. Veronica y Budge lo tienen todo preparado y listo en Transporte, pero Stan tiene que ir con ella ahora mismo.

Se viste y la sigue. Veronica lleva unos vaqueros y una camiseta corrientes, aunque con ella dentro parecen pura seda. La vida es injusta, piensa Stan mientras observa cómo se contonea por los pasillos.

Ella tiene todas las tarjetas de acceso necesarias para abrir las puertas que se van encontrando hasta llegar al departamento de Transporte.

—Hallarás todo lo que necesitas en el servicio de caballeros —le dice—. Yo estaré en el de mujeres poniéndome mi traje.

—¿Tú también vienes a Las Vegas? —pregunta como un imbécil.

—Pues claro —contesta—. Soy tu escolta. ¿Recuerdas?

No hay tiempo que perder. El traje de Elvis está colgado en uno de los cubículos. Stan se embute en esa ropa como puede: le va un poco pequeña. ¿Tanto ha engordado tomando esa cerveza de Positrón, o es que la persona que le ha elegido el puto traje es un fetichista del *bondage*? Los pantalones de campana blancos del mono le van demasiado ajustados, los zapatos de plataforma le aprietan los dedos, el cinturón con la enorme hebilla plateada y turquesa apenas le rodea la cintura. ¿Es que Elvis llevaba faja, o qué? Debía de tener calambres en la entrepierna a todas horas. La chaqueta, con tachuelas y lentejuelas incrustadas, tiene una pequeña capa incorporada; el cuello, levantado, como si fuera una capa de Drácula, y las hombreras son grotescas.

La peluca negra es resbaladiza —está hecha con algún tejido sintético—, pero consigue colocársela encima del pelo. ¡Se le va a cocer la cabeza con esa cosa! Las cejas se le pegan con bastante facilidad, pero las patillas no tanto; lo tiene que intentar dos veces. Se aplica unos polvos bronceadores con la brocha que va en el estuche: bronceado instantáneo. Esto es como Halloween cuando era niño. Probablemente le ha quedado fatal, pero ¿quién lo va a ver? Nadie, si tiene suerte.

Sólo le faltan los anillos gruesos —los dejará para el final— y los labios falsos, superior e inferior, que van con su propio pegamento instantáneo. No le quedan bien del todo; los nota un poco flojos, pero por lo menos permanecen pegados.

Posa delante del espejo y esboza una sonrisa de medio lado, aunque apenas necesita sonreír porque los labios postizos ya sonríen por él. Por debajo, se nota sus propios labios semiparalizados. Mueve sus nuevas cejas negras, echa la cabeza hacia atrás, se atusa el pelo. «Qué guapo estás, canalla —dice—. Resucitado de entre los muertos.» Cuesta manejar esos labios falsos, pero ya les cogerá el truco. Extrañamente sí se parece un poco a Elvis. ¿Eso es todo lo que somos?, piensa. ¿Un vestuario inconfundible, un peinado, algunos rasgos exagerados, un gesto?

Una llamada discreta a la puerta: es Veronica con su disfraz de Marilyn y su verdadero pelo oculto debajo de una peluca rubia corta. Ha elegido el traje negro de *Niágara*, con la falda ajustada y el pañuelo blanco. La boca le brilla como si fuera de plástico rojo. Tiene que reconocer que está estupenda; incluso parece la verdadera Marilyn. Lleva un gran bolso negro, donde sin duda esconde su fetiche de punto azul.

—¿Estás listo? —pregunta—. Te meteré en tu caja y luego Budge hará lo mismo conmigo. Llevas la mercancía en el cinturón, ¡no la pierdas! Tenemos que darnos prisa. Espera, deja que te iguale un poco el color de la piel.

Coge la brocha y le aplica un poco más de polvos en la cara. Está demasiado cerca; para Stan es una tortura, pero ella no parece darse cuenta. Se muere por abrazarla, por enterrar la nariz en su pelo de Marilyn, pegar la boca de goma a sus brillantes labios rojos, por muy inútil que resultara.

—Ya está —dice—. Ahora estás perfecto. Pareces un robot de Elvis. Vamos a embalarte.

En la caja de embalaje pone «ELVIS/UR-ELF» en letras mayúsculas; es una de las cinco cajas que hay apiladas en el muelle de carga, preparadas para ser expedidas. Junto a ella hay cinco cajas más pequeñas en las que pone «MARILYN/UR-MLF»; una de ellas está abierta. Está forrada de satén rosa, con moldes de poliestireno para evitar roturas. La caja de Stan está forrada con tela azul.

—¿Esto es seguro? —dice él, mientras se mete dentro—. ¿Cómo voy a respirar?

—Hay respiraderos —explica Veronica—. No se ven porque un robot de verdad no los necesitaría. Te dejo una bolsa de agua caliente, está vacía. Mira, la tienes al lado del codo. Deberías poder mover los brazos lo suficiente para mear dentro, si te entran ganas. Aquí tienes unas cuantas pastillas por si te da el pánico; te dejarán grogui, no te tomes más de dos. Ah, y aquí tienes tus botellas de agua, te doy tres, no queremos que te deshidrates, y también un par de calientamanos instantáneos, por si hace demasiado frío en el avión. Y una barrita energética por si tienes hambre. ¡Me aseguraré de que te saquen en cuanto lleguemos!

«¿Qué pasa si no me sacan?», quiere gritar Stan.

—Vale —dice, intentando parecer despreocupado.

—Si pasa algo y te descubre la persona equivocada, tú limítate a decir que te drogaron y que no tienes ni idea de cómo llegaste a la caja —añade Veronica—. En Las Vegas les parecerá verosímil. Bueno, ¡felices sueños! Ya llega Budge, me toca.

Baja la tapa y Stan oye el sonido de los cierres. Ahora está a oscuras. Mierda, piensa. Será mejor que esto funcione. En el mejor de los casos, cuando llegue a Las Vegas, le dará esquinazo a Veronica, se quitará el disfraz y se marchará —¿cómo?— en busca de Conor porque una vida de forajido le resulta mucho más atractiva que cualquiera de las cosas que le están pasando en ese momento. Aunque eso no funcionaría, porque a través de Budge, Conor tiene un contrato para entregarlo a quien sea, y eso es lo que hará.

En el peor de los casos... Se ve dentro de la caja, abandonado de noche en un aeropuerto de, por ejemplo, Kansas, gritando en el vacío: «¡Socorro! ¡Sacadme de aquí!»

O peor aún, imagina que un perro adiestrado perturbado lo identifica como amenaza terrorista y los de Seguridad Nacional lo vuelan por los aires. Patillas y pedacitos plateados esparcidos por todas partes. «¡Joder! ¡Creo que Elvis ha abandonado el edificio!»

Se retuerce dentro del resbaladizo capullo satinado, intentando ponerse cómodo. No quiere tomar ninguna pastilla, bastante se ha medicado ya en los últimos tiempos. Está completamente a oscuras; cuando lleve unas cuantas horas allí empezará a distinguir cosas. El aire ya está cargado; apesta al pegamento de los labios. A lo mejor, si lo inhala se coloca y se le pasan los nervios. ¿Cuándo tomó el camino que lo ha llevado a ese callejón sin salida? ¿Cómo ha aceptado esta evasión demencial? ¿Qué ha sido de su vida? ¿Algún día volverá a ver a Charmaine? Ojalá hubiera robado su cabeza; por lo menos tendría algo tangible.

La imagen de su preciosa y pálida cara llena de lágrimas flota ante él. Ella ha tenido pocas opciones; está tan poco preparada para toda esa mierda como él. Mientras permanece tumbado en ese vacío forrado de satén, con el cuello del traje rascándole la piel y la peluca de Elvis friéndole el cuero cabelludo, se lo perdona todo: su rancia aventura con Phil/Max, el momento en que creyó que lo estaba matando, incluso su obsesión por las fundas del sofá y las tazas de gnomos. Tendría que haberla valorado más, tendría que haber cuidado mejor de ella.

Oye la voz de Veronica justo al lado de su oreja. Está susurrando. «Hola, Stan. Hay un micrófono en tu hombrera y otro en mi oso. Es nuestro propio walkie-talkie, ultraseguro, aquí sólo estamos tú y yo. Lo único que quería decirte es que todo va bien. Ya estoy en mi embalaje, estamos saliendo. Te dejo por ahora. Tú relájate.»

Ojalá pudiera, piensa él, mientras nota cómo se le levantan los pies. Joder.

XI
RUBY SLIPPERS

Coqueteo

Charmaine y Ed están cenando en Together, que es el mismo restaurante donde ella cenó con Stan la primera noche que pasaron en Consiliencia, antes de inscribirse definitivamente. Esa primera noche había sido mágica. Los manteles blancos, las velas, las flores. Como un sueño. Y ahora vuelve a estar allí y tiene que esforzarse por no recordar esa primera vez, cuando las cosas todavía eran sencillas con Stan, cuando ella era sencilla. Cuando era capaz de decir lo que sentía de verdad.

Ahora nada es sencillo. Ahora es una viuda. Ahora es una espía.

La cita con Ed le está resultando un poco complicada. Más que un poco: no sabe cómo llevarlo, porque no está claro lo que él quiere. O, mejor dicho, cuándo lo va a querer. ¿Por qué no lo suelta sin más?

—¿Te encuentras bien? —le pregunta preocupado.

Ella dice:

—Enseguida estaré bien, es sólo...

Entonces se excusa y va al servicio. Ha de contar con que de vez en cuando la pueda superar el dolor, cosa que le sucede de verdad, pero no precisamente en ese instante. Sin embargo, el servicio de mujeres es un lugar seguro, un sitio al que una chica se puede retirar en momentos como ése. La cena ni siquiera ha empezado y ya necesita un respiro.

La estancia es relajante; lujosa, como un spa. Las encimeras son de mármol, los lavamanos son largos y están hechos de acero inoxidable, con una hilera de grifos minúsculos que vierten sin cesar chorritos de agua plateada. Las toallas no son de papel, sino que forman una pila de algodón suave y blanco, y por suerte no hay ningún secamanos de esos que te arrancan la piel hasta las muñecas; odia esos cacharros, te hacen tomar conciencia de que te podrían pelar como una cáscara de naranja. Cuando no hay toallas, prefiere arriesgarse con los microbios y secarse las manos en la falda.

Hay una crema supuestamente hecha con almendras de verdad: Charmaine se la frota por la cara interna de los brazos e inspira. Ojalá pudiera quedarse allí dentro para siempre. Un lugar para mujeres. Como una especie de convento. No, un lugar para chicas, inmaculado, como los camisones de algodón blanco que tenía en casa de la abuela Win, cuando podía sentirse limpia, y no dolida y asustada. Un lugar donde está a salvo.

Cuando pasas la mano por delante del dispensador de papel higiénico suena una melodía. Es el himno del Together; viene de alguna canción antigua que hablaba de no tener ni un céntimo y llevar ropa mugrienta y tener que seguir adelante, hombro con hombro, todo más o menos parecido a cuando Stan y ella vivían en el coche; pero en la canción nada de eso importa, porque los dos están juntos y entonan una canción. Una canción sobre estar juntos, para el restaurante llamado Together.

Esa canción miente. No tener dinero sí importa, y también tener que llevar ropa andrajosa. Y precisamente porque importa, Stan y ella se unieron al Proyecto.

Se mira al espejo, se humedece los labios. ¿Por qué le está costando tanto estar con Ed? Es porque se parece a aquel empollón tan raro, aquel psicópata que tanto la admiraba en el instituto, ¿cómo se llamaba...?

Sé sincera, Charmaine, le dice su reflejo. No sólo te admiraba. Sentía una asquerosa atracción sexual por ti. Solía meterte anónimos en la taquilla, cuya combinación tenía siempre, a pesar de que cambiaste la cerradura dos veces. Aquellas notas escritas a máquina, nunca enviadas por correo electrónico ni escritas a mano, era demasiado listo como para eso; aquellas notas contenían una lista de las partes de tu cuerpo y especificaba cuáles le apetecía más sobar, o incluso penetrar con los dedos. Luego llegó el día del pañuelo mojado que le dejó dentro del bolsillo de la chaqueta, apestando a semen; eso fue realmente asqueroso. ¿Por qué pensaba que ella lo encontraría siquiera un poco atractivo?

Aunque tal vez su objetivo no fuera atraerla. Quizá la meta fuera repelerla y luego conquistarla a pesar de su aversión. El sueño húmedo de un chaval que esperaba ser el rey león, pero que en realidad sólo era un perdedor y un baboso.

Vuelve al comedor. Ed se levanta, le retira la silla. Les han servido un aperitivo de aguacate con gambas, y hay una botella de vino en una cubitera de plata. Él levanta la copa y dice «Por un futuro brillante», que en realidad significa «Por nosotros», ¿y qué otra cosa puede hacer ella, sino alzar la copa también? Pero lo hace con recato. Con la mano temblorosa. Luego suspira. No tiene que fingir el suspiro. Tiene ganas de suspirar.

Se limpia la comisura del ojo y esconde la mancha de rímel negro en la servilleta. A los hombres no les gusta pensar en el maquillaje, quieren creer que todo lo que ven en una mujer es genuino. A menos, claro está, que quieran pensar que sólo eres una raja y que todo lo demás es falso.

—Ya sé que debe de costarte creer en un futuro brillante, tan pronto después de... —dice Ed.

—Ay, sí —contesta ella—. Me cuesta. Me cuesta mucho. ¡Añoro tanto a Stan!

Cosa que es cierta, pero al mismo tiempo está pensando en la palabra «raja». A sólo una letra de la palabra «paja». Fue

Max quien se lo hizo ver, mientras la inmovilizaba contra el suelo, «Dilo, dilo...» Charmaine aprieta las piernas. ¿Y si todavía pudiera...? Pero no, Jocelyn se interpone entre ellos con su mirada sarcástica y esos vídeos extorsionadores. No volverá a permitirle estar con Max. Nunca más.

Eso se acabó, Charmaine, se dice. Terminó.

—Murió como un héroe —dice Ed piadosamente—. Como todos sabemos.

Charmaine mira el trozo de aguacate que le queda en el plato.

—Sí —contesta—. Es un consuelo.

—Aunque, para ser justos —dice Ed—, tengo que reconocer que hay ciertas dudas.

—Oh —contesta Charmaine—. ¿De verdad? ¿Qué clase de dudas?

Una oleada de frío invade su estómago. Bate las pestañas. ¿Se está sonrojando?

—Nada de lo que tengas que preocuparte en este momento —dice él—. Un rumor irresponsable. Que Stan no murió en ese incendio, sino de otra forma. ¡La gente se inventa cosas muy mezquinas! En cualquier caso, los accidentes ocurren y los datos se mezclan. Pero yo puedo ocuparme de ese rumor por ti. Darle una patada en el culo.

Gilipollas, piensa. ¡Me estás presionando! Tú sabes que maté a Stan, sabes que tengo que fingir que murió salvando gallinas, y ahora me estás retorciendo el brazo. Pero fíjate, yo sé una cosa que tú no sabes. Stan no está muerto, y muy pronto volveré a estar con él.

A menos que Jocelyn le haya mentido.

—¿Ha terminado con eso? —pregunta el camarero, un joven moreno con una americana blanca.

En Together quieren que todo parezca salido de una película antigua. Pero ningún personaje de una película antigua habría dicho «¿Ha terminado con eso?», como si comer fuera una especie de trabajo. Y ha olvidado decir «señora».

—Sí, gracias —contesta ella con una sonrisita temblorosa.

Demasiado triste, demasiado refinada, demasiado castigada por el destino como para hacer algo tan directo, tan ansioso, tan ordinario como masticar: ella es así. Ya se dará un atracón cuando llegue a casa. Tiene un paquete de patatas fritas en el armario, a menos que Jocelyn y Aurora se hayan apropiado de él, igual que se apropian de todas las demás cosas de su vida.

El camarero se lleva el plato. Ed se inclina hacia delante. Charmaine se echa hacia atrás, pero no demasiado. Quizá no tendría que haberse puesto ese vestido negro con el escote en uve, pero Jocelyn lo ha elegido por ella. Eso y el sujetador con realce que lleva debajo. «Tienes que sugerir que podría mirar hasta abajo —le había dicho—. Pero no dejes que lo haga. Recuerda que estás de luto. Vulnerable pero inaccesible. Ése es tu juego.»

Trabajar en secreto con Jocelyn de esa forma en cierto modo es emocionante. Tiene que admitirlo. Se ha maquillado con esmero y se ha puesto un poco más de polvos para parecer más pálida.

—Respeto tus sentimientos —dice Ed—. Pero eres joven, tienes toda la vida por delante. Deberías vivirla con intensidad.

Ahí viene su mano, planeando con lentitud por encima del mantel blanco, como una manta raya en uno de esos documentales de las profundidades marinas. Está descendiendo sobre la de ella, que no la debería haber dejado encima de la mesa tan descuidadamente.

—En estos momentos no creo que algún día sea capaz de hacerlo —explica Charmaine—. Lo de poder vivir con intensidad. Lo que siento es que mi vida ha terminado.

Sería sorprendentemente grosero que apartara la mano. Sería como una bofetada. Ed pone la suya encima: la tiene húmeda. Palmadita, palmadita, palmadita, apretoncito. Luego, por suerte, la aparta.

—Tenemos que volver a teñir esas mejillas del color de las rosas —dice él. Ahora se ha puesto paternal—. Por eso me he tomado la libertad de pedirte un filete. Para que te suba el hierro.

Y ya tiene el filete delante, abrasado y marrón, marcado con una cuadrícula de rayas negras de las que emana la sangre caliente. De acompañamiento, tres brócolis en miniatura y dos patatas nuevas. El olor es delicioso. Está hambrienta, pero sería una estupidez demostrarlo. Tiene que dar minúsculos bocados femeninos, como mucho. Tal vez debería dejar que Ed le cortara la carne.

—Oh, es demasiado —jadea—. No podría...

—Tienes que hacer un esfuerzo —dice él.

¿Se atreverá a meterle un bocado en la boca? ¿Le dirá «Abre la boca»? Para disuadirlo, Charmaine se come un trocito de brócoli.

—Has sido muy amable —le dice—. Me has apoyado mucho.

Ed sonríe; le brillan los labios de tanta grasa.

—Me gustaría ayudarte —dice—. No deberías volver a tu antiguo trabajo en el hospital, sería demasiada presión. Demasiados recuerdos. Creo que tengo un trabajo que podría gustarte. Nada demasiado estresante. Puedes ir adaptándote poco a poco.

—Ah —responde Charmaine. Tiene que intentar no parecer demasiado ansiosa—. ¿En qué consistiría?

—En trabajar conmigo —explica Ed—. Como mi asistente personal. Así podré vigilarte. Asegurarme de que no te cansas demasiado.

A mí no me engañas, piensa Charmaine.

—Bueno, no sé... Eso suena... —dice como si vacilara.

—No tenemos por qué hablarlo ahora —la interrumpe él—. Ya tendremos tiempo de hacerlo. Ahora, a comer como una buena chica.

Ése es el papel que ha elegido para ella: el de buena chica. Siente una repentina oleada de nostalgia de Max. Para él era una chica mala. Era mala y merecía que la castigaran. Se echa hacia delante para cortar una patata y Ed también se inclina. Charmaine sabe exactamente qué ve desde donde está: ha ensayado los distintos ángulos en el espejo. Una curva de pecho y un poco de encaje negro.

¿Ed está sudando? Sí, no cabe duda. ¿Es su rodilla lo que ha impactado con suavidad con la suya por debajo de la mesa? Sí: Charmaine sabe reconocer el contacto de una rodilla. Aparta la pierna.

—Ya está —dice—. Estoy comiendo. Me estoy portando bien.

Lo mira por encima del borde de la copa de vino: su mirada de ojos azules, su mirada de niña. Luego toma un sorbo de vino y frunce los labios haciendo un puchero. Puede que deje un beso de pintalabios en la copa, como si fuera sin querer. Un beso pálido, la sombra de un beso, como un susurro. Nada demasiado descarado.

Fletado

Stan se despierta y se duerme, se despierta y se duerme, se despierta. Se ha tomado una de las pastillas que le dio Veronica, que lo ha dejado frito, aunque no por mucho tiempo, y ahora está superalerta. No quiere tomar más pastillas, por si el avión aterriza pronto. No puede estar dormido cuando eso ocurra: tal vez necesite funcionar a toda máquina, aunque no imagina para qué. Salvar al mundo con una capa azul y una peluca de Elvis repeinada como una cola de pato no lo convence ni siquiera como fantasía. Aunque contará con el factor sorpresa si el enemigo cree que es un robot.

¿Qué enemigo? En Positrón el enemigo es Ed —obsesivo vendedor de órganos corporales, hipotético vampiro de sangre de bebés—, pero ¿quién será el enemigo cuando llegue a Las Vegas? En la oscuridad absoluta, pasa ante sus ojos un desfile de enemigos potenciales. Posibles corruptores de Charmaine, secuestradores de Veronica, pelotones de esclavistas mucho más lujuriosos que él, de piel escamosa, uñas que parecen garras y ojos de lagarto con las pupilas alargadas. Además, poseen una fuerza sobrehumana y pueden trepar por las paredes de los rascacielos como si fueran lepismas humanos.

Ahí va uno de ellos, saltando de un tejado a otro, con Charmaine debajo de un brazo y Veronica debajo del otro. Pero Stan acude al rescate. Por suerte, su capa azul de Elvis y la hebilla plateada de su cinturón tienen poderes mágicos. «Suelta a esas mujeres o me pondré a cantar *Heartbreak Hotel*. Y no te va a gustar.» El monstruo se estremece y se tapa las orejas puntiagudas. Mientras está distraído, Stan presiona la hebilla plateada de su cinturón y de ella sale un rayo letal. El monstruo grita y se desintegra. Las dos bellezas ligeras de ropa caen y sus prendas diáfanas flotan por el aire. Stan da un salto, echa a volar y coge a las débiles preciosidades entre sus brazos. Pesan demasiado, está perdiendo altura, ¡está a punto de estrellarse! ¿A cuál de las débiles preciosidades debería salvar? ¿Y cuál se estrellará contra el suelo? No puede salvarlas a las dos. Teniendo en cuenta que Veronica nunca se follará nada que no sea un animal de peluche, tal vez deba quedarse con Charmaine.

Y ahí termina su fantasía, que lo acaba llevando de vuelta a la mesa del desayuno, donde Charmaine y él discuten sobre cuál de los dos ha sido más infiel, y sobre si ella quería matarlo o no, y entonces aparecen las lágrimas. «¿Cómo puedes pensar eso de mí? ¿Es que no nos queremos?» ¿Sí o no? No vale contestar «Quizá». Haga lo que haga, quedará como un gilipollas. O un calzonazos. ¿Ésas son las únicas opciones que tiene?

• • •

Se come la barrita energética, que sabe a serrín con gusto a coco. Allí dentro hace un frío de muerte. ¿Cuánto va a durar este puto vuelo? ¿Por qué no tiene un reloj con luz? Está completamente a oscuras y del ruido es mejor no hablar. Stan sabe —se lo dice la parte racional de su cerebro— que va dentro de una caja forrada de satén, que a su vez está sujeta, junto a otros cuatro robots de Elvis, dentro de un Elemento Unitario de Carga, metido en la bodega de un avión transcontinental. Pero la otra parte de su cerebro —que en ese momento es la predominante—, le dice que lo han enterrado vivo. «¡Sacadme de aquí! ¡Sacadme de aquí!», grita en silencio. Se oye el ladrido amortiguado de un perro a modo de respuesta. Algún animalito triste, esclavo y juguete de alguna concubina enjoyada, que sin duda será a su vez el animalito triste de un delicado plutócrata sádico. Stan se solidariza con ellos.

Ha sido tan tonto que se ha bebido dos de las tres botellas de agua que le ha dado Veronica, y ahora, como es evidente, ¡evidente!, tiene que mear. Veronica le ha explicado que tiene que hacerlo dentro de la bolsa de agua caliente vacía, pero ¿dónde coño está? Rebusca por la caja, la encuentra enredada en su capa, le quita el tapón. ¿Por qué no le han dado una linterna? Porque podría olvidar apagarla y entonces los rayos de luz que salieran por los respiraderos lo delatarían, y alguien destaparía la caja y le apuntaría una pistola. «¡Oye, tío! ¡Este Elvis no es un robot; este Elvis está vivo! ¡Un Elvis viviente! ¡Trae los ajos y la estaca!»

Relájate, Stan, se ordena. El siguiente desafío del concurso: desabrochar la bragueta de Elvis. Manosea la cremallera. Se encalla. ¡Claro! ¡Claro!

—Puta mierda —dice en voz alta.

—Stan, ¿eres tú? —pregunta un susurro en su oído.

Es Veronica que le habla por su Red Privada Virtual; su voz, incluso sólo al susurrar, le provoca una punzada de electricidad sexual que le recorre el espinazo.

—Baja la voz —dice ella—, puede haber micrófonos en la bodega. ¿Va todo bien?

—Sí —le contesta Stan con otro susurro.

No piensa decirle que no ha conseguido sacarse la polla de su resplandeciente traje blanco y, en consecuencia, se ha mojado los pantalones.

—¿Qué haces despierto? ¿Estás preocupado?

—La verdad es que no, pero...

—Todo está controlado. Nadie te preguntará nada. Tú limítate a seguir el plan.

«¿Qué puto plan?», quiere preguntar, pero no lo hace.

—Vale, ya me tranquilizo —dice.

—¿Te has tomado una pastilla?

—Sí, me la he tomado antes. Pero no quiero tomarme otra, necesito estar alerta.

—No pasa nada, tómate otra si quieres. Tómate dos, todo irá bien. ¿Tienes las manos frías? Recuerda que tienes un calientamanos. Sólo debes abrir el paquete y agitarlo y ya se calienta.

—Gracias —susurra.

Incluso ahora, cuando las cosas no van muy bien, cuando van realmente mal, dado que está chapoteando sobre una tela de satén cálida, húmeda y aromática que pronto estará fría, húmeda y apestosa, no puede evitar imaginarse a Veronica tumbada a su lado en el Elemento Unitario de Carga. La perfección esculpida, tan suave, tan bien torneada, tan incitante. Calientamanos. Le encantaría poder abrir el envoltorio que la contiene a ella y agitarla, sentir cómo se calienta.

Stan, Stan, se dice. Tienes una misión. ¿Puedes dejar de pensar como un babuino prehumano adicto al sexo por un minuto?

—¿Cuánto falta? —susurra.

—Oh, puede que una hora. Vuelve a dormirte, ¿vale?

—Vale —le contesta en un murmullo.

Stan se queda medio dormido, pero entonces, en su oído, vuelve a oírla susurrar.

—Oh, cariño. Oh, sí. ¡Eres tan suave! ¡Eres tan fuerte!

Por un momento piensa que está hablando con él. Pero no tiene esa suerte: se lo está montando con el osito de punto azul. Debe de haber olvidado apagar el micrófono, o bien lo está torturando por algún oscuro motivo. ¡Porque es una tortura! ¿Qué es peor: escuchar o no escuchar? Querría gritarle: «¡Espera, espera! ¡Yo puedo hacerlo mejor!»

—Sí, sí... oh, más fuerte...

¡Esto es obsceno! Desesperado, se traga tres de esas pastillas tan oportunas y se queda inconsciente.

Fetiche

La mañana siguiente a la cena de Charmaine con Ed, Jocelyn llega a la casa con su elegante coche negro. Esta vez sin chofer, ni rastro de Max/Phil: debe de haber conducido ella. Aurora la acompaña.

Charmaine las observa por la ventana de enfrente mientras avanzan por la acera, las dos con trajes formales. Ella está en desventaja: despeinada, con la bata puesta y sin maquillar. Se siente como si tuviera resaca, aunque no bebió casi nada: es el efecto tóxico de Ed.

Jocelyn tiene la cortesía de llamar al timbre, pese a tener llave, y Charmaine dice «Adelante», aunque sabe que entrarían de todas formas.

—Prepararé un poco de café —anuncia Aurora con su voz más eficiente.

—Gracias, ya sabes dónde está todo —dice Charmaine.

Se supone que es un reproche por su manera de fisgonear en su vida, pero Aurora no lo entiende así, o no le presta atención. Jocelyn sigue a Charmaine hasta la sala de estar.

—¿Y bien? —pregunta—. ¿Ha picado el anzuelo? Aunque ya estaba bien colado por ti.

Charmaine le cuenta la velada, incluido lo que comieron, todo lo que dijo Ed y todo lo que ella contestó. Menciona la oferta de trabajo, pero Jocelyn ya lo sabía, porque Ed le pidió consejo al respecto. Ella está más interesada en el lenguaje corporal. ¿La cogió del brazo cuando salían del restaurante? Sí. ¿La rodeó por la cintura en algún momento? No. ¿Intentó darle un beso de buenas noches?

—Hubo un momento —explicó Charmaine—. Se inclinó hacia delante de esa forma que tienen ellos de hacerlo. Pero yo retrocedí un paso y le di las gracias por una noche tan agradable y por ser tan comprensivo, y luego entré en casa.

—Perfecto —opina Jocelyn—. «Comprensivo», buena elección. Es lo mismo que decir: «Te considero un amigo.» Tienes que mantener las distancias sin rechazarlo del todo. ¿Puedes hacerlo?

—Lo intentaré —contesta Charmaine. A continuación necesita preguntarle algo. Si no, ¿qué sentido tendría todo lo que está haciendo?—. ¿Dónde está Stan? ¿Cuándo podré verlo?

—Todavía no —responde Jocelyn—. Primero debes jugar algunas cartas a nuestro favor. Pero está perfectamente, no te preocupes.

Aurora entra con la bandeja y tres tazas de café.

—Y en cuanto a tu nuevo trabajo... —dice—. Esto es lo que queremos que te pongas.

Han vuelto a hurgar entre su ropa y han añadido un par de conjuntos más; lo tienen todo planeado.

Aurora la pone nerviosa. ¿Por qué está confabulada con Jocelyn? ¿Por qué arriesga su trabajo? ¿Ha cometido algún delito del que se haya enterado Jocelyn? Charmaine es incapaz de imaginarlo.

Para su primer día como ayudante personal de Ed, Charmaine se pone un traje negro con ribetes blancos y solapas anchas. Lleva una blusa blanca debajo, con volantes blancos de encaje en el cuello, una mezcla entre plumas de ángel y braguitas. Se sienta fuera del despacho de Ed y no hace mucho más. Tiene un ordenador con el que se supone que debe hacer el seguimiento de las citas de Ed, pero su agenda digital parece funcionar sola y él introduce citas sin comunicárselo. Aun así, Charmaine sabe dónde está la mayor parte del tiempo, si es que eso sirve de algo. Ed le pide que mande correos electrónicos a algunas personas y les diga que no puede verlos porque tiene compromisos anteriores; también que busque en su agenda los números de algunos contactos en Las Vegas. Uno es de un casino, otro parece ser la consulta de un médico, pero el tercero es el de la nueva central de Ruby Slippers que han abierto allí después de adquirir la cadena, y Charmaine se pone nostálgica. Ojalá conservara su antiguo trabajo en la delegación local de Ruby Slippers, donde tan feliz era.

O bastante feliz al menos. Ser simpática con los huéspedes y planificar actividades especiales para ellos no era lo que la mayoría de la gente consideraría un estímulo, pero a ella la compensaba poder hacer que brillara un rayo de sol en las vidas de los demás; se le daba bien y se sentía valorada.

Ed pasa por delante de su escritorio y le dice: «¿Cómo va todo?» Luego se mete en su despacho y cierra la puerta. Un perro amaestrado podría hacer este trabajo, piensa Charmaine. En realidad no es un trabajo, es una excusa. Me quiere donde pueda ponerme las manos encima.

Pero no le pone las manos encima. No la lleva a comer ni intenta ninguna artimaña, aparte de sonreírle bienintencionadamente y asegurarle que pronto se acostumbrará a todo eso. Ni siquiera le pide que entre en su despacho, excepto para llevarle café. Charmaine ha tenido una pequeña ensoñación, una pequeña pesadilla, en la que veía a Ed arrinconándola allí, cerrando la puerta y acercándose a ella con una mirada lasciva. Pero eso no llega a ocurrir.

¿Qué hay en los cajones del escritorio de Charmaine? Sólo algunos bolígrafos y clips, esas cosas. Nada de interés.

Hay algo más, le dice a Jocelyn, que se ha acercado a última hora de la tarde para que le dé el parte. Hay un mapa colgado en la pared, detrás del escritorio de Ed, lleno de chinchetas. Las de color naranja indican las Penitenciarías Positrón que están en construcción. Ed le ha explicado que ahora son una franquicia: hay un plan básico, unas instrucciones; es como las cadenas de hamburgueserías pero con cárceles. Las chinchetas rojas indican las sucursales de Ruby Slippers. Hay más de ésas, porque es una empresa que lleva más tiempo en marcha.

Ed parece muy orgulloso de ese mapa. Se aseguró de que ella estuviera mirando el día que clavó una chincheta nueva, cerca de Orlando.

Cuando Charmaine llevaba cinco días en el trabajo, llamaron tres gobernadores y Ed se emocionó bastante. «Quieren montar una en su estado —lo oyó decir por teléfono ella—. ¡El modelo funciona! ¡Vamos viento en popa!»

A finales de semana se fue a Washington para reunirse con algunos senadores —Charmaine sacó los billetes y reservó el hotel—, pero aunque parecía satisfecho cuando regresó, no le explicó lo que había pasado.

—¿Has entrado en el despacho de Ed mientras no estaba? —pregunta Aurora.

—Está vigilado —responde Charmaine—. Me lo dijo él mismo.

—Yo estoy al mando de la Vigilancia, ¿recuerdas? —dice Jocelyn—. Por eso sé que tienes vía libre. La próxima vez entra. Echa un vistazo. Pero no toques su ordenador. Se daría cuenta.

A mediados de la segunda semana, Charmaine dice:

—No lo entiendo. Según decís las dos, está loco por mí...

—Uy, ya lo creo —responde Aurora—. Está coladito.

—Pero apenas me mira, y no ha vuelto a pedirme que salga con él. Y el trabajo que hay es insignificante. ¿Por qué quiere tenerme allí?

—Para que nadie más pueda acercarse a ti —dice Jocelyn—. Me ha pedido que te siga cuando vas y vuelves del trabajo y que lo informe de cualquiera que venga a visitarte a casa, sobre todo si es un hombre. No hace falta decir que no le digo nada de mis visitas. Las de Aurora sí, eso sí que se lo explico. Se supone que tiene que hacer terapia de duelo contigo.

—Pero ¿qué...? No entiendo qué sentido tiene todo esto —dice Charmaine.

—Yo tampoco lo entiendo mucho —reconoce Jocelyn—. Pero ya casi tiene acabado tu doble. Mira.

Abre una ventana de su PosiPad: unas imágenes con mucho grano de un pasillo, Ed lo recorre. Entra por una puerta.

—Son imágenes de las cámaras de vigilancia —explica—. Lamento la mala calidad. Esto es Posibilibots, donde hacen los robots sexuales.

Charmaine recuerda que Stan le explicó algo al respecto, pero no le había prestado mucha atención, estaba demasiado distraída con Max. El sexo real con él era tan, tan... «Divino» no era la palabra. Y si puedes tener algo así, ¿para qué vas a querer un robot?

Dentro de la habitación, luz intensa. Se ven un par de hombres: uno con gafas, el otro sin. Llevan batas verdes. Hay un montón de cables y chismes.

—¿Cómo va? —les pregunta Ed.

—Ya casi está lista para la prueba —contesta el de las gafas—. De momento sólo tiene el prosticuerpo estándar, con las acciones normales. No podemos fabricar el cuerpo personalizado sin las medidas y unas cuantas fotos para ver los detalles.

—Eso ya lo haremos más adelante —dice Ed—. Dejadme verla.

Se desplaza hasta una mesa, ¿o es una cama? Se ve una sábana floreada sobre la silueta de un cuerpo. Margaritas y claveles. Ed retira una esquina de la sábana.

Y ahí está la cabeza de Charmaine, su mismísima cabeza, con su pelo, un poco despeinado. Está durmiendo. Parece tan real, tan viva: juraría que hasta puede ver el movimiento de su pecho al respirar.

—¡Oh, Dios mío! —exclama—. ¡Soy yo! Esto es tan...

Siente un escalofrío de terror. Por otra parte, es emocionante y extraño al mismo tiempo. ¡Otra Charmaine! ¿Qué le ocurrirá?

Ed se inclina y le acaricia la mejilla con suavidad. Los ojos de la muñeca se abren, alarmados.

—Perfecta —dice Ed—. ¿Ya le habéis programado la voz?

—Cógela del cuello —le indica uno de los hombres, el que lleva gafas—. Aprieta un poco.

Ed lo hace.

—¡No! ¡No me toques! —pide la cabeza de Charmaine.

Los ojos se cierran y la cabeza se echa hacia atrás en actitud de rendición.

—Ahora bésale el cuello —dice el hombre que no lleva gafas—. Le puedes dar un mordisquito, pero no muy fuerte.

—Tienes que intentar no traspasar la piel —añade el otro—. Podrías provocar un cortocircuito.

—Pueden ser muy desagradables —comenta el que no lleva gafas.

—Está bien, allá voy —dice Ed, como si estuviera a punto de tirarse a una piscina.

Agacha la cabeza. En la cámara se ven dos brazos blancos que se levantan y lo abrazan. Se oye un gemido por debajo de Ed.

—Has dado en el blanco —comenta el tipo sin gafas.

—El gemido significa que vas por buen camino —dice el otro—. Ya verás cuando la pruebes en serio.

—Genial —dice Ed—. Es tal como esperaba. Os merecéis una medalla, chicos. ¿Cuándo me la entregaréis?

—Mañana —responde el hombre de las gafas—. Si quieres seguir con esta copia. Sólo hay que hacerle un par de ajustes.

—¿No quieres esperar a que tengamos el cuerpo personalizado? —pregunta el otro.

—De momento, me quedaré con éste —contesta Ed—. Cuando tenga los datos y las fotografías os los enviaré para que lo cambiéis. —Se inclina sobre la cabeza, que vuelve a estar dormida—. Buenas noches, cariño —murmura—. Nos vemos muy pronto.

La grabación termina. Charmaine está mareada.

—¿Va a tener relaciones sexuales con ella?

Experimenta un extraño sentimiento de protección respecto a su doble artificial.

—De eso se trata —dice Jocelyn.

—¿Y por qué no...? Quiero decir, me lo podría pedir a mí. Casi podría obligarme a hacerlo.

—Tiene miedo de que lo rechaces —interviene Aurora—. Le ocurre a mucha gente. De esta forma, nunca se sentirá rechazado por ti.

—Por cierto, te aviso —comenta Jocelyn—. Me ha pedido que coloque algunas cámaras en tu baño; quiere sacar fotografías para el cuerpo personalizado.

—Pero no lo harás, ¿verdad? —dice Charmaine.

Exhibirse delante de una cámara oculta fingiendo no saber que está ahí... es la clase de cosa que habría podido pedirle Max. De hecho se la había pedido. «Date la vuelta. Levanta los brazos. Inclínate.» Lo gracioso es que había cámaras de verdad.

—Es mi trabajo —dice Jocelyn—. Si no lo hago, sabrá que pasa algo.

—Bueno. Pues no me bañaré —replica Charmaine—. Ni me ducharé —añade.

—Yo que tú no adoptaría esa actitud —dice Aurora—. No ayuda. Imagínate que estás actuando. Queremos que él siga adelante con su plan.

—En cierto modo es una asunto de negocios —explica Jocelyn—. Eres como un modelo de muestra. ¿Te imaginas la demanda que habría de robots personalizados como éste, una vez se eliminen las imperfecciones del proceso? Además de ésos, creemos que está ideando una especie de híbrido. Aunque no lo sabemos seguro —dice Jocelyn.

—¿Un híbrido de qué? —pregunta Charmaine.

—Cielos, ¡mira qué hora es! —exclama Aurora—. ¡Si no me voy a dormir pronto, mañana tendré mala cara!

—Creo que yo pasaré por Posibilibots —comenta Jocelyn—. Sólo quiero asegurarme de que en este proyecto especial de Ed la seguridad está controlada. No vaya a ser que alguien lo sabotee la primera vez que quiera dar una vuelta a la manzana para probar su cacharro nuevo.

—¿Una vuelta? —repite Charmaine—. ¿Qué tienen que ver los coches con esto?

Jocelyn se ríe. No suele reír demasiado.

—Eres increíble —le dice a Charmaine—. No hablaba de ningún coche.

—Oh —dice ella un minuto después—. Ya lo he pillado.

Disfunción

Al día siguiente, Ed no está en el despacho. No hay ninguna anotación en su agenda que sugiera dónde puede estar. Charmaine se toma la libertad —o más bien se aventura— y llama a la puerta. Como nadie contesta, decide entrar. No hay ni rastro de Ed. La mesa está impecable. Echa un vistazo rápido a un par de cajones del escritorio: ve unas cuantas carpetas, pero sólo contienen planes de expansión para Ruby Slippers. No hay recibos de billetes de avión, nada. ¿Adónde puede haber ido?

Se supone que no debe contactar con Jocelyn durante el día, ni escribirle ni llamarla ni enviarle correos electrónicos: el lema de Jocelyn es «No dejar rastro». Como no tiene órdenes que cumplir, Charmaine pasa el rato pintándose las uñas, que es una actividad muy relajante cuando una está nerviosa y encerrada. Hay personas a las que les gusta lanzar objetos, como vasos de agua o piedras, pero pintarse las uñas es mucho más positivo. En su opinión, si la adoptaran más líderes mundiales, habría menos sufrimiento en el mundo.

Cuando sale de su supuesto trabajo, se va directa a casa. Jocelyn la está esperando en la sala de estar, sentada en el sofá, descalza y con los pies sobre la tapicería. Charmaine se encoge al ver esos pies. Mientras Jocelyn está vestida, le parece improbable que Max/Phil le haya podido hacer el amor alguna vez, pero cuando está descalza y se le ven los pies con dedos de verdad... Y Charmaine ha de admitir que tiene unas piernas estupendas. Unas piernas que Max/Phil debe de haber acariciado, en dirección ascendente, en muchas ocasiones.

Es incapaz de imaginarse a Jocelyn presa de la pasión; no se la imagina diciendo la clase de cosas que le gusta escuchar a Max. Siempre se la ve tan controlada. Para alterarla haría falta, como mínimo, retorcerle los pulgares en una sala de torturas.

—Me estoy tomando un whisky —dice Jocelyn—. ¿Te apetece uno?

—¿Por qué? ¿Qué ha pasado? —pregunta Charmaine. ¿Le va a dar una mala noticia?—. ¿Qué le ha ocurrido a Stan?

—Stan está bien —contesta Jocelyn—. Está descansando.

—Entonces sí —responde Charmaine.

Se deja caer en la butaca; se siente tan aliviada que se le aflojan las rodillas. Jocelyn baja los pies, los posa en el suelo y camina hasta la cocina para servirle la copa a Charmaine.

—Creo que lo querrás con agua, pero sin hielo —dice. Ni siquiera lo pregunta. Maldita sea, piensa Charmaine, ¿cuándo va a dejar de decidir por mí?

—Gracias —responde. Ella también se quita los zapatos—. Hoy ha ocurrido algo curioso —explica—. Ed no estaba en su despacho. Y no tiene nada en la agenda, no tenía ninguna cita. Ha desaparecido sin más.

—Ya lo sé —dice Jocelyn—. Pero no ha desaparecido. Está en la enfermería del hospital de Positrón. Ha tenido un accidente.

—¿Qué clase de accidente? —pregunta Charmaine—. ¿Es grave?

Puede que haya tenido un accidente de coche. Quizá muera y entonces ella ya no tendrá que preocuparse por cuál va a ser el siguiente paso. Pero si Ed muere, Charmaine perderá el poco poder que tiene. Dejará de ser útil para Jocelyn. Será prescindible.

Tiene una idea: ¿por qué no hacer lo que quiere Ed? Convertirse en lo que él desea. En su amante. Así estaría a salvo, ¿no?

—Un accidente doloroso, supongo —dice Jocelyn—. A juzgar por los vídeos de las cámaras de vigilancia. Pero es temporal. Pronto estará bien.

—Oh, no —dice Charmaine—. ¿Se ha roto algo?

—No tiene nada roto. Pero sí algunas molestias. —Jocelyn sonríe y esta vez no es una sonrisa amistosa—. En realidad, ha sido mientras se lo hacía contigo.

—¿Conmigo? —pregunta Charmaine—. Eso es imposible. Yo no he...

—Bueno, con tu gemela malvada —admite Jocelyn—. El prostibot con tu cabeza. Se dejó llevar. Te apretó demasiado fuerte el cuello y luego te mordió.

—A mí no —dice Charmaine. La está provocando—. ¡No soy yo!

—Ed creía que sí —replica Jocelyn—. Esos cacharros pueden resultar muy convincentes cuando se combinan con una fantasía personal, que siempre es el ingrediente mágico, ¿no crees?

Charmaine se ruboriza sin poder evitarlo. Así que Jocelyn no la ha perdonado: aún le tiene guardada su aventura con Max. Con Phil.

—¿Qué le he... qué le ha hecho? —pregunta—. A Ed.

—Se ha producido una especie de cortocircuito —explica Jocelyn—. Esos circuitos son muy sensibles; la mínima interferencia basta para alterarlos, como algún objeto extraño, algo como, bueno, un alfiler. Puede que lo insertaran de forma deliberada. Algún funcionario resentido. ¿Quién sabe cómo puede haber ocurrido?

—Es horrible —dice Charmaine.

—Sí, es terrible —admite Jocelyn. ¿Es posible que eso sea una sonrisa? No es exactamente una sonrisa dulce, pero Jocelyn no suele sonreír de esa forma—. En cualquier caso, el robot tuvo un espasmo y atrapó a Ed, y luego empezó a agitarse.

—Oh, Dios mío —exclama Charmaine—. ¡Podría haber muerto!

—Y eso habría sido terrible para el negocio de Posibilibots, en caso de que se filtrara la noticia —continúa Jocelyn—. Por suerte, yo lo estaba vigilando y envié a los paramédicos antes de que los daños fueran demasiado graves. Le han puesto unas cuantas bolsas de hielo y le están administrando antiinflamatorios. No tendrían que salirle demasiados moretones. Pero no te sorprendas si lo ves caminar como un pato.

—Oh, Dios mío —repite Charmaine.

Se ha tapado la boca con las manos. Piense lo que piense de Ed, no sería apropiado reírse. Una persona es una persona, por muy rara que sea. Y el dolor es dolor. Sólo pensar en el de Ed se nota un hormigueo en la espalda.

—Aunque estaba muy enfadado contigo —prosigue Jocelyn con su voz distante—. Te devolvió a la tienda y ordenó que te destruyeran.

—¡A mí no! —exclama Charmaine—. ¡No soy yo de verdad!

—No, claro que no. Ya sabes a qué me refiero. Los chicos de la tienda dijeron que lo lamentaban y que te habían probado antes de entregarte, pero tal como ya le habían explicado, era una versión beta y estas cosas pasan. Dijeron que podían arreglarla, pero él les contestó que no se molestaran, porque ya no quiere más sustitutas.

—Oh —dice Charmaine y siente que se viene abajo—. ¿Eso significa lo que pienso? Me dijiste que no le dejara...

—Y sigue en pie —la interrumpe Jocelyn—. Pronto estará recuperado y entonces tendrás que estar visible, pero fuera de su alcance. Es crucial; debo insistir en lo importante que es y en lo importante que eres tú. Todo depende de ti. Tienes que ser el queso para la rata Ed. Eres inteligente, puedes hacerlo.

No es muy agradable que te digan que eres un trozo de queso, pero Charmaine se alegra de que Jocelyn le haya dicho que es importante. E inteligente. Hasta ahora, había tenido la sensación de que la consideraba idiota.

Desempaquetado

Stan se despierta sobresaltado. Todavía está a oscuras, pero se está moviendo muy rápido por el aire, con los pies por delante. Entonces oye un golpe seco. Voces amortiguadas. Clac, clac, clac, clac: los cierres del cofre. La tapa se levanta, entra la luz. Parpadea cegado por el resplandor. Unos brazos forrados de tela blanca se acercan a él, lo incorporan.

—¡Alehop!

—Vaya, ¿qué es ese olor?

—Consíguele otros pantalones. Bueno, mejor un traje nuevo.

—No seas tan duro, no lo ha hecho a propósito.

—¡Venga, todos a la vez! ¡Arriba!

Sacan a Stan de la caja forrada de satén y lo ponen de pie. ¿Cuánto tiempo lleva dormido? Parece que hayan transcurrido días. Sacude la cabeza, intenta abrir los ojos. La habitación está iluminada por una hilera de leds que hay en el techo; le parecen muy brillantes, pero eso es porque lleva mucho tiempo a oscuras. Le da la sensación de estar en un despacho; hay armarios archivadores, un par de escritorios. Un ordenador.

Dos imitaciones de Elvis con capas de color blanco y azul plateado lo sujetan de los brazos; tres más lo están observando. Todos llevan el peinado, la hebilla del cinturón, las hombreras, los labios. El bronceado falso. Hay siete u ocho más apoyados contra la pared, pero ésos no parecen reales.

—No lo sueltes, ¡se caerá!

—Oh, Dios, ¡se le ha caído la boca!

—Parece un muerto viviente.

—Sé útil por una vez en la vida y tráele un café.

—Yo creo que necesita una bebida energética.

—¿Por qué no le damos las dos cosas?

Aparece otro Elvis con otro traje de Elvis. Stan parpadea. Por Dios, ¿cuántos hay allí?

—Venga —dice el más alto; parece ser el líder—. Vamos a ponerte algo más cómodo. No te avergüences, aquí todo el mundo se ha meado encima por lo menos una vez en la vida.

—Y algunos ni siquiera estaban encerrados en una caja —añade otro—. Allí hay un servicio.

—¡No miraremos!

—¡O puede que sí!

Risas.

Joder. Son todos gays, piensa Stan. Una habitación llena de versiones gays de Elvis. ¿Es un error, habrá llegado allí por equivocación? Espera que no pretendan... ¿Cómo puede hacerles entender que es completa e irreversiblemente heterosexual sin parecer grosero?

—Gracias —murmura. Tiene los labios entumecidos. Empieza a caminar hacia el servicio. Le tiemblan las piernas; se detiene y se apoya en una mesa—. Dónde está Veron... ¿dónde está la Marilyn con la que vine?

Es mejor no decir el nombre de Veronica mientras no sepa lo que está pasando. ¿Cómo encajan en el plan de Jocelyn esos remedos gays de Elvis? ¿O sólo son una estación de paso? Quizá Veronica tenía que haber ido a buscarlo, pero no lo consiguió y lo entregaron allí por error.

¿Y si Jocelyn no sabe dónde está? Podría esconderse durante un tiempo con todos esos Elvis y luego largarse a la costa, mezclarse con la población local. Decir que está montando una empresa de tecnología. Conseguir un trabajo de camarero. Después pensaría en cómo volver a ponerse en contacto con Charmaine, suponiendo que sea posible. Pero ¿cómo? Para empezar, no tiene dinero.

—¿Esa Marilyn? Está con las demás —dice el jefe Elvis—. Ellas no viven aquí.

—La clientela es muy distinta. A las que van de Marilyn sólo les tocan hombres. Ahí tienes el bronceador, retócate un poco. Vuelve a pegarte los labios. Ah, y allí hay una caja de patillas.

Stan quiere preguntar qué tipo de clientes tienen los robots de Elvis, pero eso puede esperar. Se tambalea hasta el baño y cierra la puerta. Se quita los apestosos y húmedos pantalones blancos, los tira dentro de lo que supone que es un cubo para la ropa sucia, se seca con una toalla, se lava un poco. También se cambia la chaqueta y la capa, pero se queda con el mismo cinturón que llevaba puesto, con su hebilla. Pasa los dedos por encima, por detrás y por delante. Si lleva un dispositivo dentro, tiene que haber alguna forma de abrirlo, pero no encuentra ningún botón ni ningún cierre.

Se abrocha el cinturón —por lo menos, después del tiempo que ha pasado en tránsito está más delgado—, luego se mira la cara al espejo. Menudo desastre. Tiene una patilla colgando, se le ha corrido el bronceado y se le han movido las cejas. Se arregla los labios como buenamente puede —hay un poco de pegamento con las patillas de recambio—, y se pone algo más de bronceador. Levanta el labio superior e intenta recrear esa mueca tan propia de Elvis. Grotesco.

Le llegan las voces de los demás, que están hablando de él al otro lado de la puerta.

—¿A ti qué te parece? ¿Es material UR-ELF?

—¿Sabe cantar?

—Tendremos que averiguarlo. Tendrá que hacer también el meneo de caderas, sin eso no funciona.

—¿A mí me lo cuentas?

—Oh, déjalo ya, intenta ayudar un poco.

Stan sale del baño. Los otros imitadores de Elvis lo animan.

—¡Mucho mejor!

—¡Un hombre nuevo!

—¡Me encantan los hombres nuevos!

—Ven, tómate un café. ¿Azúcar?

Los Elvis hacen que se siente en una silla y lo observan mientras toma unos sorbos de café. Babea: cuesta cogerles el punto a los labios falsos.

—Tienes que hacerlo así —dice uno de ellos, frunciendo los labios como si simulara una especie de hocico—. Pronto te acostumbrarás.

—Gracias —contesta Stan.

—Intenta decirlo con la voz más grave. «Gru-acias.» Proyecta la voz desde el plexo solar. Como si fuera un gruñido... Elvis tenía una gama de sonidos alucinante.

—Bueno —dice el jefe Elvis—, ¿en qué posición te ves? Aquí en UR-ELF tenemos una gran variedad. Tenemos el Elvis Cantante: bailes, fiestas, cualquier cosa que requiera un poco de espectáculo; son los más caros. El Elvis Casamentero; necesitarás un certificado para que sea legal, pero aquí es fácil conseguirlo. El Elvis Acompañante: para ir a eventos, llevar al cliente a cenar y quizá a ver algún espectáculo.

—Y hacer de Elvis Chofer si te lo piden —dice uno de los otros—. Un poco de turismo por la ciudad y esas cosas; tal vez quieran que las lleves de compras. Eso es lo que más me gusta. Y el Elvis Guardaespaldas, para las que vienen a apostar fuerte, así nadie intenta robarles el monedero. Ah, y el Elvis de la Residencia de Ancianos; también trabajamos en hospitales, cuidados paliativos. Aunque puede resultar un poco deprimente, te aviso.

—El Elvis Cantante es el más divertido —dice el tercer Elvis—. ¡Ahí te puedes expresar con libertad!

—No sé cantar —dice Stan—. Así que esa opción queda descartada. —Expresarse es lo último que quiere en ese momento. Sólo aullaría—. ¿Cuál es el menos demandado? Para empezar.

—Creo que tal vez los de las residencias de ancianos —dice el jefe Elvis—. Allí no se darán cuenta de la diferencia.

—Tesoro, los vas a dejar muertos.

¿Acaso piensan que yo también soy gay?, se pregunta Stan. Mierda. ¿Dónde coño está Veronica, y por qué Budge no lo preparó para esta parte? Nadie le había explicado que tendría que currar haciendo de Elvis. ¿Se están riendo de él? No parece que sientan ninguna curiosidad por averiguar por qué estaba metido en una caja, y eso es bueno.

Ruby Slippers

Los Elvis le han hecho hueco en el Elvisorium, que es como llaman a la casa de varias plantas de los años cincuenta que comparten unos cuantos. Stan duerme en una cama plegable que le han puesto en el cuarto de la lavandería, una admisión tácita de que no se va a quedar para siempre.

—Sólo hasta que llegue tu Guardián entre el Centeno —dice el jefe Elvis—. Tu Marilyn debería aparecer pronto.

—Entretanto podemos cuidarte nosotros —interviene un segundo—. ¡Qué suerte tenemos!

—Lo hacemos por Budge —dice el jefe Elvis—. Aunque tampoco nos paga mal. Pensión completa.

Stan pregunta cuánto se supone que tiene que esperar, pero parece que los Elvis no lo saben.

—Nosotros sólo somos tu tapadera, Wally —explica el jefe Elvis—. Tenemos que alimentarte, conseguirte algunos clientes, lograr que parezcas real. ¡Tú eres Blancanieves y a nosotros nos toca hacer de enanitos!

Les parece gracioso.

Le dan unos días libres mientras deciden cómo encajarlo. Le dicen que debería explorar la vida en la calle, ver el Strip, ¡vale la pena! Aunque insisten en que debe llevar el disfraz completo cada vez que salga. Así llamará menos la atención: en esta ciudad hay disfraces de Elvis para parar un tren. Si alguien se le acerca y se quiere fotografiar con él, lo único que tiene que hacer es posar, y sonreír y aceptar el billete arrugado que le puedan ofrecer. Tiene que negarse a cantar por mucho que se lo pidan. Debe saludar con la cabeza a cualquier otro Elvis que se encuentre —es una cortesía—, pero evitar la conversación: no todos son de su agencia, UR-ElvisLiveForever, y no sería bueno que los otros, de calidad inferior, empezaran a hacerle preguntas.

Esos imitadores de Elvis, los de su bando, saben que Stan se está escondiendo de algo, o que alguien podría estar buscándolo; un asunto turbio en cualquier caso. Pero son discretos y no piden detalles. Ni siquiera quieren saber de dónde viene. Ni tampoco su apellido.

Stan sale a pasear una hora de vez en cuando, se familiariza con el entorno, posa para alguna fotografía. No puede quedarse fuera más tiempo: hace demasiado calor, hay demasiada luz, todo es demasiado llamativo, está demasiado saturado. Hay montones de alegres turistas paseando por todas partes, sacándole el máximo partido a su evasión de la realidad, comprando y yendo de bar en bar y haciéndose *selfies* con los actores. En la avenida principal hay por lo menos uno en cada esquina: ratones con guantes blancos, Mickey o Minnie; patos Donald; Godzilla; piratas; Darth Vader; guerreros griegos. Hay un Foro Romano de cartón piedra, una Torre Eiffel en miniatura, un canal veneciano con góndolas y todo. Hay otras réplicas, aunque Stan no sabe qué imitan. Está todo infestado de vendedores: globos de animales, comida callejera, máscaras de carnaval, recuerdos de todo tipo. Unas cuantas ancianas vestidas de gitanas le muestran postales de jovencitas ligeras de ropa con números de teléfono.

Cuando está en el Elvisorium se ducha a menudo y duerme mucho. Al principio le cuesta dormir durante el día, porque a los que hacen de Elvis Cantante les gusta practicar sus actuaciones acompañados de música, y la ponen demasiado alta. Pero pronto se acostumbra.

Nadie acude a recoger la hebilla de su cinturón, cargada de valiosísimos y escandalosos datos. Duerme con ella debajo de la almohada.

Se está comiendo un perrito caliente en un puesto callejero, protegiéndose del sol como buenamente puede, cuando una Marilyn se sienta a su lado.

—Soy Veronica —susurra—. ¿Va todo bien? ¿Qué tal te tratan los chicos? ¿Sigues teniendo la hebilla?

—Sí, pero necesito saber...

—¡Anda, joder! ¡Mira, los dos juntos! ¡Es genial! ¿Os podemos hacer una foto?

Es un tío con la cara roja y una camiseta en la que pone «I ♥ Vegas», su sonriente esposa y dos adolescentes con cara de aburrimiento.

—Está bien, sólo una —dice Veronica.

Echa la cabeza hacia atrás, esboza la sonrisa de Marilyn, entrelaza el brazo con el de Stan; posan. Pero varias parejas más armadas con cámaras se están acercando a ellos. Si sigue llegando gente, la situación podría descontrolarse.

—Nos vemos luego. —Sonríe—. ¡Tengo que irme!

Besa a Stan en la frente, dejándole —supone él—, una enorme boca roja marcada. No olvida contonear el trasero a lo Marilyn al alejarse. Lleva un bolso nuevo de color rojo; es de suponer que dentro esconde a su osito gigoló.

Sus primeros trabajos oficiales son en el ala de cuidados paliativos de Ruby Slippers; es la misma cadena para la que trabajaba Charmaine antes de que los dos perdieran sus empleos, y la decoración le resulta familiar. No se permite pensar mucho en lo que salió mal entre los dos, o en dónde estará ella en este momento. No le conviene nada comerse el tarro. Tiene que ir poco a poco.

El trabajo no es difícil. Cuando lo contrata un amigo o un pariente de un enfermo, lo único que tiene que hacer es ponerse el traje y meterse en el papel. Luego entrega ramos de flores a pacientes ancianos, aunque más bien son pacientes ancianas, ya que de los hombres se ocupan las que van de Marilyn. Las enfermeras de cuidados paliativos lo reciben encantadas, le dicen que es pura luz: hace que los pacientes sigan interesados por la vida.

—Nosotras no pensamos que los clientes se están muriendo —le comentó una de ellas en su primera visita—. A fin de cuentas, todo el mundo se está muriendo, pero algunos lo hacemos más despacio.

Hay días que Stan se lo cree; otros se siente como la Dama de la Guadaña. El Ángel de la Muerte disfrazado de Elvis. En cierto modo tiene un poco de sentido.

Cada vez que va a entregar algo, enseña su identificación con el logo de UR-ELF en el mostrador de entrada, pasa el control de seguridad y alguien lo acompaña hasta la habitación del paciente. Una vez allí, hace una entrada teatral, aunque no demasiado: una sorpresa estrepitosa podría ser fatal. Luego ofrece las flores haciendo una reverencia, un giro con la capa y una leve insinuación de movimiento pélvico.

Después se sienta junto a las camas y sostiene las manos frágiles y temblorosas de las pacientes, y les dice que las quiere. A ellas les gusta que les haga llegar el mensaje en forma de títulos de canciones de Elvis —*I Want You, I Need You, I Love You*, o *I'm All Shook Up*, o *Let Me Be Your Teddy Bear*—, pero no hace falta que cante las canciones, sólo tiene que susurrar los títulos. Algunas de las pacientes apenas se enteran de su presencia, pero otras, las que están menos débiles, alucinan con él y lo encuentran muy divertido.

Pero hay algunas que creen que es real.

—Oh, Elvis, ¡por fin has llegado! Sabía que vendrías —exclama una anciana rodeándolo con sus brazos esqueléticos—. ¡Te quiero! ¡Siempre te he querido! ¡Bésame!

—¡Yo también te quiero, preciosa! —ruge él, posándole los labios de goma en la mejilla arrugada—. *I love you tender.*

—¡Oh, Elvis!

Cuando empezó se sentía tonto de remate, paseándose por ahí con ese disfraz absurdo, fingiendo ser quien no era, pero cuanto más lo hace, más fácil le resulta. Después de la quinta o la sexta vez, les toma cariño de verdad a esos vejestorios, aunque sólo sea por un rato. Les da mucha alegría. ¿Cuándo fue la última vez que alguien se alegró tan sinceramente de verlo?

XII

ACOMPAÑANTE

Elvisorium

Stan está en el Elvisorium bebiendo cerveza y jugando al póquer con otros tres imitadores de Elvis. No juegan por dinero, ya saben cómo acaba eso; han visto a demasiados jugadores desesperados perder hasta el último dólar que tenían en las mesas. Apuestan tortitas —las del Baby Stacks Café, aunque puedes cambiar tus pagarés por beicon o sándwiches de mantequilla de cacahuete—, y no hay ninguna norma que diga que te lo tienes que comer todo: si se pasan con las tortitas, luego no podrán abrocharse el cinturón de la hebilla plateada. La idea es emular a Elvis en los buenos tiempos, cuando todavía estaba en forma, no cuando estaba gordo y decrépito. Nadie quiere recordar su trágico deterioro.

Ahora Stan ya conoce los nombres de los miembros del equipo UR-ELF. Rob, el más alto, es el fundador y director; él es quien se encarga de las reservas y las relaciones públicas, incluida la página web, y controla el funcionamiento general. Pete, el segundo de a bordo, se ocupa de la parte financiera. Ted, que está un poco gordo para hacer de Elvis, está a cargo del mantenimiento diario del Elvisorium: la limpieza de los disfraces, las sábanas y las toallas, y de la compra básica. UR-ELF da beneficios, comenta Pete, pero sólo porque han reducido los gastos al mínimo. Allí nadie se engaña: no fluye el champán y no malgastan el caviar. Siempre están

333

estudiando nuevas formas de ganar más dinero, pero no todas funcionan. Probaron con el Elvis Malabarista, pero no tuvo éxito. Pasó lo mismo con el Elvis Funambulista. Los fans no quieren que los imitadores hagan cosas que el Elvis de verdad nunca habría hecho: sería como reírse del Rey y eso no les gusta.

Es un día flojo, y los jugadores de póquer no están «caracterizados», que es como Rob llama a disfrazarse. Van con pantalones cortos, camisetas de manga corta y chancletas: el aire acondicionado no funciona bien y fuera hay cuarenta grados. Por suerte, Las Vegas está en el desierto y por lo menos no hay humedad.

Ahora Stan ya sabe que no todos los imitadores de Elvis son gays. Algunos sí lo son, y hay un par de bisexuales y un asexual, aunque ya nadie sabe distinguir dónde hay que trazar la línea.

—Digamos que es un continuo —dijo Rob mientras se lo explicaba a Stan el segundo día—. Nadie es lo uno o lo otro claramente. A mí, por ejemplo, me van las casadas. El sexo clásico y aburrido de siempre.

A Stan no lo convence eso del «continuo». Pero ¿por qué debería preocuparse por lo que hacen los demás en su tiempo libre?

—Por cómo hablabais todos cuando llegué, me podríais haber engañado —dijo.

—Y te engañamos —contestó Pete—. Pero sólo era una actuación. La UR-ELF la fundaron actores para cuando están sin trabajo.

—La mayoría sólo buscamos un papel en algún espectáculo —explicó Rob.

—Por cierto, si quieres, podemos enseñarte a actuar como un gay —dijo Ted—. Lo hacemos siempre que llega un Elvis nuevo. Diez consejos, esas cosas. Quizá tengamos que ayudarte un poco.

—Un hetero haciendo de gay que hace de hetero, pero de forma que todo el mundo piense que es gay, hay que ser muy bueno para eso. Piénsalo, es complicado. Aunque algunos de los chicos sobreactúan. La línea es muy fina —opinó Rob.

Stan recuerda los días que pasó con Jocelyn, cuando tenía que cumplir cualquier fantasía que ella le ordenara cada noche.

—Vale —dijo—. Entiendo lo de actuar, pero ¿por qué hay que fingir ser gay? Puede que sea tonto, pero está claro que Elvis no era gay, así que...

—Es por los clientes —lo interrumpió Rob—. Y por los familiares, los que nos contratan. Prefieren que Elvis sea gay.

—No lo entiendo.

—No quieren ningún triqui-triqui improvisado —explicó Rob—. En especial en los hospitales. Con las pacientes, las que están en habitaciones privadas. Ha habido algún incidente en el pasado.

Stan se echó a reír.

—¡No me digas! ¡Joder! ¿Quién iba a querer...?

Lo que está pensando es quién iba a querer follarse a una mujer de cien años, llena de tubos y con incontinencia urinaria.

—Esto es Las Vegas —dijo Rob—. Te sorprenderías.

—¿Cerveza? —pregunta Pete, mientras deja sus cartas boca abajo y se levanta.

Stan asiente, piensa en las cartas que le han tocado. Está a punto de ganar otro montón de tortitas. Está en racha.

—He oído que van a estrenar un par de espectáculos nuevos —dice Ted—. Cada vez hacen más aquí, es mucho mejor que Broadway.

—Dan acaba de triunfar —comenta Rob—. Están haciendo un *casting* para una versión completamente masculina de *El grito de una noche de verano* y ha conseguido el papel de Titania, en plan tetuda. Por eso lleva unos días sin aparecer.

—Esperemos que le llegue la voz. Cantar no es precisamente lo suyo —dice Pete con una pizca de rencor—. A mí no me gustaría estar metido en esa mierda.

Stan está fuera de juego —¿quién es Titania?—, pero cuando se ponen a hablar de cosas de actores, es mejor no preguntar.

—Por lo menos no le ha tocado hacer de Telaraña —opina Ted—. Con las alas de hada.

—O del jodido Puck. Imagínate el cachondeo. He oído que el año que viene van a hacer Annie con reparto masculino —dice Pete—. Yo quiero el papel de... ¿Cómo se llama ésa, la desgraciada que dirige el orfanato? Ya lo interpreté una vez en Filadelfia. Lo bordaría.

—Cinco tortitas —anuncia Rob enseñando sus cartas—. Me podéis pagar el domingo.

—¿Otra mano? —pregunta Ted—. Las recuperaré. De todas formas, me debes seis de la última vez.

—Será mejor que reparta otro —dice Rob.

—A cara o cruz.

—Ahora que Dan no está, nos falta un Acompañante —comenta Rob—. Se acerca una gran convención, la ANP. Tendremos mucha demanda.

—¿ANP? —repite Stan.

Siempre están mencionando esas abreviaturas, acrónimos de organizaciones de las que él nunca ha oído hablar.

—La Asociación Nacional de Presentadores. Televisión, radio, esas cosas. Van a ver exposiciones y asisten a conferencias durante el día, beben café malo, lo normal; luego van a los espectáculos nocturnos. Muchas mujeres solteras, no siempre jóvenes. Stan, ¿te apetece?

—¿El qué? —pregunta él con cautela.

—Elvis Acompañante. Has hecho un gran trabajo en los hospitales, siempre te dan estrellas y pulgares hacia arriba en los comentarios de la web, no deberías tener ningún problema. Ver un espectáculo, comer algo, tomar una copa. Puede que te tiren los tejos, que te ofrezcan un poco más de dinero por subir a sus habitaciones. Ahí es donde puede resultar útil lo de ser gay.

—Ya veo —dice Stan—. Quizá necesite alguna de esas lecciones para parecer gay.

—Pero queremos que la clienta tenga una buena experiencia. Queremos ofrecer igualdad para ambos géneros. Si las mujeres desean pagar a cambio de sexo, nosotros se lo proporcionamos.

—Espera un momento —pide Stan.

—Tú no —dice Rob—. Tú sólo tendrás que llamarnos con el móvil a la línea nocturna de UR-ELF y nosotros te enviaremos uno de los robots de Elvis. ¡Les cobramos un buen suplemento! Es como un consolador gigante, pero pegado a un cuerpo. Vibrador incorporado opcional.

—Ojalá pudiera sentirme como uno de ésos —dice Pete.

—Entretanto, hablas con ellas, les sirves una copa, les dices que desearías ser heterosexual. Cuando llega el Elvis, lo enciendes y él entona una cancioncita mientras tú repasas las instrucciones con la clienta: responde a órdenes simples como *Love Me Tonight*, *Wooden Heart*, y *Jingle Bell Rock*. La última va muy deprisa, pero a algunas les gusta. Luego esperas en el vestíbulo. Llevarás un auricular para que puedas oír si todo va según lo previsto.

Oh, genial, piensa Stan. Aparcado en el vestíbulo de un hotel y espiando mientras una vieja chocha tiene un orgasmo. Está harto de mujeres insaciables. Recuerda a Charmaine, cómo era cuando se casaron: su contención casi virginal. No lo valoró lo suficiente.

—¿Por qué tengo que esperar en el vestíbulo? —pregunta.

—Para que puedas supervisar la devolución. Y también en caso de que haya alguna disfunción —explica Rob.

337

—Vale —contesta Stan—. ¿Y cómo voy a saberlo?

—Si oyes demasiados gritos hay que intervenir. Entras rápido y lo apagas.

—Sonarán distintos —dice Rob—. Los gritos. Más aterrorizados.

—Nadie quiere que lo maten a polvos —opina Pete.

¿Por qué sufrir?

Ed todavía no ha vuelto al despacho. Lo único que sucede es que llegan tres hombres con logos de Positrón en la chaqueta y una caja grande. Es un escritorio para trabajar de pie, dicen, y tienen órdenes de instalarlo en el despacho del gran jefe. Cuando la mesa está dentro, se marchan y Charmaine puede volver a dedicarse a lo que le apetezca, que es quitarse los zapatos y las medias y pintarse las uñas de los pies, aunque lo hace detrás de la mesa por si acaso entra alguien.

Sólo le permiten utilizar un tono llamado Rubor Rosa. Nada llamativo, nada flagrante, nada fucsia. Aurora le compró el Rubor Rosa y se lo dio con esa petulancia que la caracteriza. «Toma, me han dicho que este color es muy popular entre las chicas de doce años, estoy segura de que transmitirá el mensaje adecuado.» Aurora se fija mucho en esos detalles, cosa que resulta muy útil, pero Charmaine se da cuenta de que está a punto de ponerse a gritar: «Maldita sea, ¡déjame en paz! ¡No me hables!»

Pintarse las uñas de los pies la anima. Eso es algo que la mayoría de los hombres nunca entienden, que poder cambiarse el color de las uñas de los pies anime de verdad. Una vez, cuando vivían en el coche, Stan se enfadó con ella porque se gastó una parte del dinero de las propinas del Pixel-Dust —él no dijo «gastar», lo llamó «tirar a la puta basura»—

en un botecito de laca de uñas de un precioso tono coral. Discutieron, porque ella dijo que era su dinero y entonces él la acusó de echarle en cara que no tuviera trabajo, y después ella le respondió que no se lo estaba echando en cara, que sólo quería tener las uñas de los pies bonitas para él, y él dijo que le importaba una mierda el puto color de las uñas de sus pies, y entonces ella se echó a llorar.

Llora un poco incluso ahora al recordarlo. Si añora la época en que vivía en un coche, quiere decir que las cosas no le van muy bien. Pero no es el coche lo que la entristece, sino la ausencia de Stan. Y no saber si está enfadado con ella. Muy enfadado, no sólo irritado por culpa del puto color de las uñas de sus pies. Son cosas completamente distintas.

Intenta no pensar que Stan ya no está allí, porque las cosas son como son, como solía decir la abuela Win, y lo que no te mata te hace más fuerte, y si ríes el mundo reirá contigo, pero si lloras, llorarás sola. Puede que se lo merezca por haberle contestado a Stan aquella vez en el coche.

(«¡Ya te enseñaré yo a contestar mal!» ¿Quién había dicho eso? ¿Y ella qué había contestado? ¿Acaso llorar contaba como una mala respuesta? Sí, porque luego ocurrió algo malo. «Que te sirva de lección.» Pero ¿qué lección?)

Charmaine deja la mente en blanco. Luego, tras pasar un rato mirando el mapa lleno de chinchetas rojas y naranja como si tuviera el sarampión, piensa que Ed necesitará una lámpara en ese escritorio para trabajar de pie, y eso le da la excusa para entrar en el catálogo digital de Consiliencia. Navega hasta encontrar la sección adecuada, deteniéndose quizá demasiado en el apartado de Moda Femenina y Cosmética Mágica, y pide el aparato luminoso apropiado.

Después llega la hora de marcharse a casa. Y ella se va también. No es que sea un hogar de verdad. Más bien sólo una casa, porque, como dijo la abuela Win, lo que convierte una casa en un hogar es el amor.

A veces desearía que la abuela Win desapareciera de su cabeza.

Aurora está sentada cómodamente en el sofá de la sala de estar. Se está tomando una taza de té y una pasta. Con su amplia y tensa sonrisa, pregunta a Charmaine si le apetece acompañarla. Como si ella fuera la jodida anfitriona, piensa Charmaine, y yo sólo estuviera de visita. Pero lo pasa por alto porque, qué narices, tiene que llevarse bien con esa mujer, así que se aguanta.

—No quiero té, gracias —dice—. Pero me vendría bien beber algo. Apuesto a que también hay aceitunas o algo en la nevera.

Había aceitunas la última vez que miró, pero la comida ha ido apareciendo y desapareciendo de esa nevera como si hubiera una invasión de gnomos.

—Claro —dice Aurora, al tiempo que Charmaine se deja caer en la butaca y se quita los zapatos.

Se hace un silencio mientras las dos esperan a ver si la otra va a buscar la bebida. Diantre, piensa Charmaine, ¿por qué tengo que ser su sirvienta? Si quiere hacer de anfitriona, que se ocupe ella.

Un momento después, Aurora deja su taza, se levanta del sofá, saca las aceitunas de la nevera, las pone en un platito y luego rebusca entre las botellas de licor. Hay más que antes: Jocelyn disfruta de un permiso especial, ella no está sometida a las limitaciones que tienen los demás, y es quien lleva el alcohol. Consiliencia no ve a los borrachos con buenos ojos, porque no son productivos y tienen problemas médicos, ¿y por qué debería pagar todo el mundo porque un individuo no sea capaz de controlarse? Lo han dicho varias veces por la televisión últimamente. Charmaine se pregunta si hay contrabando, o si la gente destila licores caseros con peladuras de patata o algo así. Quizá beben más porque se aburren.

—¿Campari con soda? —pregunta Aurora.

¿Qué es eso?, piensa Charmaine. ¿Alguna bebida demasiado sofisticada para que la conozcamos los paletos?

—Lo que sea —contesta—, mientras lleve alcohol.

La bebida es rojiza y un poco amarga, pero después de unos cuantos sorbos, Charmaine se siente mejor.

Aurora le da tiempo para beberse la mitad y entonces anuncia:

—Me voy a quedar aquí este fin de semana. Jocelyn opina que es lo mejor. Podré estar pendiente de ti por si ocurre algo inesperado.

Ay, diantre, piensa Charmaine. Estaba impaciente por tener un poco de tiempo para ella sola. Quería disfrutar de un buen baño detrás de la cortina de la ducha, donde la cámara no puede verla, sin tener que preocuparse por si otra persona quiere entrar a lavarse los dientes.

—Ah, no quiero causarte molestias —dice—. No creo que pase nada... Estoy bien, en serio. No necesito...

—Estoy segura de que es verdad —responde Aurora con ese tono de voz que significa lo contrario—. Pero plantéatelo así: ¿y si él decide venir a verte?

Eso es mucho suponer, piensa ella. No necesita preguntar a quién se refiere, pero duda mucho que Ed se presente allí, ya que, según Jocelyn, tiene el pito escayolado.

—No creo que lo haga —dice Charmaine—. Al menos no este fin de semana.

—Nunca se sabe —contesta Aurora—. Tengo entendido que puede ser impulsivo. En cualquier caso, seguro que se alegra de saber que has tenido carabina. También tengo entendido que es un poco celoso. Y no queremos provocar suspicacias inoportunas, ¿verdad?

El fin de semana con Aurora es mejor de lo que esperaba. Nunca hay que dejar pasar la oportunidad de aprender algo nuevo, y Charmaine aprende varias cosas. Para empezar, descubre que Aurora prepara unos huevos revueltos muy buenos. En segundo lugar, se entera de que Ed está planeando una especie de viaje, y que piensa invitar a Charmaine, pero Aurora no sabe adónde ni cuándo, así que de momento sólo es un aviso.

Y en tercer lugar, confirma que la cara de Aurora no es su cara original. Siempre ha sido evidente que se la había retocado, Charmaine lo supo desde el primer momento, pero lo que le explica Aurora va más allá de un mero retoque.

—Igual te has preguntado qué me pasa en la cara.

Así es como Aurora saca el tema. Esto ocurre el domingo, después de haber visto *Con faldas y a lo loco* comiendo palomitas y bebiendo cerveza. No es que a Charmaine le guste mucho la cerveza, pero parecía lo más adecuado. Luego han pasado a los combinados, que empiezan a ser raros, porque se están quedando sin ingredientes.

Ahora se sienten como dos viejas amigas del colegio, o por lo menos Charmaine se siente así. Aunque ella no tenía amigas en la escuela, amigas íntimas de verdad. Cuando era pequeña no le dejaban tenerlas y luego fue ella quien no las quiso, porque le harían demasiadas preguntas sobre su vida. Así que quizá esté teniendo una mejor amiga tardía. Aunque podría ser sólo el efecto de su cuarto Campari con soda, ¿o es un gin-tonic, o quizá algo con vodka?

—¿Tu cara? ¿A qué te refieres? —pregunta, intentando que suene como si no se hubiera dado cuenta de que le pasa algo extraño.

—No tienes por qué fingir —dice Aurora—. Ya sé el aspecto que tengo. Sé que la tengo demasiado... tirante. Pero antes era muy distinta. Y luego, durante un tiempo, fui... Bueno, no tenía cara.

—¿No tenías cara? —exclama Charmaine—. ¡Todo el mundo tiene cara!

—La mía se desprendió —contesta Aurora.

—¡Me tomas el pelo! —dice ella, y luego no puede evitar echarse a reír, porque es demasiado ridículo, una cara que se desprende, como si se cayera el glaseado de un pastel, y entonces Aurora también se ríe como puede, teniendo en cuenta la situación.

—Tuve un accidente en una competición de patinaje —explica cuando han acabado de reírse—. Era un acto benéfico, para la consultoría de imagen donde trabajaba entonces. Recogíamos dinero para el cáncer de pulmón. Supongo que no tendría que haberme presentado voluntaria, pero tenía muchas ganas de colaborar. Ya sabes.

—Ah, sí. Claro. Pero patinar... Eso es peligroso —dice Charmaine.

No se imaginaba que Aurora fuera tan atlética. ¡La cara desprendida! Le duele sólo de pensarlo. Charmaine ve borrosa a Aurora y casi puede vislumbrar lo que hay debajo de su piel. Y lo que hay es dolor. Mucho dolor.

—Sí. Yo era joven, y pensaba que era dura. Ni siquiera debería llamarlo accidente. Maria, de Contabilidad, me empujó a propósito. Me la tenía jurada por un hombre llamado Chet, aunque no había nada entre nosotros. Y yo aterricé con la cara, a toda velocidad. Parecía una hamburguesa.

—Oh —dice Charmaine, espabilándose un poco—. Eso es terrible.

—Ni siquiera pude denunciarla —prosigue Aurora—. El delito no estaba tipificado.

—Por supuesto que no —responde Charmaine con compasión—. Malditas compañías de seguros.

—Me ofrecieron un trasplante completo —explica Aurora—. A cambio de entrar en Positrón.

—¿Ah, sí? —pregunta Charmaine—. ¿Se pueden trasplantar caras?

Quitarte la cara y colocarte otra: podrías ser una persona completamente diferente, por fuera, no sólo por dentro.

—Sí. Esas operaciones estaban en fase experimental y aparecí yo. Les vine como anillo al dedo. Querían saber si podían trasplantar una cara entera. ¿Por qué sufrir?, eso me dijeron.

—¿De quién era la cara que te pusieron? —quiere saber Charmaine.

Es una pregunta muy poco delicada, no tendría que haberla hecho.

—La cara de un Procedimiento —le responde Aurora—: La cara de alguien que ya no necesitaría su rostro para nada. Pero estaría inconsciente, o ya en el otro mundo, cuando se la quitaron, no debió de darse cuenta.

»Y todo fue para bien. Para mejor —añade Aurora y se acaba la copa—. Eso fue al principio —prosigue—. Ahora hacen las cosas de otra forma.

—De otra forma —repite Charmaine—. Las cosas. ¿Te refieres a que los matan de una forma distinta? ¿A los reclusos? ¿No los someten al Procedimiento?

No tendría que haberlo soltado de sopetón, sabe que no debe emplear la palabra con «M». Ha bebido demasiado. Por lo menos no ha dicho «asesinar».

—«Matar» es demasiado radical —dice Aurora—. Se entendía que estaban aliviando un dolor excesivo. ¡Y por suerte ahora hay otras formas de hacerlo! De aliviar ese dolor excesivo. Formas que son menos radicales.

—¿Estás diciendo que no los matan?

Charmaine suena como una niña de cinco años incluso a sus oídos. Se está haciendo demasiado la tonta.

—Ya casi no lo hacen —explica Aurora—. Lo que ocurre es que la gente se siente sola; anhelar que alguien los quiera. Y ahora eso se le puede proporcionar a cualquiera, incluso aunque parezcas un vómito de gato. ¿Por qué debería sufrir alguien esa clase de tortura emocional? ¡Y Dios sabe que yo me identifico con esa solución! Teniendo en cuenta cómo tengo la... cómo tengo la cara, te imaginarás que no he tenido mucha vida sentimental desde que sucedió.

—Pobrecilla —dice Charmaine—. Aunque también tiene su parte negativa.

—¿El qué? —pregunta Aurora un poco fría.

—Bueno, ya sabes. La vida sentimental. Todo eso —explica Charmaine.

Podría contarle a Aurora algunas de las cosas malas que le han pasado, pero ¿de qué le serviría regodearse en lo negativo?

—No si la otra persona te es leal —dice Aurora—. Si siente fijación por ti. Sólo por ti. Se puede hacer, lo consiguen cambiando el cerebro, es como una poción amorosa mágica.

—Ah —dice Charmaine—. Eso sería...

¿Cuál es la palabra? ¿«Alucinante»? ¿«Imposible»? Ella nunca ha tenido la sensación de poder elegir demasiado en lo que al amor se refiere, en especial con el amor desesperado. Cuando se trata sobre todo de sexo. Amas a alguien así, ¡y zas! No puedes evitarlo. Es como bajar por un tobogán de agua, no puedes parar. O así es como era con Max. Puede que nunca vuelva a sentir algo parecido.

—Jocelyn me lo prometió —dice Aurora—. Si la ayudaba. Dice que me lo pueden hacer muy pronto, cuando ella me haya encontrado la pareja perfecta. ¡Llevo tanto tiempo esperando! Pero ahora puedo tener una vida completamente nueva.

Se le llenan los ojos de lágrimas.

Charmaine siente un poco de envidia. Una vida nueva. ¿Cómo podría conseguir ella algo así?

Acompañante

—Has conseguido tu primer bolo como Elvis Acompañante —le dice Rob a Stan durante el desayuno. O, mejor dicho, mientras Stan desayuna. Para Rob es más bien la comida, porque a Stan se le han pegado las sábanas. Aunque los dos están comiendo más o menos lo mismo: comestibles indiferenciados. Alimentos que ya vienen en lonchas, empaquetados, en tarros. El Elvisorium no es un establecimiento para sibaritas.

Stan se detiene a medio mordisco. Tiene que dejar de engullir Pringles o engordará.

—¿Dónde? —pregunta.

—El servicio es para una mujer que viene a la convención de presentadores —dice Rob—. La ANP. Es de la televisión, o lo era, eso me ha parecido entender. He pensado que nos convenía saber quién es. Quiere alguien que la acompañe a un espectáculo. Parece inofensiva.

Stan se pone nervioso. Pánico escénico, lo llaman. ¿Por qué tiene que preocuparse? Esto no es un trabajo de verdad, ni lo va a hacer el resto de su puta vida.

—¿Y qué tengo que hacer exactamente? —pregunta.

—Lo que ha pedido ella —explica Rob—. Ni siquiera tenéis que cenar juntos, sólo asistir al espectáculo. No sabrás si quiere sexo hasta la noche; puede ser una compra por impulso. Pero recuerda que debes elogiar su ropa, mirarla a los ojos, esas cosas. En UR-ELF se nos conoce por la discreta atención que ponemos en los detalles.

—Vale, entendido —dice Stan.

Da su paseo habitual por el Strip para relajarse, posa para unas cuantas fotografías, recoge algunos dólares y un billete de cinco de un ricachón de Illinois. Cuando vuelve al Elvisorium, Rob todavía está en la cocina.

—Han venido unos tíos buscándote —dice—. Tenían una foto tuya.

—¿Cómo eran? —pregunta Stan.

—Eran cuatro. Calvos. Con gafas de sol.

—¿Qué les has dicho? —dice Stan.

Cuatro tíos calvos con gafas de sol, eso no suena muy bien. Jocelyn nunca le mencionó nada de eso, ni tampoco

Budge o Veronica. Se supone que su contacto es una sola persona. ¿Habrá conseguido Ed seguir el goteo de información hasta la fuente? ¿Le habrá arrancado las uñas a Jocelyn hasta sonsacarle su paradero? ¿Esos tíos serán los matones de Ed? Se imagina que lo meten en un coche, luego lo atan a una silla en un garaje vacío y le dan una paliza hasta que grita: «¡Está en la hebilla del cinturón!» Ya está sudando dentro de su caparazón de Elvis. O sudando aún más que antes.

—Les he dicho que tenían mal la dirección —explica Rob—. No me han dado buena espina.

—¿Cómo era la fotografía? —pregunta Stan. Coge una cerveza, se bebe la mitad de un trago—. ¿Crees que me la han sacado aquí?

Si es así, está metido en un buen lío.

—No, era antigua —explica Rob—. Estabas en una playa, con una rubia guapísima y una camisa de pingüinos.

Stan nota que se le encoge el estómago. Es la foto de su luna de miel, tiene que ser ésa. La última vez que vio una copia de esa foto fue en Posibilibots; estaba junto a la cabeza de Charmaine y a él lo habían recortado. Ed y el Proyecto están detrás de todo esto, no cabe duda. Lo han encontrado.

Joder, piensa. Estoy jodido.

Supone que lo mejor es quedarse donde haya mucha gente —los matones calvos no querrán llamar la atención cuando lo secuestren—, así que es bueno que tenga una clienta esa noche. Se llama Lucinda Quant, y el nombre le suena de algo. ¿Charmaine no veía un programa de esa tal Lucinda cuando dormían en el coche?

La recoge en el hotel, como está planeado; es el veneciano. El vestíbulo está lleno de asistentes a la convención de la ANP; todavía llevan las identificaciones puestas. Algunos tienen pinta de ser famosos, o de haberlo sido alguna vez; los otros, los más desaliñados, probablemente sean del mundo de la radio.

Lucinda Quant lo ve antes de que él la vea a ella.

—¿Eres mi Elvis de alquiler? —pregunta.

Stan le echa un vistazo a su identificación y ruge:

—¡Así es, señorita!

—No está mal —dice Lucinda Quant.

Tiene unos cincuenta años, o quizá sesenta; Stan no lo tiene claro, porque está muy morena y tiene muchas arrugas. Lo agarra del brazo, se despide con la mano de un parlanchín grupo de compañeros periodistas de televisión, y dice:

—Salgamos de este circo.

Stan la ayuda a subir a un taxi, lo rodea y se sienta a su lado. Le dedica su mejor sonrisa de plástico, pero ella no se la devuelve. Tiene los brazos muy delgados, los dientes blanqueados y está cubierta de adornos de plata y turquesa. Lleva el pelo teñido de negro, se ha dibujado las cejas con un lápiz y luce un par de cuernecitos en la cabeza, como si fueran los cuernos de un cabritillo, de color naranja.

—Buenas noches, señora —le dice con su voz de Elvis—. Me encantan esos cuernos que llevas.

Es una forma tan buena como cualquier otra de entablar conversación.

Ella se ríe con la aspereza típica de una fumadora de muchos años.

—Se los he comprado a un vendedor ambulante —explica—. Se supone que son los cuernos de Nymp.

—¿Nymp? —repite Stan.

—Es un hada ninfómana —aclara Lucinda Quant—. Una criatura de un cómic manga. A mis nietos les encanta, dicen que es lo último.

—¿Cuántos años tienen? —pregunta Stan con educación.

—Ocho y diez —responde ella—. Hasta saben lo que significa ninfómana. Cuando yo tenía su edad, no sabía qué extremo de la piruleta tenía que meterme en la boca.

¿Eso es una indirecta? Stan espera que no. Aguanta, Stan, se dice. Sé un hombre. Mejor aún, sé un hombre distinto. Lucinda apesta a Blue Suede, una colonia homenaje a Elvis —por los zapatos de gamuza azul—, que Stan ha olido mucho últimamente. La llevan muchas mujeres mayores; debe de ser algo parecido a lo que hacen los gatos, que se frotan contra los jerséis de sus dueños fallecidos. Es raro llevar un perfume con nombre de zapatos, pero ¿qué sabrá él? El aroma —un toque de canela, pero con un trasfondo de cera para lustrar el cuero— emana de entre los pechos de Lucinda, que sobresalen por el pronunciado escote de su vestido rojo de flores de hibisco.

—Así que al principio he creído que los cuernos eran para los niños —explica Lucinda—, pero luego he pensado: ¿Por qué no? ¡Anímate, chica! Yo siempre digo que hay que vivir mientras se pueda. Te voy a decir ya que éste no es mi pelo de verdad. Es una peluca. Soy una superviviente del cáncer, o lo soy de momento, toquemos madera, y ahora mismo sólo quiero disfrutar de la vida.

—No pasa nada, éstos tampoco son mis verdaderos labios —contesta Stan y Lucinda vuelve a reír.

—Eres estupendo —dice.

Se desliza un poco por el asiento y le pega una de sus huesudas nalgas al muslo. Quizá debería decirle con su profunda voz de Elvis: «Vaya, querida, tenemos toda la noche.» No, eso insinuaría, equivocadamente, placeres futuros. Así que opta por decir:

—Ya que te has sincerado conmigo, creo que debería confesarte que soy gay.

Ella suelta su carcajada de fumadora.

—De eso nada —replica. Le da una palmadita en la rodilla forrada de tela blanca—. Pero ha sido un buen intento. Ya lo hablaremos luego.

Ya han llegado, justo a tiempo. El casino es nuevo y está ambientado en el Imperio ruso; se llama The Kremlin. Cúpulas bulbosas doradas en el exterior, sirvientes con botas rojas, una hilera de tragafuegos vestidos de cosacos esperando para darles la bienvenida. Uno de ellos ayuda a Lucinda a bajar del coche, mientras levanta su antorcha encendida con la otra mano.

En los bares ofrecen Rusos Blancos, y hay bailarinas con pompones de piel sintética en los pezones, moviéndose a ritmo de rock eslavo en algunas de las mesas de juego de la sala. Dentro hay cuatro teatros: ahora los espectáculos recaudan más que el juego, según Rob, aunque te hacen pasar por la sala de juego por si acaso te dejas tentar por el riesgo.

—Por aquí —dice Lucinda—, ya he estado aquí otras veces.

Lo guía hacia el teatro donde pronto empezará el espectáculo.

Stan se mantiene atento por si ve a algún tío calvo con gafas de sol, pero de momento todo va bien. Pasan por las máquinas tragaperras, las mesas de blackjack y las bailarinas sin ningún contratiempo, y siguen hasta el auditorio. Ayuda a Lucinda a acomodarse en su butaca; ella se pone unas gafas de leer, con diamantes de imitación incrustados, y le echa un vistazo al programa.

Stan mira a su alrededor y localiza las puertas por si acaso tiene que salir corriendo. Hay por lo menos una docena de imitadores de Elvis más en el auditorio, cada uno de ellos con una vieja a su cuidado. También hay unas cuantas Marilyn, con vestidos rojos y pelucas rubio platino, emparejadas con ancianos. Algunos de ellos les rodean los hombros con el brazo; ellas echan la cabeza atrás, lanzan la emblemática carcajada con la boca abierta y enseñan sus dientes de Marilyn. Stan tiene que admitir que esa risa es sexy por mucho que sepa que es falsa.

—Ahora hablaremos un poco —le anuncia Lucinda Quant—. ¿Cómo te metiste en este negocio?

Su voz tiene la neutralidad y el tono de una entrevistadora profesional, que es lo que ella dice ser.

Cuidado, Stan, se advierte. Recuerda a esos cuatro tíos calvos. Demasiadas preguntas significa peligro.

—Es una larga historia —dice—. Sólo hago esto cuando no tengo otros compromisos. En realidad soy actor. De comedia musical.

Bostezo seguro: allí todos se dedican a lo mismo.

Por suerte para él, empieza el espectáculo.

Solicitud

A primera hora de la mañana del lunes, Jocelyn llega a casa. Charmaine se ha dado una ducha y se ha vestido para irse a trabajar, con una blusa blanca con volantes y todo, pero no se encuentra muy bien; debe de ser la resaca, aunque ha tenido tan pocas en la vida que no está segura. Aurora está preparando huevos revueltos y café, a pesar de que Charmaine le ha dicho que se siente incapaz siquiera de mirar un huevo. Tiene un recuerdo difuso de lo que hablaron la noche anterior. Desearía poder recordarlo mejor.

—Hay un cambio —anuncia Jocelyn.

—¿Café? —pregunta Aurora.

—Gracias —responde Jocelyn y examina a Charmaine—. ¿Qué ha pasado? Estás hecha un asco, si no te importa que te lo diga.

—Es el luto —dice Aurora, y Charmaine y ella se ríen. Jocelyn pilla el chiste.

—Vale, buena excusa. Agárrate a eso si Ed te pregunta —le aconseja—. Ya veo que os estuvisteis entreteniendo con el mueble bar. Yo me encargaré de deshacerme de las pruebas, las botellas vacías son mi especialidad. Ahora escuchad.

Se sientan a la mesa de la cocina. Charmaine intenta tomar un sorbo de café. Todavía no está preparada para enfrentarse a los huevos.

—Éste es su plan —explica Jocelyn—. Charmaine, Ed te dirá que se va de viaje a Las Vegas. Te pedirá que reserves billetes para él y también para ti. Dirá que necesita tus servicios allí.

—¿Qué clase de servicios? —pregunta ella con nerviosismo—. ¿Va a encerrarme en una habitación de hotel y luego...?

—Nada tan simple —dice Jocelyn—. Como sabes, no quiere saber nada de los sexobots para su uso personal. Va a cruzar la siguiente frontera.

—Eso es lo que te estaba explicando —dice Aurora—. Ayer por la noche.

Los recuerdos que Charmaine tiene de la noche anterior son un poco difusos. No, son muy difusos. ¿Qué bebieron anoche Aurora y ella? Puede que hubiera una droga en la bebida. Recuerda algo de que a Aurora se le desprendió la cara, pero eso no puede ser.

—¿La siguiente frontera? —pregunta.

Sólo puede pensar en las películas del Oeste.

Jocelyn saca su PosiPad, lo enciende y pone un vídeo.

—Lamento la mala calidad —dice—, aunque se oye bastante bien.

Se ve un Ed pixelado delante de una enorme pantalla táctil donde sale la palabra «Posibilibots» desplazándose por el espacio, explotando en forma de fuegos artificiales y, a continuación, vuelta a empezar. Se está dirigiendo a un pequeño grupo de hombres trajeados a los que sólo se les ve la nuca.

—Sé de buena tinta —les dice con su tono más persuasivo— que la experiencia interfaz, incluso con nuestros modelos más avanzados, es y sólo puede ser una sustitución poco convincente de la realidad. Un recurso para los más desesperados tal vez. —En este punto se oyen unas risas procedentes de las nucas—. Pero ¡estamos convencidos de que podemos hacerlo mejor!

Murmullos; las nucas asienten. Ed prosigue:

—El cuerpo humano es complejo, amigos míos, más de lo que podemos aspirar a duplicar con algo que es, y sólo puede ser, un artilugio mecánico. Y el cuerpo humano está dirigido por el cerebro humano, que es la máquina más sofisticada e intrincada del universo conocido. ¡Nos hemos matado para poder acercarnos a esa combinación de cuerpo y cerebro! Pero ¡puede ser que estuviéramos empezando la casa por el tejado!

—¿A qué te refieres? —pregunta una de las cabezas.

—Lo que quiero decir es: ¿para qué construir una máquina que se pueda poner en pie, si esa máquina ya existe? ¿Para que reinventar la rueda? ¿Por qué no nos limitamos a conseguir que esas ruedas rueden hacia donde nosotros queremos? En cierto modo, eso nos beneficiaría a todos. «La mayor felicidad posible para el mayor número de personas posible», ése es el lema de Posibilibots, ¿verdad?

—Ve al grano —espeta una de las nucas—. No estás en la tele, no necesitamos el sermón.

—¿Qué tiene de malo la situación actual? Pensaba que nos estábamos forrando —dice otro de los presentes.

—Y es así, claro —admite Ed—. Pero todavía podemos ganar más dinero. Está bien, en resumen: ¿por qué no coger un cuerpo que ya existe y su cerebro y, mediante una intervención indolora, conseguir que esa entidad, esa persona o, hablando en plata, esa tía buena que no te hace ni caso se muera por ti y sólo por ti, como si pensara que eres el tipo más sexy que ha visto en su vida?

—¿Es alguna clase de perfume? —pregunta otra voz—. ¿Con feromonas, como con las polillas? Yo lo he probado, es una mierda. Atraje a un mapache.

—¡No jodas! ¿Un mapache de verdad? O sólo era una mujer con...

—Si es una nueva Viagra con oxitocina, no duran. La mañana siguiente vuelve a pensar que eres un gilipollas.

—¿Qué pasó con el mapache? ¡Eso sí que es algo nuevo! Risas.

—No, no —interviene Ed—. Tranquilicémonos. No es una pastilla y, lo creáis o no, no es ciencia ficción. La técnica que están perfeccionando en nuestra clínica de Las Vegas está basada en investigaciones destinadas a eliminar recuerdos dolorosos en veteranos de guerra, personas que han sufrido abusos cuando eran niños, etcétera. Descubrieron que no sólo pueden localizar diversos miedos y asociaciones negativas en el cerebro y eliminarlos, sino que además pueden borrar a la persona amada e insertar una distinta.

La cámara se desplaza hasta una mujer muy guapa que está tendida en una cama de hospital. Está dormida. Entonces abre los ojos y mira hacia un lado.

—Oh —dice sonriendo con alegría—. ¡Estás aquí! ¡Por fin! ¡Te quiero!

—Vaya, qué fácil —dice una nuca pelada—. ¿No está actuando?

—No —responde Ed—. Este caso no salió bien; lo probamos aquí, pero era demasiado pronto, todavía no habían perfeccionado la técnica. Nuestro equipo de Las Vegas está trabajando a destajo. Pero nos sirve para ilustrar el principio.

La imagen se desplaza hacia la izquierda: la mujer está dándole un beso apasionado a un osito azul.

—¡Es Veronica! —exclama Charmaine casi gritando—. ¡Oh, Dios mío! ¡Se ha enamorado de un animalito de punto!

—Espera —dice Jocelyn—. Hay más.

—No sé qué saboteador le dio ese osito —explica Ed—. El problema es que la intervención funciona con cualquier cosa que tenga dos ojos. El hombre que encargó el asunto... el trabajo... la operación, se enfadó mucho al llegar a la clínica, pero era demasiado tarde. A ella ya se le había quedado grabado el osito. Elegir el momento oportuno es crucial.

—Esto es pura dinamita —dice una de las cabezas—. Podrías tener un harén, podrías tener...

—Entonces señalas el objetivo...

—Lo solicitas...

—La metes en una furgoneta, luego en un avión —explica Ed—, la llevas a la clínica de Las Vegas, un pinchacito rápido, y después... ¡una nueva vida!

—¡Joder, es fantástico!

Jocelyn apaga el PosiPad.

—Eso es todo, en resumen —concluye.

—¿Estás diciendo que secuestran a esas mujeres? —pregunta Charmaine—. ¿Las arrancan de sus vidas?

—Es una forma muy cruda de decirlo —responde Jocelyn—. Aunque no se hace sólo con mujeres, es unisex. Sí, ésa es la idea. Pero al sujeto no le importa, porque sus enamoramientos previos han sido eliminados.

—¿Y por eso Ed quiere llevársela de viaje a Las Vegas? —dice Aurora.

—No me lo ha dicho de una forma tan específica —dice Jocelyn—, pero es de suponer.

—¿Te refieres a que pretende hacerme eso para que deje de querer a Stan? —dice Charmaine.

Oye su propia voz: suena muy triste. Si eso ocurriera, Stan se convertiría en un extraño para ella. Todo su pasado, su boda, el tiempo que vivieron en el coche, todo lo que han compartido... Quizá siguiera recordándolo, pero no significaría nada. Sería como escuchar a otra persona, a alguien a quien ni siquiera conoce, alguien aburrido.

—Sí. Ya no querrías a Stan. Querrías a Ed —explica Jocelyn—. Se te caería la baba con él.

Esto es como una de esas pociones amorosas de los antiguos cuentos de hadas que había en casa de la abuela Win, piensa Charmaine. Aquellos en los que un príncipe sapo te hacía prisionera. En esos cuentos siempre conseguías el amor verdadero al final, suponiendo que tuvieras un vestido plateado mágico o algo así. En cambio, en la vida real —en esa vida real, la que Ed está planeando para ella— estará eternamente sometida al hechizo de un asqueroso príncipe sapo.

—¡Eso es horrible! —exclama—. ¡Antes me suicidaría!

—Es posible —contesta Jocelyn—. En cambio, después seguro que no te suicidarás. Cuando termine la operación volverás en ti y allí estará Ed, cogiéndote la mano y mirándote a los ojos, y tú lo mirarás una sola vez y lo abrazarás y le dirás que lo querrás siempre. Luego le suplicarás que te utilice sexualmente como más le complazca. Y lo dirás en serio, cada palabra. Nunca te cansarás de él. Así es como se supone que funciona esto.

—Oh, Dios —exclama Charmaine—. Pero ¡no podéis dejar que me pase eso! No importa lo que haya... ¡no podéis dejar que le pase eso a Stan!

—¿Todavía te importa Stan? —le pregunta Jocelyn con interés—. ¿Después de todo lo que ha ocurrido?

Charmaine recuerda a Stan de repente, lo dulce que era la mayor parte del tiempo; lo inocente que parecía cuando dormía, como un niño; lo desolado que se sentiría si ella le diera la espalda como si nunca hubiera existido y se marchara cogida del brazo de Ed. Jamás lo superaría.

No puede evitarlo y se echa a llorar. Grandes lagrimones brotan de sus ojos, jadea en busca de oxígeno. Aurora le ofrece un pañuelo, pero no llega al punto de darle palmaditas en el hombro.

—Por lo menos Ed te quiere a ti —dice—. Y no se conforma con tu robot.

—No pasa nada —interviene Jocelyn—. Tranquilízate. Ed ha especificado que yo iré contigo. Soy tu seguridad, tu guardaespaldas, se supone que debo mantenerte a salvo. —Hace una pausa y espera a que Charmaine asimile lo que le ha dicho—. Y te mantendré a salvo. Yo te protejo.

XIII

HOMBRE VERDE

Hombre verde

El espectáculo para el que Lucinda ha sacado entradas es el del Grupo del Hombre Verde. Son una copia del Grupo del Hombre Azul, que lleva décadas actuando en Las Vegas. Stan vio una parodia de ellos en YouTube cuando todavía trabajaba en Dimple. También está el Grupo del Hombre Rojo y el Grupo del Hombre Naranja y el Grupo del Hombre Rosa, cada uno con una temática distinta. En el caso del Grupo del Hombre Verde, y según el programa, el tema es la ecología.

En efecto, cuando se encienden los focos y empieza el espectáculo, aparece un poco de vegetación artificial con algunos pájaros de mentira, y cuando el primer grupo de Hombres Verdes salen brincando, no sólo son calvos y están pintados de un brillante color verde, también llevan follaje. Aparte de las hojas, es el mismo tipo de espectáculo cómico, tecnológico y musical que Stan recuerda haber visto online, entero o en parte: trucos con globos que se convierten en flores, alguien mastica hojas de kale y escupe una sustancia viscosa de color verde, malabarismos con cebollas, y mucha percusión, además de un tipo que va marcando el ritmo con un gong. No hay texto, ninguno de los Hombres dice una sola palabra, ya que fingen ser mudos. De vez en cuando hay un poco de mensaje —el canto de los pájaros, un amanecer en las enormes pantallas del escenario, unos cuantos globos de helio sueltos con arbolitos atados—, pero entonces empiezan a sonar de nuevo los tambores.

De repente hacen un número con tulipanes al ritmo de la canción *De puntillas entre los tulipanes*. Al principio Stan endereza la espalda: es la contraseña de cuando estaba en Posibilibots, ¡no puede ser una puta coincidencia! Pero a medida que el número va avanzando, piensa: Espera un poco, Stan. Sí, puede ser una coincidencia, en la vida hay muchas, y teniendo en cuenta la idiotez descarada que están representando los Hombres Verdes en el escenario, tiene que serlo. Si fuera una señal, ¿qué coño esperarían de él? ¿Que se pusiera a correr y a gritar como un loco? ¿Que aullara «¡Coged la hebilla de mi cinturón! Ahí está el dispositivo de memoria»? Tiene que ser una coincidencia, seguro.

Se recuesta en la butaca y observa el espectáculo. Hay fuegos artificiales en forma de tulipán, manipulación de tulipanes, transformación de tulipanes, tulipanes que se incendian, tulipanes que explotan, tulipanes que crecen en las orejas de los Hombres Verdes. Stan tiene que reconocer que lo hacen muy bien, y también es divertido. Es relajante ver cómo otros tíos se ponen en ridículo. Aunque si lo están haciendo a propósito, tal vez no cuente.

A continuación, un número de gong. El que toca el gong es una especie de payaso. La gente se ríe mucho con él. Pero ¿sólo hay un tío que toca el gong? Los Hombres Verdes son como los imitadores de Elvis: llevan disfraces idénticos y cuesta mucho distinguirlos. Stan intenta seguir los cambios, pero es como ver un truco de cartas: es un truco, y tú sabes que hacen trampa, pero no sabes cómo.

El penúltimo número cuenta con la participación del público. Suben a tres inocentes al escenario, vestidos con trajes impermeables, les piden que coman cosas raras y los bombardean con un mejunje verde. Luego llega el gran final, con más tambores, gongs y cosas que se iluminan de repente. Y las ovaciones del público. Los hombres verdes calvos están sudando.

—Bueno, Elvis de alquiler, ¿cuál es tu veredicto? —pregunta Lucinda cuando se encienden las luces.

—Buena sincronización —dice Stan.

—¿Eso es todo? ¿Buena sincronización? —repite Lucinda—. Estos hombres dedican su vida a desarrollar estas habilidades ¿y eso es todo lo que se te ocurre? Apuesto a que eres una fiera en la cama.

Que te jodan, piensa Stan. Pero que lo haga otro.

—Señora —dice, invitándola a avanzar por el pasillo con un revoloteo de su capa azul—. Usted primero.

Se le han torcido un poco los cuernos naranja; le dan un aire viciosillo, como un demonio de vacaciones.

Lucinda le dice que va al servicio y que después quiere que la lleve a uno de los bares de ese garito, se tome uno o dos Rusos Blancos con ella y le cuente la historia de su vida. La noche es joven, así que luego pueden hacer algo más. Está decidida a sacarle el máximo rendimiento a su dinero, añade con una sonrisa, pero también con una voz severa y un tanto acusadora de profesora de instituto.

Cada cosa a su tiempo, piensa Stan. La acompaña al servicio de señoras y, mientras la espera y escudriña la multitud que se dispersa —en busca de algún matón que parezca demasiado interesado en él—, una de las que van de Marilyn se le acerca.

—Stan —susurra—. Soy yo. Veronica.

—¿Por qué coño has tardado tanto? —refunfuña—. Han venido unos tíos de Positrón con gafas de sol preguntando por mí al apartamento donde vivo. ¡Tienes que trasladarme! ¿Dónde está Budge? ¿Dónde está Conor? ¿Soy el último mono? Si esta mierda que llevo encima es tan importante, ¿por qué no ha venido nadie a buscarla?

—Baja la voz —dice ella—. La ANP siempre está llena de fisgones. A los presentadores les gusta robar exclusivas y delatarse entre ellos ante el primero que quiera escucharlos. Eso podría perjudicarte.

—¡Pensaba que Jocelyn quería pasar la información! —exclama Stan.

—Es una cuestión de oportunismo —explica Veronica—. Tiene que esperar el momento perfecto. Ven conmigo, date prisa. Vamos a los camerinos.

—¿Y qué pasa con mi cita? —pregunta Stan.

Lucinda se pondrá hecha una furia si desaparece; es ese tipo de mujer.

—No te preocupes por eso. Tenemos otro Elvis, te sustituirá, ella no notará la diferencia.

Stan lo duda —Lucinda no es tonta—, pero sigue a Veronica por un pasillo y cruza la puerta de salida que hay en la primera fila del teatro. Pasan un pasillo, una esquina, algunas escaleras. Luego se encuentran con la puerta del escenario. Ella llama. Abre un calvo pintado de verde, con un traje verde oscuro y un auricular.

—Por aquí —dice.

Han pensado en todo: seguratas caracterizados.

Veronica avanza deprisa por un pasillo estrecho, seguida de Stan. Imita a la perfección el contoneo del trasero de Marilyn: ¿es que les dan clases? ¿Les enseñan primero a torcerse el tobillo y luego a calzarse zapatos de tacón? Veronica, piensa con lástima. Vaya puto desperdicio con ese osito.

Se detienen delante de la puerta cerrada de un camerino con una estrella verde. «EL GRUPO DEL HOMBRE VERDE.»

—Espera aquí —le pide Veronica—. Si aparece alguien, le dices que has venido a una audición.

—¿A quién estoy esperando? —pregunta Stan.

—Al contacto —explica Veronica—. Para hacer la entrega. A la persona que llevará tu información a la prensa.

Si tenemos suerte, claro. ¿Todavía tienes la hebilla del cinturón?

—¿Qué crees que es esto? —dice Stan, señalando la enorme y ornamentada hebilla que lleva en la cintura—. Es difícil de ignorar.

—¿Nadie te la ha cambiado? ¿La hebilla?

—¿Por qué querrían cambiármela? —pregunta Stan—. Es de bisutería, no es plata de verdad. De todas formas, he dormido con ella debajo de la almohada.

Veronica encoge sus preciosos hombros de Marilyn.

—Espero que estés en lo cierto —dice—. No me gustaría que la abrieran esperando encontrar un dispositivo de memoria y no hubiera nada. Pensarían que lo has vendido.

—¿Y a quién coño crees que se lo iba a vender? —pregunta Stan.

Lo había pensado por un momento, pero no tiene contactos. Si alguien lo quería y se enteraba de dónde estaba, se limitaría a quedárselo y tirar su cuerpo en una zanja.

—Oh, alguien pagaría —dice Veronica—. De un modo u otro. Ahora tienes que entrar. Yo me voy corriendo. ¡Buena suerte!

Frunce sus labios de Marilyn, le lanza un beso de Marilyn y cierra la puerta con cuidado.

En el camerino no hay nadie. Stan ve un espejo largo e iluminado, frente a un estante con un montón de tarros de maquillaje llenos de pintura verde encima. También brochas. Una silla para sentarse mientras se pintan. Un par de trajes de Hombre Verde colgados detrás de la puerta. Ropa de calle: vaqueros, chaqueta, camiseta negra. Un par de zapatillas Nike, grandes. El propietario de ese camerino tiene los pies más grandes que Stan.

Sólo hay una puerta para salir de allí: eso no le gusta. Desdeña la silla y se sienta en el estante, de espaldas al espejo. Procura no darle la espalda a la puerta.

• • •

Gong disponible

Alguien llama. ¿Qué debería hacer? No tiene dónde esconderse, así que es mejor que no lo intente.

—Adelante —dice con su voz de Elvis.

Se abre la puerta. Es Lucinda Quant. Joder, ¿cómo lo ha encontrado? Pero no le dice «¿Dónde te has metido?» ni nada por el estilo. En vez de eso, se cuela dentro, cierra la puerta, se acerca a él y susurra:

—¡Quítate el cinturón!

Lo está manoseando con sus dedos de uñas rojas.

—¡Eh! —exclama Stan—. ¡Espera un momento, señora! Si eso es lo que quieres, tenemos que volver al hotel y yo llamaré. Tenemos un servicio que te encantará...

Imaginar a Lucinda Quant en la cama con un robot de Elvis lo hace estremecerse. Incluso con su deteriorado aspecto actual, merece algo mejor.

—No te asustes, no quiero tu cuerpo —contesta ella con una risa burlona—. Lo que quiero es la hebilla de tu cinturón. ¡Ahora mismo!

—Espera —dice Stan.

¡No puede ser ella! No tiene nada que ver con lo que él se había imaginado: no es un sofisticado agente doble vestido de negro, no es un tío duro de Vigilancia que trabaja para Jocelyn, tampoco es, en el peor de los casos, un asesino enviado por Positrón. ¿Cómo puede estar seguro de que esa viejecita insólita es el contacto a quien debe hacer la entrega?

—Un momento —insiste—. ¿Quién te envía?

—No seas tonto. Ya sabes quién —contesta Lucinda, agitando la peluca negra y los cuernos naranja de Nymp con un ápice de lo que, cuarenta años atrás, debía de ser una coquetería letal—. Esto va a ser mi puto regreso al éxito, así que no me lo jodas.

Espera, espera, se dice Stan. No puedes ceder sin más.

—Hay una contraseña —replica con toda la severidad de que es capaz.

—De puntillas entre los putos tulipanes —responde ella—. ¿Y ahora tengo que quitarte los pantalones o qué?

Stan se desabrocha el cinturón. Lucinda se lo lleva al estante del maquillaje, se pone las gafas de leer y coloca la hebilla debajo de la luz. Lleva una herramienta diminuta, como un destornillador pequeño. Lo introduce en lo alto de la hebilla, lo hace girar y la abre. Dentro hay un pequeño dispositivo de memoria.

Lo mete dentro de un sobrecito, lame la lengüeta para cerrarlo, se quita la peluca con los cuernos y se pega el sobre con cinta al cuero cabelludo; no está del todo calva, pero casi. Luego vuelve a ponerse la peluca y se coloca bien los cuernos.

—Gracias —dice—. Me marcho. Espero que contenga un buen escándalo. No me importa arriesgar lo poco que queda de mi cuello, siempre que valga la pena. ¡Estate atento a las noticias!

Y desaparece en una nube de estampado floral con hibiscos y perfume Blue Suede. ¿Y ahora qué?, se pregunta Stan. ¿Tengo que esperar a que aparezcan los cuatro tíos de las gafas de sol y empiecen a arrancarme las muelas? «¡No lo tengo! —gritaría—. ¡Se lo ha llevado esa superviviente del cáncer arrugada y con cuernos! ¡Se lo ha pegado con cinta a la cabeza!» ¿Por qué la vida no le da una explicación verosímil para variar?

La puerta se vuelve a abrir: entran cuatro tíos calvos, pero no llevan gafas de sol, y son verdes. Llenan todo el camerino.

—¡Stan! —dice el primero, adelantándose con la intención de darle una palmada en la espalda—. ¡Bienvenido a Las Vegas, hermano!

—¡Conor! —exclama él—. ¡Joder!

Se dan unas palmaditas; Stan se mancha la mejilla con algo húmedo.

—Bueno —dice Conor, esbozando una sonrisa verde—. Recordarás a Rikki y Jerold. Éste ha sido quien te ha dejado entrar en los camerinos.

Se estrechan la mano, se sonríen, se palmean la espalda. El cuarto dice:

—Stan, buen trabajo.

¿Podría ser Budge? ¿Calvo y verde? Sí, podría ser.

—Me habéis asustado, tíos —reconoce—. Apareciendo en la casa Elvis con mi foto y todo.

Su fotografía de la luna de miel, la que le había mandado a Conor. De ahí la habían sacado.

—Lo siento —dice su hermano—. Creíamos que podíamos tomar un atajo, contactar antes contigo, ahorrar tiempo. Pero te nos has escapado.

—Al final todo ha salido bien —interviene Budge.

—¿Cómo has conseguido salir de Posibilibots? —le pregunta Stan.

—Dentro de una caja, igual que tú —explica el hombre—. Nos costó encontrar un traje de Elvis de mi talla, pero lo cortamos por la espalda, como hacen los enterradores; además, la caja era incómoda, pero aparte de eso todo ha salido a pedir de boca. Nuestra amiga común cerró la tapa de mi caja en Posibilibots.

—Ahora vamos a quitarte esa mierda de traje de Elvis. Pareces un imbécil —dice Conor—. ¿Quién de vosotros tiene la cuchilla?

Stan, con un traje de Hombre Verde que no es de su talla, la cabeza recién afeitada y la cara de color alga marina, se está tomando un agua de coco en el camerino de Conor. Éste dice que el agua de coco te da un subidón de energía, aunque Stan no necesita más energía en este momento: está zumbando como un fusible en mal estado.

En la pequeña pantalla borrosa que hay en el camerino ha empezado el segundo espectáculo del Hombre Verde de la noche. Los hacen por equipos, le explica Conor, porque la actuación desgasta mucho. No se refiere a sus chicos, ellos no participan de verdad, sólo van disfrazados. Pueden entrar y salir de los camerinos porque todos los del Equipo Uno piensan que están en el otro equipo y viceversa. Pero a Conor siempre le ha ido el mundo del espectáculo y se ha infiltrado tocando el gong.

—Sí, ya lo sé, es una estupidez —admite—. Pero tienes que reconocer que era la mejor tapadera mientras esperábamos para hacer el trabajo.

—¿Qué trabajo? —pregunta Stan.

—Ah. ¿Ella no te lo ha explicado? Se mostró jodidamente tajante respecto a ti. Dijo que tenías que participar con nosotros sí o sí; de lo contrario, sería un fracaso. Dijo que eras la pieza clave.

—¿Quién? Te refieres a...

Evita decir el nombre de Jocelyn. Mira a su alrededor, luego mira el techo: ¿es un lugar seguro?

—¡Me refiero a ella! ¡A la Gran Jefaza! —exclama Conor—. Dijo que tú y ella estabais muy unidos.

Stan no habría pensado en Jocelyn como la Gran Jefaza, pero tiene sentido. «Jefaza.»

—Así que soy la pieza clave —repite—. ¿Te importa si te pregunto para qué?

—Y yo qué coño sé —replica Conor con alegría—. Llevo haciendo trabajos raros para ella desde antes de Cristo. Esa mujer supo que eras mi hermano mayor en cuanto te vio en el parque de caravanas, antes de que te metieras en el corral de ese mayorista de extremidades. Pero nunca le pregunto por qué quiere lo que quiere, eso es cosa suya. El trato es que yo me limito a hacer el trabajo sin dejar cabos sueltos; luego cobro, fin de la historia, que te vaya bien. Pero supongo que mañana nos enteraremos de por qué eres tan importante. Todo saldrá mañana.

Stan intenta parecer inteligente. ¿Es posible parecer inteligente con la cara pintada de verde? Lo duda.

—¿Qué tengo que hacer? —quiere saber. Espera que no vayan a robar un banco ni a matar a nadie—. En ese trabajo. Mañana, cuando pase todo.

—Supongo que te pondremos con el gong —dice Conor—. No es difícil pillarlo, sólo tienes que saberte las entradas; luego golpeas el gong con el martillo y pones cara de capullo. No debería costarte demasiado.

—Entonces, ¿estaré en el escenario? —pregunta Stan.

Eso no es seguro, todo el mundo lo estará mirando. Pero ¿qué más da? Ya no lleva esa cosa en la hebilla; ni siquiera tiene el cinturón, porque Rikki se ha llevado todo su traje de Elvis y lo ha tirado a un contenedor.

—Aquí no —dice Conor—. En un sitio llamado Ruby Slippers. Es una especie de residencia de ancianos, hay un montón de pelmazos ricos que se han apalancado allí o que van a hacerse retoques. Nosotros somos el entretenimiento.

—¿Y ya está? —pregunta Stan—. ¿Lo único que tengo que hacer es tocar el gong?

Aunque ha ido muchas veces a esa delegación de Ruby Slippers vestido de Elvis a decirles cosas románticas a las ancianas, nadie lo reconocerá, y menos con ese disfraz de guisante gigante.

—No seas gilipollas —dice Conor—. ¡Ésa es la tapadera! El verdadero trabajo es un secuestro.

—Ese sitio tiene una seguridad de cojones —advierte Stan.

—¡Oye! ¡Que estás hablando con tu hermano! —responde Conor. Frota las yemas del índice y el pulgar—. ¡Esos tíos están sobornados! Nosotros sólo vamos allí, empezamos el espectáculo verde, nos saltamos la seguridad por el morro, secuestramos a nuestro objetivo...

Mierda, piensa Stan. Van a secuestrar a alguien. Podrían pegarles un tiro, por no mencionar que podrían dispararle también a él.

—Entonces, yo toco el gong...

—Exacto —dice Conor—. Y luego, ¡alehop!

—¿Alehop?

—El gran secuestro —dice Conor—. Es perfecto.

En el aire

Ed va delante, en primera clase. Sería raro que Charmaine estuviera también con él; después de todo, oficialmente sólo es la secretaria. Ése es el razonamiento de Ed, explica Jocelyn: no quiere llamar la atención. Gracias a Dios, piensa Charmaine, porque le costaría mucho, muchísimo, ser amable con él o incluso comportarse de una manera civilizada, ahora que sabe lo que pretende hacerle. Si estuviera a su lado en primera es muy probable que él fuera apretándole el brazo hasta Las Vegas, además de atiborrarla de gin-tonics e intentar sobarle la rodilla o mirarle el escote, aunque eso no podría hacerlo, porque lleva la blusa que le ha elegido Aurora, abrochada hasta la barbilla.

Y se pasaría todo el vuelo preguntándole si ya va superando la pena por lo de Stan. No es que le importe Stan, ni nada de lo que a ella le guste o le deje de gustar, porque en realidad no le interesa cómo es. Para él es poco más que un cuerpo y ahora quiere que sea estrictamente eso. Hasta podría no tener cabeza.

Después de haberse sentido triste durante semanas, está muy enfadada. Si tuviera que sentarse con Ed, está segura de que lo abofetearía, y en ese caso él se daría cuenta de que ha descubierto su gran plan. Entonces podría asustarse y hacer alguna tontería en el avión. Podría tirarla al suelo y empezar a arrancarle los botones, como solía hacer Max, pero con éste ella lo estaba deseando, mientras que con Ed sería algo muy distinto, sería incómodo y, para ser sincera, escalofriante. «¡Aparta tus manazas de mis botones, caray!» Eso es lo que le diría.

Bueno, en realidad él no podría hacer eso —lo del suelo y los botones—, porque los asistentes de vuelo se lo impedirían. Pero ¿y si se hicieran los tontos? ¿Y si resulta que todos son empleados suyos? ¿Y si todas las personas que van en ese avión están de su parte?

Tranquilízate, Charmaine, se dice. Eso es una tontería. Esas cosas no ocurren en la vida real. No pasa nada, todo irá bien, porque Jocelyn está sentada a su lado y Aurora va en la fila de delante, y también hay otra persona de Vigilancia en el avión, según le ha asegurado Jocelyn: un hombre, cerca de la puerta de salida. Y con ese hombre, además de Jocelyn y Aurora, seguro que vencerían a Ed. No sabe lo que harían, pero podría incluir una llave de judo o algo así. Y cuentan con la ventaja de conocer el plan de Ed, mientras que él no tiene ni idea del suyo.

Mejor dicho, la que tiene la ventaja de conocer el plan de Ed es Jocelyn. De momento no le ha dado demasiada información a Charmaine. Está leyendo en su PosiPad, tomando notas. Mientras, ella ha intentado ver una película de las que pasan en el avión —sería alucinante encontrarse con una que no fuera de los años cincuenta, lleva un montón de tiempo sin poder ver algo así y la ayudaría a no pensar en según qué cosas—, pero su pantalla no funciona. Tampoco va bien el botón para reclinar el asiento, y alguien ha arrancado la mayoría de las hojas de la revista del avión. Charmaine piensa que los empleados de las líneas aéreas hacen esas cosas a propósito, para dejarte bien claro que no vas en primera. Lo más probable es que dispongan de un equipo especial que se sube a los aviones por la noche y arranca páginas y rompe pantallas.

Mira por la ventana: nubes, sólo se ven nubes. Nubes planas, ni siquiera son de las esponjosas. Al principio era emocionante estar en un avión: sólo había volado en una ocasión, con Stan, cuando se fueron de luna de miel. Lee lo que queda de la revista. Qué coincidencia: «Luna de miel en la playa.» Stan se quemó el primer día, pero por lo menos hicieron una cosa que él tenía muchas ganas de hacer, que era practicar el sexo bajo el agua, o como mínimo la mitad inferior de sus cuerpos estaba bajo el agua. Había otras personas en la playa. ¿Se habrían dado cuenta? Ella deseaba que así fuera; aún lo recuerda. Luego tuvieron que volver a ponerse los bañadores y Charmaine no encontraba la parte inferior de su bikini, porque con tanto ajetreo se le había caído, y Stan tuvo que bucear para encontrarla, y se rieron sin parar. Eran tan felices entonces. Eran como un anuncio.

Por la ventana se siguen viendo nubes. Se levanta y va al baño para tener algo que hacer. La última persona no ha limpiado el lavamanos, qué desconsiderada. Realmente no valoran los privilegios que tienen.

Es mejor bajar la tapa antes de tirar de la cadena: se lo explicó la abuela Win. Si no, los gérmenes salen volando por el aire y se te meten por la nariz.

Cuando vuelve por el pasillo, se pregunta quién será el tipo de seguridad. Está justo al lado de la salida, le ha dicho Jocelyn. Charmaine mira a su alrededor, pero desde ahí no distingue las caras. Llega a su asiento y se desliza por delante de Jocelyn, que le sonríe pero no dice nada. Charmaine se remueve un poco más y entonces no puede evitar preguntarlo:

—¿Qué narices planeaba hacer?

Jocelyn la mira.

—¿Quién? —pregunta como si no lo supiera.

—Él, Ed —susurra Charmaine—. ¿Cómo iba a...?

—¿Tienes hambre? —dice Jocelyn—. Porque yo sí. Vamos a picar unos cacahuetes. ¿Quieres un refresco? ¿Café? —Mira su reloj—. Tenemos tiempo.

—Sólo un agua —responde Charmaine—. Por favor.

Jocelyn llama a la azafata, pide unos cacahuetes, un par de sándwiches de queso, una botella de agua para Charmaine con un vaso de lleno de cubitos y un café para ella. Charmaine se sorprende del hambre que tiene; devora el sándwich en un santiamén y se bebe un vaso de agua entero.

—Lo tiene todo pensado —le explica Jocelyn—. Se supone que tengo que dejarte inconsciente en el avión, justo antes de bajar. Tengo que ponerte algo en la bebida: Zolpidem, o GHB, o algo similar.

—Ah —dice Charmaine—. Como esas drogas que utilizan los violadores.

—Exacto. Así perderás el conocimiento. Luego les diré a todos que te has desmayado y llamaremos a una ambulancia, que vendrá a esperarte al aeropuerto, y te recogerán en camilla. Entonces te llevarán a la clínica Rubby Slippers de Las Vegas, y después de la intervención cerebral te despertarás y Ed estará justo a tu lado, cogiéndote la mano. Y se te quedará grabada su imagen y le sonreirás como si fuera Dios, y lo abrazarás y le dirás que eres suya en cuerpo y alma, y le preguntarás qué puedes hacer por él, como por ejemplo una mamada allí mismo, en la clínica.

—Menudo asco me da —dice Charmaine arrugando la nariz.

—Y entonces vivirás feliz para siempre —prosigue Jocelyn con su voz neutra—. Como en un cuento de hadas. Y Ed también vivirá feliz. Eso debe de ser lo que piensa.

—¿A qué te refieres con eso de que él también vivirá feliz? —pregunta Charmaine—. ¡La primera parte de todo esto no va a ocurrir! ¡No va a ocurrir! No dejarás que pase. Eso es lo que me dijiste.

—Exacto —contesta Jocelyn—. Te lo dije. Así que ya puedes relajarte.

Y Charmaine se siente relajada; le pesan los párpados. Da una cabezada, pero entonces se vuelve a despertar. Más o menos.

—Es posible que me tome ese café después de todo —dice—. Necesito espabilarme.

—Demasiado tarde —contesta Jocelyn—. Estamos a punto de aterrizar. Y mira, me parece que veo la ambulancia, justo a tiempo. Les he enviado un correo electrónico antes de despegar. ¿Tienes un poco de sueño? Túmbate.

—¿La ambulancia? ¿Qué ambulancia? —pregunta Charmaine.

No es sólo que tenga sueño, algo no va bien. Mira a Jocelyn y ve dos Jocelyn, ambas sonriendo. Le dan una palmada en el brazo.

—La ambulancia que te llevará a la clínica de Ed en Rubby Slippers —dice.

«Lo prometiste, lo prometiste», quiere decir Charmaine. Ha debido de ser el agua, algo que le ha echado Jocelyn. «¡Oh, diantre! ¡Bruja mentirosa!» Pero no puede pronunciar las palabras. Tiene la lengua apelmazada, se le están cerrando los ojos. Nota cómo se le va todo el cuerpo de lado.

Bum-bum, ya deben de estar en la pista. Está muy mareada. Voces a lo lejos. «Se ha desmayado. No sé qué... estaba bien hace un minuto. Espera, déjame...» Ésa es Aurora. Charmaine intenta llamarla, pero no le salen las palabras, sólo una especie de gemido.

—Uhuhuhuh...

«Que no se golpee la cabeza contra la pared.» Jocelyn.

Está en brazos de alguien, de algún hombre; la están deslizando por el aire. La sensación es fantástica, como si flotara. «Con cuidado. Así.» La tumba, la tapa. ¿Es Max? ¿Es la voz de Max, tan pegada a su oído? «Ya está lista.»

Cae, cae. Se desvanece.

XIV

SECUESTRO

Secuestro

Es mejor que Stan no vuelva al Elvisorium, dice Conor, porque aunque los tipos de las gafas de sol que habían ido a buscarlo sólo eran él mismo y sus tres colegas, nunca se sabe. La próxima vez podrían ser más sinestros y es mejor no dejar pistas, porque después del gran secuestro, dejar pistas puede ser una mala idea, joder. Si todo va según el plan, no habrá ningún problema, porque nadie va a meter las narices, ni a hacer preguntas, pero si se jode el asunto, pueden acabar los cinco achicharrados en una barbacoa al rojo vivo, a menos que sean capaces de desaparecer del GPS a toda leche. Lo que están a punto de hacer es jodidamente arriesgado.

Parece que a Conor no le preocupa demasiado el peligro, piensa Stan. Al contrario, está emocionado. Romper la ventana de una caravana, convencer a Stan para que se cuele dentro con él y luego, cuando aparece alguien, huir a toda leche dejándolo plantado, obligado a explicar qué hace con dos filetes del congelador y unas bragas en la mano. Ésa era la idea de una noche divertida para Conor.

Su hermano y los chicos tienen una Suite Emperador de dos habitaciones en el Caesars Palace: quienquiera que haya contratado a Conor no es pobre. Con dice que no pueden salir a un espectáculo o a algún garito de estriptis o a los casinos porque no puede arriesgarse a joderla ahora que están a punto de cantar bingo. Budge dice que a él le parece bien, quizá puedan ver un partido, pero Rikki y Jerold se quejan un poco. Con acaba con las protestas recordándoles quién está al mando, y manifiesta su disposición a aclarar cualquier duda que tengan. Los cinco se quedan y juegan al póquer, apostando uvas y porciones de queso del surtido que ha pedido Conor, y bebiendo Singapore Slings, porque Conor nunca lo ha tomado y quiere probarlo, aunque sólo se pueden beber tres por cabeza, porque tienen que estar frescos el día siguiente.

Stan gana una cantidad moderada de queso y se lo come, pero después de tres Singapore Slings está fuera de combate y se queda dormido en el sofá. Algo muy conveniente, porque sólo hay cuatro camas y no tiene ningunas ganas de dormir con nadie.

Por la mañana, los cinco se levantan más tarde de la cuenta, luego se duchan, se quejan de la resaca —todos excepto Budge, que la noche anterior demostró un poco de control— y piden que les suban el desayuno. Rikki se coloca detrás de la puerta cuando llega el carrito, con la Glock preparada como si estuviera en un programa de policías de la tele, por si acaso es una trampa. Pero no, sólo son los huevos revueltos, el jamón, las tostadas y el café, que trae una camarera simpática en un carrito: de momento están a salvo.

Luego se ponen los trajes y se pintan la cabeza de verde. Con ha alquilado una furgoneta; está en el aparcamiento, cargada con el atrezo del Hombre Verde. Antes de salir, repasa las entradas del gong con Stan. Cada vez que se señale la oreja —en la que lleva el auricular—, él debe tocar el gong. No necesita saber el puto motivo, sólo tiene que hacerlo. No debería costarle mucho. Si Con tuviera que salir corriendo de repente hacia, por ejemplo, una ambulancia que estuviera, por ejemplo, aparcada delante de la residencia, y si los otros tres Hombres Verdes falsos tuvieran que salir corriendo con él, Stan debería tocar el gong tres veces más, para que la gente creyera que formaba parte del espectáculo. Luego tendría que esperar instrucciones. Y seguir la corriente.

Cuando ya están en la furgoneta, Stan se pone nervioso. ¿Qué quiere decir eso de seguir la corriente? ¿Se va a encontrar una vez más en una de esas situaciones en las que su hermano salta la valla y desaparece y él se queda colgado?

—Te falta un poco de verde por detrás —le dice Jerold—. Te lo pintaré.

—Gracias —responde Stan.

Tiene tortícolis: va sentado muy tieso para que la pintura verde de su cabeza no manche la tapicería.

Con tiene un pase que les permite entrar con la furgoneta por la verja de Ruby Slippers, con su lema colgado en la puerta: «NO HAY NADA COMO EL HOGAR.»

Dentro, el camino se bifurca: Entrada Principal y Recepción a la izquierda, Clínica a la derecha, al doblar la esquina. Aparcan en la Zona para Visitantes Discapacitados que hay en la entrada y entran en fila india; Con le enseña el pase a la recepcionista.

—Ah, el evento especial —dice—. Actuaréis en el Auditorio.

Es evidente que está acostumbrada a ver desfilar por delante de su mostrador a tipos verdes y cosas parecidas. Payasos, malabaristas, cantantes con guitarras, zombis, bailarines, piratas, Batman, de todo. Actores.

En el Auditorio ya se está representando un evento especial a todo volumen: un Elvis, con el traje blanco y dorado, está acabando de interpretar una versión con muchos gorgoritos de *Love Me Tender* y mira mal a los Hombres Verdes cuando los ve pasar. Los ancianos del público le ofrecen un pequeño aplauso y el Elvis dice:

—Gracias, muchas gracias. ¿Quieren que les cante otra canción?

Pero Con toca la trompetilla verde que ha llevado y corta la iniciativa.

—No podemos permitir que este perdedor nos pise el número —dice—. ¡Que suene la música!

Ésta sale de un teléfono y suena a través de un pequeño altavoz conectado con Bluetooth. Con brinca por el escenario al ritmo de la música, agitando un par de maracas verdes y sonriendo como un loco. Jerold está hinchando globos verdes con un cilindro de hidrógeno; Rikki se los va pasando a Budge, que los distribuye entre el público. Los espectadores cogen los cordeles, algunos lo hacen con perplejidad, algunos con desconfianza, otros tal vez encantados, aunque es difícil de decir. Cuentan con la ayuda de varias Asistentes para Eventos de Ruby Slippers, con sus distintivos zapatos rojos y unos sombreros verdes en honor a los Hombres. «¿Verdad que es precioso?», murmuran por si hay alguna duda, que la hay. Pero nadie ha protestado todavía, así que la actuación debe de ir bastante bien, o por lo menos lo suficiente como para resultar convincente. Conor se señala la oreja y Stan toca el gong.

Con mira el reloj.

—Joder —lo oye murmurar Stan—. ¿Por qué se están retrasando? Lanza un chorro de agua con la boca —le dice a Rikki—. Eso siempre provoca una ovación.

En ese momento se oye una sirena que se acerca. Una ambulancia entra por la puerta principal y se dirige a la entrada de la clínica contigua. Con se saca un tulipán de plástico gigante de la chaqueta y lo agita en el aire. La flor explota con suavidad. Es la señal: Jerold, Rikki y Budge sueltan un montón de globos de helio, salen a toda prisa por la puerta del Auditorio y desaparecen por la esquina.

—¿Van a volver? —pregunta una voz quejumbrosa entre el público.

Stan asiente con energía y vuelve a tocar el gong. Puede que el espectáculo sea un éxito, después de todo.

Ahora Con le está tirando de la manga: se pone a saludar y Stan lo imita. Entrelaza el brazo con el de su hermano y lo obliga a caminar a su lado hasta que salen por la puerta.

—Lo tenemos —susurra.

¿A quién tienen?, se pregunta Stan.

Doblan la esquina.

—Perfecto —dice Con.

Ahí está la ambulancia, con las puertas de atrás abiertas. Stan ve a Jocelyn, acompañada de otra mujer. El capullo del marido de Jocelyn está ayudando a Budge con un tercer hombre, que parece haberse desplomado. Es Ed, el gran pez gordo de Positrón, no cabe duda: el traje y el corte de pelo son inconfundibles. También hay dos guardias de seguridad de Ruby Slippers y tres tipos más con trajes negros. Qué eficiencia, piensa Stan.

—Espabila, pieza clave —dice Con—. Por aquí.

Acompaña a Stan hasta la ambulancia.

Dentro hay una camilla con alguien tumbado en ella, tapado hasta la barbilla con una manta roja y blanca.

Una mujer. Charmaine. ¿Es la cabeza robótica? Parece demasiado real. Stan le toca la mejilla.

—¡Joder! —exclama—. ¿Está muerta?

—No está muerta —dice Jocelyn, que se ha acercado a él—. Todo va bien, pero no tenemos mucho tiempo. El equipo de neurología ya está preparado.

—Llevemos a los dos a la clínica —dice Con—. Rápido.

En llamas

Lucinda Quant revela la gran filtración en las noticias de las seis en punto. Es directa, creíble y, lo mejor de todo, tiene muchas pruebas documentales e imágenes en vídeo. Explica cómo encontró esa mina de basura, aunque no da nombres

—habla de «un empleado valiente»—, y cómo sacó a escondidas el dispositivo de memoria con la información, entre hordas de periodistas ruidosos y agentes de seguridad infiltrados en la convención de la ANP, pegándosela en el cuero cabelludo bajo su peluca de superviviente del cáncer; en ese momento se quita la peluca para demostrarlo.

Concluye diciendo que está muy contenta de que el destino le haya brindado esta oportunidad en lo que puede ser el final de su vida, porque su lema siempre ha sido: «Vive cada minuto intensamente.» Se muestra humilde acerca del pequeño papel que le ha tocado desempeñar en lo que, a fin de cuentas, es un panorama mucho más extenso y, aunque podría haber acabado atropellada, o podría haber aparecido muerta misteriosamente debajo de una mesa de blackjack, o algo así, porque las grandes fortunas han invertido mucho en Positrón, decidió correr el riesgo porque el público tiene derecho a saberlo.

El presentador le da las gracias y dice que América sería un lugar mejor si hubiera más personas como ella. Los dos esbozan grandes sonrisas.

Acto seguido, las redes sociales arden encolerizadas. ¡Abusos carcelarios! ¡Tráfico de órganos! ¡Esclavos sexuales creados por medio de la neurocirugía! ¡Planes para comerciar con sangre de bebés! Corrupción y avaricia, esas dos cosas no sorprenden a nadie. Pero la apropiación indebida de los cuerpos de las personas, la traición de la confianza pública, la violación de derechos humanos... ¿Cómo han permitido que sucedieran cosas así? ¿Es que no había ninguna supervisión? ¿Qué políticos apoyaron esa treta perversa, con la excusa de crear empleo y ahorrarle dinero al contribuyente? Hacía mucho tiempo que no se veía tanto bullicio en las tertulias de los programas nocturnos —hacía años que no se lo pasaban tan bien—, y los blogueros están que trinan.

Porque siempre hay dos bandos, por lo menos dos. Algunos dicen que, de todas formas, las personas que han perdido los órganos y tal vez incluso hayan terminado convertidas en comida para pollos, eran criminales y tendrían que haberlos gaseado, y que ésa era una forma real de hacerles pagar sus deudas con la sociedad y reparar el daño causado, y que, en cualquier caso, así se evitaba el derroche de tener que deshacerse de ellos una vez muertos. Otros opinan que en los primeros tiempos de Positrón todo iba bien, pero que era evidente que, al terminarse el cupo de delincuentes, la Dirección, sabiendo lo que se pagaba por los hígados y los riñones, había empezado con los ladrones de poca monta y los drogatas, y luego habían seguido secuestrando a gente por la calle, porque el dinero es el dinero, y una vez éste había empezado a entrar en Positrón, ya no había vuelta atrás.

Sin embargo, otros opinan que la idea de las ciudades gemelas había sido buena al principio; ¿quién iba a criticar que todo el mundo tuviera casa y trabajo? Había algunas manzanas podridas, pero sin ellas habría funcionado. Hay quien responde que esos planes utópicos siempre salen mal y se convierten en dictaduras, porque la naturaleza humana es como es. En cuanto a la operación que consiste en grabar un nuevo objeto amoroso en el cerebro del sujeto —ya sea de su propia elección o seleccionado por otra persona—, ¿qué problema hay si ambas partes acaban satisfechas?

Algunos blogueros objetan, otros afirman que están de acuerdo, y enseguida empiezan a zumbar por el aire como perdigones las palabras «comunista» y «fascista» y «psicopatía» e «indulgencia con los delincuentes» y una nueva, «neuroproxeneta».

Stan sigue uno de los debates en la pantalla plana que hay en la sala de recuperación, donde Charmaine duerme todavía a causa de la anestesia. Lleva un pequeño vendaje blanco en la cabeza, pero no hay sangre. Por suerte, no la han rapado; habría sido antiestético. Puede que se asuste cuando vea por primera vez al nuevo Stan, con la cabeza afeitada, pero será un segundo, dice Jocelyn, y después Charmaine será toda suya.

—Pero no tientes a la suerte —le advierte—. Sé amable con ella. Nada de rencores. Recuerda que no practicó más sexo con Max o Phil que tú conmigo. Menos, en realidad, y estoy dispuesta a contárselo todo sobre nuestra pequeña aventura. Esta segunda oportunidad es una compensación por todo lo que nos has ayudado, así que no la jodas. Por cierto, quítate el maquillaje verde; si no, tendrás que pintarte como un calabacín cada vez que quieras follar.

Stan ha hecho lo que le sugería y ha estropeado un par de toallas del hospital para limpiarse, consciente de que el esfuerzo merecía la pena. Luego se ha sentado a esperar el momento mágico en que su Bella Durmiente se despierte y él pueda despedirse de sus días de sapo y convertirse en un príncipe. Está escuchando la televisión con auriculares para no molestar a Charmaine antes de lo debido. Jocelyn ha sido muy clara: no debe apartarse de su cama ni siquiera para mear, o a Charmaine se le podría grabar un objeto amoroso equivocado, como una enfermera que pase por allí. Por eso Stan tiene una cuña a mano.

¿Cuánto va a tardar en despertarse? Le apetece comerse una hamburguesa.

Justo en ese momento entra Aurora con una bandeja.

—He pensado que te apetecería picar algo —dice.

—Gracias —contesta Stan.

Sólo es té con galletas, pero eso lo ayudará a aguantar hasta que pueda echarle mano a algo más adecuado para carnívoros.

Aurora se sienta a los pies de la cama de Charmaine.

—Vas a alucinar con los resultados —dice—. ¡A mí me ha pasado! En cuanto Max se despertó y me miró a los ojos, me juró amor eterno, y cinco minutos después ¡me pidió matrimonio! ¿No es un milagro?

Stan contesta que sí.

—Es tan guapo... —dice Aurora con tono soñador.

Stan asiente con educación.

—Sé que está casado —continúa Aurora—, pero el divorcio está en marcha; Jocelyn ya lo había solicitado, y UR-ELF se está ocupando del papeleo. Lo llaman *Lonely Street Special*, es un proceso acelerado.

—Enhorabuena —dice Stan.

Lo dice en serio. La idea de que el ligón de Phil, o Max, esté encadenado por el tobillo a Aurora —o, ya puestos, a un pit bull o a una farola— no le desagrada en absoluto, siempre que ese cabrón esté fuera de juego.

—¿A Jocelyn no le importa? —pregunta.

—Fue idea suya —explica Aurora—. Dice que ni siquiera es un acto de generosidad. Ella tiene otros intereses, y así el pobre Phil se curará de su adicción al sexo. ¿Quieres otra galleta? ¡Coge dos!

—Gracias —dice Stan.

Está tan contenta que se la ve casi guapa. Y para Max debe de ser despampanante. Les deseo buena suerte, piensa Stan.

Ahora en la pantalla sale Veronica, más atractiva que nunca. Está explicando que es un experimento de Positrón que salió mal y que está condenada a vivir ligada románticamente a un osito azul para siempre. Primer plano del oso, que está un poco hecho polvo. La entrevistadora le pregunta si existe la posibilidad de una segunda cirugía para arreglar su fijación, pero Veronica dice: «No, es demasiado peligroso y de todas formas ¿por qué iba a querer hacerlo? ¡Yo lo amo!»

La presentadora mira al público y apunta:

«¡Y éste sólo es uno de esos ejemplos de esta historia en los que la realidad supera la ficción! Ya han detenido a varios cargos intermedios de la Dirección y hay órdenes de registro para algunos más. Nos habría gustado poder hablar con el director y presidente del Proyecto Positrón, a quien todavía no han acusado de ningún delito, aunque se rumorea que su arresto es inminente. Sin embargo, nos han informado de que ha sufrido un infarto cerebral, y en este momento se está sometiendo a una operación quirúrgica. ¡Enseguida les seguiremos informando!»

—¿Dónde está Ed? —le pregunta Stan a Aurora—. ¿Ardiendo en el infierno?

—Está al final del pasillo —contesta ella—. Lo han operado, pero todavía está inconsciente. Ahora tengo que marcharme. ¡Max dice que no puede estar sin mí! ¡Ya nos veremos!

¿A Ed también lo han operado? Stan sonríe. ¿Y con quién lo van a emparejar? Por la cabeza de Stan pasa un desfile de deliciosas posibilidades: ¿un desatascador, una aspiradora de coche, una licuadora? No, la licuadora sería demasiado agresiva, incluso para Ed. Quizá sea un sexobot de Elvis: eso sería precioso. Seguro que lo ha organizado Jocelyn; tiene un sentido del humor retorcido y, por una vez, Stan se alegra de ello.

Charmaine se mueve, se despereza y abre esos ojos tan azules que tiene. Stan asoma por su línea de visión y la mira fijamente.

—¿Cómo estás, cariño? —pregunta.

A ella se le llenan los ojos de lágrimas.

—¡Oh, Stan! —exclama—. ¿Eres tú? ¿Y tu pelo?

—Sí, soy yo —murmura—. Ya crecerá.

¿Está funcionando?

Ella lo rodea con los brazos.

—¡No me dejes nunca! ¡Acabo de tener una pesadilla horrible!

Lo abraza con fuerza y se pega a su boca como un pulpo. Un pulpo muy apasionado. Ahora le está quitando la camisa, está bajando la mano...

—¡Eh, espera, cariño! —dice él—. ¡Te acaban de operar!

—No puedo esperar —le susurra Charmaine al oído—. ¡Te deseo ahora!

Joder, es fantástico, piensa Stan. Por fin.

Hechizo

Cuando Charmaine se vuelve a dormir, con lo que Stan espera que sea una sonrisa de satisfacción en los labios, él se viste y sale al pasillo. Está agotado, pero entusiasmado. Tiene tanta hambre que podría comerse una vaca entera. Debe de haber una cafetería en algún rincón, y con un poco de suerte tendrán cerveza.

Dobla una esquina y se encuentra a Con, Jerold y Rikki delante de una puerta. Ya no están verdes y se han puesto trajes negros. Todos llevan un auricular y se les marca un ligero bulto debajo del brazo izquierdo. Todos llevan también gafas de espejo, a pesar de que están dentro de un edificio.

—Hola, hermano mayor —dice Conor—. ¿Ha salido todo bien? —Esboza una enorme sonrisa cargada de picardía.

—No me puedo quejar —reconoce Stan. Se permite a su vez una sonrisilla petulante—. Parece un hechizo.

En realidad, está flotando. ¡Charmaine lo quiere! Lo vuelve a querer. Lo quiere más que antes. Es algo que va más allá del sexo, algo que el pervertido de Con nunca será capaz de entender.

—Qué estupendo —dice Jerold.

—De puta madre —añade Rikki.

Entrechocan primero los puños y después las manos abiertas.

Stan acepta esas felicitaciones, propias de un partido de fútbol. ¿Para qué intentar explicarse?

—¿Quiénes se supone que sois? —pregunta—. Me refiero a los trajes.

—Seguridad —contesta Con—. Para alejar a la prensa, suponiendo que averigüen dónde está nuestro amigo.

—Los auténticos agentes de seguridad están en el servicio de caballeros —explica Jerold—. Dentro de los cubículos. Jocelyn les ha inyectado un somnífero. Estarán inconscientes todo el día.

—Inocencia demostrable —explica Con—. Nadie podrá culparlos.

—Entonces, déjame adivinar —dice Stan—. ¿Es Ed quien está en la habitación?

—Exacto —contesta Con—. Lo metimos en la clínica a toda prisa. Dijimos que tenía que someterse a una operación. Un asunto de vida o muerte. —Se mira el reloj—. ¿Dónde están esas dos? Será mejor que se den prisa, a ver si se despierta y se le pone dura con la mesita de noche.

—Qué va —dice Jerold—. Le he preguntado a Jos. Sea lo que sea, ha de tener ojos. O sea, dos ojos.

—Eso ya lo sé, imbécil —replica Con—. Era una broma.

—Ya vienen —anuncia Rikki.

Dos enfermeras avanzan deprisa por el pasillo, con el uniforme de Ruby Slippers: vestido blanco, delantal rojo, gorro blanco con una cenefa de flores rojas y unos zapatos rojos de tacón bajo con suela de goma.

—¿Llegamos a tiempo? —pregunta la primera.

Es Jocelyn; el disfraz es muy convincente, piensa Stan. Como una dominatrix haciendo de enfermera. Te mete un termómetro o un pepino por el culo en dos segundos y no puedes ni protestar.

—Stan —lo saluda con una inclinación de cabeza—. Satisfecho, espero.

Él asiente.

—Supongo que tengo que darte las gracias —dice.

Es extraño, pero tiene vergüenza.

—Siempre tan educado —contesta Jocelyn, pero sonríe—. De nada.

La segunda enfermera es Lucinda Quant.

—Adelante —le dice Con y abre la puerta.

Lucinda Quant entra en la habitación.

—Esto es mejor que el circo —opina Rikki—. No la cierres del todo.

—Puedes cerrarla. Dadles un poco de intimidad. Es el canal dos del auricular —dice Conor.

—Yo no tengo auriculares —protesta Stan.

—Está bien, deja la puerta abierta —cede Con.

Se hace el silencio. Lucinda debe de estar sentada junto a la cama.

—¿Qué va a ser de él? —le pregunta Stan a Jocelyn—. Suponiendo que esto funcione. Querrán arrestarlo, ¿no?

—Lucinda está pensando en llevárselo a Dubái —contesta Jocelyn—. Es caro, pero pagamos nosotros. Allí nadie hace preguntas y hay muchas posibilidades de organizar orgías para dos, habitaciones de lujo con piscina de hidromasaje, siempre y cuando hagas lo que tengas que hacer en privado. Lucinda quiere darle un final estelar a su vida, por si acaso volviera el cáncer. Y allí no hay extradición, por lo que Ed podrá concederle hasta el último de sus caprichos. Tiene unos cuantos, según me ha contado. Quiere que la cubran de chocolate y se lo limpien a lametones, para empezar.

—¿Dónde coño está Budge? —pregunta Jerold—. Aún no ha vuelto con las alitas picantes. Me muero de hambre.

—Yo podría comerme un hipopótamo —dice Rikki.

—Yo podría comerme esa *mousse* de chocolate de como se llame.

—Yo podría comerme...

—Callaos —los corta Con—. O me comeré vuestra cara.

—¿Vas a dejar que se libre sin más castigo? —le pregunta Stan a Jocelyn—. ¿Después de todo lo que ha hecho?

Y lo que tenía planeado hacer, añade para sí. Secuestrar a mi mujer. Operarle la cabeza. Convertirla en una esclava sexual. Convertirla en una esclava sexual, pero para el hombre equivocado. Jocelyn le ha explicado los detalles.

—¿Crees que quiero que testifique ante el Congreso? —contesta Jocelyn—. ¿Que lo explique todo? Yo formo parte del tinglado, por si lo has olvidado.

—Ah, claro —admite Stan.

—Y a bastantes de nuestros políticos más respetados tampoco les haría ninguna gracia, ya que fueron grandes patrocinadores del Proyecto, así que no debería costar mucho subir a Ed al avión con su nueva documentación falsa. En esta fiesta nadie tiene las manos limpias —concluye Jocelyn.

—¿Y por qué no matarlo y punto? —pregunta Stan.

Su crueldad lo sorprende. No es que quiera acabar con él personalmente, pero Jocelyn es muy capaz de hacerlo. O eso cree él.

—No sería justo —dice Jocelyn—. Si se trata de buscar responsables, tendría que matar también a todos los miembros de la directiva y a los accionistas. Es mejor esta opción. Más limpia. Con beneficios para terceras personas, como Lucinda.

—¿Qué pasará con Consiliencia y con el Proyecto ahora que no está Ed? —pregunta Stan.

—Quizá lo modifiquen un poco. Venderán las divisiones legales, como Posibilibots. Tal vez la prisión se convierta en viviendas, con atracción turística incluida. El rock de la cárcel, la llamarían. Ya se han hecho reformas de esta clase en cárceles de Australia. Yo creo que la gente pagaría para hacer jueguecitos de rol ahí dentro, ¿no te parece? Pero no es problema mío, porque yo estaré viviendo mi próxima vida. ¿Cómo va la cosa ahí dentro? —le pregunta a Con.

—Oigo algunos murmullos —responde éste—. O tal vez sean ronquidos.

—A lo mejor él se lo monta así —dice Jerold—, con la nariz. —Y Rikki y él se echan a reír.

—A ver si maduráis de una puta vez —los regaña Con—. Sí, sí, ya se está espabilando.

Stan pega la oreja al hueco que hay entre el marco y la puerta.

—Te adoro —Es la voz de Ed, pesada debido a la anestesia, o la lujuria—. ¡Eres preciosa! ¡Quítate esa bata!

—¡Un momento, soldado! —dice Lucinda—. ¡Espera a que me desabroche el sujetador!

—No puedo esperar —responde Ed—. ¡Te deseo ahora!

Ella suelta algo a medio camino entre una risa y un grito. Luego se oyen gemidos, ¿o son gruñidos?

—Cierra la puerta —dice Jocelyn—. Desconectad los auriculares. Hay cosas que no son de nuestra incumbencia.

—Nunca nos dejas divertirnos —protesta Con, pero obedece.

—Lucinda es una clienta —dice Jocelyn con formalidad—. Tenemos nuestros principios.

Floral

¡La boda es encantadora! O puede que sean bodas, dos, porque, aunque Aurora y Max se casan por primera vez, Charmaine y Stan van a renovar sus votos, así que la ceremonia también es para ellos.

Un Elvis Casamentero se ocupa de oficiar —es Rob de UR-ELF; lleva un mono blanco y dorado, con un cinturón plateado y una capa púrpura con estrellas plateadas—, y un trío de Elvis Cantantes se ocupan de los interludios musicales y cantan por encima de la música de fondo que suena desde un altavoz escondido dentro de una cesta de flores. Charmaine ha elegido las de la capilla; ha optado por la selección Nomeolvides, una mezcla de color azul pálido, salpicada de rosas diminutas; queda precioso. Y brilla el sol, pero eso es normal en Las Vegas, pase lo que pase en el resto del mundo.

Como extra, hay una actuación especial a cargo de cinco imitadoras de Marilyn con vestidos palabra de honor de tafetán rosa, como en esa escena grandiosa de *Los caballeros las prefieren rubias*, donde canta la canción de los diamantes, pero sin el séquito. Las que hacen de Marilyn sonríen como si estuvieran locas de alegría, que es lo que cualquiera quiere ver en una boda. Como no tienen parientes que lo hagan, Charmaine contrató al quinteto. Es un dinero bien gastado porque animan, se ríen y les tiran arroz a los cuatro al terminar. Una de ellas incluso coge el ramo que lanza Aurora.

Charmaine no tiene ramo, porque ella no se está casando exactamente, aunque se siente como si lo hiciera; sostiene un ramillete de rosas de color rosa, y es casi lo mismo. Lleva un vestido con un estampado floral rosa y azul, y Stan se ha puesto una camisa con pingüinos que ella encontró en internet. Es sentimental, pero es que Charmaine es una persona sentimental.

En la recepción al aire libre, que se celebra en un patio espacioso con una zona soleada y otra en sombra, sirven champán y hay una fuente con tres sirenas con micrófonos, como si fueran un trío musical, tres surfistas que tocan la guitarra y tres cupidos, cada uno de ellos vertiendo agua desde un pez, además de un busto de piedra de Elvis en lo alto, que esboza su sonrisa típica. Alguien le ha puesto un collar de flores al cuello. ¡Todo del mismo estilo! Dios está en los detalles, como solía decir la abuela Win.

Charmaine está muy contenta. La parte oscura de su personalidad que la acompañó durante tanto tiempo parece haber desaparecido por completo. Es como si alguien hubiera cogido una goma de borrar y hubiera eliminado el dolor de esos recuerdos. No es que no se acuerde de las cosas que pasaron, esas cosas en las que la abuela Win le decía que no pensara. Las recuerda, pero sólo como imágenes, o como una pesadilla. Ya no tienen ningún poder sobre ella. Debió de ser algo que hicieron los médicos cuando le estaban arreglando el interior de la cabeza para que amara a Stan, sólo a Stan, y a nadie más. Era la otra Charmaine, la Charmaine de la oscuridad, la que se había alejado de él, y esa Charmaine ha desaparecido para siempre. ¡Es increíble lo que se puede hacer con un láser!

Incluso ha visto cómo Max, o Phil, se casaba con Aurora sin una pizca de añoranza o de celos. Y en la recepción, cuando los invitados estaban besando a las novias, Max la ha besado con delicadeza en la mejilla, y aunque antes Charmaine se habría fundido como un polo en el microondas ante el mínimo contacto, ahora no se ha inmutado en absoluto; ha sido más o menos como si una mosca se le posara encima: podía apartarla y no volver a pensar en ella. Todas esas cosas que hicieron cuando Charmaine estaba tan loca por él —y «loca» es la palabra correcta— han desaparecido. Es como si hubiera estado bajo los efectos de algún hechizo y de repente, puf, éste hubiera desaparecido. Recuerda aquellos encuentros con claridad, pero muy lejanos, y también con cariño, casi como si estuviera recordando las travesuras de un niño, pero no las propias. Ella no hacía travesuras de niña. Estaba demasiado asustada.

Ahora Max, o Phil, está con Aurora; están bajo uno de los parasoles y la ha arrinconado contra la mesa; la ha rodeado con los brazos, tiene el torso pegado al de ella, le está besando el cuello. Es evidente que está ansioso por llevársela a la cama y pasarle esas manos tan hábiles que tiene por toda la cara operada. Charmaine busca en su corazón y lo único que encuentra en el compartimento de Max son los mejores deseos para Aurora, porque es evidente que él está enamorado de ella, no deja de seguirla con la mirada todo el rato, a pesar del aspecto que tiene. En cualquier caso, se la ve más guapa que antes, porque está radiante de alegría, y la belleza interior es la más importante. Está así la mayor parte del tiempo. A menudo. ¡Y Max también tiene que estar contento! ¡Por fuerza!

Stan está junto a la fuente de los cupidos con dos imitadoras de Marilyn que le van dando pedacitos de tarta nupcial. El pastel es blanco, con un glaseado azul y rosa que representa unos azulillos con lazos y guirnaldas de rosas en los picos y las patas, que es el diseño que pidió Charmaine para que combinara con el resto de la decoración. Es muy complicado, pero hizo que lo imprimieran con láser en 3D.

Es evidente que las Marilyn están sobreactuando, y con esos vestidos de tafetán rosa con los hombros descubiertos cualquiera puede mirarles el escote, que es lo que hace Stan, pero nadie puede culparlo, porque ¿para qué se exponen las cosas, si no es para que alguien las mire?

Es hora de intervenir. Se acerca a ellos, bastante deprisa.

—Gracias por cuidar tan bien de mi maravilloso marido —dice, enlazando el brazo con el de Stan.

Entonces se da cuenta de que una de las imitadoras de Marilyn es Veronica, aunque lleva una peluca rubio platino, y todo el mundo sabe que Veronica sólo puede amar a su osito azul, la pobre, igual que Charmaine sólo puede amar a Stan —la historia del osito salió en todos los canales de televisión y ahora Veronica es una celebridad—, así que no pasa nada.

—¡Veronica! —exclama—. ¡No sabía que eras tú!

—¿Cómo me lo iba a perder? —dice ella—. Quería ver el final feliz. ¿Te acuerdas de Sandi?

—¡Sandi! —grita Charmaine, abrazándola. La última vez que la vio, Sandi llevaba unas esposas de plástico y grilletes en los tobillos—. ¡Oh, Dios mío! ¡Me alegro tanto de que estés bien! ¡Te vi por televisión! ¡Es como un milagro!

—Faltó muy poco —explica Sandi—. Me habían puesto la capucha y me estaban sacando de la celda, supongo que para llevarme a reciclar las distintas partes de mi cuerpo, aunque en ese momento no lo sabía. Entonces oí un murmullo por teléfono: era Jocelyn diciéndoles que lo parasen todo hasta nuevo aviso, porque había habido una filtración y Ed había desaparecido con los beneficios. Los guardias me dejaron en el suelo y se largaron, y cuando conseguí levantarme y salir de allí, todas las puertas estaban abiertas y fue como: «¡Todo el mundo fuera!» ¡Menudo atasco! Me hice daño en el codo. Pero ¡ni se me ocurriría quejarme! Sigo de una pieza, no soy una brocheta.

—Ya le he dicho mil veces que no la habrían cortado en pedacitos —dice Veronica—. Es demasiado guapa. La habrían enviado a Las Vegas para practicarle esa cosa en el cerebro. Habría acabado con algún rico viejo y arrugado, haciendo realidad todos sus deseos.

—Como en el Fuck Tank —apostilla Sandi—, sólo que con sentimientos.

—Y con mucho más dinero —dice Veronica, y se ríen.

Sandi levanta la copa de champán.

—Por los viejos tiempos —brinda—. Que se pudran en el infierno.

Las imitadoras de Marilyn se van a la mesa del champán para volver a llenarse las copas y Charmaine rodea a Stan con el brazo y lo estrecha.

—Oh, Stan —dice—. ¡Esto es maravilloso! Qué suerte tenemos, ¿verdad?

Él también la abraza, pero está distraído. Parece aturdido, o quizá sea el champán. Se lo ha tomado como si fuera un refresco, ha bebido demasiado. Pero mañana estará bien, piensa Charmaine. Todo ha salido bien, porque el pasado es un prólogo y bien está lo que bien acaba, como solía decir la abuela Win. Aunque esto no ha terminado. No, esto es sólo el principio, un nuevo comienzo. El principio que debería haber sido. No todo el mundo tiene una oportunidad así.

Le queda una duda. ¿Amar a Stan cuenta de verdad, considerando que no puede evitarlo? ¿Está bien que la felicidad de su vida conyugal no se deba a una serie de esfuerzos especiales por su parte, sino a una operación de cerebro a la que ella nunca se prestó? No, no parece que esté bien. Pero Charmaine siente que sí lo está. Eso es lo que no puede evitar: lo bien que se siente.

· · ·

Todo aquello lo pagó Jocelyn, o se encargó de que alguien lo pagara. Pero aunque Charmaine insistió en invitarla, no asistió a la ceremonia de la boda propiamente dicha. «No quiero ser la bruja malvada de la fiesta», dijo. A decir verdad, para Charmaine fue un alivio, porque a pesar de todo lo que Jocelyn había hecho por Stan y por ella, tenía que reconocer que no todo el mundo vería como positivas algunas de esas cosas. Como que Jocelyn se hubiera estado follando a Stan como una loca. Pero Charmaine no le guarda rencor, porque no tiene derecho. Y todo se ha equilibrado al final; es como no tener nada en el banco, pero tampoco deudas pendientes.

Sin embargo, Jocelyn está ahora aquí, paseando por el patio. Ha venido a la recepción, ya insinuó que quizá asistiría a esa parte. Va vestida de color malva, que no es uno de los tonos de la paleta de rosa y azules, pero tampoco desentona. Charmaine se alegra de que se haya parado a pensar en eso y que haya encontrado una solución de buen gusto.

Con ella está Conor, el molesto hermano de Stan, convencido de que esas gafas de espejo lo hacen parecer superguay, con tres de sus amigos delincuentes. No, delincuentes no, Charmaine no utilizaría esa palabra. «Peculiares.» Eso está mejor, porque Conor y esos hombres la rescataron de Ed, de modo que le cuesta verlos como delincuentes, aunque por lo general se dediquen a delinquir. Pero Conor siempre ha sido una mala influencia para Stan, en su opinión. Por lo menos cuando eran más jóvenes. Ahora parece más maduro, piensa. Tal vez acabe conociendo a alguna mujer mayor inteligente, que lo ayude a convertirse en un miembro productivo de la sociedad. Eso es lo que le desea en este día maravilloso en el que todo el mundo debería recibir algo bueno.

Charmaine se separa de Stan para que, junto con Conor y sus amigos peculiares, puedan seguir el ritual de darse palmadas en la espalda, chocar los puños y repetir sus nombres.

«¡Con!» «¡Stan!» «¡Rikki!» «¡Jerold!» «¡Budge!» Como si no se supieran ya los nombres de todos. Pero es una manera de reforzar los vínculos entre hombres; Charmaine vio un programa de televisión que hablaba de eso, es como si se felicitaran entre ellos o algo así. Ahora se están acercando a la mesa del champán, aunque Stan no debería tomar más o estará demasiado borracho como para hacer las cosas que Charmaine espera que haga cuando lleguen a la habitación del hotel y ella se haya dado una buena ducha, secado con las esponjosas toallas blancas y aplicado el aceite corporal de almendras.

Y cuando Conor y sus amigos hayan bebido un poco, Conor querrá besar a la novia, y también a Charmaine; querrá darle un par de picotazos sólo para fastidiar a Stan. Tendría que advertir a Aurora sobre Con: tal como es Max, ahora que está enamorado de verdad, podría molestarle que cualquier otro hombre le ponga un dedo encima a Aurora, y entonces igual se organiza una pelea que Max perdería, porque serían uno contra cuatro, o tal vez cinco si se cuenta a Stan, y Max acabaría sangrando por la nariz como poco y arruinaría el pastel o los adornos florales, y su día precioso y perfecto se iría al traste. Pero al echar un vistazo por la fiesta, ve que Max y Aurora ya han desaparecido. Directos a trotar, aunque no trotarán, galoparán, piensa Charmaine, sin un ápice de resentimiento. ¿O siente una pizca? No puede ser, porque el láser ha eliminado cualquier sombra de resentimiento, cualquier sombra de cualquier clase que pudiera tener en la cabeza y punto. Todas sus sombras.

Decide alejarse lo máximo posible, ponerse detrás de la fuente para que Conor no pueda verla, porque si no la ve, no pensará en ella. Se le acerca Jocelyn.

—Bueno, alegría y días de amor puro —dice.

—Supongo que sí —admite Charmaine. A veces Jocelyn se expresa de una manera un poco rara—. Para Stan y para mí, es muy cierto.

—Bien —dice Jocelyn—. Tengo un regalo de boda para ti. Pero te lo daré dentro de un año. Todavía no está preparado.

—¡Oh, me encantan las sorpresas! —exclama Charmaine.

¿Es verdad? No siempre. A veces las odia. Odia la clase de sorpresas que se abalanzan sobre una en la oscuridad. Pero está segura de que la sorpresa de Jocelyn no será de ésas.

—No sé cómo agradecerte todo lo que has hecho... —dice—. Por Stan y por mí.

Jocelyn sonríe. ¿Es una sonrisa de verdad, cálida y amistosa, o una sonrisa un poco espeluznante? A Charmaine le cuesta descifrar las distintas sonrisas de Jocelyn.

—Ya me lo agradecerás más adelante —dice ésta—. Cuando sepas lo que es.

Luego, tras estrechar las manos de los invitados y despedirse —y de que, después de todo, Conor bese a Charmaine, aunque sólo en la mejilla—, Jocelyn, Conor y los otros hombres se meten en un elegante coche negro con los cristales tintados y se marchan.

Charmaine y Stan se quedan juntos, con los brazos entrelazados, y ella alza una mano para despedirse de ellos hasta que el coche desaparece.

—¿Crees que son pareja? —le pregunta a Stan—. ¿Conor y Jocelyn?

Le gustaría bastante que lo fueran, porque así Jocelyn no estaría desparejada y sería menos probable que fuera detrás de Stan. Charmaine le está agradecida, pero aún no confía en ella, después de todas sus mentiras y trucos.

—Apostaría a que sí —dice él—. A Con siempre le han gustado las tías duras. Dice que el desafío es mayor; además saben lo que quieren y tienen más RPM.

RPM es un término automovilístico, Charmaine ya lo sabe. Pero no suena muy cortés.

—Eso no es muy cortés —dice—. Las mujeres no son coches.

—Es como lo diría Con —responde Stan—. Nada de cortesía. En cualquier caso, tienen algún asunto entre manos.

—¿Qué clase de asunto? —pregunta Charmaine.

Debe de ser algo que se les dé bien a los dos, como tirarse faroles. Puede que trabajen para los casinos. Si son pareja, se pregunta cuánto tiempo llevarán juntos.

—Yo diría que sus asuntos no son asunto nuestro —dice Stan.

XV
ALLÍ

Allí

Stan tiene un trabajo nuevo. Se dedica a hacer los ajustes del Módulo de Empatía en las instalaciones que Posibilibots acaba de inaugurar en Las Vegas. Es el encargado de perfeccionar la sonrisa del Elvis, que nunca ha salido bien del todo. Si la hacen demasiado tensa parece que está gruñendo, demasiado flácida parece que babee; han tenido quejas en ambos sentidos. Pero Stan está haciendo progresos: ¡lo va a bordar! Cuando haya acabado, ya está comprometido para trabajar en la de Marilyn: hay que retocar ese mohín.

Es fin de semana y está en casa, en su propia casa, podando el seto, su propio seto. Y con su propia podadora; la tiene muy afilada. En el césped —su césped, o mejor dicho, el césped de los dos, que es artificial por las restricciones de agua que hay en Las Vegas—, la pequeña Winnie, que ya tiene tres meses, gorjea en una manta con patitos. Stan no tenía muy claro que fuera buena idea llamarla Winifred —el diminutivo se parecía demasiado al osito del cuento y en el colegio la llamarían Poo y se meterían con ella—, pero Charmaine dijo que era un homenaje a su abuela Win, porque no sabe qué habría pasado de no ser por ella, y en cualquier caso sólo los niños pequeños gastaban esas bromas. Si se presentaba ese problema ya verían qué hacían, y además siempre podían optar por el segundo nombre de

Winnie, que era Stanlita. Charmaine insistió; dijo que era un homenaje a su amor eterno. Stan replicó que el nombre Stanlita no existía y Charmaine dijo que sí, y él lo buscó en internet y resultó que ella tenía razón.

Charmaine está sentada en una tumbona, a la sombra de un parasol, tejiendo un gorrito para un segundo bebé que espera que no tarde en llegar, y vigilando a Winnie. No le quita ojo: en las noticias han dicho que últimamente han desaparecido algunos bebés de forma misteriosa y a Charmaine la preocupa que los estén robando para quitarles su valiosa sangre antienvejecimiento. Stan le dice que no es probable que eso ocurra en la parte de la ciudad donde ellos viven, pero Charmaine responde que nunca se sabe y que más vale prevenir que curar.

También vigila a Stan porque cree que podría perderse, tener alguna aventura, con o sin devoradoras de hombres. Antes no era tan posesiva con él, pero desde que le hicieron eso en la cabeza es así. Una pequeña mánager de Stan. Al principio era halagador, pero a veces él se siente demasiado observado.

Y tampoco puede olvidar que Charmaine estuvo dispuesta a matarlo, por mucho que luego haya lloriqueado a propósito de ese asunto. La historia —el cuento que Jocelyn le explicó a posteriori— es que Charmaine siempre supo que todo era un montaje, que es lo que los dos fingen creer. Pero él sabe que lo hizo de verdad.

No es que pueda utilizarlo en su contra. Tampoco puede utilizar su aventura con Max, porque, gracias a Jocelyn, Charmaine tiene un arma para contraatacar: su aventura con Jocelyn. Podría decir que lo hizo bajo coacción, pero no colaría: Charmaine diría lo mismo. «No pude evitarlo», etcétera. Además, ella sabe que le dio por perseguir a aquella Jasmine imaginaria, y eso es más que humillante para él: una cosa es ser un granuja, algo casi respetable, pero ser un idiota es patético. En el toma y daca de los engaños están equilibrados, así que de acuerdo mutuo nunca lo mencionan.

Por otra parte, su vida sexual nunca ha sido tan buena. En parte debido al arreglo que le hicieron al cerebro de Charmaine, pero también tiene que ver con el repertorio de Stan de frases excitantes. Las ha sacado de los vídeos de Charmaine y Max que Jocelyn le hizo ver, y aunque en aquel momento fue un infierno, ahora se lo agradece, porque le basta con soltar una de esas frases —«Date la vuelta, arrodíllate, dime lo sinvergüenza que eres»— para que Charmaine se derrita como un tofe entre sus manos. Ella hace de todo, dice de todo; es todo lo que en su día Stan anhelaba encontrar en la imaginaria Jasmine, y más. Es cierto que la rutina se ha vuelto un poco predecible, pero hay que ser gruñón para quejarse de eso. Sería como quejarse de que la comida está demasiado deliciosa. ¿Qué clase de queja es ésa?

Regalo

Charmaine está disfrutando del sol como un lagarto. O como una ballena. O como un hipopótamo. Como alguna criatura propensa a disfrutar del sol, en cualquier caso. Incluso teje mejor que antes, ahora que sabe para qué lo hace. Hizo un oso para Winnie, aunque lo hizo verde, no azul, y le bordó los ojos, para que la niña no pudiera tragárselos y atragantarse. Y ese gorrito será una monada cuando lo termine.

¡Qué día tan bonito! Pero todos los días lo son. Gracias a Dios que le hicieron ese arreglo en el cerebro, porque no podría pedirle más a la vida; ahora valora las cosas mucho más que antes, incluso cuando algo va mal, como que la secadora absorba agua del desagüe, como ocurrió ayer, cuando estaba llena de ropa. En otros tiempos, con algo así se habría puesto de un humor pésimo. Pero cuando llegó el fontanero y lo arregló, ella volvió a lavar toda la ropa con una dosis extra de suavizante con olor a lavanda y le quedó como nueva.

Es una suerte, porque su top de algodón blanco con ese volante tan bonito estaba en esa lavadora, y es lo que quiere ponerse para asistir a la Reunión de Supervivientes de Positrón. Ahí verá a Sandi y a Veronica y se pondrán al día. A las dos les va bien, según sus respectivas páginas web: Sandi es peluquera, tiene verdadera mano para eso, y Veronica está en una agencia de conferenciantes y viaja por todo el país explicando cómo hay que trabajarse el tema de la orientación sexual si resulta que no encaja con las normas sociales. Justo la semana pasada habló para un grupo de fetichistas de los zapatos, y al terminar, en lugar de darle un ramo de flores o una placa o lo que sea, le regalaron un precioso par de sandalias azules, de altísimos tacones. Charmaine ya no puede llevar esa clase de zapatos, le destrozan el tendón de Aquiles. Será que se está haciendo mayor.

Max y Aurora también deben de estar bien. No ha mantenido contacto con ellos. Sigue notando una punzada de dolor enterrado entre los montones de calurosos buenos deseos que se esfuerza por mandarles cada vez que piensa en ellos. O cuando piensa en Max. Aún piensa en él de vez en cuando. En ese sentido. Y es extraño, porque se supone que le han borrado los sentimientos que tenía al respecto.

En lo que intenta no pensar es en el trabajo que hacía entonces, en la otra vida que llevaba en la Penitenciaría Positrón, antes de que le borraran las sombras. Si haces cosas malas por motivos que te han dicho que son buenos, ¿eso te convierte en una mala persona? Pensar demasiado en ello podría echarlo todo a perder, y eso sería egoísta. Así que intenta no pensar en esa clase de cosas.

Stan apaga la podadora. Se levanta las gafas que tiene que llevar para protegerse, se quita los guantes de piel y se seca la frente.

—Stan, cariño, ¿quieres una cerveza? —le pregunta Charmaine.

Ella no bebe, no sería bueno para Winnie.

—Un momento —le contesta él—. Me queda un trocito más.

Charmaine cree que quizá deberían quitar el seto y poner una valla de celosía, pero a Stan no le gustó la idea. Él opina que no hay que cambiar lo que está bien. En realidad dijo «lo que está de puta madre», y le pidió que no lo agobiara más con ese tema. Ella no lo estaba agobiando, pero lo dejó estar. Mejor que siga pensando lo que quiera, porque cuando está de mal humor no quiere sexo, y el sexo con él es alucinante, mucho mejor que antes; ¿cómo no iba a serlo ahora que su cerebro ha renacido?

Stan todavía se muestra un poco impaciente en su día a día. A pesar de lo maravilloso que es todo. Es por la presión que tiene en el trabajo. Charmaine también conseguirá un empleo dentro de un tiempo, quizá a media jornada, porque es bueno sentirse valorada por el mundo real.

Un coche híbrido de color negro está aparcando delante de la casa. Jocelyn se baja de él. Parece que está sola.

Stan se coloca las gafas protectoras, enciende la podadora y le da la espalda. Eso está bien, piensa Charmaine: significa que no está interesado en Jocelyn, a pesar de que ella va enseñando las piernas.

—¡Jocelyn! —dice Charmaine cuando la mujer cruza el césped artificial en su dirección—. ¡Qué sorpresa! ¡Me alegro de verte!

Deja el gorrito y le hace señas desde la tumbona.

Jocelyn lleva un elegante vestido de lino gris oscuro, sandalias blancas con tacón cubano y una pamela de ala flexible.

—No te levantes —dice—. Qué bebé tan mono.

Es evidente que no está muy interesada en la niña; si lo estuviera, habría cogido a Winnie en brazos y le habría dicho «cuchi-cuchi» o alguna de esas cosas tan típicas. Pero Winnie podría vomitar en el caro vestido de Jocelyn y eso no mejoraría su relación. Tampoco es que tengan ninguna relación: Charmaine no ha visto a Jocelyn desde la boda. Conor y ella viven en Washington, haciendo algo muy, muy secreto. O ésa es la versión que Conor le dio a Stan.

—¿Te apetece tomar algo fresquito? —ofrece Charmaine, cumplidora.

—No me puedo quedar —contesta Jocelyn—. Sólo he venido a darte tu regalo de boda.

—Ah —dice Charmaine con ilusión—. ¡Qué bien!

Pero ¿qué es? Jocelyn no lleva ningún paquete. Puede que sea un cheque, y estaría bien, pero no sería de muy buen gusto. Charmaine piensa que es mejor regalar algo elegido en función de la persona. Aunque no siempre.

—No es un objeto —explica Jocelyn.

A Charmaine le viene a la memoria la cabeza de Jocelyn cuando la veía siempre en una pantalla. Entonces creía que esa cabeza podía leerle la mente, y ahora, aunque no esté en una pantalla, le produce exactamente el mismo efecto.

—Es una información, sobre ti.

—¿Sobre mí? —repite Charmaine, preocupada.

¿Se trata de otro truco, otro chantaje como esos vídeos de ella con Max? Se supone que los destruyeron.

—Puedes elegir —dice Jocelyn—. Escucharla o no. Si la escuchas, serás más libre, pero estarás menos segura. Si no la escuchas, estarás más segura, pero serás menos libre.

Se cruza de brazos y espera.

Charmaine tiene que pensar. ¿Cómo podría ser más libre? Ya lo es bastante. Y también está segura, siempre que Stan conserve su trabajo y ella conserve a Stan. Pero se conoce lo suficiente como para comprender que si Jocelyn se marcha sin decírselo, siempre tendrá curiosidad por saber de qué se trataba.

—Está bien, dímelo —contesta.

—Sólo es esto —dice Jocelyn—: nunca te hicieron la operación. Ese reajuste en el cerebro.

—Eso es imposible —contesta Charmaine rotunda—. ¡Es imposible! ¡Ha cambiado todo tanto!

—La mente humana es infinitamente sugestionable —argumenta Jocelyn.

—Pero... pero ahora quiero mucho a Stan —dice Charmaine—. ¡«Tengo» que amarlo porque me hicieron eso en el cerebro! Es como lo de las hormigas, o algo así. ¡Como lo de los patitos! ¡Es lo que me dijeron!

—Puede que ya amaras a Stan —contesta Jocelyn—. A lo mejor sólo necesitabas que te ayudaran un poco.

—Eso no es justo —se queja Charmaine—. ¡Todo estaba ya zanjado!

—Nada está zanjado —responde Jocelyn—. Cada día es distinto. ¿No es mejor hacer algo porque lo has decidido tú en vez de hacer las cosas porque tienes que hacerlas?

—No —dice Charmaine—. El amor no es así. Cuando hay amor, no te puedes contener.

Ella quiere desesperación, quiere...

—¿Prefieres la compulsión? ¿Que te apunten con una pistola a la cabeza, por así decirlo? —pregunta Jocelyn sonriendo—. ¿Quieres que otra persona decida por ti para no ser responsable de tus propias acciones? Eso puede ser muy tentador, como bien sabes.

—No, no exactamente, pero...

Charmaine tardará un tiempo en pensarlo. Hay una puerta abierta y justo al otro lado está Max. No es el mismo Max, porque a él sí que le han operado el cerebro. Ahora está atado a Aurora y la amará siempre; no es que Charmaine se lo eche en cara a Aurora, porque esa chica ha sufrido mucho en su vida anterior, y merece un poco de éxtasis alucinante, como...

No importa como qué. Es mejor no pensar en eso con demasiado detalle. El pasado, pasado está.

Así que no se trata de Max, sino de la sombra de Max. De una persona que se le parece. Alguien que no es Stan, que la espera en el futuro. ¡Eso sería tan destructivo! ¿Cómo se le ocurre plantearselo siquiera? Quizá debería ver a un terapeuta o algo así.

—¡Claro que no! —contesta—. Pero necesito...

—Lo tomas o lo dejas —dice Jocelyn—. Yo sólo soy la mensajera. Como dicen en los juicios, eres libre. «El mundo se abre ante vosotros, podéis escoger vuestra mansión de reposo.»

—¿A qué te refieres? —pregunta Charmaine.

Agradecimientos

Mi primer agradecimiento tiene que ser para Amy Grace Loyd, que era mi editora en la página web Byliner, donde se publicó el primer episodio de esta historia. De ahí nacieron más adelante otros tres episodios, que se llamaron colectivamente «Positrón» y aparecieron en Byliner durante la temporada 2012-2013. Amy tuvo además la amabilidad de leer *Por último, el corazón* y ofrecer algunas sugerencias. ¿Quién mejor que ella, que conocía la historia desde el principio?

Quiero dar las gracias a mis editores: Ellen Seligman, de McClelland & Stewart, Penguin Random House (Canadá); Nan Talese, de Nan A. Talese/Doubleday, Penguin Random House (Estados Unidos), y Alexandra Pringle, de Bloomsbury (Reino Unido). Y a la correctora Heather Sangster, de <strongfinish.ca>.

También quiero dar las gracias a mis lectores: Jess Atwood Gibson, que siempre hace una lectura rigurosa; Phoebe Larmore, mi agente en Norteamérica, y mis agentes en el Reino Unido, Vivienne Schuster y Karolina Sutton, de Curtis Brown.

También a Betsy Robbins y a Sophie Baker, de Curtis Brown, que se encargan de los derechos internacionales. Quiero manifestar también mi agradecimiento a Ron Bernstein de ICM, a LuAnn Walther, de Anchor; Lennie

Goodings, de Virago; y a mis muchos agentes y publicistas de todo el mundo. Y a Alison Rich, Ashley Dunn, Madeleine Feeny, Zoe Hood y Judy Jacobs.

Gracias a mi secretaria, Suzanna Porter, y a Penny Kavanaugh; y a V. J. Bauer, que diseñó mi página web: <margaretatwood.ca>. También a Sheldon Shoib y a Mike Stoyan. Y a Michael Bradley y Sarah Cooper, Coleen Quinn y Xiaolan Zhao, y a Evelyn Heskin, y a Terry Carman y a los Shock Doctors, por tener siempre las luces encendidas. Y a la librería Book Hive, de Norwich, Inglaterra, ellos ya saben por qué. Y por último, quiero darle especialmente las gracias a Graeme Gibson, que, a pesar de ser siempre una inspiración, no inspiró ninguno de los personajes de este libro. Y eso está muy bien.